CAXA 2009 从入门到精通

三维书屋工作室

胡仁喜 刘红宁 刘昌丽 等编著

机 械 工 业 出 版 社

本书围绕减速器的平面图形和三维造型设计展开讲述，重点介绍了 CAXA 2009 在工程设计实践中的应用。全书分为 4 篇共 18 章，分别介绍了 CAXA 电子图板 2009、CAXA 实体设计 2009、CAXA 线切割 XP、CAXA 制造工程师 2008。

本书的最大特点是将 CAXA 相关的软件集中在一本书中围绕工程应用实例进行讲解，使读者可以更加全面地学习 CAXA 软件的知识，提高读者全方位的工程设计能力。

本书既可以作为 CAXA 软件学习者的提高教程，也可以作为机械、建筑、电子等相关专业本、专科学生学习工程制图课程的参考教材，还可以作为相关专业工程技术人员的参考书。

图书在版编目(CIP)数据

CAXA 2009 从入门到精通/胡仁喜等编著. —北京：机械工业出版社，2010.6
ISBN 978 - 7 - 111 - 30850 - 8

Ⅰ.①C… Ⅱ.①胡… Ⅲ.①自动绘图—软件包，CAXA 2009
Ⅳ.①TP391.72

中国版本图书馆 CIP 数据核字（2010）第 102803 号

机械工业出版社（北京市百万庄大街 22 号 邮政编码 100037）
策划编辑：曲彩云 责任印制：杨 曦
北京蓝海印刷有限公司印刷
2010 年 6 月第 1 版第 1 次印刷
184mm×260mm ·27.25 印张·677 千字
0001— 3000 册
标准书号：ISBN 978 - 7 - 111 - 30850 - 8
　　　　 ISBN 978 - 7 - 89451 - 555 - 1（光盘）
定价：56.00 元（含 1CD）

前　言

CAXA 系列软件是北京北航海尔软件有限公司分别开发的应用于工业设计和制造的通用软件，其中主要的模块有 CAXA 电子图板、CAXA 实体设计、CAXA 线切割、CAXA 制造工程师等，这些模块相对独立，单独集成为独立软件，相互之间也一脉相连，互为补充，共同完成和满足工业设计和制造各个领域的工程应用需求。CAXA 各个软件模块易学易用、符合工程师的设计习惯，而且功能强大、分别兼容 AutoCAD 和 Pro/ENGINEER 等三维 CAD 软件，是国内普及率最高的 CAD 软件之一。CAXA 系列软件在机械、电子、航空航天、汽车、船舶、军工、建筑、教育和科研等多个领域都得到了广泛的应用。目前，CAXA 是劳动部制图员资格考试指定软件。

和国外的一些绘图软件相比，符合我国国情、易学、好用、够用是 CAXA 系列软件的最大优势。而且正版软件便宜实惠，具有独立的知识产权，深受国内各大企事业单位厚爱，用户群体广泛。考虑到读者应用 CAXA 系列软件的需要，特将 CAXA 系列软件的讲解汇编成书，在一本书中介绍 CAXA 系列软件各个模块的使用方法和技巧，希望为广大读者提供一本全景式 CAXA 应用书籍，帮助读者完整掌握 CAXA 各个软件模块的使用方法，以应对和解决工业设计中遇到的各种工程技术问题。

本书围绕减速器的平面图形和三维造型设计以及各种典型机械零件的加工制造展开讲述，重点介绍了 CAXA 电子图板 2009、CAXA 实体设计 2009、CAXA 线切割 XP、CAXA 制造工程师 2008 在工程设计实践中的应用。全书共分 18 章，分别介绍了 CAXA 电子图板 2009 基础知识、绘图与编辑命令、减速其装配平面图设计、CAXA 实体设计 2009 基础知识、二维截面的生成、自定义智能图素的生成、零件的定位及装配、减速器装配实体设计、CAXA 线切割 XP 基础和加工实例、CAXA 制造工程师 2008 基础和加工实例等。本书的最大特点是将 CAXA 电子图板 2009、CAXA 实体设计 2009、CAXA 线切割 XP、CAXA 制造工程师 2008 四个软件集中在一本书中围绕同一个工程应用实例讲解，使读者可以更加全面地学习 CAXA 软件的知识，提高读者全方位的工程设计能力。

本书既可以作为 CAXA 电子图板 2009、CAXA 实体设计 2009、CAXA 线切割 XP、CAXA 制造工程师 2008 软件学习者的提高教程，也可以作为机械、建筑、电子等相关专业本、专科学生学习工程制图课程的参考教材，还可以作为相关专业工程技术人员的参考书。

本书由三维书屋工作室总策划，主要由胡仁喜、刘红宁、和刘昌丽编写，刘金龙、马玉峰、熊慧、康士廷、王培合、孟清华、张俊生、周广芬、李瑞、王兵学、赵黎、王渊峰、王艳池、郑长松、周冰、王玉秋、王义发、张辉、阳平华、李鹏、路纯红、王敏和董伟等也为本书的出版做了大量的工作。

随书光盘包含全书实例源文件和操作过程动画，可以帮助读者更方便地学习本书。由于时间仓促，作者的水平有限、经验不足，书中有错误、遗漏之处。望广大读者登录网站 www.sjzsanweishuwu.com 或发送邮件到 win760520@126.com 批评指正，编者将不胜感激。

编　者

目 录

第1篇

CAXA 电子图板 2009

计算机辅助设计与制造（CAD/CAM）系列

本篇介绍以下主要知识点：

- CAXA 电子图板 2009 基础知识
- 绘图与编辑命令
- 减速器设计

第 **1** 章

CAXA 电子图板 2009 基础知识

CAXA 电子图板是功能强大，简单易学的绘图软件。在本章中将向读者介绍软件的功能特点，系统设置方法，基本的文件和视图操作方法等入门常识。为以后对绘图及编辑命令的具体操作打下基础，同时，对本章内容的熟练掌握可以大大提高后续操作的工作效率。

⊙ 系统设置方法

⊙ 视图操作方法

⊙ 文件操作方法

1.1 软件安装与启动

1. 安装程序

在 Windows 2000 和 Windows XP 下安装 CAXA 电子图板，确信系统当前没有运行任何其他应用程序。如果安装了杀毒软件，在开始安装 CAXA 电子图板 2009 前应终止其任何功能的执行（关闭或退出）。CAXA 电子图板安装完成后，可以继续运行杀毒软件和其他应用程序。

 注意

如果计算机上已经安装有以前版本的 CAXA 电子图板，建议先将其卸载，并重新启动计算机，然后开始安装最新版本的 CAXA 电子图板。如果你在 CAXA 电子图板文件夹中创建了任何文件（例如图样文件或子文件夹），将它们备份到其他文件夹中或磁盘上。安装完成后，可以将那些文件或文件夹重新复制到 CAXA 电子图板当前文件夹中。

2. 卸载程序

在 Windows XP/2000 环境下卸载 CAXA 电子图板步骤如下：

（1）单击 Windows 任务栏的"开始"菜单。

（2）在"任务"菜单上，选择"设置"选项。

（3）在"设置"菜单上，选择"控制面板"，弹出控制面板对话框。

（4）在"控制面板"对话框中，选择"添加/删除程序"。

（5）在"添加/删除程序"对话框中，选择"CAXA 电子图板"，单击"删除"按钮。

CAXA 电子图板将从计算机中被卸载。所创建或修改的所有文件，以及保存这些文件的目录将被保存。

3. 启动 CAXA 电子图板

启动 CAXA 电子图板与启动 Windows XP/2000 的其他应用程序一样。在 Windows XP/2000 环境下启动 CAXA 实体设计步骤如下：

（1）在 Windows 任务栏，单击"开始"按钮。

（2）在"任务"菜单上，选择"程序"选项。

（3）在"程序"菜单，选择"CAXA 电子图板 2009"，弹出一个下拉菜单。

（4）在下拉菜单上，选择"CAXA 电子图板机械版 2009"。

1.2 初始用户界面

CAXA 电子图板采用全中文界面，极大地方便了用户与计算机之间的交互，用户可以通过界面了解当前的信息状态，准确地判断下一步的操作。提高了初学者使用软件的兴趣和信心。

在启动 CAXA 电子图板后，可以看到如图 1-1 所示的用户界面。

◆ 标题栏 显示当前绘图文件的名称。

◆ 菜单栏　主要用来调整 CAXA 电子图板更多功能和调用各执行命令以及对系统参数进行设置。
◆ 工具栏　提供图标形式绘图命令工具条，操作简单易懂。
◆ 状态栏　主要用来显示系统状态及其命令执行情况。
◆ 坐标　表明了原点的位置和 X、Y 坐标的正方向。
◆ 绘图区　用来绘制图形。

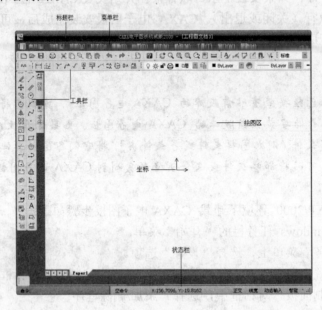

图 1-1　CAXA 电子图板用户界面

1．工具栏

工具栏是调用命令的一种方式，它包含许多由图标表示的命令按钮。通过工具栏可以直观、快捷地访问一些常用的命令。工具栏包括标准工具栏、颜色图层工具栏、常用工具栏、绘图工具栏及标注操作工具栏等，如图 1-2 所示。

在任意一个工具栏所在的区域右击鼠标，弹出如图 1-3 所示的菜单。在菜单中列出各个工具栏，工具栏左侧的核选框中显示出工具栏当前的显示状态，带"√"的表示当前工具栏正在显示，点取菜单中的选项可以在显示和隐藏工具栏之间进行切换。另外，还可以直接使用快捷键来控制工具栏的显示和隐藏。

2．菜单栏

CAXA 电子图板的菜单栏中包括"文件"、"编辑"、"视图"、"格式"、"幅面"、"绘图"、"标注"、"修改"、"工具"、"帮助"等主菜单，用鼠标单击任意一个主菜单，将会弹出相应的下拉子菜单。下拉子菜单中的菜单条右侧有箭头的表示该项操作有下一级下拉子菜单，菜单条右侧有省略号的表示单击该菜单条将出现相应的对话框。如图 1-4 所示。

3．命令与状态栏

命令与状态栏位于 CAXA 电子图板用户界面的底部，在左侧可以进行命令输入操作，右侧显示当前光标所处位置的坐标及当前屏幕点的捕捉模式。如图 1-5 所示，状态栏显示的是光标所处位置的 X、Y、Z 坐标，如果移动光标，坐标值将自动更新。

图 1-2　工具栏　　　　　　　　　　　图 1-3　CAXA 电子图板自定义工具栏

图 1-4　下拉子菜单

图 1-5　命令与状态栏

4．立即菜单

立即菜单用来描述当前命令执行的各种情况和使用条件。根据当前的作图要求，正确地选择某一选项，即可得到准确的响应。例如，绘制直线时，鼠标单击绘图工具栏中的绘制直线的图标，窗口左下角出现图 1-6 所示的立即菜单。用户可根据当前的作图要求，选择适当的立即菜单的内容。

5．工具菜单

工具菜单包括空格键的工具点菜单、右键快捷菜单。在执行某绘图命令时，按下空格键，即可以在屏幕上弹出工具点菜单，如图 1-7 所示；当用鼠标点拾取某图形元素时，右击鼠标可以弹出右键快捷菜单，如图 1-8 所示。

图 1-6　立即菜单　　　　图 1-7　工具点菜单　　　　图 1-8　右击快捷菜单

1.3　系统设置

系统设置是对系统的初始化环境和条件进行设置。包括"格式设置"、"用户坐标系设置"、"屏幕点类型设置"、"屏幕点捕捉设置"、"拾取设置"、"剖面图案设置"、"三视图导航设置"及"系统配置"等。另外，电子图板的界面风格是完全开放的，用户可以随心所欲地对界面进行订制，使界面的风格更加符合自身的使用习惯。

1.3.1　格式设置

在格式设置中包括：

1．线型设置

在绘制图素时，如果线型不符合要求，可以对线型进行重新设置，即设置新线型。

选择"格式"｜"线型"命令，弹出"线型"对话框，如图 1-9 所示。在此对话框中，可以对线型进行设置。

当然，在进行线型设置时，也可以使用"属性工具栏"进行当前绘图线型设置，如图 1-10 所示。

加载线型：加载所需的新线型。鼠标单击"加载"按钮，系统弹出"加载线型"对话框，如图 1-11 所示。在"线型订制"对话框中单击"文件"按钮，屏幕上出现"打开线型文件"对话框，如图 1-12 所示。

图 1-9 "线型"对话框

图 1-10 在"颜色图层"中设置线型

2．颜色设置

颜色设置的功能是设置基本颜色以外的一种新颜色，用于当前图素的绘制。选择"格式"｜"颜色"命令，弹出"颜色选取"对话框，如图 1-13 所示。选取适当的颜色后，鼠标单击"确定"按钮即可完成颜色的设置。

在进行颜色设置时，也可以通过单击"颜色图层"中的 按钮 ，同样可以弹出"颜色选取"对话框，进行颜色设置 。

图 1-11 "加载线型"对话框

图 1-12 "打开线型文件"对话框

图 1-13 "颜色选取"对话框

3．图层控制

在进行绘制图素时，根据作图需要，可以随时通过与对话框交互的方式对相应的图层状态进行修改，可以进行设置当前层、建立新层和修改层状态等操作。选择"格式"｜"图层"命令，弹出层设置对话框，如图 1-14 所示。

（1）新建图层：在图 1-14 所示的"层设置"对话框中，单击"新建"按钮，弹出"新建风格"对话框，如图 1-15 所示。

输入一个图层名称，并选择一个基准图层，单击"下一步"按钮后在图层列表框的最下边一行可以看到新建图层，新建图层的设置默认使用所选基准图层的设置，如图 1-16所示。

图 1-14 "层控制"对话框

图 1-15 "新建风格"对话框

图 1-16 新建图层

（2）设置当前层：当前层是指绘图正在使用的层，要想在某层上绘图，心须首先将该层设置为当前层。将某层设置为当前层，有以下二种方法：

1）用鼠标单击颜色图层工具栏中的当前层下拉列表右侧的向下箭头，在列表中选取所需图层即可，如图 1-17 所示。

2）在图 1-16 所示的"层设置"对话框中，用鼠标选取所需的图层，然后单击"设为当前"按钮。

（3）删除图层：在图 1-16 所示的"层设置"对话框中，用鼠标选取所需的图层，然后单击"删除"按钮，即可删除图层

图 1-17　设置当前层

 注意

CAXA 电子图版系统的当前层和 0 层不能被删除。

4．文本风格设置

文本风格设置主要用于设置绘图区文字的各种参数。

选择"格式"｜"文字"命令或者单击"设置工具栏"中的 按钮，弹出"文本风格设置"对话框，如图 1-18 所示。在对话框中可以对文本参数进行设置，设置结束后，单击"确定"按钮。

在"文本风格设置"对话框中，列出了当前文件中所有已定义的字型。如果尚未定义字型，系统预定义了一个"标准"的默认样式，该样式不可删除但可以编辑。在对话框中可以设置字体、宽度系数、字符间距、倾斜角、字高等参数。通过在文本框或下拉列表中选择不同项，可以切换当前字型，随着当前字型的变化，预显框中的显示样式也随之变化。

对字型可以进行 2 种操作：新建、删除。单击"新建"按钮，将弹出对话框以供输入一个新字型名，系统用修改后的字型参数创建一个以输入的名字命名的新字型，并将其设置为当前字型；单击"删除"按钮则删除当前字型。

图 1-18　"文本风格设置"对话框

5．标注风格设置

标注风格设置用于设置绘图区的各种标注参数。

选择"格式"｜"标注"命令或者单击"设置工具栏"中的 按钮，弹出"标注风

格设置"对话框，如图 1-19 所示。在该对话框中，可以对当前的标注风格进行编辑修改，也可以新建标注风格并设置为当前的标注风格。

在"直线和箭头"、"文本"、"调整"、"单位"、"换算单位"、"公差"和"尺寸形式"7 个选项卡中可以对新建的标注风格进行编辑、设置。

6. 点样式设置

此项设置用于设置绘图区中点的形状和大小。

选择"格式"｜"点"命令或者单击"设置"工具栏中的 按钮，弹出"点样式"对话框，如图 1-20 所示。在该对话框中，可选择 20 种不同风格的点，还可根据不同需求来设置点的大小。其中，"像素大小"指的是像素值，即点相对于屏幕的大小。绝对大小指的是实际点的大小，以毫米为单位。

图 1-19 "标注风格设置"对话框

图 1-20 "点样式"对话框

1.3.2 用户坐标系设置

绘制图形时，合理使用用户坐标系可以使得坐标点的输入很方便，从而提高绘图效率。选择"工具"｜"用户坐标系"命令时，弹出 2 个子菜单选项，分别为：新建和管理。

1. 设置用户坐标系

在绘图过程设置新的用户坐标系。操作步骤如下：

（1）选择"工具"｜"用户坐标系"｜"新建"命令；

（2）按照系统提示输入用户坐标系的原点，然后再根据提示输入坐标系的旋转角，新坐标系设置完成。

 注意

CAXA 电子图板只允许设置 16 个坐标系。

2. 管理用户坐标系

选择"工具"｜"用户坐标系"｜"管理"命令。弹出如图 1-21 所示的"坐标系"对话框。原当前坐标系失效，颜色变为非当前坐标系颜色；新的坐标系生效，坐标系颜色变为

图 1-21 "坐标系"对话框

当前坐标系颜色。

1.3.3 捕捉点设置

此行设置用于设置鼠标在屏幕上的捕捉方式。

选择"工具"｜"捕捉设置"命令或者单击"设置工具栏"中的 按钮。弹出"智能点工具设置"对话框，如图 1-22 所示。在此对话框中可以进行捕捉点设置。

捕捉点方式说明如下：

自由点：点的输入完全由鼠标当前的实际位置来确定。

栅格点：可以用鼠标捕捉栅格点并可设置栅格的可见与不可见。

智能点：鼠标自动捕捉一些特征点，如：圆心，切点，中点等。

导航点：系统可以通过光标对若干特征点进行导航，如孤立点、线段中点等。

导航点捕捉与智能点捕捉有相似之处但也有明显的区别。相似之处就是捕捉的特征点相似，包括：孤立点、端点、中点、圆心点、象限点等。当选择导航点捕捉时，这些特征点统称为导航点。区别在于智能点捕捉时，十字光标线的 X 坐标线和 Y 坐标线都必须距离智能点最近时才可能吸附上，而导航点捕捉时，只需十字光标线的 X 坐标线或 Y 坐标线距离导航点最近时就可能吸附上。

既可以通过"智能点工具设置"对话框来设置智能点的捕捉方式，也可以通过单击状态栏中点捕捉状态按钮来转换捕捉方式，如图 1-23 所示。

图 1-22 "智能点工具设置"对话框

图 1-23 点捕捉状态按钮

1.3.4 拾取过滤设置

用来设置拾取图形元素的过滤条件和拾取盒大小。选择"工具"｜"拾取设置"命令或者单击"设置工具栏"中的 按钮。弹出"拾取过滤设置"对话框，如图 1-24 所示。通过对该对话框进行操作可以对设置拾取图形元素的过滤条件和拾取盒大小。设置完成后单击"确定"按钮。

在"拾取过滤设置"对话框中，拾取过滤条件包括：实体过滤、线型过滤、图层过滤、颜色过滤。这 4 种过滤条件的交集就是有效拾取，利用过滤条件组合进行拾取，可以快速、准确地从图中拾取到想要拾取的图形元素。下面分别予以介绍：

图 1-24　"拾取过滤设置"对话框

实体过滤：包括系统所具有的所有图形元素种类：点、直线、圆、圆弧、尺寸、文字、多义线、块、剖面线、零件序号、图框、标题栏、明细表和填充等。

线型过滤：包括系统当前所具有的所有线型种类：粗实线、细实线、虚线、点画线、双点画线、用户自定义线型等。

图层过滤：包括系统当前所有处于打开状态的图层。

颜色过滤：包括系统 64 种颜色。

📖 1.3.5　系统配置

使用系统配置功能可以配置与系统环境相关的参数。例如：设计环境的参数设置、颜色设置、文字设置等。

选择"工具"|"选项"命令，系统弹出"选项"对话框，单击"路径"选项卡，如图 1-25 所示，在该选项卡中对文件路径进行设置。单击"显示"选项卡，如图 1-26 所示，在该选项卡中对系统颜色和光标进行设置。单击"系统"选项卡，如图 1-27 所示，在该选项卡中对系统参数进行设置。单击"选择集"选项卡，如图 1-28 所示，在该选项卡中设置拾取框和夹点的大小。单击"文字"选项卡，如图 1-29 所示，在该选项卡中对系统的文字参数进行设置。单击"数据接口"选项卡，如图 1-30 所示，在该选项卡中对系统的接口参数进行设置。单击"文件属性设置"选项卡，如图 1-31 所示，在该选项卡中设置文件的图形单位。

图 1-25　"路径"选项卡　　　　　　　　　　　图 1-26　"显示"选项卡

图 1-27　"系统"选项卡

图 1-28　"选择集"选项卡

图 1-29　"文字"选项卡

图 1-30　"数据接口"选项卡

图 1-31　"文件属性设置"选项卡

1.3.6 界面订制

电子图板的界面风格是完全开放的，可以随心所欲地对界面进行订制，使界面的风格更加符合您的使用习惯。还可以通过系统提供的"加载界面配置"和"保存界面配置"功能任意保存、加载自定义的界面风格。

1. 显示/隐藏工具栏

将光标移动到任意一个工具栏区域右击鼠标，会弹出如图 1-3 所示的菜单，在菜单中列出了主菜单，工具条，立即菜单和状态条，菜单左侧的核选框中显示出主菜单、工具条、状态条当前的显示状态，带"√"的表示当前工具栏正在显示，点取菜单中的选项可以使相应的工具栏或其他菜单在显示和隐藏的状态之间进行切换。

2. 重新组织菜单和工具栏

电子图板提供了一组默认的菜单和工具栏命令组织方案，一般情况下这是一组比较合理和易用的组织方案，但是也可以根据需要通过使用界面订制工具重新组织菜单和工具栏，即可以在菜单和工具栏中添加命令和删除命令。

（1）在菜单和工具栏中添加命令操作步骤如下：

1）选择"工具"｜"自定义界面"命令，系统弹出"自定义"对话框，单击"命令"选项，如图 1-32 所示。

2）在对话框的"类别"列表框中，按照在主菜单的组织方式列出了命令所属的类别，在"命令"列表框中列出了在该类别中所有的命令，当在其中选择了一个命令以后，在"说明"栏中显示出对该命令的说明。这时，可以使用左键拖动所选择的命令，请将该命令拖动到需要的菜单中。当菜单显示命令列表时，拖动鼠标至放置命令的位置，然后松开鼠标，如图 1-33 所示。

图 1-32 "自定义"对话框　　　　　　　　　图 1-33 自定义主菜单中命令

3）将命令插入到工具栏的方法也是一样的，只不过是在鼠标移动到工具栏中所需的位置时再释放左键。

（2）从菜单和工具栏中删除命令操作步骤如下：

1）选择"工具"｜"自定义界面"命令，系统弹出"自定义"对话框；

2）单击选择"命令"选项，然后在菜单或工具栏中选中所要删除的命令，然后使用鼠标将该命令拖出菜单区域或工具栏区域即可，如图1-34所示。

3．快速订制菜单和工具栏

除了在重新组织菜单和工具栏中介绍的方法以外，还可以通过一种快捷的方法订制菜单和工具栏中的内容，方法就是使用Alt+鼠标拖动。可以使用这种方法进行移动命令、复制命令、删除命令。

（1）移动命令：使用鼠标在菜单或工具栏中选中需要移动的命令，然后按住 Alt 键，再使用鼠标将命令拖动到所要移动到的位置，释放左键即可。

（2）复制命令：复制命令和移动命令的操作基本相同，只是在按住 Alt 键的同时还需要按住 Ctrl 键，再进行鼠标拖动。

（3）删除命令：使用鼠标在菜单或工具栏中选中需要删除的命令，然后按住 Alt 键，再使用鼠标将命令拖出菜单区域或工具栏区域外释放左键。

4．订制工具栏

选择"工具"｜"自定义界面"命令，系统弹出"自定义"对话框，在对话框中选择"工具栏"选项卡，如图1-35所示。

（1）显示/隐藏工具栏：在"工具栏"列表框中，列出了电子图板中所显示的工具栏，每个工具栏都对应一个复选框，勾选该复选框表示显示对应的工具栏，如果要隐藏某个工具栏，可以取消对相应复选框的勾选即可。

（2）重置工具栏：如果对工具栏中的内容进行修改后，还想回到工具栏的初始状态，可以利用重置工具栏功能，方法是在"工具栏"列表框中选择要进行重置的工具栏，然后单击"重新设置"按钮，在弹出的提示对话框中单击"是"按钮即可。

（3）重置所有工具栏：如果需要将所有工具栏恢复到初始的状态，可以直接单击"全部重新设置"按钮，在弹出的提示对话框中单击"是"按钮即可。

图1-34　删除绘图工具栏菜单中的命令按钮　　　　图1-35　"自定义工具栏"对话框

注意

当工具栏被全部重置以后，所有的自定义界面信息将全部丢失，不可恢复，因此进行全部重置操作时应该慎重。

1）新建工具栏：单击"新建"按钮，弹出如图 1-36 所示的对话框，在对话框中输入新建工具栏的名称，单击"确定"按钮就可以新创建一个工具栏。接下来可以按照"重新组织菜单和工具栏"中介绍的方法向工具栏中添加一些按钮，通过这种方法就可以将常用的功能进行重新组合。

图 1-36 "工具条名称"对话框

2）重命名自定义工具栏：首先在"工具栏"列表框中选中要重命名的自定义工具栏，然后单击"重命名"按钮，在弹出的对话框中输入新的工具栏名称，单击"确定"按钮后就可以完成重命名操作。

 注意

只能对自己创建的工具栏进行重命名操作，而不能更改电子图板自带工具栏的名称；只能删除自己创建的工具栏，而不能删除电子图板自带的工具栏。

1）删除自定义工具栏：在"工具栏"列表框中选取要删除的自定义工具栏，然后单击"删除"按钮，在弹出的提示对话框中单击"是"按钮后就可以完成删除操作。

2）在图标下方显示文本：首先在"工具栏"列表框中选中要显示文本的工具栏，然后选中"显示文本"核选框，这时在工具栏按钮图标的下方就会显示出文字说明，如图 1-37 所示；取消"显示文本"核选框的选中标志以后，文字说明也就不再显示了。在下面的图片中显示出显示文本的效果。

5．订制外部工具

在 CAXA 电子图板中，通过外部工具订制功能，可以把一些常用的工具集成到电子图板中，使用起来会十分方便。

选择"工具"｜"自定义界面"命令，系统弹出"自定义"对话框，在对话框中选择"工具"选项，如图 1-38 所示。

在"菜单目录"列表框中，列出了电子图板中已有的外部工具，每一个列表项中的文字就是这个外部工具在"工具"菜单中显示的文字；列表框上方的几个按钮分别是"添加"、"删除"、"上移一层"、"下移一层"；在列表框下面的"命令"文本框中记录的是当前选中外部工具的执行文件名，在"行变量"编辑框中记录的是程序运行时所需的参数，在"初始目录"编辑框中记录的是执行文件所在的目录。通过这个选项卡，可以进行以下操作：

图 1-37　在图标下方显示文本　　　　　　图 1-38　订制外部工具

（1）修改外部工具的菜单内容：用鼠标在"菜单目录"列表框中双击要改变菜单内容的外部工具，在相应的位置上会出现一个编辑框，在这个编辑框中可以输入新的菜单内容，输入完成以后按回车键确认就可以完成外部工具的更名操作。

（2）修改已有外部工具的执行文件：用鼠标在"菜单目录"列表框中选中要改变执行文件的外部工具，在"命令"编辑框中会显示出这个外部工具所对应的执行文件，可以在编辑框中输入新的执行文件名，也可以单击编辑框右侧的按钮，弹出"打开"对话框，在对话框中选择所需的执行文件。

 注意

如果在"初始目录"编辑框中输入了应用程序所在的目录，那么在"命令"编辑框中只输入执行文件的文件名就可以了，但是如果在"初始目录"编辑框中没有输入目录，那么在"命令"编辑框中就必须输入完整的路径及文件名。

（3）添加新的外部工具：单击新建按钮，在"菜单目录"列表框的末尾会自动添加一个编辑框，在编辑框中输入新的外部工具在菜单中显示的文字，按 Enter 键确认。接下来，在"命令"、"行变量"和"初始目录"中输入外部工具的执行文件名、参数和执行文件所在的目录，如果在"命令"编辑框中输入了包含路径的全文件名，"初始目录"也可以不填。

（4）删除的外部工具：在"菜单目录"列表框中选择要删除的外部工具，单击 按钮，就可以将所选的外部工具删除掉。

（5）移动外部工具在菜单中的位置：在"菜单目录"列表框中选择要改变位置的外部工具，然后单击 按钮或者 按钮调整该项在列表框中的位置，这也就是在"工具"菜单中的位置。

6．订制快捷键

在 CAXA 电子图板中，可以为每一个命令指定一个或多个快捷键，这样对于常用的功能，可以通过快捷键来提高操作的速度和效率。

选择"工具"｜"自定义界面"命令，系统弹出"自定义"对话框，在对话框中选择"键盘"选项卡，如图 1-39 所示。

在"类别"下拉列表框中，可以选择命令的类别，命令的分类是根据主菜单的组织而划分的。在"命令"列表框中列出了在该类别中的所有命令，当选择了一个命令以后，会在右侧的"快捷键"列表框中列出该命令的快捷键。通过这个选项卡可以实现以下功能：

（1）指定新的快捷键：在"命令"列表框中选中了要指定快捷键的命令以后，是用左键在"请按新快捷键"编辑框中点一下，然后输入要指定的快捷键，如果输入的快捷键已经被其他命令使用了，那么会弹出对话框提示用户重新输入。如果这个快捷键没有被其他命令所使用，单击"指定"按钮就可以将这个快捷键添加到"快捷键"列表框中。关闭"自定义"对话框以后，使用刚才定义的快捷键，就可以执行相应的命令。

 注意

在定义快捷键的时候，最好不要使用单个的字母作为快捷键，而是要加上 Ctrl 和 Alt 键，因为快捷键的级别比较高，比如定义打开文件的快捷键为 o，则当您输入平移的键盘命令 move 时，输入了 o 以后就会激活打开文件命令。

（2）删除已有的快捷键：在"快捷键"列表框中，选中要删除的快捷键，然后单击"删除"按钮，就可以删除掉所选的快捷键。

（3）恢复快捷键的初始设置：如果需要将所有快捷键恢复到初始的设置，可以单击"重置所有"按钮，在弹出的提示对话框中选择"是"按钮确认重置即可。

 注意

如果重置快捷键以后，所有的自定义快捷键设置都将丢失，因此进行重置操作是应该慎重。

7. 订制键盘命令

在 CAXA 电子图板中，除了可以为每一个命令指定一个或多个快捷键以外，还可以指定一个键盘命令，键盘命令不同于快捷键，快捷键只能使用一个键（可以同时包含功能键 Ctrl 和 Alt），按快捷键后立即响应，执行命令；而键盘命令可以有多个字符所组成，不区分大小写，输入完键盘命令以后需要按"空格"键或 Enter 键，才能执行命令，由于所能定义的快捷键比较少，因此键盘命令是快捷键的补充，两者相辅相成，可以大大提高操作的速度和效率。

选择"工具"｜"自定义界面"菜单命令，系统弹出"自定义"对话框，在对话框中选择"键盘命令"选项，如图 1-40 所示。

在选项卡的"目录"下拉列表框中，可以选择命令的类别，命令的分类是根据主菜单的组织而划分的。在"命令"列表框中列出了在该类别中的所有命令，当选择了一个命令以后，会在右侧的"键盘命令"列表框中列出该命令。通过这个选项卡可以实现以下功能：

（1）指定新的键盘命令：在"命令"列表框中选中了要指定键盘命令的命令以后，是用左键在"输入新的键盘命令"编辑框中点一下，然后输入要指定的键盘命令，单击"指定"按钮。如果输入的键盘命令已经被其他命令使用了，那么会弹出对话框提示您重新输入，如果这个键盘命令没有被其他命令所使用，就可以将这个键盘命令添加到"键盘命令"列表框中。关闭"自定义"对话框以后，使用刚才定义的键盘命令，就可以执行相应的命令。

图 1-39　订制快捷键

图 1-40　订制键盘命令

（2）删除已有的键盘命令：在"键盘命令"列表框中，选中要删除的键盘命令，然后单击"删除"按钮，就可以删除掉所选的键盘命令。

（3）恢复键盘命令的初始设置：如果需要将所有键盘命令恢复到初始的设置，可以单击"重置所有"按钮，在弹出的提示对话框中选择"是"按钮确认重置即可。

 注意

　　重置键盘命令以后，所有的自定义键盘命令设置都将丢失，因此进行重置操作应该慎重。

8．其他界面订制选项

选择"工具"｜"自定义界面"菜单命令，系统弹出"自定义"对话框，单击"选项"选项卡，如图 1-41 所示。

在这个选项卡中，可以设置工具栏的显示效果和个性化菜单：

（1）工具栏显示效果：在选项卡的上半部分是 4 个有关工具栏显示像效果的选项，可以选择是否显示关于工具栏的提示、是否在屏幕体始终显示快捷方式、是否将按钮显示成大图标、是否采用 Office2000 工具栏风格。

（2）个性化菜单：个性化菜单是在 Windows2000 和 Office2000 中采用的新界面技术，在使用了个性化菜单风格以后，菜单中的内容会根据用户的使用频率而改变，常用的菜单会出现在菜单的前台，而总不使用的菜单将会隐藏到幕后，当用户的鼠标在菜单上停留片刻或者单击菜单下方的下拉箭头以后，会列出整个菜单。

 注意

　　电子图板在初始的设置中没有使用个性化菜单，如果需要使用个性化菜单，应该在选项卡中选中"在菜单中显示最近使用的命令"选项。

（3）重置个性化菜单：当单击"重新配置用户设置"按钮后，会弹出一个对话框询问您是否需要重置个性化菜单，如果选择"是"按钮，则个性化菜单会恢复到初始的设置，在初始的设置中，提供了一组默认的菜单显示频率，自动将一些使用频率高的菜单放到了前台。

9．界面重置

当单击"工具"｜"界面操作"｜"切换"命令，可实现新旧界面的切换。

10．保存界面配置

利用该功能，可以很方便地将自定义的界面进行保存，以便以后加载调用。

选择"工具"｜"界面操作"｜"保存"命令，弹出对话框，如图 1-42 所示。在对话框中键入相应的文件名称，单击"确定"即可。

图 1-41　其他界面订制选项

图 1-42　保存界面配置

1.4　视图操作

为了便于绘图操作，CAXA 电子图板提供了一些控制图形显示的命令。一般这些命令只能改变图形在屏幕上的显示方式，可以按用户所期望的位置、比例和范围进行显示，以便于观察，但不能使图形产生实质性的改变，既不改图形的实际尺寸，也不影响实体间的相对关系。换句话说，其作用只是改变了主观的视觉效果，而不会引起图形产生的客观实际变化。

尽管如此，这些显示控制命令对绘图操作仍具在重要的作用，在绘图作业中要经常使用它们。显示控制命令的菜单操作主要集中在"视图"菜单，如图 1-43 所示，工具栏操作主要集中在常用工具栏，如图 1-44 所示。

各个视图操作命令功能介绍如下：

重生成：此功能可以将拾取到的显示失真图形按当前窗口的显示状态进行重新生成。

全部重新生成：此功能可以将绘图区中所有显示失真的图形按当前窗口的显示状态进行重新生成。

显示窗口：提示输入一个窗口的上角点和下角点，系统将两角点所包含的图形充满屏幕绘图区加以显示。

显示平移：提示输入一个新的显示中心点，系统将以该点为屏幕显示的中心，平移待显示的图形。

图 1-43 "视图"菜单　　　　　　　　图 1-44 常用工具栏

显示全部：将当前所绘制的图形全部显示在屏幕绘图区内。

显示复原：恢复初始显示状态，即当前图样大小的显示状态。

显示比例：按输入的比例系数，将图形缩放后重新显示

显示上一步：取消当前显示，返回到上一次显示变换前的状态。

显示下一步：返回到下一次显示变换后的状态，同显示回溯配套使用。

显示放大：进入"显示放大"命令以后，鼠标会变成一个放大镜，每单击一次左键，就可以按固定比例（1.25 倍）放大显示当前图形，单击右键可以结束放大操作。

显示缩小：进入"显示缩小"命令以后，鼠标会变成一个缩小镜，每单击一次左键，就可以按固定比例（0.8 倍）缩小显示当前图形，单击右键可以结束缩小操作。

动态平移：进入"动态平移"命令后，按住左键拖动可使整个图形跟随鼠标动态平移，单击右键可以结束动态平移操作。另外，按住 Shift 键的同时按住左键拖动鼠标也可以实现动态平移，而且这种方法更加快捷、方便。

动态缩放：进入"动态缩放"命令后，按住鼠标左键拖动可使整个图形跟随鼠标动态缩放，鼠标向上移动为放大，向下移动为缩小，单击右键可以结束动态平移操作。另外，按住 Shift 键的同时按住右键拖动鼠标也可以实现动态缩放，而且这种方法更加快捷、方便。

1.5　文件操作

CAXA 电子图板为用户提供了功能齐全的文件管理系统，包括文件的建立、打开、存储、并入、检索、绘图输出等功能，另外还提供了 DWG/DXF 文件批转换器、实体设计数据接口，为与其他软件的数据接口提供了极大的便利。文件操作相关命令的菜单操作主要集中在"文件"菜单，如图 1-45 所示。工具栏操作主要集中在"标准"工具栏，如图 1-46 所示。

图 1-45 "文件"菜单　　　　　　　　　图 1-46 "标准"工具栏

1.5.1 新建文件

启动 CAXA 电子图版，选择"文件"｜"新建"命令或者单击标准工具栏中的 按钮，弹出"新建"对话框，如图 1-47 所示。对话框中列出了若干个模板文件，在对话框中选择"EB"图标或其他标准模板，单击"确定"按钮。

图 1-47 "新建"对话框

1.5.2 打开文件

打开一个 CAXA 电子图板的图形文件。选择"文件"｜"打开"命令或者单击标准工具栏中的 按钮，弹出"打开"对话框，如图 1-48 所示。对话框中列出了所有图形文件夹中的所有文件，选择一个 CAXA 电子图板文件，单击"确定"按钮即可。

 注意

如果希望打开其他格式的数据文件，可以通过文件类型选择所需文件格式，电子图板支持的文件格式有：DWG/DXF 文件、HPGL 文件、IGES 文件、DAT 文件、WMF 文件等。

图 1-48 "打开"对话框

DWG/DXF 文件读入：CAXA 电子图板提供了 DWG/DXF 的文件读入功能，可以将绘制 AutoCAD 以及其他 CAD 软件所能识别的 DWG 或 DXF 格式读入到电子图板中进行编辑。电子图板可以读入以下几种格式的 DWG/DXF 文件：AutoCAD 2004 dwg、AutoCAD 2000 dwg、AutoCAD R14 dwg、AutoCAD R14 dxf、AutoCAD R13 dxf、AutoCAD R12 dxf。

HPGL 文件读入：如果选择 HPGL 语言将绘图输出到指定的文件中（文件名后缀一般为".PLT"），则可用此功能再将文件读入到 CAXA 电子图板中。

IGES 文件读入：用于读入其他 CAD 软件输出的文本形式的 IGES 文件。IGES 文件描述的是三维模型的信息。由于电子图板是二维软件，本质上是三维的实体如曲面等在转化时只能舍弃；其余实体如曲线等如果是空间曲线或虽然是平面曲线但其所在的平面不与 X-Y 平面平行，则转化后由于 Z 坐标不起作用，实体将产生变形。因此要达到理想的转化效果，用户应在输出 IGES 文件的 CAD 系统中将三维模型投影到各个坐标平面，产生二维视图，并将各二维视图变换到 X-Y 平面，再输出为 IGES 文件。

DAT 文件读入：如果选择此类型，可打开以文本形式生成的数据文件，获取 ME 软件几何数据。

WMF 文件打开：如果选择此类型，可打开 Windows 系统常用的 WMF 图形文件。

目前许多国外的 CAD 软件的 IGES 接口不支持中文，这些软件的图形文件如果包含中文，用它们的 IGES 输出功能输出的 IGES 文件里，中文基本上都变成了问号。电子图板读入这样的 IGES 文件后，中文自然还是问号，这不是电子图板的问题，即使用这些软件本身读这种文件，也必然出现同样的问题。

1.5.3 保存文件

将当前绘制的图形以文件形式存储到磁盘上。

选择"文件" | "保存"或者单击标准工具栏中的 🔳 按钮，弹出"另存文件"对话框，如图 1-49 所示。在文件名一栏中键入要保存的文件名称，单击"保存"按钮即可。

图 1-49　"另存文件"对话框

1.5.4　并入文件

如果一张图样要由多个设计人员完成，可以让每一位设计人员使用相同的模板进行设计，最后将每位设计人员设计的图样并入到一张图样上，要特别注意的是，在开始设计之前，定义好一个模板，模板中定好这张图样的参数设置，系统配制以及层、线型、颜色的定义和设置，以保证最后并入时，每张图样的参数设置及层、线型、颜色的定义都是一致的。

选择"文件"｜"并入"命令，弹出"并入文件"对话框，如图 1-50 所示。选择要并入的电子图板文件，单击"打开"按钮。弹出"并入文件"对话框 2，如图 1-51 所示，点选"并入到当前图纸"或"作为新图纸并入"单选钮。点选"并入到当前图纸"单选钮时，只能选择一张图纸。点选"作为新图纸并入"单选钮时，可以选择一张或多张图纸。如果并入的图纸名称和当前文件的图纸名称相同，系统将提示修改图纸名称，最后单击"确定"按钮。屏幕左下角出现并入文件立即菜单，如图 1-52 所示，在立即菜单 1 中键入并入文件的比例系数，再根据系统提示，输入图形的定位点即可。

图 1-50　"并入文件"对话框

图 1-51 "并入文件"对话框 2

图 1-52 "并入文件" 立即菜单

1.5.5 部分存储

将当前绘制的图形中的一部分图形以文件的形式存储到磁盘上。

选择"文件"｜"部分存储"命令，根据系统提示拾取要存储和图形，按右键确认；系统弹出"部分存储文件"对话框，如图 1-53 所示，输入文件的名称并单击"保存"按钮即可。

图 1-53 "部分存储文件"对话框

注意

部分存储只存储了图形的实体数据而没有存储图形的属性数据(系统设置，系统配置及层、线型、颜色的定义和设置)，而存储文件菜单则将图形的实体数据和属性数据都存储到文件中。

1.5.6 绘图输出

打印当前绘图区的图形。

选择"文件"｜"打印"命令或者单击标准工具栏中的🖨按钮，系统弹出"打印"

对话框，如图 1-54 所示。设置完成后单击"确定"按钮。

图 1-54 "打印"对话框

📖 1.5.7 文件检索

文件检索的主要功能是从本地计算机或网络计算机上查找符合条件的文件。

选择"文件"｜"文件检索"命令，系统弹出"文件检索"对话框，如图 1-55 所示。在"文件检索"对话框中设定检索条件，单击"开始搜索"按钮。设定检索条件时，可以指定路径、文件名、电子图板文件标题栏中属性的条件。

搜索路径：指定查找的范围，可以通过手工填写，也可以通过单击"浏览"按钮用路径浏览对话框选择，通过"包含子文件夹"选项可以决定只在当前目录下查找还是包括子目录。

文件名称：指定查找文件的名称和扩展名条件，支持统配符"*"。

条件关系：显示标题栏中信息条件，指定条件之间的逻辑关系（"与"或"或"）。标题栏信息条件可以通过"编辑条件"打开"编辑条件"对话框对条件进行编辑。

查找结果：实时显示查找到的文件的信息和文件总数。选择一个结果可以在右面的属性区查看标题栏内容和预显图形，通过双击可以用 EB 电子图板打开该文件。

当前文件：在查找过程中显示正在分析的文件，查找完毕后显示的是选择的当前文件。

编辑条件：单击"编辑条件"按钮，弹出"编辑条件"对话框进行条件编辑，如图 1-56 所示。要添加条件必须先单击"添加条件"按钮，使条件显示区出现灰色条。条件分为条件项、条件符、条件值 3 部分。

1）条件项：是指标题栏中的属性标题，如设计时间、名称等；下拉条中提供了可选的属性。

2）条件符：分为 3 类：字符型、数值型、日期型。每类有几个选项，可以通过条件符的下拉框选择。

3）条件值：相应的逻辑符分为 3 类：字符型、数值型、日期型；可以通过条件值后面的编辑框输入值，如果条件类型是日期型，编辑框会显示当前日期，通过单击右面的箭头可以激活日期选取对话框进行日期选取。

图 1-55 "文件检索"对话框

图 1-56 "编辑条件"对话框

📖 1.5.8 文件转换

此项功能可以实现 DWG/DXF 和 EXB 格式的批量转换，并支持按文件列表转换和按目录结构转换的两种方式。操作步骤如下：

（1）选择"文件" | "DWG/DXF 批转换器"命令，弹出"第一步设置"对话框，如图 1-57 所示，在对话框中选择转换方式和文件结构方式，单击"下一步"按钮。

在图 1-57 示在"第一步设置"对话框中单击"设置"按钮可以对转换方式进行设置。如果选择的转换方式是"将 EXB 格式文件转换为 DWG/DXF 文件"，则单击"设置"系统，弹出图 1-58 所示"选取 DWG/DXF 文件格式"对话框,在该对话框中可以设置转换后的文件的具体格式。

(2)此批量转换器支持按文件列表转换和按目录结构转换的两种方式。若第 2 步中选择的是"按文件列表转换"方式,则系统弹出"第二步:加载文件"对话框,如图 1-59 所示。

(3)在"第二步:加载文件"对话框中,单击"浏览"按钮可以选择转换后文件的路径;单击"添加文件"可以加载要转换的文件,单击"添加目录"则可把某一目录中的全部文件添加到列表框中,加载完毕后,单击"开始转换"按钮即开始转换。

图 1-57 "第一步:设置"对话框　　　图 1-58 "选取 DWG/DXF 文件格式"对话框

图 1-59 "第二步:加载文件"对话框

第 ② 章

绘图与编辑命令

本章介绍了 CAXA 电子图板中的基本绘图命令、图形编辑命令、库操作方法及图纸幅面设置方法。详细讲解了在以后绘图过程中经常用到的部分命令的操作方法，用户通过对这些基本命令的学习，能够初步绘制简单的二维工程图。

学 习 要 点

- ◎ 基本曲线绘制方法
- ◎ 曲线编辑方法
- ◎ 库操作方法
- ◎ 图纸幅面设置

2.1 基本曲线绘制

所谓基本曲线是指那些构成一般图形的基本图形元素。它主要包括："直线"、"圆"、"圆弧"、"样条"、"点"、"椭圆"、"矩形"、"正多边形"、"中心线"、"等距线"、"公式曲线"、"剖面线"、"填充"、"文字"和"局部放大图"等 15 种。基本曲线绘制命令集中在"绘图"菜单，如图 2-1 所示。其工具栏是绘图工具栏，如图 2-2 所示。本节将主要介绍"直线"、"圆"、"圆弧"、"中心线"、"公式曲线"及"文字"等命令。其他命令可以在以后的实例练习中自己熟悉。

图 2-1 绘图工具栏　　　　　　图 2-2 "绘图"菜单

2.1.1 绘制直线

选择"绘图"｜"直线"命令或者单击绘图工具栏中的 ⁄ 按钮。

这时，在屏幕左下角的操作提示区出现绘制直线的立即菜单，单击立即菜单 1 可选择绘制直线的不同方式，如图 2-3 所示；单击立即菜单 2，可以选择是连续绘制或单个绘制，"连续"表示每段直线段相互连接，前一段直线段的终点作为下一直线段的起点，而单个是指每次绘制的直线段相互独立，互不相连。

CAXA 电子图板提供了 5 种绘制直线的方式：

1. 绘制两点线

通过确定直线的起点和终点坐标绘制直线。操作步骤如下：

（1）选择"直线"命令。

（2）立即菜单 1 中选择"两点线"，2 中选择 "连续"选项。

（3）按照系统提示，在操作提示区输入第一点坐标 0，0，按 Enter 键。然后根据系统提示输入第二点坐标 50，50 ，按 Enter 键，绘制出相应直线，如图 2-4 所示。

2. 绘制角度线

生成给定长度与给定轴或直线成一定角度的直线。操作步骤如下：

（1）选择"绘图"｜"直线"命令。

图2-3　绘制直线的立即菜单　　　　图2-4　绘制两点直线

（2）在立即菜单1中选择"角度线"选项，弹出角度线立即菜单，如图2-5所示。在立即菜单中键入合适的角度值。

| 1. 角度线 | 2. X轴夹角 | 3. 到点 | 4.度= 45 | 5.分= 0 | 6.秒= 0 |

图2-5　角度线立即菜单

（3）在系统提示下输入第一点，用鼠标拖动生成的角度线到合适的长度，单击左键确定即可。

3．绘制角等分线

按给定等分份数、给定长度绘制一个角的等分线。

例2-1：绘制∠AOB的三等分线，如图2-6所示。

操作前　　　　　　　操作后

图2-6　绘制平行线绘制角等分线

01 选择"绘图"｜"直线"命令。

02 在立即菜单1中选择"角等分线"选项；份数键入3，长度键入120。如图2-7所示。

| 1. 角等分线 | 2.份数 3 | 3.长度 120 |

图2-7　角等分线立即菜单

03 根据系统提示，依次用鼠标拾取∠AOB的两条边，∠AOB的三等分线绘制生成，如图2-6右所示。

4．绘制切线/法线

绘制过给定点且与给定曲线平行或垂直的直线。

例2-2：给圆绘制切线和法线，如图2-8所示。

01 选择"绘图"｜"直线"命令。

02 在立即菜单1中选择"切线/法线"选项，其余选择如图2-11所示。

03 当系统提示拾取曲线时，用鼠标单击拾取圆。系统提示选择输入点，按下"空格"键，弹出工具点菜单，如图 2-9 所示。选择"切点"，然后用鼠标单击圆上某点，系统提示输入第二点或长度，这时用拖动鼠标单击图中第二点处，切线绘制完成如图 2-10 所示。

图 2-8　圆　　　图 2-9　利用工具点菜单选择切点　　　图 2-10　绘制切线

| 1. 切线/法线 | ▼ | 2. 切线 | ▼ | 3. 非对称 | ▼ | 4. 到点 | ▼ |

图 2-11　绘制切线的立即菜单

绘制法线方法与绘制切线方法相似。

5. 绘制等分线

（1）选择"绘图"│"直线"命令。

（2）在立即菜单 1 中选择"角度线"选项，弹出角度线立即菜单，如图 2-12 所示。在立即菜单中键入合适的角度值。

| 1. 等分线 | ▼ | 2. 等分量: 2 |

图 2-12 绘制切线的立即菜单

（3）当系统提示拾取第一条曲线时，用鼠标点击图中任意直线，当系统提示拾取另一条曲线时，用鼠标点击图中另外一条直线，等分线绘制完成；如图 2-13 所示是等分量设置为 5 的等分线。

绘制前　　　　　　　　　　　　绘制后

图 2-13 绘制等分线

注意

在进行绘制曲线的过程中，不可避免地要用到立即菜单，所以在绘制曲线过程中要经常选择立即菜单中的选项。

2.1.2 绘制平行线

选择"绘图"|"平行线"命令或单击绘制工具栏中图标//。进入绘制平行线命令后，在屏幕左下角的操作提示区出现绘制平行线的立即菜单，单击立即菜单1可以选择绘制平行线的两种方式：偏移方式和两点方式。

1．采用偏移方式

（1）选择"平行线"命令。

（2）在立即菜单1中选择"偏移方式"选项，立即菜单2中选择"双向"选项。

（3）按照系统提示，用鼠标单击拾取已知直线，然后在操作提示区输入偏移距离的数值或用鼠标拖动生成的平行线到所需位置时，单击左键确定即可，如图2-14所示。

2．采用两点方式绘制平行线

（1）选择"平行线"命令。

（2）在立即菜单2中选择"两点方式"选项，3中选择"到点"选项。

（3）按照系统提示，单击鼠标拾取直线，然后输入平行线起点，拖动直线到需要位置单击左键即可。

图 2-14　绘制平行线

2.1.3　绘制圆

选择"绘图"|"圆"命令或者单击绘图工具栏中的⊙按钮，可以绘制圆。在绘制圆时同样要用立即菜单来选择绘制圆的方式，如图2-15所示。CAXA电子图板提供了4种绘制圆的方式：

图 2-15　绘制圆的立即菜单

1．已知圆心-半径绘制圆

生成给定圆心和半径或圆上一点的圆。用鼠标或键盘输入圆的圆心点后，屏幕上会生成一段圆心固定、半径由鼠标拖动改变的动态圆，半径大小为圆心与光标点之间的距离，用鼠标拖动圆的半径到合适的长度，单击左键确定，或用键盘输入圆的半径即可。在输入圆心点以后，可连续输入半径或圆上点做出同心圆，单击右键即可结束输入。

2．绘制两点圆

以两已知点间的距离为直径画圆。用鼠标或键盘输入一个点，屏幕上会生成一个以光标点与已知点间的线段为直径的动态圆，用鼠标拖动直径的另一端点到合适的位置击左键确定即可。

3．绘制三点圆

过已知三点绘制圆。绘制圆时，按系统提示的要求用鼠标或键盘输入第一点和第二点，屏幕上会生成一段过上述两点及光标所在位置的动态圆，用鼠标拖动圆的第三点到合适的位置，单击左键确定即可。由于各点均可为切点，在绘制过程中可以利用工具点菜单做出：过三给定点；过两给定点与一曲线相切；过一给定点与两曲线相切；与三曲线相切的圆。

4．已知两点-半径绘制圆

过两个已知点且给定半径画圆。选择"圆"命令后，按系统提示的要求用鼠标或键盘输入圆的两个点，屏幕上会生成一段过两个已知点和光标点的动态圆，用鼠标拖动圆的第三点到合适的位置，单击左键确定，或用键盘输入圆的半径即可。

📖2.1.4 绘制圆弧

选择"绘图"｜"圆弧"命令或者单击绘图工具栏中的 ✎ 按钮，可以绘制圆弧。绘制圆弧立即菜单如图 2-16 所示。CAXA 电子图板提供了 6 种绘制圆弧的方式：

图 2-16　绘制圆弧的立即菜单

1．通过三点绘制圆弧

生成过给定三点的圆弧。绘制圆弧时，按系统提示的要求用鼠标或键盘输入第一点和第二点，屏幕上会生成一段过上述两点及光标所在位置的动态圆弧，用鼠标拖动圆弧的第三点到合适的位置，单击左键确定即可。由于各点均可为切点，可以做出：过三给定点；过两给定点与一曲线相切；过一给定点与两曲线相切；与三曲线相切的圆弧。

2．已知圆心_起点_圆心角绘制圆弧

已知圆心、起点及圆心角画圆弧。绘制圆弧时，按系统提示的要求用鼠标或键盘输入圆弧的圆心点和起点，屏幕上会生成一段圆心和起点固定终点由鼠标拖动的动态圆弧，用鼠标拖动圆弧的终点到合适的位置，单击左键确定（终点位于过圆心点和光标点的直线上），或用键盘输入圆弧的圆心角即可。

 注意

CAXA 电子图板中的圆弧以逆时针方向为正。

3．已知两点_半径绘制圆弧

已知圆弧的起点、终点及圆弧半径画圆弧。绘制圆弧时，按系统提示的要求用鼠标或键盘输入圆弧的起点和终点，屏幕上会生成一段起点和终点固定，半径由鼠标拖动改变的动态圆弧，用鼠标拖动圆弧的半径到合适的长度，单击左键确定，或用键盘输入圆弧的半径即可。

4．已知圆心_半径_起终角绘制圆弧

已知圆心、半径、起终角绘制圆弧。绘制圆弧时，输入上述条件后，就会生成一段符合以上条件的圆弧，用鼠标拖动圆弧的圆心点到合适的位置后，单击左键确定即可。

5．已知起点_终点_圆心角绘制圆弧

已知起点、终点、圆心角绘制圆弧。绘制圆弧时，用鼠标或键盘输入圆弧的起点，屏幕上会生成一段起点固定、圆心角固定的圆弧，用鼠标拖动圆弧的终点到合适的位置，单击左键确定即可。

6．已知起点_半径_起终角绘制圆弧

已知起点、半径、起终角绘制圆弧。绘制圆弧时，输入上述条件后，就会生成一段符合以上条件的圆弧，用鼠标拖动圆弧的起点到合适的位置后单击左键确定即可。

2.1.5 绘制轮廓线

生成由直线和圆弧构成的首尾相接或不相接的一条轮廓线。选择"绘图"｜"轮廓线"命令或者单击绘图工具栏的 ⤵ 按钮。系统弹出绘制轮廓线立即菜单。单击立即菜单 1 可以选择轮廓为直线或轮廓为圆弧。在绘制过程中两种方式可交替进行，生成由直线和圆弧构成的轮廓线。

在绘制过程中可以选择轮廓的封闭与否，如选择封闭，则轮廓线的最后一点可省略（不输入），直接单击右键结束操作，系统将自行使最后一点回到第一点，使轮廓图形封闭（正交封闭轮廓的最后一段直线不保证正交）。

2.1.6 中心线

绘制孔、轴或圆、圆弧的中心线。

选择"绘图"｜"中心线"或者单击绘图工具栏按钮 ✐，在屏幕左下角出现绘制正中心线的立即菜单，在立即菜单 1 可键入中心线的延伸长度。在系统提示下拾取相应几何元素绘制中心线。如果拾取的是直线，提示拾取另一条直线，以生成孔或轴的中心线。如果拾取的是圆、圆弧或椭圆，则生成一对相互正交且按当前坐标系方向的中心线。如图 2-17 所示。

图 2-17 绘制中心线

2.1.7 公式曲线

绘制数学表达式的曲线图形，也就是根据数学公式（或参数表达式）绘制出相应的数学曲线，公式的给出既可以是直角坐标形式的，也可以是极坐标形式的。

选择"绘图"｜"公式曲线"命令或者单击绘图工具栏按钮，系统弹出"公式曲线"对话框，如图 2-18 所示。在对话框中，可以键入曲线公式，单击"确定"，公式曲线将出现在屏幕上，系统提示输入曲线的定位点，输入坐标点按下 Enter 键，或者拖动鼠标到合适位置，单击左键即可。输入的曲线公式可以存储在 CAXA 电子图板的系统中，供以后使用，但是存储的公式数目不能多于 80 个。

图 2-18 "公式曲线"对话框

2.1.8 绘制剖面线

选择"绘图"｜"剖面线"命令或者单击绘图工具栏按钮，在屏幕左下角出现绘制剖面线的立即菜单，如图 2-19 所示。单击立即菜单 1 可选择绘制剖面线的方式。系统提供了两种绘制剖面线的方式：通过拾取环内点绘制剖面线；通过拾取封闭环的边界绘制剖面线。在立即菜单 2 和 3 中键入合适的间距数值和角度值。

1. 通过拾取环内点绘制剖面线

根据拾取点搜索最小封闭环，根据环生成剖面线。搜索方向为从拾取点向左的方向，如果拾取点在环外，则操作无效。用左键单击封闭环内任意点，可以同时拾取多个封闭环，如果所拾取的环相互包容，则在两环之间生成剖面线。

举例 3：用"拾取点"方式在图 2-20 基础上绘制图 2-21 所示剖面线。操作步骤如下：

（1）选择"绘图"｜"剖面线"命令或者单击绘图工具栏按钮▨。

（2）在立即菜单 1 中选择"拾取点"选项，2 中选择"不选择剖面图案"选项，3 中键入剖面线的间距，4 中键入剖面线的倾斜角度，5 中键入开始绘制处距边界的距离（一般均取 0），如图 2-19 所示。

（3）系统提示拾取环内点，用单击图 2-20 中距形内且在圆的左侧的任意一点，图 2-21a 所示的剖面线自动生成。

图 2-19　绘制剖面线立即菜单

图 2-20　绘制剖面线前的图形

a)　　　　　　　　b)

图 2-21　绘制剖面线后的图形

（4）图 2-21b 所示的剖面线绘制步骤与 1～3 步相同，只是在第 3 步中，系统提示拾取环内点时，用鼠标单击图 2-20 中矩形内且在圆的左侧的任意一点后，再用鼠标单击圆内任意一点，使得矩形和圆均成为绘制剖面线区域的边界线，然后系统生成图 2-21b 所示的剖面线。

 注意

如果拾取环内点时存在孤岛，请尽量将拾取点放置在封闭环左侧区域。

2．通过拾取封闭环的边界绘制剖面线

以拾取边界方式生成剖面线，根据拾取到的曲线搜索封闭环，根据封闭环生成剖面线。如果拾取到的曲线不能够生成互不相交的封闭环，则操作无效。

 注意

系统总是在拾取点亮的所有线条（也就是边界）内部绘制剖面线，所以在拾取环内点或拾取边界以后，读者一定要仔细观察哪些线条被点亮了。通过调整被点亮的边界线，就可以调整剖面线的形成区域。

2.1.9　文字标注

文字标注用于在图形中标注文字。文字可以是多行，可以横写或竖写，并可以根据指定的宽度进行自动换行。

选择"绘图"|"文字"或者单击绘图工具栏按钮 **A**，在屏幕左下角出现标注文字的立即菜单，单击立即菜单 1 可选择标注文字的区域。系统提供了两种选择标注文字区域的方式。

1．在指定两点的矩形区域内标注文字

在指定的矩形区域中标注文字，操作步骤如下：

（1）选择"绘图"|"文字"或者单击绘图工具栏按钮 **A**。

（2）在立即菜单 1 中选择"指定两点"选项，如图 2-22 所示。

（3）根椐系统提示依次指定标注文字的矩形区域的第一角点和第二角点后，系统弹出"文本编辑器"对话框，如图 2-23 所示。

> 1. 指定两点

图 2-22 标注文字的立即菜单

图 2-23 文本编辑器

（4）在编辑框中键入文字。如果需要设置字参数，可以在编辑器中修改文字参数。

在标注文字时，文字中可以包含偏差、上下标、分数、上划线、中间线、下划线以及 φ、°、± 等常用符号。

（5）完成了输入和设置后，单击"确定"按钮，系统生成相应的文字并插入到指定的位置；单击"取消"按钮则取消操作。

2．在指定矩形内部标注文字

在指定的矩形边界内部标注文字，其操作方法与上述相似，只是在立即菜单 1 中选择"搜索边界"选项，如图 2-24 所示，立即菜单 2 中输入边界间距系数；根椐系统提示指定矩形边界内一点，系统弹出文字编辑器，输入相应文字即可。

图 2-24　标注文字的立即菜单　　　　图 2-25　"曲线文字参数"对话框

3．在曲线上标注文字

在立即菜单1中选择"曲线文字"选项，拾取曲线，指定文字标注方向并指定文字的起点和终点位置，弹出"曲线文字参数"对话框，如图2-25所示，输入相应文字即可。

2.2 高级曲线绘制

所谓高级曲线是指由基本元素组成的一些特定的图形或特定的曲线。它主要包括：轮廓线、波浪线、双折线、箭头、齿轮、圆弧拟合样条和孔/轴等类型。高级曲线绘制命令集中在"绘图"菜单的下半部，如图 2-26 所示。其工具栏是绘图工具栏Ⅱ，如图 2-27 所示。

图 2-26　高级曲线绘制命令　　　　图 2-27　绘图工具栏Ⅱ

📖 2.2.1　绘制波浪线

按给定方式生成波浪曲线。此功能常用于绘制剖面线的边界线，一般用细实线。选择"绘图"｜"波浪线"命令或者单击绘图工具栏Ⅱ的 ∿ 按钮。系统弹出绘制波浪线立即菜单。立即菜单1中可以键入波浪线的波峰高度（即波峰到平衡位置的垂直距离）。

📖 2.2.2　绘制双折线

基于图幅的限制，有些图形元素无法按比例画出，可以用双折线表示。可通过两点画出双折线，也可以直接拾取一条现有的直线将其改为双折线。

选择"绘图"｜"双折线"命令或者单击绘图工具栏Ⅱ的 ∿ 按钮.。系统弹出绘制双折线立即菜单。单击立即菜单1可以选择"折点个数"或"折点距离"方式。

📖 2.2.3　绘制箭头

此功能用于绘制单个的实心箭头或给弧、直线增加实心箭头。选择"绘图"｜"箭头"命令或者单击绘图工具栏Ⅱ的 ✓ 按钮。系统弹出绘制箭头立即菜单。单击立即菜单1可以选择"正向"或"反向"方式。

 注意

为圆弧和直线添加箭头时，箭头方向定义如下：对于直线是以坐标系的 X、Y 方向的正方向作为箭头的正方向，X、Y 方向的负方向作为箭头的反方向；对于圆弧是以逆时

针方向为箭头的正方向，顺时针方向为箭头的反方向。

2.2.4 绘制齿轮

按给定的参数生成整个齿轮或生成给定个数的齿形。选择"绘图"｜"齿轮"命令或者单击绘图工具栏Ⅱ的 按钮。系统弹出"渐开线齿轮齿形参数"对话框，如图 2-28 所示。在此对话框中可以设置齿轮的齿数、模数、压力角、变位系数等，还可改变齿轮的齿顶高系数和齿顶隙系数来改变齿轮的齿顶圆半径和齿根圆半径，也可直接指定齿轮的齿顶圆直径和齿根圆直径。

确定完齿轮的参数后，按"下一步"按钮，系统弹出"渐开线齿轮齿形预显"对话框，如图 2-29 所示。在此对话框中，可设置齿形的齿顶过渡圆角的半径和齿根过渡圆弧半径及齿形的精度，并可确定要生成的齿数和起始齿相对于齿轮圆心的角度，确定完参数后可按"预显"按钮观察生成的齿形。

图 2-28 "渐开线齿轮齿形参数"对话框

图 2-29 "渐开线齿轮齿形预显"对话框

 注意

该功能生成的齿轮要求模数大于 0.1、小于 50，齿数大于等于 5、小于 1000。

📖2.2.5　圆弧拟合样条

用圆弧来表示样条。主要用来处理线切割加工图形，经上述处理后的样条线，可以使图形加工结果更光滑，生成的加工代码更简单。

选择"绘图"|"圆弧拟合样条"命令或者单击绘图工具栏Ⅱ的按钮。系统弹出圆弧拟合立即菜单，如图2-30所示。

1.不光滑连续 ▾	2.保留原曲线 ▾	3.拟合误差 0.05	4.最大拟合半径 9999

图2-30　圆弧拟合立即菜单

单击立即菜单1可以选取"不光滑连续"或"光滑连续"方式，单击立即菜单2可选取"保留原曲线"或"不保留原曲线"，在3中可键入拟合误差，4中键入最大拟合半径；根据系统提示拾取需要拟合的样条曲线，拟合完成。

📖2.2.6　绘制孔/轴

在给定位置画出带有中心线的孔和轴或画出带有中心线的圆锥孔或圆锥轴。选择"绘图"|"孔/轴"命令或者单击绘图工具栏Ⅱ的按钮，系统弹出绘制箭头立即菜单。单击立即菜单1可以选择绘制"孔"或"轴"，单击立即菜单2可以选择"直接给出角度"或"两点确定角度"。

2.3　曲线编辑方法

为提高作图效率以及删除在作图过程中产生的多余线条，电子图板提供了曲线编辑功能，它包括：裁剪、过渡、齐边、打断、拉伸、平移、平移复制、旋转、镜像、缩放、阵列、打断等11个方面。

曲线编辑的命令的菜单操作主要集中在"修改"菜单，如图2-31所示。工具栏操作主要集中在"编辑"工具栏，如图2-32所示。

图2-31　"修改"菜单

图2-32　编辑工具栏

2.3.1 裁剪

用于对给定曲线(一般称为被裁剪线)进行修整，删除不需要的部分，得到新的曲线。选择"修改"｜"裁剪"命令或者单击编辑工具栏的 ╱ 按钮。在屏幕左下角的操作提示区出现裁剪的立即菜单，单击立即菜单 1 可选择裁剪的不同方式，如图 2-33 所示。

1. 快速裁剪

用鼠标直接点取被裁剪的曲线，系统自动判断边界并做出裁剪响应，系统视裁剪边为与该曲线相交的曲线。快速裁剪一般用于比较简单的边界情况（例如一条线段只与两条以下的线段相交）。

注意

对于与其他曲线不相交的一条单独的曲线不能使用裁剪命令，只能用删除命令将其去掉。

2. 拾取边界

以一条或多条曲线作为剪刀线，对一系列被裁剪的曲线进行裁剪。用鼠标拾取一条或多条曲线作为剪刀线，然后按下右键确认。根据屏幕提示用鼠标选取要裁剪的曲线，按左键确认，点取的曲线段至边界部分被裁剪，而边界另一侧的部分被保留。

3. 批量裁剪

当曲经较多时，可以对曲线或曲线组用批量裁剪。根据系统提示用鼠标单击拾取剪刀链，（剪刀链可以是一条曲线，也可以是首尾相连的多条曲线）；系统提示拾取要裁剪的曲线，用鼠标单击依次拾取要裁剪的曲线（用窗口方式拾取也可），按右键确认。选择要裁减的方向，裁剪完成。

2.3.2 过渡

过渡功能包含了一般 CAD 软件的圆角、尖角、倒角等功能。选择"修改"｜"过渡"命令或者单击编辑工具栏的 按钮。屏幕左下角的操作提示区出现过渡的立即菜单，单击立即菜单 1 可选择不同的过渡方式，如图 2-34 所示。

图 2-33　裁剪立即菜单　　　　　　图 2-34　过渡操作的立即菜单

1. 圆角过渡

用于对两曲线（直线、圆弧、圆）进行圆弧光滑过渡。曲线可以被裁剪或往角的方向延伸。

注意

用鼠标选取的曲线位置不同，会得到不同的结果。

2．多圆角过渡

用于对多条首尾相连的直线进行圆弧光滑过渡。调用过渡操作命令，从立即菜单 1 中选取"多圆角"过渡方式，2 中可以键入过渡圆角的半径；根据系统提示再用鼠标拾取要进行过渡的首尾相连的直线即可。

3．倒角过渡

用于两直线之间进行直线倒角过渡。直线可以被裁剪或往角的方向延伸。

4．外倒角过渡

用于对轴端等有 3 条两两垂直的直线进行倒角过渡。

5．内倒角过渡

用于对孔端等有 3 条两两垂直的直线进行倒角过渡。

6．多倒角过渡

用于对多条首尾相连的直线进行倒角过渡。

7．尖角过渡

在第一条曲线与第二条曲线（直线、圆弧、圆）的交点处形成尖角过渡。曲线在尖角处可被裁剪或往角的方向延伸。

2.3.3　齐边

齐边即以一条曲线为边界对一系列曲线进行裁剪或延伸。选择"修改"|"齐边"命令或者单击编辑工具栏的 按钮。根据屏幕提示用鼠标选取一条曲线作为边界，然后选取一系列曲线进行编辑修改。如果选取的曲线与边界曲线有交点，系统按"裁剪"命令进行操作，即系统将裁剪所拾取的曲线至边界位置。如果被裁剪的曲线与边界曲线没有交点，那么，系统将把曲线延伸至边界（圆或圆弧可能会有例外，因为它们无法向无穷远处延伸，它们的延伸范围是有限的）。

2.3.4　打断

将一条曲线在指定点处打断成两条曲线，以便于分别操作。选择"修改"|"打断"命令或者单击编辑工具栏的 按钮。根据系统提示用鼠标选取一条待打断的曲线，然后用鼠标仔细的选取打断点（为作图准确，可充分利用工具点菜单）。此时屏幕上的曲线与打断前并没有什么两样，但实际上，原来的曲线已经变成了两条互不相干的曲线，各自成了一个独立的实体。

2.3.5　拉伸

对曲线或曲线组进行拉伸操作。选择"修改"|"拉伸"命令或者单击编辑工具栏

的┗按钮。屏幕左下角的操作提示区出现拉伸立即菜单，单击立即菜单 1 可选择不同的拉伸方式。

1．单条曲线拉伸

用单个拾取鼠标拾取直线、圆、圆弧或样条进行拉伸。当拾取了直线时，有两种拉伸方式，轴向拉伸和任意拉伸。

（1）轴向拉伸即保持直线的方向不变，改变靠近拾取点的直线端点的位置。轴向拉伸又分点方式和长度方式。点方式时拉伸后的端点位置是鼠标位置在直线方向上的垂足；长度方式时需要输入拉伸长度，直线将延伸指定的长度，如果输入的是负值，直线将反向延伸。

（2）任意拉伸时靠近拾取点的直线端点位置完全由鼠标位置决定。

（3）当拾取了圆时，可以在保持圆心不变的情况下改变圆的半径。当拾取了圆弧时，可以选择拉伸弧长或拉伸半径。

（4）当拾取了样条时，系统提示："拾取插值点"，此时样条上的所有插值点显示为绿色，用鼠标拾取合适的插值点，移动鼠标，样条的形状将随之改变，再次按下左键时该插值点就固定在新位置上，可以接着拾取其他插值点进行拉伸，最后对样条的形状满意时，按右键或"Esc"键结束操作。

2．曲线组拉伸

移动窗口内图形的指定部分，即将窗口内的图形一起拉伸。如果选择给定偏移，那么用鼠标进行窗口选取后可以给出移动图形在 X 和 Y 方向上的偏移量。

如果选择给定两点，那么用鼠标进行窗口选取后可以给出两个参考点，系统根据这两个点的位置关系自动计算图形的偏移。

📖 2.3.6 平移图形

对拾取到的实体进行平移或拷贝操作。选择"修改"｜"平移"命令或者单击编辑工具栏的✥按钮。屏幕左下角的操作提示区出现平移立即菜单，单击立即菜单 1 可选择不同的平移方式：给定偏移；给定两点。

1．给定偏移

用给定偏移量的方式进行平移实体。

2．给定两点

给定两点方式进行平移实体。用指定两点作为平移的位置依据。可以在任意位置输入两点，系统将两点间距离作为偏移量，然后，再进行平移操作。

📖 2.3.7 复制

复制选择到是指对拾取到的实体进行复制。选择"修改"｜"平移复制"命令或者单击编辑工具栏的🗗按钮。在屏幕左下角的操作提示区出现旋转立即菜单，单击立即菜单 1 可选择不同的复制方式。

1．给定两点

通过两点的定位方式完成图形元素复制。

2．给定偏移

用给定偏移量的方式进行图形复制。

2.3.8 旋转

对拾取到的实体进行旋转或拷贝操作。选择"修改"｜"旋转"命令或者单击编辑工具栏的 ○ 按钮。在屏幕左下角的操作提示区出现旋转立即菜单，单击立即菜单 1 可选择不同的旋转方式。旋转分为给定旋转角旋转和指定起始、终止点旋转两种。

1．给定旋转角旋转图形

以给定的基准点和角度将图形进行拷贝或旋转。

2．给定起始点和终止点旋转图形

根据给定的两点和基准点之间的角度将图形进行拷贝或旋转。

2.3.9 镜像

对拾取到的图形元素进行镜像拷贝或镜像位置移动，作镜像的轴可利用图上已有的直线，也可由用户交互给出两点作为镜像用的轴。选择"修改"｜"镜像"命令或者单击编辑工具栏的 ▲ 按钮。在屏幕左下角的操作提示区出现镜像立即菜单，单击立即菜单 1 可选择不同的镜像方式：拾取轴线；拾取两点。

1．拾取轴线

以拾取的直线为镜像轴生成镜像图形。

2．拾取两点

以拾取的两点的连线为镜像轴生成镜像图形。

2.3.10 比例缩放图形

对拾取到的实体按给定比例进行缩小或放大，也可以用光标在屏幕上直接拖动比例缩放，系统会动态显示被缩放的图素，当用户认为满意时，按鼠标左键确认即可。

选择"修改"｜"比例缩放"命令或者单击编辑具栏的 □ 按钮。在立即菜单 1 中选择"平移"（删除原来图形）或"拷贝"（保留原来图形），2 中选择"尺寸值变化"（尺寸数值按输入的比例系数变化）或"尺寸值不变"（尺寸数值不随比例系数的改变而变化）；3 中选择"比例变化"（除尺寸数值外的标注参数随输入的比例系数变化）或"比例不变"（除尺寸数值外的标注参数不随比例系数的改变而变化），如图 2-35 所示。

```
1. 平移  ▼  2. 尺寸值不变  ▼  3. 比例不变  ▼
```

图 2-35　比例缩放的立即菜单

根据系统提示选择图形缩放的基准点。系统提示输入比例系数，这时键入要缩放的比例系数并按下 Enter 键或者用光标在屏幕上直接拖动比例缩放，大小合适时单击鼠标。

📖2.3.11 阵列

阵列的目的是通过一次操作可同时生成若干个相同的图形，以提高作图速度。阵列的方式有圆形阵列和矩形阵列。选择"修改"｜"阵列"命令或者单击编辑工具栏的 按钮。在屏幕左下角的操作提示区出现阵列立即菜单，单击立即菜单 1 可选择"圆形阵列"、"矩形阵列"和"曲线阵列"方式。

1．圆形阵列

以指定点为圆心，以指定点到实体图形的距离为半径，将拾取到的图形在圆周上进行阵列拷贝。

2．矩形阵列

将拾取到的图形按矩形阵列的方式进行阵列复制。

3．曲线阵列

在一条或多条首尾相连的曲线上生成均布的图形。

2.4 库操作

CAXA 电子图板已经定义了用户在设计时经常要用到的各种标准件和常用的图形符号，如螺栓、螺母、轴承、垫圈、电气符号等。在设计绘图时可以直接提取这些图形插入图中，避免不必要的重复劳动，提高绘图效率。还可以自行定义自己要用到的其他标准件或图形符号，即对图库进行扩充。

电子图板对图库中的标准件和图形符号统称为图符。图符分为参量图符和固定图符。电子图板为用户提供了对图库的编辑和管理功能。此外，对于已经插入图中的参量图符，还可以通过尺寸驱动功能修改其尺寸规格。对图库可以进行的操作有：提取图符、定义图符、驱动图符、图库管理、图库转换等。

库操作命令集中在"绘图"｜"库操作"菜单中，如图 2-36 所示。工具栏按钮操作集中在库操作工具栏，如图 2-37 所示。

图 2-36　"库操作"菜单　　　　　　　　　　图 2-37　库操作工具栏

📖2.4.1 提取图符

提取图符就是从图库中选择合适的图符（如果是参量图符还要选择其尺寸规格），并将其插入到图中合适的位置。选择"绘图"｜"库操作"｜"提取图符"命令或者单击

库操作工具栏的 按钮。弹出"提取图符"对话框，如图 2-38 所示。在对话框中选定要提取的图符，单击"下一步"按钮。

图 2-38 "提取图符"对话框

1. 选定要提取的图符

利用"提取图符"对话框来选定要提取的图符。在"提取图符"对话框中，选择需要的文件夹，此时"图符列表"框中列出了当前文件夹中包含的所有图符。

用鼠标单击任一图符名或用键盘方向键将高亮色棒移到任一图符名上，则该图符成为当前图符，预显框中会显示出该图符的图形。如果想要查看图符的属性信息，用鼠标单击"属性"标签。单击"图形"标签则恢复图形显示。

选定要提取的图符后，单击"下一步"按钮。如果选定的是固定图符，则直接开始插入图符。如果选定的是参量图符，则进入"图符预处理"对话框，如图 2-39 所示，开始进行图符预处理。

图 2-39 "图符预处理"对话框

2. 图符预处理

在"图符预处理"对话框中可以对已选定的参量图符进行尺寸规格的选择，以及设置图符中尺寸标注的形式、是作为一个整体提取还是打散为各图形元素、是否进行消隐，对于有多个视图的图符还可以选择提取哪几个视图。"图符预处理"对话框操作方法如下：

（1）尺寸规格选择：从左边"尺寸规格选择"一栏的表格中选择合适的规格尺寸。可以用鼠标或键盘将插入符移到任一单元格并输入数值来替换原有的数值。按下 F2 键则当前单元格进入编辑状态且插入符被定位在单元格内文本的最后。列表头的尺寸变量名后如果有星号说明该尺寸是系列尺寸，用鼠标单击相应行中系列尺寸对应的单元格，单元格右端将出现一按钮，单击此按钮弹出一个下拉框，从中选择合适的系列尺寸值；尺寸变量名后如果有问号说明该尺寸是动态尺寸，如果用右键单击相应行中动态尺寸对应的单元格，单元格内尺寸值后将出现一问号，这样在插入图符时可以通过鼠标拖动来动态决定该尺寸的数值。再次右键单击该单元格则问号消失，插入时不作为动态尺寸。确定系列尺寸和动态尺寸后单击相应行左端的选择区选择一组合适的规格尺寸。

（2）尺寸开关：控制图符提取后的尺寸标注情况，"关"表示提取出的图符不标注任何尺寸；"尺寸值"表示提取后标注实际尺寸值；"尺寸变量"表示提取出的图符里的尺寸文本是尺寸变量名，而不是实际尺寸值。

（3）图符预览区：位于对话框的右边，下面排列有 6 个视图控制开关，用左键点取可打开或关闭任意一个视图，被关闭的视图将不被提取出来。

在设置完各个选项并选取了一组规格尺寸后，单击"确定"按钮，进入插入图符的交互过程。根据系统提示，将图符定位于绘图区域中。

📖 2.4.2　自定义图符

定义图符就是将自己要用到而图库中没有的参数化图形或固定图形加以定义，存储到图库中，供以后调用。可以定义到图库中的图形元素类型有：直线、圆、圆弧、点、尺寸、块、文字、剖面线、填充。如果有其他类型的图形元素如多义线、样条等需要定义到图库中，可以将其做成块。下面介绍定义图符的操作步骤：

（1）绘制好要定义的图形、标注好尺寸（如果有的话）。选择"绘图"|"库操作"|"定义图符"命令或者单击库操作工具栏中的🔛按钮。

（2）状态栏提示"请选择第 1 视图："，用鼠标窗选图符的第一视图，如果一次没有选全，可以接着选取遗漏的图形元素。选取完后，单击右键结束选择。

（3）状态栏提示"请单击或输入视图的基点："，用鼠标指定基点，指定基点时可以用空格键弹出工具点菜单来帮助精确定点，也可以利用智能点、导航点等定位。基点的选择很重要，如果选择不当，不仅会增加元素定义表达式的复杂程度，而且使提取时图符的插入定位很不方便。

（4）指定基点后，如果视图中不包含尺寸，则进入下一视图的选择（当有多个视图时），操作方法同上；如果视图中包含尺寸，则状态栏提示"请为该视图的各个尺寸变量指定变量名"，用鼠标单击当前视图中的任一尺寸，在弹出的输入框中输入给该尺寸起的名字，尺寸名应与标准中采用的尺寸名或被普遍接受的习惯一致。为当前视图中的所有尺寸指定变量名。可以再次选中已经指定过变量名的尺寸为其指定新名字。指定完变量名后单击右键结束对当前视图的操作。根据提示对其余各视图进行同样的操作。

（5）指定完所有的视图后，如果是固定图符，直接进入"图符入库"对话框，相应的操作见图符入库。

 注意

如果软件安装时选择了不覆盖图库文件，那么此时的图库文件版本可能不是当前系统默认的版本(提取图符时会有提示)，则需要先进行"图库转换"。否则新定义的图符无法保存到旧版本的文件中去。

2.4.3 图库管理

图库管理为用户提供了对图库文件及图库中的各个图符进行编辑修改的功能。单击"绘图"｜"库操作"｜"图库管理"命令，弹出"图库管理"对话框，如图 2-40 所示。在此对话框中进行图符浏览、预显放大、检索及设置当前图符的方法与"提取图符"对话框完全相同。

图 2-40 "图库管理"对话框

2.4.4 驱动图符

驱动图符就是将已经插入到图中的参量图符的某个视图的尺寸规格进行修改。选择"绘图"｜"库操作"｜"驱动图符"命令或者单击库操作工具栏的 按钮。系统提示选择想要变更的图符；选取要驱动的图符，弹出"图符预处理"对话框。在这个对话框中修改该图符的尺寸及各选项的设置。操作方法与图符预处理时相同。然后单击"确定"按钮，被驱动的图符将在原来的位置以原来的旋转角被按新尺寸生成的图符所取代。

2.4.5 图库转换

图库转换用来将用户在低版本电子图板中的图库（可以是自定义图库）转换为当前版本电子图板的图库格式，以继承用户的劳动成果。操作步骤如下：

（1）选择"绘图"|"库操作" |"图库转换"命令或者单击库操作工具栏中的 按钮后，系统弹出"图库转换"对话框，如图 2-41 所示。单击"确定"按钮。

（2）系统弹出"打开旧版本主索引或小类索引文件"对话框，如图 2-42 所示。在对话框中选择要转换的图库的索引文件，单击"确定"按钮。

图 2-41　"图库转换"对话框　　　　图 2-42　"打开旧版本主索引或小类索引文件"对话框

（3）弹出"转换图符"对话框，如图 2-43 所示。选择需要转换的图符和存储的类，单击"转换"按钮完成图库转换。

图 2-43　"转换图符"对话框

2.4.6　构件库

构件库是一种新的二次开发模块的应用形式。选择"绘图" | "库操作" | "构件库"命令，弹出如图 2-44 所示的"构件库"对话框。在"构件库"下拉列表中可以选择不同的构件库，在"选择构件"选项组中以图标按钮的形式列出了所选构件库中的所有构件，单击某一构件后在"功能说明"面板中列出了所选构件的功能说明，单击"确定"按钮，根据系统提示相交边，即可产生相应的槽。

2.4.7　技术要求库

技术要求库用数据库文件分类记录了常用的技术要求文本项，可以辅助生成技术要

求文本插入工程图，也可以对技术要求库中的类别和文本进行添加、删除和修改，即进行技术要求库管理。选择"绘图"|"库操作"|"技术要求库"命令或者单击库操作工具栏的按钮，系统弹出"技术要求库"对话框，如图 2-45 所示。

图 2-44　"构件库"对话框

图 2-45　"技术要求库"对话框

左下角的列表框列出了所有已有的技术要求类别，右下角的表格列出了当前类别的所有文本项。顶部的编辑框用来编辑要插入工程图的技术要求文本。如果某个文本项内容较多、显示不全，可以将鼠标光标移到表格中任意两个相邻行的选择区之间，此时光标形状发生变化，向下拖动鼠标则行的高度增大，向上拖动鼠标则行的高度减小。

如果技术要求库中已经有了要用到的文本，可以在切换到相应的类别后用鼠标直接将文本从表格中拖到上面的编辑框中合适的位置。也可以直接在编辑框中输入和编辑文本。单击"标题设置"按钮或"正文设置"按钮，可以进入"文字标注参数设置"对话框，修改技术要求文本要采用的文字参数。右上角的组合框用法与"文字标注与编辑"对话框中的一样。完成编辑后，单击"生成"按钮，根据提示指定技术要求所在的区域，系统生成技术要求文本插入工程图。

2.5 图纸幅面设置

一张符合国标标准的工程图，不仅需要有图形元素，而且需要有标准的图框、标题栏、零件编号和明细表等元素。在 CAXA 电子图板绘图系统具有图纸幅面的设置功能，包括有：幅面设置、图框设置、标题栏设置、零件序号设置和明细表设置。

📖 2.5.1 幅面设置

在图纸幅面设置功能中，根据图纸幅面规格不同，CAXA 电子图板设置了从 A0 到 A4 共 5 种标准图纸幅面供调用，并可设置图纸方向及图纸比例。其操作步骤如下：

（1）选择"幅面"｜"幅面设置"命令或者单击图幅操作工具栏中的 □ 按钮。系统弹出"图幅设置"对话框，如图 2-46 所示。

图 2-46 "图幅设置"对话框

（2）在该对话框中，可以对图纸的幅面、比例、方向进行相应的设置。

（3）单击"调入图框"或"调入标题栏"的下拉按钮，在列表中选择需要的图框和标题栏，系统会在右侧的预览框中显示相应的图框和标题栏。

📖 2.5.2 图框设置

在进行图框设置时，其操作包括 3 个关于图框设置的选项，分别为：

1．调入图框

调入与当前绘图幅面一致的标准图框。选择"幅面"｜"图库"｜"调入"命令或者单击图幅操作工具栏的 按钮。系统弹出"读入图框文件"对话框，如图 2-47 所示。在此对话框中的图框列表中列出与当前幅面一致的图框名称，选取所需图框单击"确定"按钮，将该图框插入到当前图纸中。

2．定义图框

将绘制的图形定义成图框。

选择"幅面"｜"图库"｜"定义"命令或者单击图幅操作工具栏的 按钮。根据系统提示拾取要作为图框的表格后，弹出"选择图框文件的幅面"对话框，如图 2-48 所示。单击"取系统值"按钮或"取定义值"按钮，系统弹出"存储图框文件"对话框，键入自定义图框的名称，单击"确定"按钮即可。

图 2-47　"读入图框文件"对话框

图 2-48　"选择图框文件的幅面"对话框

3．存储图框

将当前界面中的图框存储到文件中以供以后使用。

选择"幅面"｜"图框"｜"定义"命令或者单击图幅操作工具栏的 按钮。系统弹出"存储图框文件"对话框，键入保存图框的名称，单击"确定"按钮。

2.5.3　标题栏设置

在 CAXA 电子图板系统中具有为用户设计的多种标题栏，使用这些标题栏会大大提高绘图的效率，同时 CAXA 电子图板也允许自定义标题栏，并将自定义的标题栏以文件的形式保存起来。标题栏的设置有以下几项功能

1．调入标题栏

在 CAXA 电子图板系统中选取所需标题栏插入到当前图纸中。选择"幅面"｜"标题栏"｜"调入"命令或者单击图幅操作工具栏的 按钮。系统弹出"读入标题栏文件"对话框，如图 2-49 所示。在此对话框中的标题栏列表中列出标题栏名称，选取所需标题栏，单击"确定"按钮。

2．定义标题栏

将绘制的图形定义成标题栏。选择"幅面"｜"标题栏"｜"定义"命令或者单击

图幅操作工具栏的 按钮。在系统提示下拾取欲组成标题栏的实体，单击右键即可。

3．存储标题栏

将当前定义的标题栏存储到文件中以供以后使用。选择"幅面"|"标题栏"|"存储"命令或者单击图幅操作工具栏的 按钮。弹出"存储标题栏"对话框，在对话框中输入文件名，单击"确定"按钮。

4．填写标题栏

填写系统提供的标题栏，如果此时的标题栏不是系统所提供的或没有标题栏，则无法用此功能。选择"幅面"|"标题栏"|"填写"命令或者单击图幅操作工具栏的 按钮。系统弹出"填写标题栏"对话框，如图 2-50 所示。在对话框中填入相关内容后单击"确定"按钮即可。

图 2-49　"读入标题栏文件"对话框

图 2-50　"填写标题栏"对话框

注意

如果此时的标题栏不是系统所提供的或没有标题栏，则无法用此功能。

2.5.4　零件序号设置

零件序号和明细表是绘制装配图不可缺少的内容，电子图板设置了序号生成和插入功能，并且与明细表联动，在生成和插入零件序号的同时，允许填写或不填写明细表中的各表项，而且对从图库中提取的标准件或含属性的块，在零件序号生成时，能自动将其属性填入明细表中。

用鼠标单击幅面菜单，弹出相应的选项分别为：生成序号、删除序号、编辑序号和序号设置。

1．生成序号

生成零件序号或插入零件序号，与明细表联动。可以在生成或插入时填写明细表。选择"幅面"|"序号"|"生成"命令或者单击图幅操作工具栏的 按钮。弹出零件

序号立即菜单，如图 2-51 所示。填写或选择立即菜单的各项内容；根据系统提示，选取序号引线的引出点和转折点即可。

| 1.序号= 1 | 2.数量 1 | 3. 水平 | 4. 由内向外 | 5. 生成明细表 | 6. 不填写 | 7. 单折 |

图 2-51 零件序号立即菜单

2．删除序号

删除不需要的零件序号。如果所要删除的序号没有重名的序号，同时删除明细表中相应的表项，否则只删除所拾取的序号。如果删除的序号为中间项，则系统会自动将该项以后的序号值顺序减一，以保持序号的连续性。选择"幅面"｜"序号"｜"删除"命令或者单击图幅操作工具栏的 按钮。按照系统提示依次拾取要删除的零件序号即可。

3．编辑序号

编辑零件序号的位置和排列方式。选择"幅面"｜"序号"｜"编辑"命令或者单击图幅操作工具栏 按钮。按照系统提示依次拾取要编辑的零件序号；如果拾取的是序号的指引线，此时可移动鼠标编辑引出点的位置；如果拾取的是序号的引出线中，可以利用立即菜单，系统提示输入转折点，此时移动鼠标可以编辑序号的排列方式和序号的位置。

4．交换序号

交换序号功能是交换序号的位置，并根据需要交换明细表内容。选择"幅面"｜"序号"｜"交换"命令或者单击图幅操作工具栏 按钮。照系统提示依次拾取要交换的零件序号两个序号马上交换位置。

注意

在一张图样上零件序号形式应统一，所以如果图样中已标注了零件序号，就不能再改变零件序号的设置。

2.5.5 明细表设置

CAXA 电子图板的明细表与零件序号是联动的，可以随零件序号的插入和删除产生相应的变化。除此之外，明细表本身还有定制明细表、删除表项、表格折行、填写明细表、插入空行、输出数据和读入数据等操作。

1．删除表项

删除明细表的表项及序号。选择"幅面"｜"明细表"｜"删除表项"命令或者单击图幅操作工具栏 按钮。根据系统提示，用鼠标拾取所要删除的明细表表项，如果拾取无误则删除该表项及所对应的所有序号，同时该序号以后的序号将自动重新排列。当需要删除所有明细表表项时，可以直接拾取明细表表头，此时弹出对话框以得到用户的最终确认后，删除所有的明细表表项及序号。

2．表格折行

用鼠标拾取某一待折行的表项，系统将按照立即菜单中的选项进行左折或右折。选择"幅面"｜"明细表"｜"表格折行"命令或者单击图幅操作工具栏 按钮。根据系统提示用鼠标拾取某一待折行的表项，系统将按照立即菜单中的选项进行左折或右折。

3．填写明细表

向明细表中填写或修改各项的内容。选择"幅面"｜"明细表"｜"填写明细表"命令或者单击图幅操作工具栏的 按钮。根据系统提示，用鼠标拾取需要填写或修改的明细表表项后，单击鼠标右键，弹出填写表项对话框，如图 2-52 所示。即可进行填写或修改，然后单击"确定"按钮，所填项目将自动添加到明细表当中。

图 2-52　"填写明细表"对话框

4．插入空行

在明细表中插入空行明细表。选择"幅面"｜"明细表"｜"插入空行"命令或者单击图幅操作工具栏的 按钮。系统将把一空白行插入到明细表中去，如图 2-53 所示。

8	HG4-333-76	O型密封圈25X24	1	耐油橡胶			
7	MDB-51-1-10	阀体	1	HT2Q-40			
5	MDB-51-1-103	盖板	1	HT15-33			
4	MDB-51-1-102	拨叉	1	HT15-33			
3	MDB-51-1-101	滑阀	1	40Cr			
2	GB119-76	销3X10	1	45			
1	GB70-76	螺钉M6X12	4	A3			
序号	代号	名称	数量	材料	单件 总计 重量	备注	

图 2-53　在明细表中插入空行

5．输出数据

将明细表中的内容输出为文本文件、MDB 文件或 DBF 文件。操作过程为选择"幅面"｜"明细表"｜"输出"命令。

第 3 章

减速器设计

减速器是由若干个零部件组成。其装配图主要反映了减速器的工作原理及各个零部件的相互位置和装配关系。装配图图形复杂,绘制过程需要经常对图形进行修改。

学 习 要 点

- ◎ 传动轴
- ◎ 圆柱齿轮
- ◎ 减速器箱体
- ◎ 减速器装配

3.1 定距环设计

📖 3.1.1 设计思路

定距环是机械零件中的一种典型的辅助轴向定位零件，绘制比较简单。如图 3-1 所示定距环，只需要主视图与左视图两个视图即可表达清楚。

图 3-1 定距环

📖 3.1.2 设计步骤

01 配置绘图环境。

❶建立新文件。选择"文件"｜"新建"命令，系统弹出"新建"对话框，如图 3-2 所示。在"新建"对话框中提供了若干种图幅样板，根据需要可以选择使用。也可以采用"无样板打开"即"BLANK"样板创建空白文档，在绘图过程中通过"幅面"菜单重新进行图幅设置，在本节中采用"BLANK"样板创建空白文档。

❷图幅设置。选择"幅面"｜"图幅设置"命令，系统弹出"图幅设置"对话框，如图 3-3'所示。根据定距环的实际尺寸在"图幅设置"对话框中将图纸幅面设置为 A4，图纸比例为 1.5:1，图纸方向设置为横放，选择调入相应的图框与标题栏，单击"确定"。这样，就具有了绘制定距环的基本绘图环境，可以进行定距环的绘制了。

02 绘制定距环。

❶绘制中心线

1）切换当前图层：选择 "格式"｜"图层"命令，弹出"层设置"对话框，如图 3-4 所示。单击"中心线层"，然后单击"设为当前"按钮，将"中心线层"设置为当前图层，单击"确定"按钮，完成切换当前图层。也可以通过单击"层控制"工具栏 💡☼🔓🖨■ 0层 中下拉按钮，弹出下拉菜单，在下拉菜单中单击选择当前图层。

2）绘制中心线：选择"绘图"｜"直线"命令或者单击绘图工具栏中╱按钮。这时在操作界面下方将出现立即菜单，如图 3-5 所示。在立即菜单 1 中选择"两点线"，立即菜单 2 中选择"单个"。单击绘图区域可以拾取两点，则第一条直线绘制出来，右击取消当前命令。为了准确地作出直线，可以使用键盘在命令行输入两点坐标。同理，绘出另外一条中心线，并且与第一条正交，如图 3-6 所示。

图 3-2 "新建"对话框

图 3-3 "图幅设置"对话框

图 3-4 "层控制"对话框

1. 两点线 ▼ 2. 单根 ▼

图 3-5 绘制直线立即菜单

❷绘制主视图。

1）将当前图层从"中心线层"切换到"0 层"。为了准确捕捉中心点，需要进行屏幕点捕捉方式设置：选择"工具"｜"捕捉设置"命令，弹出"智能点工具设置"对话框，如图 3-7 所示。将屏幕点方式设置为"导航"，单击"确定"。

屏幕点捕捉方式设置也可以通过用户界面右下角的立即菜单进行设置，如图 3-8 所示。

图 3-6　绘制中心线

图 3-7　"智能点工具设置"对话框

图 3-8　屏幕点设置立即菜单

2）选择"绘图"｜"圆"命令或者单击"绘图"工具栏中按钮。在立即菜单 2 中选择"直径"，将鼠标光标移动到中心线交点处，系统将自动捕捉圆心点，键入 55，按 Enter 键；再次键入 64，按 Enter 键，右击取消当前命令。这时在绘图区域将出现两个同心圆，如图 3-9 所示。

图 3-9　绘制主视图

❸绘制左视图。

1）选择"绘图"｜"直线"命令或者单击"绘图"工具栏中按钮。在导航点捕捉方式下，光标捕捉圆与中心线交点作为直线的端点，绘制第一条直线，如图 3-10 所示。

2）选择"修改"｜"平移复制"命令或者单击"编辑"工具栏 按钮。在立即菜单 1 中选择"给定偏移"，单击直线，右击确认将其拾取，键入 12，按 Enter 键，右击取消当前命令。得到结果如图 3-11 所示。最后使用"直线"命令，将左视图绘制完成。

图 3-10　绘制直线　　　　　　　　　　　　图 3-11　直线平移复制

03 标注定距环

1）选择"格式"｜"尺寸"命令或者单击"设置"工具栏 按钮弹出"标注风格设置"对话框，选择"文本"选项，如图 3-12 所示，可以对标注参数进行设置。将字高设置改为 7，其他设置不变，单"确定"。

图 3-12　标注参数

2）选择"标注"｜"尺寸标注"命令或者单击"标注"工具栏 按钮。单击标注对象"圆"进行拾取，立即菜单 3 中选择"直径"，其他设置如图 3-13 所示。移动鼠标，摆放好尺寸线位置单击左键。这样，将 φ64 和 φ55 两个直径尺寸进行标注。

| 1. 基本标注 | 2. 文字平行 | 3. 直径 | 4. 文字居中 | 5.前缀　%c | 6.尺寸值　54 |

图 3-13　直径尺寸标注立即菜单

3）单击标注对象"直线"进行拾取，立即菜单设置如图 3-14 所示，进行长度尺寸标注，单击左键摆放好尺寸线位置，右击取消当前命令，得到结果如图 3-15 所示。

| 1. 基本标注 | ▼ | 2. 文字平行 | ▼ | 3. 长度 | ▼ | 4. 正交 | ▼ | 5. 文字居中 | ▼ | 6.前缀 | 7.基本尺寸 | 12 |

图 3-14　长度尺寸标注立即菜单

04 填写标题栏。选择"幅面"｜"标题栏"｜"填写"命令，弹出"填写标题栏"对话框通过键盘键入相应文字，单击"确定"，如图 3-16 所示。

05 保存文件。和其他 Windows 应用程序一样，选择"文件"｜"保存"或者"另存为"命令，弹出"另存文件"对话框，选择保存路径，填写文件名称，例如"定距环"，单击"确定"按钮完成保存。也可以单击"标准"工具栏■按钮，进行文件存储。

 注意

在绘制圆或直线时，可以通过不同的屏幕点方式捕捉圆心点和端点，也可以通过键盘键入圆心点或端点的坐标值，准确定位点的位置。

图 3-15　尺寸标注

图 3-16　标题栏

3.2　平键设计

3.2.1　设计思路

本节将绘制机械中常用的平键，如图 3-17 所示平键，键是一种机械联接零件，形状简单。只需要主视图与俯视图即可表达清楚，结合平键的形状在绘制过程可以使用"矩形"命令绘制，同时使用"栅格点"屏幕捕捉方式进行屏幕点捕捉，准确方便地定位键的位置。

图 3-17 平键

📖3.2.2 设计步骤

01 配置绘图环境。

❶建立新文件。启动 CAXA 电子图版 2009，选择"文件"｜"新建"命令，弹出"新建"命令对话框，选择"BLANK"样板创建空白文档，进入用户界面。

❷图幅设置。选择"幅面"｜"图幅设置"命令，弹出"图幅设置"对话框，根据平键的实际尺寸在"图幅设置"对话框中将图纸幅面设置为 A4，图纸比例为 1.5:1，图纸方向设置为横放，选择调入相应的图框与标题栏，单击"确定"。

❸ 开启"栅格"屏幕点捕捉方式。选择"工具"｜"捕捉设置"命令，弹出"智能点工具设置"对话框，将屏幕点方式设置为"栅格"，栅格间距设置为 5，单击"确定"。

02 绘制平键。

❶绘制平键主视图

1）绘制轮廓草图：选择"绘图"｜"矩形"命令或者单击"绘图"工具栏□按钮。在弹出的立即菜单 1 中选择"长度和宽度"，立即菜单 2 中选择"中心定位"，立即菜单 3 中键入 0，立即菜单 4 中键入 70，立即菜单 5 中键入 16，立即菜单 6 中选择"有中心线"，立即菜单 7 中键入 3，移动鼠标单击左键将矩形定位到合适的位置。改变矩形的长度与宽度分别为 66、12，绘制第二个矩形，两矩形同心。右击取消当前命令，结果如图3-18 所示。

2）显示放大：为了便于绘制图形，需要放大图形。选择"视图"｜"显示窗口"命令或者单击"常用"工具栏的🔍按钮。单击鼠标选择一个角点，移动鼠标出现一个选取框，将被放大对象选入框内，再次单击鼠标选择另一个角点即可以对图形进行部分放大。在"视图"主菜单中选择"显示全部"或者单击"常用"工具栏的🔍按钮，将会显示全部图形。

3）倒圆角：将屏幕点捕捉方式由"栅格"改为"导航"。选择"修改"｜"过渡"命令或者单击"编辑"工具栏的□按钮。在立即菜单 1 中选择"圆角"，立即菜单 2 中选择"裁剪"，立即菜单 3 中键入 8。依次用左键单击选取大矩形的边线，将对轮廓线进行倒圆角。使用"过渡"命令，将圆角半径改为 6，对小矩形进行倒圆角，对于多余的线条，可以用"修改"主菜单中的"删除"命令将其删除。使用"显示全部"命令显示全部图形，结果如图 3-19 所示。

图 3-18　轮廓草图　　　　　　　　　　　　　　图 3-19　倒圆角

❷绘制平键俯视图

1）绘制轮廓草图：首先，将屏幕点捕捉方式改为"导航"方式。使用"矩形"命令绘制长 70mm、宽 10mm 矩形——俯视图轮廓草图，利用栅格点进行准确定位，如图 3-20 所示。

2）外倒角：使用"过渡"命令，在立即菜单 1 中选择"外倒角"，长度为 2，倒角 45°。依次用左键单击需外倒角的边线，即可以进行外倒角绘制，如图 3-21 所示。

图 3-20　俯视图轮廓草图　　　　　　　　　　图 3-21　俯视图倒角

❸标注平键

1）标注参数设置：选择"格式"｜"尺寸"命令或者单击"设置"工具栏按钮，弹出"标注参数"对话框，将标注参数中字高设置改为 7，其他参数不变。

2）标注尺寸：选择"标注"｜"尺寸标注"｜"基本"命令或者单击"标注"工具栏□按钮，单击左键选取平键的上下两条边线，立即菜单 3 中选择"长度"，移动鼠标，摆放好尺寸线位置单击鼠标，标注出平键宽度尺寸为 16。延续"尺寸标注"命令，标注平键长度尺寸为 70，为了准确捕捉平键与中心线的交点，可以使用"工具点菜单"。"工具点菜单"的使用方法是：当系统提示"拾取标注元素"时，按下空格键弹出"工具点菜单"如图 3-22 所示，选择"交点"项，然后用鼠标单击一个交点；当系统提示"拾取另一个标注元素"时，同样方法，使用"工具点菜单"，单击拾取另一个交点，标注出平键长度尺寸为 70，如图 3-23 所示。

再次使用"尺寸标注"命令，标注平键的厚度尺寸为 10。

选择"标注"｜"倒角标注"命令或者单击"标注"工具栏 按钮，立即菜单 1 中选择"轴线方向为 X 方向"，单击拾取倒角线，再次单击鼠标标注出倒角尺寸。结果如图 3-24 所示。

图 3-22　工具点菜单图　　　　图 3-23　长度尺寸　　　　图 3-24　平键尺寸

④填写标题栏。使用"填写标题栏"命令填写标题栏。

⑤保存文件。使用"保存"或者"另存文件"命令将文件进行保存，文件名为平键。

3.3　销的设计

3.3.1　设计思路

本节将绘制机械中常用的零件—销，如图 3-25 所示销，销也是一种机械联接零件，根据形式的不同分为圆柱销、圆锥销、开口销等。销形似圆锥体，其结构通过主视图一个视图和适当的尺寸标注即可表达清楚。

图 3-25　销

3.3.2 设计步骤

01 配置绘图环境。

❶建立新文件。启动 CAXA 电子图版 2009，选择"BLANK"样板创建空白文档，进入用户界面。

❷图幅设置。选择"幅面"｜"图幅设置"命令，根据销的实际尺寸在"图幅设置"对话框中将图纸幅面设置为 A4，图纸比例为 4：1，图纸方向设置为横放，选择调入相应的图框与标题栏，单击"确定"。

❸ 开启"导航点"屏幕点捕捉方式。选择"工具"｜"捕捉设置"命令，将屏幕点方式设置为"导航"，单击"确定"按钮。

02 绘制销。

❶绘制中心线

1）切换当前图层：使用"层控制"命令将"中心线层"设置为当前图层。

2）绘制中心线：使用"直线"命令，在绘图区域的适当位置绘制一条直线，作为销的中心线，结果如图 3-26 所示。

❷绘制销

1）切换当前图层：使用"层控制"命令将"0 层"设置为当前图层

2）绘制平行线：选择"绘图"｜"平行线"命令或绘图工具栏中的图标∥，在立即菜单 1 中选择"偏移方式"，立即菜单 2 中选择"双向"，系统提示"拾取直线"，如图 3-27 所示。鼠标单击中心线，并且键入距离值 4，按 Enter 键，结果如图 3-28 所示。

图 3-26　绘制中心线

图 3-27　绘制平行线立即菜单

图 3-28　绘制平行线

3）绘制销轮廓：使用"直线"命令，立即菜单 1 中选择"两点线"，绘制一条垂直直线，然后单击鼠标拾取此直线，右击弹出编辑菜单，选择"平移复制"命令，如图 3-29 所示，在立即菜单 1 中选择"偏移方式"，通过键盘分别键入 1、29、30 三个数值，右击取消当前命令，绘制结果如图 3-30 所示。

4）绘制角度线：使用"直线"命令，立即菜单 1 中选择"角度线"，立即菜单 2 中选择"X 轴夹角"使用"显示窗口"命令将绘图区域放大，按"空格键"弹出工具点菜单如图 3-31 所示，选择"交点"项，将"光标"移动到交点附近单击，如图 3-32 所示。

在立即菜单角度输入项中分别键入 0.5、4、22.5 三个角度值，移动光标拉伸直线得到合适的长度如图 3-33 所示，单击鼠标，右击取消此命令，结果如图 3-34 所示。

图 3-29　直线平移/拷贝

图 3-30　销轮廓线

图 3-31　工具点菜单

图 3-32　拾取交点

图 3-33　光标拖动拉伸角度线

图 3-34　绘制角度线

　　5）镜像直线：选择"修改"｜"镜像"命令或者单击"编辑"工具栏 ⚎ 按钮，在立即菜单1中选择"选择轴线"，立即菜单2中选择"拷贝"，系统提示"拾取添加"，单击鼠标拾取角度线，然后右击，系统提示"拾取轴线"，再单击鼠标拾取中心线，这时角度线被镜像复制，右击取消当前命令，结果如图3-35所示。

6）绘制圆弧：使用"圆"命令，立即菜单 1 中选择"三点"，根据系统提示，分别单击鼠标拾取 3 个交点如图 3-36 所示，绘制销左端圆弧；同理，绘制销右端圆弧，结果如图 3-36 所示。

图 3-35　镜像角度线

7）裁剪与删除：选择"修改"｜"裁剪"命令或者单击"编辑"工具栏 ⫽ 按钮，系统提示"拾取要裁剪的曲线"，用鼠标单击需要裁剪的曲线将多余线条裁剪；不能被裁剪的线条可以使用"删除"命令进行删除，在"修改"主菜单中选择"删除"命令或者单击"编辑"工具栏 ✎ 按钮，单击鼠标拾取相应线条，右击确认，结果如图 3-37 所示。

图 3-36　三点绘制圆弧

图 3-37　销草图

03 标注销。

❶标注参数设置。使用"标注参数"命令，将标注参数中字高设置改为 7，其他参数不变。

❷标注尺寸。首先使用"显示窗口"命令，放大销主视图易于标注尺寸；使用"标注尺寸"命令单击"标注"工具栏 ⊓ 按钮，按下空格键，弹出工具点菜单，选择"交点"；同理选择另一个交点，进行销长度标注；延续"标注尺寸"命令，单击鼠标拾取圆弧端直线和拾取圆弧与中心线交点，将两个圆弧高度标注出来如图 3-38 所示。

使用"标注尺寸"命令，单击鼠标拾取圆弧，在立即菜单 2 中选择"半径"，其他默认值不变，移动鼠标摆放好尺寸线位置，单击鼠标确定，结果如图 3-39 所示。

图 3-38　销长度标注　　　　　　　　图 3-39　销尺寸标注

04 填写标题栏。使用"填写标题栏"命令填写标题栏。

05 保存文件。使用"存储文件"或者"另存文件"命令将文件进行保存，文件名为：销。

3.4　轴承端盖设计

3.4.1　设计思路

机械零件中有许多呈盘套形状，将其归类为盘套类零件。如图 3-40 盘套类零件，盘套类零件的基本形状是回转体结构，例如带轮、端盖、齿轮等。本节中将以轴承端盖为例，讲解盘套类零件的设计过程。

轴承端盖结构简单，通过对图样的分析，一般来说，盘套类零件用全剖的主视图来表达即可。

图 3-40　轴承端盖零件

3.4.2　设计步骤

01 配置绘图环境。

❶建立新文件。启动 CAXA 电子图板 2009，选择"BLANK"样板创建空白文档，进入用户界面。

❷图幅设置。选择"幅面" | "图幅设置"命令，根据轴承端盖的实际尺寸在"图幅设置"对话框中将图样幅面设置为 A4，图样比例为 1:1，图样方向设置为横放，选择调入相应的图框与标题栏，单击"确定"。

02 绘制轴承端盖。

❶绘制轴承端盖轮廓

1）切换当前图层：将"0 层"设置为当前图层。

2）绘制轴承端盖大端：选择"绘图" | "孔/轴"命令或者单击绘图工具栏 II 中的按钮。系统提示：选择插入点，在操作界面下方将出现立即菜单，如图 3-41 所示。在立即菜单 1 中选择"轴"，立即菜单 2 中选择"直接给出角度"，立即菜单 3 中键入 90。移动光标到绘图区域的合适位置，单击鼠标，立即菜单切换为如图 3-42 所示。在立即菜单 2 起始直径项中键入 92，立即菜单 3 终止直径项中键入 92，系统提示：轴上一点或轴的长度，键入数值 10，按 Enter 键，单击右键，取消此命令，绘图结果如图 3-43 所示。

> 1. 轴 ▾ 2. 直接给出角度 ▾ 3. 中心线角度 90

图 3-41　绘制孔/轴立即菜单

> 1. 轴 ▾ 2. 起始直径 92　3. 终止直径 92　4. 有中心线 ▾ 5. 中心线延伸长度 3

图 3-42　绘制孔/轴立即菜单

3）绘制轴承端盖小端：单击拾取图 3-43 中下方直线，然后右击，在弹出的快捷菜单中，选择"平移复制"命令，将直线向下平移距离为"15"，结果如图 3-44 所示。

图 3-43　绘制轴承端盖大端　　　　图 3-44　平移轴承端盖轮廓

选择"平行线" ╱命令，绘制图 3-44 所示中心线的平行线。首先拾取中心线，如图 3-45 所示，在立即菜单 3 中选择"双向"，键入距离 34，按 Enter 键，取消当前命令，结果如图 3-46 所示。

图 3-45　拾取中心线　　　　　　图 3-46　绘制平行线

选择"修改" | "拉伸"命令或者单击编辑工具栏的，将两条竖直线拉伸，使其与下面的直线相交。然后使用"裁剪" ⊣⊢命令，将多余线条裁剪，结果如图 3-47 所示。

4）绘制轴承端盖内孔：选择"绘图" | "孔/轴"命令，在立即菜单 1 中选择"孔"，立即菜单 2 中选择"直接给出角度"，立即菜单 3 键入 90。起始直径和终止直径均为 38，孔长度为 15，绘制内孔。这时，不取消此命令，然后将起始直径和终止直径均改为 50，

孔长度为 10，绘制孔，结果如图 3-48 所示。选择"拉伸" 命令，将直线拉伸，如图 3-49 所示。

图 3-47　绘制平行线结果

图 3-48　绘制内孔轮廓

5）绘制内环槽：选择"绘图" | "平行线"命令，拾取端盖上直线，绘制距离分别为 3.5、8.5 的两条水平直线，如图 3-50 所示。

图 3-49　拉伸直线

图 3-50　绘制水平平行线

同理，绘制中心线的两条竖直平行线，距离为 21，如图 3-51 所示。使用"裁剪" 命令，将多余线条裁剪，结果如图 3-52 所示。

图 3-51　绘制竖直平行线

图 3-52　绘制内环槽

6）绘制退刀槽：使用"平移复制" 命令，如图 3-53 所示复制竖直直线，距离为 2。复制水平直线，距离为 2，如图 3-54 所示。

图 3-53　平移竖直线

图 3-54　平移水平线

使用"拉伸" 命令，将直线拉伸，使其相交，然后使用"裁剪" 命令裁剪线条，结果如图 3-55 所示。重复上述操作，绘制右边的退刀槽截面，如图 3-56 所示。

图 3-55　绘制左边退刀槽截面

图 3-56　绘制右边退刀槽截面

7）绘制圆角和倒角：使用"过渡" 命令，绘制半径为 5 的圆角，如图 3-57 所示。绘制 2×45°的倒角，如图 3-58 所示。

8）绘制剖面线：使用"剖面线" 命令，绘制轴承端盖的剖面线，如图 3-59 所示。

03 标注轴承端盖。

❶标注尺寸：选择"格式"｜"尺寸"命令，将标注文本字高设置为 5。选择"标注"｜"尺寸标注"命令，标注轴承端盖的尺寸，结果如图 3-60 所示。

图 3-57 绘制圆角   图 3-58 绘制倒角

❷标注表面粗糙度：选择"标注"｜"表面粗糙度"命令或者单击标注工具栏的 √ 按钮，弹出标注表面粗糙度的立即菜单，如图 3-61 所示。

在立即菜单 1 中可以选择简单标注或者标准标注。如果选择标准标注，弹出"表面粗糙度"对话框，如图 3-62 所示，在此对话框中可以选择表面粗糙度符号、纹理方向、数值及键入说明等操作。

图 3-59 绘制剖面线   图 3-60 标注尺寸

1. 简单标注 ▼	2. 默认方式 ▼	3. 去除材料 ▼	4.数值 3.2

图 3-61 标注表面粗糙度立即菜单

图 3-62 "表面粗糙度"对话框

在本例中，采用简单标注，立即菜单 2 选择"默认方式"，立即菜单 3 选择"去除材料"，立即菜单 4 键入 3.2。在系统提示下，移动光标，确定标注定位点后，单击左键，移动鼠标确定表面粗糙度符号位置后，再次单击左键，结果如图 3-63 所示。

❸标注技术要求：选择"标注"｜"技术要求"命令🔲，弹出"技术要求库"对话框，如图 3-64 所示。在此对话框中，选定某项技术要求后，复制粘贴到上方的文本编辑

框中，在文本编辑框中可以对其进行编辑修改。单击"正文设置"按钮，设置文本字高为 5，单击"生成"按钮。根据系统提示，在绘图区域的右下角单击鼠标，然后拖动鼠标，选择另一角点，单击鼠标，技术要求被标注于绘图区域，结果如图 3-40 所示。

04 填写标题栏。选择"幅面"｜"填写标题栏"命令，填写标题栏，结果如图 3-40 所示。

05 保存文件。将轴承端盖图样进行保存，文件名为"轴承端盖"。

图 3-63　标注表面粗糙度

图 3-64　技术要求库"对话框

3.5　减速器设计

3.5.1　设计思路

减速器是一种典型的箱体类零件，其结构比较复杂，标注尺寸多。在绘制的过程中，将用到大量的绘图命令，是使用 CAXA 电子图板绘图功能的综合实例，如图 3-65 所示减速器。

通过对减速器零件结构分析，可以首先绘制减速器的俯视图，通过俯视图可以清楚地了解减速器轴孔的位置关系。然后利用屏幕点的"导航"捕捉功能，绘制减速器的主视图和左视图，绘制过程中要注意不同视图的投影关系。为了更好的表达减速器的结构，还可以在减速器的局部部位进行局部剖视图的绘制。

图 3-65　减速器

3.5.2　设计步骤

01 配置绘图环境。

❶建立新文件。启动 CAXA 电子图板 2009，选择"BLANK"样板创建空白文档，进入用户界面。

❷图幅设置。选择"幅面"｜"图幅设置"命令，根据减速器的实际尺寸在"图幅设置"对话框中将图样幅面设置为 A3，图样比例为 1:3，图样方向设置为横放，选择调入相应的图框与标题栏，单击"确定"。

02 绘制减速器。

❶绘制中心线首先，将当前图层切换为"中心线层"。然后，使用"直线"命令，在绘图区域绘制两条间距为"145"的两条竖直中心线（轴承孔中心线）、一条减速器左视图竖直中心线和一条减速器俯视图水平中心线。如图 3-66 所示。

❷绘制减速器俯视图

1）切换图层，将当前图层切换为"0 层"。

2）绘制减速器俯视图外轮廓：选择"绘图"｜"平行线"命令，在俯视图区域绘制水平中心线的两条平行线，距离为 98；绘制竖直中心线的两条平行线，距离分别为 110、

170，如图 3-67 所示。然后，将多余线条裁剪，结果如图 3-68 所示。

3）绘制减速器内腔：选择"绘图"｜"平行线"命令绘制 4 条平行线，作为减速器箱体内腔，然后裁剪直线，如图 3-69 所示。

4）绘制圆角：使用"过渡"▢命令，绘制内腔矩形的圆角，圆角半径为 5。

5）绘制平行线：使用"平行线"∥命令绘制外轮廓边线的两条平行线，距离为 5，如图 3-70 所示。

6）绘制轴孔：选择"绘图"｜"孔/轴"命令，绘制两对轴承孔，直径分别为 68、90，结果如图 3-71 所示。

图 3-66　绘制中心线　　　　　　　　图 3-67　绘制平行线

图 3-68　裁剪直线　　　　　　　　图 3-69　绘制内腔矩形

图 3-70　绘制边线平行线　　　　　　图 3-71　绘制轴孔

7）绘制减速器侧面凸台：使用"平行线"∥命令，绘制轴承孔的平行线，距离分别为 12、15。然后，使用"镜像"◭命令，将其以水平线为轴进行镜像拷贝，如图 3-72 所示。

8）绘制圆角：使用"过渡"▢命令，进行圆角过渡。四周圆角半径为 10，其余圆角半径为 5。然后使用"裁剪"╌╌命令，删除多余的线条，如图 3-73 所示。

图 3-72　绘制轴孔平行线　　　　　　　　图 3-73　圆角

9）使用"过渡"命令，立即菜单 1 选择"内倒角"，长度为 2，角度为 45。绘制轴孔端面内倒角，如图 3-74 所示。

10）绘制螺栓孔及定位销孔中心线：首先，切换当前图层为"中心线层"，然后使用"绘图"｜"平行线"命令，绘制螺栓孔和销孔中心线，如图 3-75 所示。

图 3-74　内倒角　　　　　　　　　　　　图 3-75　绘制孔中心线

11）裁剪中心线：使用"裁剪" ⚊ 和"拉伸" 🔲 命令，将中心线进行裁剪和修改，如图 3-76 所示。

12）绘制螺栓孔和销孔：切换当前图层为"0 层"。螺栓孔上下为直径 13 的通孔，右侧为 Ø11 的通孔；销孔为直径 10 和 8 两个投影圆组成。使用"圆" ⊙ 命令，以中心线交点为圆心分别绘制，结果如图 3-77 所示。

图 3-76　裁剪修改中心线　　　　　　　　图 3-77　绘制螺栓孔和销孔

13）绘制底座轮廓线：使用"平行线" ╱ 命令，绘制底座轮廓，如图 3-78 所示。

14）使用"过渡" 🔲 命令，绘制底座轮廓 4 个圆角，半径为 10；然后使用"裁剪" ⚊ 命令，对轮廓线进行裁剪。完成减速器俯视图绘制，结果如图 3-79 所示。

图 3-78 绘制底座轮廓线

图 3-79 减速器俯视图

❸绘制减速器主视图。

1）切换当前图层：将"0 层"设置为当前图层。

2）绘制减速器主视图轮廓：使用"直线"命令和"平移复制"命令，绘制两条间距为 170 的水平直线，作为减速器的上下底面，如图 3-80 所示。使用"屏幕设置"命令，设置屏幕点方式为"导航"，结合俯视图，绘制左右侧面边线，如图 3-81 所示。

图 3-80 绘制上、下底面

图 3-81 绘制侧面直线

3）绘制平行线：使用 "平行线" ⫽命令，绘制 3 条水平平行线和两条竖直平行线，其距离分别如图 3-82 所示。

4）裁剪：使用"裁剪" ⊣⊢命令，裁剪图 3-80 中的线条，得到主视图轮廓，如图 3-83 所示。

5）绘制轴孔和端面安装面：使用"圆" ◉命令，以两条竖直中心线与顶面线交点为圆心，分别绘制左侧一组同心圆，直径分别为 68、72、92 和 98；右侧一组同心圆，直径分别为 90、94、114 和 120。并进行修剪，结果如图 3-84 所示。

6）绘制左、右耳片圆弧中心线：切换当前图层为"中心线层"，绘制左、右两侧中心线，其位置尺寸如图 3-85 所示。

7）绘制圆弧：切换当前图层为"0 层"，绘制耳片圆弧，其直径为 18，然后裁剪，如图 3-86 所示。

图 3-82　绘制平行线

图 3-83　主视图轮廓

图 3-84　绘制轴孔和端盖安装面

图 3-85　绘制中心线

8）绘制肋板：使用"平行线"　∥命令，绘制竖直中心线的平行线，肋板宽度为 12，与箱体相交宽度为 16。对图形进行裁剪，结果如图 3-87 所示。

图 3-86　绘制圆弧

图 3-87　绘制肋板

9）绘制铸造圆角位置线：使用"平行线"　∥命令，绘制如图 3-88 所示位置直线，用于下一步绘制铸造圆角。

10）绘制圆角：使用"过渡"　□命令，对主视图进行圆角操作，圆角半径为 5，然后将多余线条删除，结果如图 3-89 所示。

图 3-88　绘制铸造圆角位置线

图 3-89　绘制圆角

11）绘制螺栓孔和销孔局部剖视图：根据俯视图的投影关系，选择"绘图"｜"样条"命令或者单击绘图工具栏中的 ∿ 按钮，在主视图上绘制螺栓和销孔局部剖视图轮廓，然后将线条裁剪，结果如图 3-90 所示。

使用"平行线" ∥ 命令，绘制螺栓孔，螺栓孔尺寸为 Ø13×38，安装沉孔尺寸 Ø24×2。使用"剖面线" 命令，切换到"剖面线层"，绘制剖面线。同样的方法，绘制销通孔 Ø10×12。结果如图 3-91 所示。

图 3-90　绘制螺栓孔和销孔局部剖视轮廓

图 3-91　绘制螺栓孔和销孔剖视图

12）绘制油标尺安装孔：使用"平行线" ∥ 命令，绘制箱体底边线的平行线，距离为 100；使用"直线" ╱ 命令，过平行线与箱体侧面交点绘制两条平行角度线，距离为 30，同时绘制其中心线，如图 3-92 所示。

选择"绘图"｜"库操作"｜"提取图符"命令或者单击绘图工具栏中的 按钮，在如图 3-93 所示"提取图符"对话框中选择"常用图形"/"孔"，在图符列表框中选择"六角螺钉沉孔"，单击"下一步"。在"图符预处理"对话框中（如图 3-94 所示），选择 M12 尺寸规格螺钉孔，单击确定。从零件库中提取图符，在系统提示下，移动鼠标选定如图 3-95 所示交点做为图符定位点，键入旋转角度为-45°。右击图符，在弹出的快捷菜单中，选择"分解"命令，将图符块打散。

图 3-92　绘制油标尺安装孔轮廓

图 3-93　"提取图符"对话框

图 3-94　"图符预处理"对话框

绘制减速器的内壁边线和样条线，然后进行裁剪，绘制剖面线，得到油标尺安装孔的剖视图，如图 3-96 所示。

❹绘制减速器左视图。

图 3-95　选择图符定位点

图 3-96　油标尺安装孔

1）绘制箱体左视图侧面边线：使用"平行线" ⫽命令，绘制一系列直线，构成减速器的侧面，如图 3-97 所示。

2）绘制水平边线：利用屏幕点捕捉"导航"方式，使用"直线" ⟋命令，绘制水平一系列水平直线，如图 3-98 所示。

图 3-97　绘制左视图侧面边线

图 3-98　绘制左视图水平线

3）裁剪图形：使用"裁剪" ⫽命令，将左视图裁剪，得到如图 3-99 所示图形。

4）绘制圆角：首先，使用"平行线" ⫽命令，绘制中心线的两条平行线，距离为 50，如图 3-100 所示。使用"过渡" ⊡命令，绘制各个圆角，圆角半径为 5，然后进行裁剪，结果如图 3-101 所示。

图 3-99　裁剪左视图

图 3-100　绘制平行线

5）绘制底座螺栓孔：首先，将中心线向右侧进行"平移复制"，距离为78，然后进行镜像。然后，选择"提取图符"命令，从图库中提取螺栓孔，尺寸为 M16，长度为 20，将图符定位于图 3-102 所示位置。最后绘制样条线和剖面线。减速器箱体绘制完毕。

图 3-101　绘制圆角

图 3-102　绘制底座螺栓孔

03 标注减速器。

❶标注主视图

1）进行无公差尺寸标注：首先，选择"格式"｜"尺寸"命令，将标注文字子高设置为"3"。然后，选择"标注"｜"尺寸标注"或者单击标注工具栏中的 ⊢ 按钮，进行无公差尺寸的标注，如图 3-103 所示。

图 3-103　主视图无公差尺寸标注

2）进行公差尺寸标注：使用"尺寸标注" ⊢ 命令，单击选择需要标注尺寸的对象，然后，单击鼠标右键，在弹出的对话框中键入合适的公差值，进行公差尺寸标注，如图 3-104 所示。

❷标注俯视图和左视图。重复上述标注尺寸的方法，在俯视图和左视图上进行尺寸标注，结果如图 3-105 和图 3-106 所示。

❸标注技术要求。选择"绘图"｜"库操作"｜"技术要求库"或者单击绘图工具栏中的 按钮。在弹出的"技术要求库"对话框中，设置字高为 5，在文本框中调入技术要求库中的合适技术要求或者键入自定义技术要求，然后在绘图区域的指定合适位置标注技术要求，如图 3-107 所示。

图 3-104　主视图公差尺寸标注

图 3-105　俯视图尺寸标注

图 3-106　左视图尺寸标注

04 填写标题栏。选择"幅面"｜"填写标题栏"命令，填写标题栏。

05 保存文件。将减速器图样进行保存，文件名为"减速器"。

技 术 要 求

1. 铸件表面上不允许有冷隔、裂纹、缩孔和穿透性缺陷及严重的残缺类
缺陷（如欠铸、机械损伤等）。

2. 铸件表面应平整，浇口、毛刺、粘砂等应清除干净。

3. 未注圆角半径R5。

图 3-107　标注技术要求

3.6 传动轴设计

3.6.1 设计思路

传动轴是机械零件中用于传动的轴类零件，绘制比较简单。如图 3-108 所示传动轴，只需要主视图与两个键槽位置的剖视图即可表达清楚。在绘制过程中重点学习"尺寸公差"与"形位公差"的标注方法。

图 3-108 传动轴

3.6.2 设计步骤

01 配置绘图环境。

❶建立新文件。启动 CAXA 电子图版 2009，选择"BLANK"样板创建空白文档，进入用户界面。

❷保存文件。选择保存路径，填写文件名称"传动轴"，单击"保存"按钮完成保存。

❸图幅设置。选择"幅面" | "图幅设置"命令，根据传动轴的实际尺寸在"图幅设置"对话框中将图纸幅面设置为 A4，图纸比例为 1:1.5，图纸方向设置为横放，选择调入相应的图框与标题栏，单击"确定"。

02 绘制传动轴。

❶绘制中心线

1）切换当前图层：使用"层控制"命令将"中心线层"设置为当前图层。

2）绘制中心线：使用"直线" ✎命令，在绘图区域的适当位置绘制一条直线，作为传动轴的中心线，结果如图 3-109 所示。

图 3-109　绘制中心线

❷绘制传动轴主视图

1）切换当前图层：将"0 层"设置为当前图层。

2）绘制横向平行线：使用"平行线" ∥命令，在立即菜单 2 中选择"偏移方式"，立即菜单 3 中选择"单向"，系统提示"拾取直线"，鼠标单击拾取中心线，依次键入偏移距离为 33、29、27.5、25、22.5，分别按 Enter 键确定，右击取消当前命令，结果如图 3-110 所示。

图 3-110　绘制横向平行线

3）绘制轴向平行线：首先，使用"直线" ✎命令，在立即菜单 1 中选择"两点线"，立即菜单 3 中选择"正交"，绘制传动轴左端边线。然后，使用"平移复制" ⬚命令，在立即菜单 1 中选择"给定偏移方式"，其他立即菜单采用默认方式。将传动轴左端边线，依次向右复制，平移间距分别为 16、12、80、30、80、60，结果如图 3-111 所示。

图 3-111　绘制轴向平行线

4）裁剪平行线：使用"裁剪" ⊢命令，将横向平行线与轴向平行线多余部分裁剪，不能裁剪的可以使用"删除"命令将其删除，得到传动轴上半部分轮廓，结果如图 3-112 所示。

5）绘制键槽轮廓线：使用"平行线" ∥命令，绘制平行线的方法和使用"平移复制到" ⬚命令，绘制键槽的轮廓线，使用"裁剪" ⊢命令将多余线条裁剪，结果如图 3-113 所示。

图 3-112 裁剪平行线

图 3-113 绘制键槽轮廓线

6）端面倒角：使用"过渡" 命令，立即菜单 1 中选择"倒角"，立即菜单 2 中选择"裁剪"，倒角长度为 2，角度为 45，按照系统提示，单击鼠标拾取相应直线，将端面进行倒角后，右击取消当前命令，结果如图 3-114 所示。

图 3-114 端面倒角

7）台阶面倒圆角：使用"过渡" 命令，立即菜单 1 中选择"圆角"，立即菜单 2 中选择"裁剪始边"，圆角半径为 1.5，按照系统提示，单击鼠标拾取相应直线，将台阶面倒圆角，结果如图 3-115 所示。

图 3-115 台阶面倒圆角

注意

在进行倒圆角时，要注意光标拾取位置，拾取位置不同圆角方向亦不同，如果拾取不方便可以将绘图区域局部方法进行拾取。

8）键槽倒圆角：同样方法，使用"过渡" 命令，立即菜单 1 中选择"圆角"，立即菜单 2 中选择"裁剪"，圆角半径分别为 8 和 7，将键槽倒圆角，多余线条用"删除"命令删除，结果如图 3-116 所示。

图 3-116 键槽倒圆角

9）镜像现有图形：使用"镜像" 命令，在系统提示"拾取添加"状态下，在绘图区域左上角单击鼠标，移动鼠标拉出拾取框，拾取需镜像对象，右击确定；系统提示"拾取轴线"，单击鼠标拾取中心线，完成对图形的镜像，右击取消当前命令，结果如图

3-117所示。

图 3-117 镜像图形

10）补全端面线：使用"直线" ✎命令，利用"工具点菜单"捕捉交点，补全左右两端的端面线，结果如图 3-118 所示。至此，传动轴主视图绘制完毕。

图 3-118 补全端面线

❸绘制键槽剖视图

1）切换当前图层：使用"层控制"命令将"中心线层"设置为当前图层。

2）绘制剖视图中心线：使用"直线" ✎命令，在绘图区域分别绘制两个剖视图的中心线，如图 3-119 所示。

图 3-119 绘制剖视图中心线

3）绘制剖面圆：将当前图层设置为"0 层"，调用"圆" ⊙命令，可以使用按下空格键弹出的"工具点菜单"捕捉交点作为圆心，绘制两个圆，半径分别为 29 和 22.5，结果如图 3-120 所示。

图 3-120 绘制剖面圆

4）绘制键槽轮廓线：使用"平行线" ∥ 命令，立即菜单 1 中选择"偏移"，立即菜单 2 中选择"单向"，分别在左右两个圆拾取中心线，绘制中心线的平行线，左侧圆上下偏移量为 8，水平偏移量为 23；右侧圆上下偏移量为 7，水平偏移量为 17；结果如图 3-121 所示。

5）绘制键槽：使用"裁剪" ╱ 命令，通过裁剪 3 条偏移直线，形成键槽，如图 3-122 所示。

图 3-121　绘制键槽轮廓线　　　　　　　图 3-122　剪切形成键槽

6）绘制剖面线：打开"绘图"主菜单，选择"剖面线"命令或者单击"绘图"工具栏中 ▨ 按钮，在立即菜单 1 中选择"拾取点"，其他设置可以默认不变，单击鼠标依次拾取封闭环内任意点，然后右击确认，如图 3-123 所示。剖面线绘制完成，结果如图 3-124 所示。

图 3-123　选择剖面线区域　　　　　　　图 3-124　绘制剖面线

 注意

在进行剖面线绘制时，绘制区域必须是封闭环；系统的默认剖面图案是机械制图标准规定的机械零件图案，如果绘制其他剖面图案，可以通过"格式"主菜单中的"剖面图案"命令进行设置。

03 标注传动轴。

❶无公差尺寸标注。首先使用"标注参数"命令进行标注参数设置，将字高设置为 7。使用"尺寸标注" ⊨ 命令，标注出传动轴主视图的无公差尺寸，在标注过程中注意在立即菜单中选择正确的设置，正确区分长度尺寸和直径尺寸，结果如图 3-125 所示。

图 3-125　无公差尺寸标注

❷带公差尺寸标注

1）公差尺寸标注方法：使用"尺寸标注" 命令，拾取所要标注的对象（线、圆---）后，移动光标确定尺寸线位置后，同时鼠标右击即弹出"尺寸标注属性设置"对话框，如图 3-126 所示。在此对话框内，系统自动给出图素的基本尺寸及相应的上下偏差，但是用户可以任意改变它们的值，并根据需要填写公差代号和尺寸前后缀。用户还能改变公差的输入输出形式（代号、数值）以满足不同的标注需求。

图 3-126 "尺寸标注属性设置"对话框

在此对话框中对所标注尺寸的公差及配合进行设置、查询及修改：

①自动查询上下偏差：选择输入形式为"代号"，输入基本尺寸和公差代号后，按回车键，系统自动查询上下偏差，并将结果显示在上下偏差编辑框中，如图 3-127 所示。

②自己输入上下偏差：选择输入形式为"偏差"，然后在上下偏差编辑框中输入上下偏差值。

③标注配合尺寸：选择输入形式为"配合"，对话框弹出配合尺寸标注设置选项如图3-128 所示。正确进行输入形式、配合制、公差带、配合方式等选项设置，单击确定。

④对话框中的输出形式控制公差的标注形式。

a．当选择"代号"时，只标注公差代号。

b．当选择"偏差"时，只标注上、下偏差。

c．当选择"（偏差）"时，将偏差用括号括起来。

d．当选择"代号（偏差）"时，同时标注公差代号及上、下偏差。

e．例外情况：当输入形式为"配合"时，标注形式不受输出形式的控制。

2）传动轴公差尺寸标注：首先，使用"常用"工具栏中的显示命令或"视图"中的显示命令，将显示窗口放大，以便于进行尺寸标注。

使用"尺寸标注" 命令，单击鼠标拾取传动轴左端直径的两条边线，弹出尺寸标注立即菜单，在立即菜单中 3 选择"直径"，移动鼠标摆放好尺寸线位置，右击鼠标弹出"尺寸标注属性设置"对话框见图 3-126。选择输入形式为"偏差"，输出形式为"偏差"，在上偏差输入框中键入 0.021，下偏差输入框中键入 0.002，单击确定，左边轴端直径公差尺寸标注完成，如图 3-129 所示。

图 3-127　公差值查询

图 3-128　配合尺寸查询

图 3-129　直径公差尺寸标注

使用"尺寸标注" ⊓ 命令，拾取较大键槽的两条边线，进行键槽宽度尺寸标注，拾取标注元素，在立即菜单 3 中选择"长度"，移动鼠标确定好尺寸线位置后，右击鼠标，在弹出的对话框中选择输入形式为"偏差"，输出形式为"偏差"，公差值输入框中分别键入 0，−0.043，结果如图 3-130 所示。

图 3-130　长度公差尺寸标注

❸ 标注编辑方法。在标注尺寸的过程中，经常需要对已标注尺寸进行编辑修改，标注编辑方法如下：

打开"修改"主菜单选择"标注编辑"命令或者单击"编辑"工具栏中 按钮，系统提示"拾取要编辑的标注"，单击鼠标拾取标注尺寸，弹出立即菜单如图 3-131 所示，在立即菜单中进行相应修改，再次单击鼠标将标注尺寸固定。

| 1. 尺寸线位置 | ▼ | 2. 文字平行 | ▼ | 3. 文字居中 | ▼ | 4.界限角度 | 360 | | 5.前缀 | %c | | 6.基本尺寸 | 55 |

图 3-131 标注编辑立即菜单

在进行标注修改时，也可以先单击鼠标拾取需修改标注尺寸，然后右击，弹出相应的右键编辑菜单如图 3-132 所示，在菜单中选择"编辑"命令，同样可以弹出立即菜单，可以对标注尺寸进行修改。

❹尺寸驱动方法。尺寸驱动是系统提供的一套局部参数化功能。用户在选择一部分实体及相关尺寸后，系统将根据尺寸建立实体间的拓扑关系，当选择想要改动的尺寸并改变其数值时，相关实体及尺寸将受到影响发生变化，但元素间的拓扑关系保持不变，如相切、相连等。另外，系统可自动处理过约束及欠约束的图形。具体步骤如下：

局部参数化的第一步是选择驱动对象（用户想要修改的部分），系统将只分析选中部分的实体及尺寸；在这里，除选择图形实体外，选择尺寸是必要的，因为工程图纸是依靠尺寸标注来避免二义性的，系统正是依靠尺寸来分析元素间的关系的。

图 3-132 标注编辑右键菜单

如同旋转和拉伸需要基准点一样，驱动图形也需要基准点，这是由于任一尺寸表示的均是两个（或两个以上）对象的相关约束关系，如果驱动该尺寸，必然存在着一端固定，动另一端的问题，系统将根据被驱动尺寸与基准点的位置关系来判断哪一端该固定，从而驱动另一端。

在前两步的基础上，最后驱动某一尺寸。选择被驱动的尺寸，而后输入新的尺寸值，则被选中的实体部分将被驱动，在不退出该状态（该部分驱动对象）的情况下，用户可以连续驱动其他的尺寸。

例如：如果需要将传动轴长度尺寸 80 驱动，打开"修改"主菜单选择"尺寸驱动"命令或者单击"编辑工具"工具栏 按钮，根据系统提示选择驱动对象，如图 3-133 所示，右击确定，系统提示"请给出图形的基准点"，移动光标选择传动轴尺寸值"80"左端中心点为基准点，如图 3-134 所示。

图 3-133 尺寸驱动选择驱动对象

系统提示"请拾取驱动尺寸"，单击鼠标拾取尺寸值 278，系统提示输入新的尺寸值，键入值100，确定，尺寸被驱动，结果如图3-135所示。单击标准工具栏中"取消操作"命令。

图3-134   选择图形基准点

图3-135   尺寸驱动

标注剖切符号：打开"标注"主菜单选择"剖切符号"命令或者单击"标注"工具栏中 ✂ 按钮。在弹出的立即菜单 1 中键入剖切符号"A"，用左键确定画剖面的轨迹，按右键结束画剖面。此时，命令行提示"拾取所需方向"，在屏幕上出现左右箭头提示如图3-136所示，按住左键向右移动，以确定剖切方向。

图3-136   选择剖切方向

系统提示"指定剖面名称标注点"提示，并出现剖面名称文字框。用左键确定剖面名称的标注点位置，按右键结束标注，结果如图3-137所示。

重复"剖切符号"命令，标注剖切符号B，结果如图3-138所示。

图 3-137　标注剖切符号 A-A

图 3-138　标注剖切符号

04 填写标题栏。使用"填写标题栏"命令填写标题栏。

05 保存文件。使用"保存"或者"另存文件"命令将文件进行保存，文件名为：传动轴。传动轴绘制完成，结果如图 3-108 所示。

3.7　圆柱齿轮设计

3.7.1　设计思路

　　齿轮是机械设备中广泛应用的一种重要的传动零件。如图 3-139 所示齿轮，齿轮的轮齿是标准结构。齿轮属结构对称的盘类零件，一般采用两个视图表达其结构形状。

模数	2
齿数	116
压力角	20

图 3-139　圆柱齿轮

📖3.7.2　设计步骤

01 配置绘图环境。

❶建立新文件。启动 CAXA 电子图版 2009，选择"BLANK"样板创建空白文档，进入用户界面。

❷图幅设置。打开"幅面"主菜单，选择"图幅设置"命令，根据圆柱齿轮的实际尺寸在"图幅设置"对话框中将图纸幅面设置为 A3，图纸比例为 1:1.5，图纸方向设置为横放，选择调入相应的图框与标题栏，单击"确定"。

02 绘制圆柱齿轮。

❶绘制中心线

1）切换当前图层：将"中心线层"设置为当前图层。

2）绘制中心线：使用"直线" ✏ 命令，在绘图区域的适当位置绘制两条垂直直线，作为圆柱齿轮主视图的中心线，结果如图 3-140 所示。

图 3-140　绘制中心线

❷绘制圆柱齿轮主视图

1）切换当前图层：将"0层"设置为当前图层。

2）绘制等距线：打开"绘图"主菜单，选择"等距线"命令或者单击"绘图"工具栏中 ⿴ 按钮，在立即菜单1中选择"单个拾取"选项，2中选择"指定距离"选项，立即菜单5中键入29，单击鼠标拾取水平中心线，按照系统提示，单击鼠标选择等距线方向，如图3-141所示，绘制结果如图3-142所示。

图 3-141 拾取等距线方向　　　　　　图 3-142 绘制第一条等距线

重复上述步骤，依次以水平中心线为基准线，绘制距离分别为 50、60、90、100、112、116、120 七条水平等距线，以垂直中心线为基准线，绘制距离分别为 8、41 两条等距线，如图3-143所示。

3）裁剪等距线：使用"裁剪" -/- 命令，单击需要裁剪的线段，将多余部分裁剪，结果如图3-144所示。

图 3-143 绘制等距线　　　　　　图 3-144 裁剪等距线

4）倒角和过渡圆角：使用"过渡" ⬜命令，在立即菜单1中选择"倒角"选项，键入倒角长度2和角度45，单击需要倒角的线段；重复 "过渡" ⬜命令，在立即菜单2中选择"圆角"选项，分别在立即菜单2中使用"裁剪"和"裁剪始边"选项，键入圆角半径2，单击需要圆角的线段，补充绘制倒圆角轮廓线。

同时，选取上方第二条水平线直线，单击右键，选择"属性"命令，在弹出的"属性"对话框中，将其线型属性改为"点画线"，颜色属性改为"红色"。结果如图 3-145 所示。

5）绘制键槽：再次使用"等距线" ⿴命令，以水平中心线为基准线，绘制距离为8的等距线，然后进行裁剪，结果如图3-146所示。

6）镜像现有图形：使用"镜像" ◭命令，分别以两条中心线为轴线进行镜像，补充绘制减重圆孔中心线,结果如图 3-147 所示。

　　7)绘制剖面线:使用"剖面线" ▥命令单击鼠标依次拾取需绘制剖面线的封闭环内任意点,然后右击确认,剖面线绘制完成,如图 3-148 所示。

图 3-145　倒角和圆角　　　　　　　　　图 3-146　绘制键槽

图 3-147　镜像图形　　　　　　　　　图 3-148　圆柱齿轮主视图

❸绘制圆柱齿轮左视图。

　　1)绘制左视图垂直中心线:单击鼠标拾取主视图垂直中心线,右击鼠标,选择"平移制" ▧命令,立即菜单 1 中选择"给定两点"选项,平移此中心线到绘图区域右侧相应位置,得到左视图垂直中心线。

　　2)绘制同心圆:使用"圆" ◉命令,以左视图中心线交点为圆心,以主视图为基准,绘制齿轮的齿顶圆,如图 3-149 所示。重复此步骤,绘制出其他的同心圆和其中的一个减重圆孔,减重圆孔的分布圆环属于"中心线层",最后结果如 3-150 所示。

　　3)绘制环形阵列圆孔:首先,单击鼠标拾取左视图的垂直中心线,右击鼠标,选择"删除"命令将其删除;然后使用"中心线" ∕命令,在中心线层中单击减重孔,绘制减重孔中心线;单击鼠标拾取减重孔水平中心线将其删除,结果如图 3-151 所示。

　　使用"阵列" ▦命令,立即菜单 1 中选择"圆形阵列",2 中选择"旋转",3 中选择"均布",4 份数键入 6。单击鼠标拾取减重孔及其垂直中心线,右击确认,系统提示选择中心点。按"空格"键,在工具点菜单中选择"圆心"项,单击鼠标拾取任意一个同心圆,绘出齿轮的所有减重孔。最后,补画大圆的垂直中心线,结果如图 3-152 所示。

　　4)绘制键槽:使用"等距线" ⬛命令,在立即菜单 3 中选择"双向"选项,键入等距线距离为 8，以左视图水平中心线为基准线，绘制两条等距线；重复使用"等距线"命令，将立即菜单 3 改为单项，键入等距线距离为 33.2，以左视图垂直中心线为基准线，在垂直中心线左侧绘制一条等距线，如图 3-153 所示。

图 3-149　绘制齿顶圆

图 3-150　绘制齿顶圆

图 3-151　绘制减重孔中心线　　　　　　　图 3-152　阵列减重孔

图 3-153　绘制键槽等距线

5）裁剪图形：使用"裁剪"命令和"删除"命令对左视图进行修剪，得到圆柱齿轮左视图，如图 3-154 所示。

图 3-154　圆柱齿轮左视图

03 标注圆柱齿轮。

❶无公差尺寸标注。使用"尺寸标注" ⊟命令，标注出圆柱齿轮的无公差尺寸，见图 3-155 所示。在标注过程中注意区分长度尺寸和直径尺寸，通过"标注风格"命令，对标注参数进行设置，字高为 3.5，其他设置参数为默认值。

图 3-155　圆柱齿轮无公差尺寸标注

❷带公差尺寸标注。为了方便标注键槽尺寸，首先使用"平移复制" ❸命令，选择中心孔及键槽边线，将其平移至绘图区域左下角。然后，按照公差尺寸的标注方法，标注分度圆直径：Ø232，上偏差：0，下偏差：-0.021；齿顶圆直径：Ø240，上偏差：0，下偏差：-0.027；中心孔直径：直径：Ø58，上偏差：0.03，下偏差：0；键槽宽度尺寸：16，上偏差：0.015，下偏差：0；深度尺寸：62.2，上偏差：0.025，下偏差：0；结果如图 3-156 所示。

❸形位公差标注。圆柱齿轮零件绘制过程中，需要标注形位公差，下面介绍形位公差的标注方法：

1）绘制基准代号：打开"标注"主菜单选择"基准代号"命令或者单击"标注"工具栏中 按钮，立即菜单 1 中选择"基准标注"选项，2 中选择"给定基准"选项，3 中选择"默认方式"，4 中键入基准名称"A"，系统提示：拾取定位点或直线或圆弧。

单击鼠标拾取中心孔直径尺寸箭头处，如图 3-157 所示，再次单击鼠标确定基准代号的位置。

图 3-156　圆柱齿轮公差尺寸标注

2）标注形位公差：打开"标注"主菜单选择"形位公差"命令或者单击"标注"工具栏中 按钮，弹出"形位公差"对话框，如图 3-158 所示。

图 3-157　绘制基准代号

图 3-158　"形位公差"对话框

在本实例中，使用"形位公差"命令，标注两个"跳动"和一个键槽"对称度"形位公差，标注结果如图 3-159 所示。

❹标注齿轮基本参数

1）在 Word 软件中创建表格，在表格中填写齿轮基本参数：模数 2；齿数 116；压力角 20°。将此文件存储于某个文件夹中。

2）选择"编辑"｜"插入对象"命令，弹出插入对象对话框，如图 3-160 所示。

3）选择对话框中的"由文件创建"项，弹出图 3-161 所示对话框，单击其"浏览"按钮，确定"齿轮基本参数表"的位置，单击"确定"按钮，此表即插入到 CAXA 电子图板文件中。

图 3-159　圆柱齿轮形位公差标注

图 3-160　"插入对象"对话框

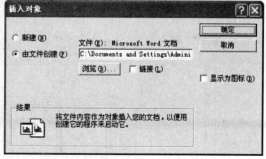

图 3-161　由文件创建插入对象

4）将插入的"齿轮基本参数表"移动到图面的右上角，如图 3-162 所示。

04 填写标题栏。使用"填写标题栏"命令填写标题栏。

05 保存文件。使用"保存"或者"另存文件"命令将文件进行保存，文件名为：圆柱齿轮。

模数	2
齿数	116
压力角	20

图 3-162　插入齿轮基本参数

3.8 生成零部件图块

3.8.1 设计思路

将绘制好的零部件图样生成图块，然后将图块保存为一个单独的文件。在绘制装配图时可以将此零部件文件并入装配图中，从而避免重复绘制零部件图样，提高装配图的绘制效率。

在本书配备的光盘中，包含有减速器装配图中需要用到的零部件图样，读者可以首先将这些零部件生成图块，然后将其并入装配图中。生成零部件图块的过程中需要用到的命令主要有："块生成"命令、"块打散"命令、"部分存储"命令、"拾取过滤设置"命令等。

3.8.2 设计步骤

01 创建减速器箱体图块。

❶打开"减速器"图样文件。启动 CAXA 电子图板 2009，选择"BLANK"样板创建空白文档，进入用户界面。选择"打开"命令，打开上一章中绘制的"减速器"图样文件，如图 3-163 所示。

图 3-163 "减速器"图样

❷拾取过滤设置。选择"工具"｜"拾取设置"命令或者单击设置工具栏的 按钮，系统弹出"拾取设置"对话框，如图 3-164 所示。在此对话框中的实体选择项中将"尺

寸"、"图框"、"标题栏"选项取消，单击"确定"按钮。选择"显示窗口"命令，将减速器体的俯视图放大，便于下面的操作。

图 3-164 "拾取设置"对话框

❸选择俯视图。单击鼠标，进行对减速器俯视图进行框选，如图 3-165 所示。在选择俯视图时，没有选择尺寸标注。在俯视图被拾取，呈高亮状态时，右击鼠标。弹出快捷菜单，在快捷菜单中选择"块创建"命令，如图 3-166 所示。

图 3-165 框选俯视图

图 3-166 右键快捷菜单

❹生成图块。这时，系统提示选择基点，移动光标拾取中心线交点作为基点，如图 3-167 所示。弹出如图 3-168 所示的"块定义"对话框，输入名称为"箱体俯视图"，单击"确定"按钮，完成块的创建。

❺将图块部分存储。选择"文件"|"部分存储"命令，在系统提示下，拾取俯视图图块，右击鼠标。系统提示给定图形基点，可以继续选择图 3-167 中的交点作为基点。这时弹出"部分存储文件"对话框，如图 3-169 所示。将此图块以文件名为"减速器俯视图"进行部分存储，单击"保存"按钮。

02 创建其他零部件图块。

采用上述生成图块的方法，可以生成其他零部件的图块。这里不再一一介绍，在本书配备光盘中的目录：\源文件\第 3 章\中，存储有在装配图绘制过程中需要用的图块，读者可以直接通过读取光盘，使用已有的图块。

图 3-167　选择基点

图 3-168　"块定义"对话框　　　　　图 3-169　"部分存储"对话框

3.9　减速器装配图设计

3.9.1　设计思路

　　绘制减速器装配图时，可以先将减速器箱体俯视图图块插入预先设置好的装配图样中，再分别插入需要的相应零件图块。使用"移动/拷贝"命令使各个零部件具有正确的位置关系；如果需要修改图形，可以使用"块打散"命令，将图块打散后，进行修改。补全相应的线条。装配图需要给各个零件编号，标注零件序号，填写标题栏和明细表。

3.9.2　设计步骤

　　01 配置绘图环境。

❶建立新文件。启动 CAXA 电子图板 2009，选择"BLANK"样板创建空白文档，进入用户界面。

❷图幅设置。选择"幅面"｜"图幅设置"命令，根据减速器装配图的实际尺寸在"图幅设置"对话框中将图样幅面设置为 A3，图样比例为 1:2.5，图样方向设置为横放，选择调入相应的图框与标题栏，单击"确定"。

02 绘制减速器装配图

❶并入减速器俯视图图块文件。选择"文件"｜"并入"命令，弹出"并入文件"对话框，如图 3-170 所示。在对话框选择随书光盘目录：\源文件\第 3 章\中的"减速器俯视图"文件，单击"确定"按钮。这时，立即菜单 1 中比例值为 1，在系统提示下，选择合适的定位点，旋转角度为 0，将图块定位在绘图区域中，如图 3-171 所示。

图 3-170 "并入文件"对话框

图 3-171 并入减速器图块

❷并入齿轮轴图块。选择"文件"｜"并入"命令，弹出"并入文件"对话框，在对话框选择随书光盘目录：\源文件\第 3 章\中的"齿轮轴图块"文件，单击"打开"按钮。立即菜单 1 中比例值为 1，在系统提示下，选择如图 3-172 所示定位点，旋转角度为 90，将图块定位在绘图区域中，如图 3-173 所示。

图 3-172 选择定位点

图 3-173 定位齿轮轴图块

❸平移齿轮轴图块。通过使用"尺寸标注"命令，量取齿轮轴大端面台阶边线距减速器内壁为 40，如图 3-174 所示。然后，选择"平移" ✛ 命令，将齿轮轴向下方平移，平移距离为 40，结果如图 3-175 所示。

❹并入传动轴图块。选择"文件"｜"并入"命令，弹出"并入文件"对话框，在对话框选择随书光盘目录：\源文件\第 3 章\中的"传动轴图块"文件，单击"打开"按

钮。立即菜单 1 中比例值为 1，在系统提示下，选择定位点，旋转角度为-90，将图块定位在绘图区域中。

图 3-174　量取距离

图 3-175　平移齿轮轴图块

❺平移传动轴图块。选择"平移" ✛命令，将传动轴平移，结果如图 3-176 所示。

❻并入圆柱齿轮图块。选择"文件"｜"并入"命令，弹出"并入文件"对话框，在对话框选择随书光盘目录：\源文件\第 3 章\中的"圆柱齿轮图块"文件，单击"打开"按钮。立即菜单 1 中比例值为 1，在系统提示下，选择定位点，旋转角度为 90，将图块定位在绘图区域中。如图 3-177 所示。

图 3-176　并入传动轴图块

图 3-177　并入圆柱齿轮

❼提取轴承图符。减速器装配图中需要装入轴承，可以在 CAXA 电子图板的图库中直接提取"轴承"图符，然后将图符定位于装配图中即可。

选择"绘图"｜"库操作"｜"提取图符"命令，弹出"提取图符"对话框，如图 3-178 所示。选择"轴承"/"向心球轴承"，图符列表中选择"GB/T276 深沟球轴承 60000 型 10 系列"，单击"下一步"。

弹出"图符预处理"对话框，如图 3-179 所示。在此对话框中，选择轴承代号为 6008，单击"确定"按钮。在系统提示下，选择齿轮轴中心线与减速器内壁的交点作为定位点，旋转角度为 90，按 Enter 确定轴承在装配图中的位置，如图 3-180 所示。

选择"绘图"｜"库操作"｜"提取图符"命令，弹出"提取图符"对话框，选择"轴承"/"向心球轴承"，图符列表中选择"GB/T276 深沟球轴承 60000 型 10 系列"，单击"下一步"。弹出"图符预处理"对话框，在此对话框中，选择轴承代号为 6011，将此轴承定位于传动轴大端。

图 3-178　"提取图幅" 对话框

图 3-179　选择轴承尺寸

图 3-180　提取轴承图符

　　选择 "镜像" ⼩ 命令，将两个轴承以减速器中心线为轴线进行镜像/拷贝，结果如图 3-181 所示。

　　❽并入其他零部件图块。重复上述并入文件的操作方法，分别选择随书光盘目录：

\实例\第 3 章\中的"轴承端盖 1 图块"、"轴承端盖 2 图块"、"轴承端盖 3 图块"、"轴承端盖 4 图块"文件，将其并入装配图中，结果如图 3-182 所示。

图 3-181　提取其他轴承图符

❾块消隐。在图 3-182 中，可以看到各个图块之间由于相互重叠而互相遮挡，导致图面混乱。采用"块消隐"命令可以调整图块的叠加顺序。

首先，单击鼠标依次拾取轴承端盖图块，然后右击鼠标，在弹出的快捷菜单中选择"块消隐"　命令，将各个轴承端盖进行块消隐操作。然后，重复上述操作，将"传动轴图块"和"齿轮轴图块"进行块消隐操作，结果如图 3-83 所示。

图 3-182　并入轴承端盖图块

❿绘制定距环。在装配图中，轴承与端盖、轴承与齿轮之间绘制定距环，结果如图 3-184 所示。

[03] 标注装配图。

❶编辑标注风格。选择"格式"｜"尺寸"命令，进行编辑标注风格，将标注文字字高设置为4.5。

图 3-183　块消隐

图 3-184　绘制定距环

❷标注配合尺寸。选择"标注"｜"尺寸标注"命令，装配图中标注配合尺寸：齿轮轴与小轴承的配合尺寸，小轴承与箱体轴孔的配合尺寸，传动轴与大齿轮的配合尺寸，传动轴与大轴承的配合尺寸，以及大轴承与箱体轴孔的配合尺寸。

拾取所要标注的图素后，单击右键弹出"尺寸标注属性设置"对话框，如图 3-185 所示。在输入形式一栏中选择"配合"方式，对话框变为图 3-186 所示，在该对话框中选择正确的配合方式，在公差带一栏中输入孔公差带代号和轴公差带代号，点击"确定"按钮。标注结束后，如图 3-187 所示。

❸生成零件序号及明细表。选择"幅面"｜"生成序号"命令，系统弹出立即菜单，如图 3-188 所示。在立即菜单 5 中选择"生成明细表"选项，立即菜单 6 中选择"填写"选项。

在装配图图样中减速器箱体上单击左键确定序号引线的引出点，引出后再确定序号的转折点。系统弹出"填写明细表"对话框，如图 3-189 所示。填写各项内容后点击"确定"按钮。明细表信息将出现在标题栏上方，如图 3-190 所示。

图 3-185　"尺寸标注属性设置"对话框

图 3-186　"标注配合"对话框

图 3-187　标注配合尺寸

1.序号= 1	2.数量 1	3. 水平 ▼	4. 由内向外 ▼	5. 生成明细表 ▼	6. 填写 ▼	7. 单折 ▼

图 3-188　生成序号立即菜单

图 3-189　"填写明细表"对话框

图 3-190　生成明细表

❹依次生成其他零件的序号并填写明细表内容，结果如图 3-191 所示。

图 3-191　生成所有零件明细表

❺明细表表格折行。如图 3-191 所示，明细表与装配图产生干涉，需要调整部分明

细表的位置，可以使用"表格折行"命令进行折行操作。选择"幅面"｜"明细表"｜"表格折行"命令，弹出立即菜单，在立即菜单 1 中选择"左折"，在系统提示下，拾取需要折行的表项。系统将把拾取表项及其上方的明细表项向左折放，如图 3-192 所示。

图 3-192　表格折行

❻修改明细表内容。生成明细表后，如果需要修改明细表内容，可以采用下面操作步骤：选择"幅面"｜"明细表"｜"填写明细表"命令，然后拾取需要填写的明细表表格，系统弹出"填写明细表"对话框，如图 3-193 所示。在此对话框中可以更改明细表的内容，单击"前一栏"或"后一栏"按钮，将可以更改其他明细表栏的内容。

序号	代号	名称	数量	材料	单件	总计	备注	来源	显示
1	JSX-1	减速箱箱体	1	HT200					☑
2	JSX-2	端盖	1	HT200					☑
3	JSX-3	键8X50	1	Q235			GB …		☑
4	JSX-4	齿轮轴	1	45					☑
5	JSX-5	深沟球轴承60000型	2				10系列		☑
6	JSX-6	端盖	1	HT200					☑
7	JSX-7	深沟球轴承60000型	2				10系列		☑
8	JSX-8	传动轴	1	45					☑
9	JSX-9	圆柱齿轮	1	40					☑
10	JSX-10	键16X70	1	Q235					☑
11	JSX-11	端盖	1	HT200					☑
12	JSX-12	端盖	1	Q235					☑

图 3-193　更改明细表内容

也可以先单击拾取明细表，右击鼠标，在弹出的右击快捷菜单中，如图 3-194 所示。

选择"填写表项"命令，来重新填写明细表内容。

04 填写标题栏。使用"填写标题栏"命令填写标题栏。

05 保存文件。使用"存储文件"或者"另存文件"命令将文件进行保存，文件名为：减速器装配图。结果如图 3-192 所示，至此，装配图绘制完毕。

图 3-194　右击快捷菜单

第 2 篇

CAXA 实体设计 2009

计算机辅助设计与制造（CAD/CAM）系列

本篇介绍以下主要知识点：

 CAXA 实体设计 2009 基础知识

 二维截面生成

 自定义智能图素的生成

 零件的定位及装配

 减速箱实体设计

第 4 章

CAXA 实体设计 2009 基础知识

CAXA 实体设计是最先将完全的可视化三维设计、图样生成和动画制作融入微机的系统。本软件把具有突破性的全新系统结构同拖放实体造型方法结合起来，形成目前推向市场的、对用户最友好的三维零件设计/二维绘图环境。本章将讲述 CAXA 实体设计的相关基础知识。

学 习 要 点

- ◎ 三维设计环境介绍
- ◎ 设计元素
- ◎ 标准智能图素
- ◎ 设计环境的视向设置
- ◎ 设计树、基准面和坐标系

4.1 软件安装与启动

1. 安装与卸载程序

在 Windows 2000 和 Windows XP 下安装 CAXA 实体设计 2009，确信系统当前没有运行任何其他应用程序。如果安装了杀毒软件，在开始安装 CAXA 实体设计 2009 前应终止其任何功能的执行（关闭或退出）。 CAXA 实体设计 2009 安装完成后，可以继续运行杀毒软件和其他应用程序。

 注意

如果计算机上已经安装有以前版本的 CAXA 实体设计，建议先将其卸载，并重新启动计算机，然后开始安装最新版本的 CAXA 实体设计 2009。如果在 CAXA 实体设计 2009 文件夹中创建了任何文件（例如设计元素、模板以及任何其他文件或子文件夹），将它们复制一份到其他文件夹中或磁盘上。安装完成后，你可以将那些文件或文件夹重新复制到 CAXA 实体设计 2009 当前文件夹中。

在 Windows XP/2000 环境下卸载 CAXA 实体设计：

（1）单击 Windows 任务栏的"开始"菜单。

（2）在任务菜单上，选择"所有程序"选项。

（3）在程序菜单上，选择"CAXA 实体设计 2009"，弹出下拉菜单。

（4）在下拉菜单上，选择"卸载 CAXA 实体设计 2009"。

CAXA 实体设计将被从计算机中卸载。你所创建或修改的所有文件，以及保存这些文件的目录将被保存。

2. 启动 CAXA 实体设计 2009

启动 CAXA 实体设计 2009 与启动 Windows XP/2000 的其他应用程序一样。在 Windows XP/2000 环境下启动 CAXA 实体设计 2009：

（1）在 Windows 任务栏，单击"开始"按钮。

（2）在"任务"菜单上，选择"程序"选项。

（3）在"程序"菜单，选择"CAXA 实体设计 2009"，弹出一个下拉菜单。

（4）在下拉菜单上，选择"CAXA 实体设计 2009"。

CAXA 实体设计 2009 启动画面出现。接着欢迎使用对话框弹出。

3. 创建新设计环境

启动 CAXA 实体设计 2009 后，"欢迎"对话框弹出，需要创建一个设计环境，如 4-1 所示。

（1）选择"创建一个新的设计文件"，准备开始一个新的设计项目。

（2）如果不希望每次启动 CAXA 实体设计 2009 时出现该对话框，则取消选择左下角的"启动时总显示这个对话框"选项。

（3）单击"确定"，弹出"新的设计环境"选择框，如图 4-2 所示。

（4）在"新的设计环境"下的 3 个选择中，选择最适合工作的设计环境，然后选择一个设计环境模板。

如果不确定该选择哪种样式的设计环境模板，从"公制"选项中选择"Blank Scene"模板。CAXA 实体设计 2009 显示一个空白的三维设计环境。现在，已经准备好利用 CAXA 实体设计 2009 开始工作了。

图 4-1 "欢迎"对话框   图 4-2 "新的设计环境"对话框

4.2 三维设计环境介绍

📖4.2.1 初识设计环境

CAXA 实体设计 2009 设计环境如图 4-3 所示。

当打开一个 CAXA 实体设计 2009 设计环境或绘图环境时，将看到与两个环境都有关的主窗口，每种设计环境界面都包括：

菜单栏：通过 CAXA 实体设计 2009 的默认主菜单栏可以访问 CAXA 实体设计 2009 的大部分设计和绘图命令。然而，CAXA 实体设计 2009 的菜单可以由用户进行全面的自定义。

工具栏：CAXA 实体设计 2009 的默认设计和绘图工具条为用户提供了文件操作、图形操作、设计与绘图工具以及 CAXA 实体设计 2009 其他重要功能。像菜单一样，CAXA 实体设计 2009 的工具条可以根据要求进行自定义。

元素库：元素库在设计环境中出现，它们是一组组相关的设计资源，例如基本图素和表面材质类型等。在零件设计中使用元素库中的内容时，只要将元素的图标拖出放在设计环境中就可以完成了。

翻页键：利用滚动条可以查阅设计元素库，浏览它们的内容，或者观看因太大而无法在屏幕上显示全部图样的某些部分。

选项卡：如果要显示特殊的设计元素库或图样页，选择其选项卡。

状态栏：利用窗口下方的区域观察有关 CAXA 实体设计 2009 的信息和提示。状态栏的右侧显示的是当前计量单位和时间。

图 4-3 CAXA 实体设计 2009 设计环境

4.2.2 设计环境菜单

三维零件设计中所用的多数选项都可以通过 CAXA 实体设计 2009 的缺省设计环境菜单选用，如图 4-4 所示。位于设计环境窗口的上方。

文件 编辑 显示 生成 修改 工具 设计工具 装配 设置 设计元素 窗口 帮助

图 4-4 设计环境菜单

"文件"菜单如图 4-5 所示。

"编辑"如图 4-6 所示。

"显示"菜单包括选项较多，主要由 3 部分组成，分别是查看设计环境窗口的一些选项，如：工具条、状态条、设计树与参数表等选项；查看设计环境中的光源、视向、智能动画、附着点和基准面等选项；查看与标注关联尺寸的智能标注、约束、包围盒尺寸、位置尺寸与关联标注等选项，如图 4-7 所示。

"生成"菜单如图 4-8 所示。

"修改"菜单如图 4-9 所示。

"工具"菜单包括三维球、无约束装配、定位装配等重要设计工具；包括智能渲染、渲染器、智能动画等选项；还包括对设计环境及其组件进行自定义的选项、自定义、加载应用程序、加载工具、运行 Add-on 工具等重要选项，在下文中将对这些选项进行详细讲解。"工具"菜单如图 4-10 所示。

图 4-5　文件菜单

图 4-6　编辑菜单

图 4-7　显示菜单

图 4-8　生成菜单

图 4-9　修改菜单

图 4-10　工具菜单

"设计工具"菜单包括将所选择的特征/零件组合为一个整体的组合操作、移动锚点、重新选择装配或零件的包围盒尺寸的重置包围盒、重新生成所选的装配或零件的重新生成；对图素或零件进行压缩与解压缩操作，面转换为智能图素等操作选项，如图 4-11所示。

"装配"菜单中包括装配、解除装配、插入零件/装配、保存零件/装配、解除外部链接与装配树输出等选项，如图 4-12 所示。利用这些选项设计人员可以将图素、零件、模型、装配件装配成一个新的装配件或拆开已有的装配件。可以在装配件中插入零件模型、取消与其中某个零件模型的链接、将零件模型/组合件保存到文件中或访问"装配树浏览工具"。

用户利用"设置"菜单中的选项，可以指定单位、坐标系和默认尺寸属性。也可以用来定义渲染、背景、雾化效果、曝光度、视向属性。利用"设置"菜单的其他选项，可以访问智能渲染属性和向导。此外，还可以将表面属性从一个对象转换到另一个对象、访问图素的形状属性并生成配置文件。"设置"菜单如图 4-13 所示。

图 4-11　设计工具菜单　　　图 4-12　装配菜单　　　图 4-13　设置菜单

"设计元素"菜单中包括设计元素的新建、打开和关闭等功能选项，如图 4-14 所示。菜单中的自动隐藏选项允许设计人员激活或禁止设计元素浏览器的"自动隐藏"功能。设计元素选项还包括设计元素保存和设计元素库的访问功能。

"窗口"菜单中的选项包括用来生成新窗口、层叠/平铺窗口和排列图标的标准"窗口"选项。本菜单底部用以显示所有已打开 CAXA 实体设计 2009 设计环境/图形文件的文件名，在每个当前显示的设计环境或图形文件文件名前边都有一个复选框。如图 4-15 所示。

图 4-14　设计元素菜单　　　图 4-15　窗口菜单

"帮助"菜单中包含几个标准"帮助"功能选项,提供访问有关 CAXA 实体设计 2009 及其在线帮助系统的信息。

4.2.3 自定义设计环境

1. 自定义工具栏

CAXA 实体设计 2009 提供了多种默认的工具条,这些工具条带有设计环境中最常用的功能选项。同 CAXA 实体设计 2009 的菜单一样,工具条和它们的选项都能进行自定义。

光标停留在工具图标上时所显示的文本叫作"工具提示"。若要关闭这些工具提示信息,可选择"显示"|"工具条"命令,在出现的对话框中取消选择"显示工具提示"复选框并单击"确定"按钮即可。

自定义工具条同自定义菜单一样,选择"工具"|"自定义"命令,打开"工具条"选项卡如图 4-16 所示,显示各个选项。在右边的"显示工具条"下拉列表框中,可以根据设计环境的需要选择工具条,一旦选择了某个工具条选项,它将显示在设计环境的界面中。还可以根据需要"新建""删除""重置"等操作对工具条进行调整。

2. 自定义命令

同"工具栏"选项一样,"命令"对话框上的"选择类别"下拉列表框可以指定设计环境或图表命令类别的显示。一旦选择了某个选项,对话框右边的显示区域将显示当前选定类别的命令图标,如图 4-17 所示。

图 4-16 自定义对话框中的工具条选项

图 4-17 "自定义"对话框中的命令选项

若要将一条命令添加到工具条上,应首先从下拉列表框中选择相应的命令,以显示其图标。然后单击该图标,按下左键,可以将该命令拖动到工具条上的相应位置,出现插入标识时释放左键即可。指定的命令就添加到工具条的特定位置,通过单击拖动可以在工具条内移动命令和将该命令移动到选择的工具条中。

3. 自定义键盘快捷键

自定义键盘快捷键的过程与自定义菜单过程相似,在"自定义"对话框中选择"键盘"选项卡如图 4-18 所示。

在"类别"下拉列表框中可以选择相应的命令类别,一旦选择了某种命令类别后,在左下方的"命令"对话框中将显示相应的命令,可以选取需要定义快捷键的命令即单击使其高亮,在右方的"当前键"对话框中选择快捷键,单击"移除"按钮即将此命令的快捷键取消,然后在其下方的"按新的快捷键"对话框中键入需要的快捷键,单击"赋值" | "关闭"按钮即可以对相应命令进行自定义键盘快捷键。

图 4-18 "自定义"对话框中的键盘选项

4.外部加载工具

CAXA 实体设计 2009 可以通过附加软件来扩展 CAXA 实体设计 2009 的功能。典型的软件附加工具用户自己或第三方软件供货商编写的 Visual Basic 应用程序。例如:可以编写一个 VB 程序来实现图素或零件的多份复制,然后将该程序添加到 CAXA 实体设计 2009 中作为其附加工具,可以将下述任何类型的程序添加到 CAXA 实体设计 2009 中:

◆ 可执行程序。

◆ OLE 对象。

◆ 动态链接库(DLL)中输出的函数。

下面介绍"工具"菜单中添加外部工具的过程步骤:

(1)选择"工具" | "自定义"命令,弹出"自定义"对话框,选择"工具"选项卡,如图 4-19 所示。

(2)单击"增加"按钮,弹出"加载外部工具"对话框如图 4-20 所示。

图 4-19 "自定义"对话框中的工具选项　　　　图 4-20 "加载外部工具"对话框

如果添加 OLE 对象，选择"OLE 对象"选项，然后在"对象"文本框中键入对象名并回车。在"方法"文本框中键入与该对象相关联的一种方法，然后回车。

如果添加执行程序，选择"执行文件"选项，然后单击"执行文件"文本框后面的文件浏览按钮，在文件浏览对话框中可以选择一个执行程序，然后单击"确定"按钮。

如果添加 DLL 库的某种功能，选择"DLL 中输出的函数"选项，在"DLL 名称"文本框中键入库文件的名称并回车。或者单击浏览按钮，在文件浏览对话框中选择一个库文件，然后单击"确定"按钮。最后，在"功能"文本框中键入功能参数。

5．选项属性设置

CAXA 实体设计 2009 提供了大量的选项属性，通过修改这些选项的属性，可以改变设计环境中及其设计参数。在使用的过程中，可以根据自己的需要选择最适合的设计环境。选择"工具"｜"选项"命令，弹出"选项"对话框，如图 4-21 所示。

（1）"常规"选项卡：单击"常规"选项卡，弹出对话框如图 4-21 所示。

◆ 开始时显示欢迎对话框：选择本选项可使系统在启动 CAXA 实体设计 2009 时显示一个欢迎使用的对话框。

◆ 拉伸，旋转，扫描时显示截面编辑对话框：创建拉伸、旋转或扫描造型的任何时候都可以选择此选项来显示编辑截面对话框。如果选择本选项，利用轮廓弹出菜单也同样可以使用该功能。

图 4-21　选项中常规选项对话框

◆ 显示光源设置向导：在"生成"菜单中选择"光源"，选择此选项即可显示"光源向导"。

◆ 显示视向设置向导：在"生成"菜单中选择了"视向"，选择此选项即可在屏幕上显示出"视向向导"。

◆ 显示智能动画向导：在"生成"菜单中选择 "智能动画"时，选择此选项即可在屏幕上显示出"智能动画向导"。

◆ 对话框中显示的精确度（十进制数）：键入一个数值来指定 CAXA 实体设计 2009 对话框数值字段中的数值显示的小数位数。此选项仅适用于已显示的数值。在计算时，CAXA 实体设计 2009 将继续使用全精确度的数值。

◆ 尺寸精度（十进制数）：输入一个数值来指定屏幕数据测量值显示时的小数位数。
 CAXA 实体设计 2009 利用该数值来确定"三维球"和"智能尺寸"上显示的数据
 的小数位数。

◆ 鼠标拾取范围（像素）：输入一个数值来指定鼠标选择区域像素范围内的宽度值。
 在此范围内，鼠标光标可快速定位到高点、中点等。

◆ 撤消步数：利用方向键可输入一个数值，以指定保存在 CAXA 实体设计 2009 中并
 可随后通过"撤消键入"或"恢复键入"命令调用的操作次数。

◆ 画鼠标拾取靶框：输入一个数值来指定鼠标拾取靶框的大小。

 注意

请注意，指定"撤消键入"步骤越多，CAXA 实体设计 2009 所需占用的内存空间就
越大。

◆ 常规选项组

➢ 保存时把图像文件复制到设计文件：选择此选项可指定是否把纹理映射表同设计环
 境一起保存。

➢ 保存时提示文档属性：每次保存 CAXA 实体设计 2009 文件时，选择此选项可显示
 "文件属性"对话框，以保存一般的或自定义的文件信息。

➢ 只读链接文件编辑警告：选择此选项后，若试图编辑一个只读的链接文件，系统就
 会显示严格告警信息对话框。

➢ 显示装配特征范围对话框：选择此项后，右键拖出库中图素到零件/装配体表面，在
 弹出的菜单中选择作为装配特征，将出现应用装配特征的对话框，可选择装配特征
 影响的范围。

◆ 双核协心同运算：选择此选项可指定 ACIS 与 Parasoid 内核相互协作。

➢ 启动智能装配：选择此项可实现智能装配的设置。可利用设置好的附着点并命名实
 现拖放式智能装配。

◆ 视向选项组

➢ 自动存储视向：选择此选项将使 CAXA 实体设计自动保存当前的视向设置。在设
 计过程中，如果忘记保存事项可通过点击 恢复原来视向。

➢ 编辑草图时正视：选择此选项可将不正视于屏幕的草图平面自动正视于屏幕。不用
 再去调整草图平面，可提高设计的效率。

➢ 退出草图时恢复原来的视向：选择此选项编辑后的草图退出后可将视向恢复到原来
 的视向，方便于用户设计。

 （2）"零件"选项卡：单击"零件"选项卡，弹出对话框，如图 4-22 所示。

◆ 当一个零件被拖放到设计环境：CAXA 实体设计 2009 显示由"智能图素"构成的、
 简单多面体形式的零件。这些多面体零件的显示速度比完全的"智能图素"零件的
 显示速度快。但是，若要对单个"智能图素"操作，就必须选择其中的某个图素来
 重新生成零件。

◆ 生成多面体零件：选择此选项可指定置于设计环境中的零件以多面体零件进行显示。

◆ 当智能图素被拖到一个零件上时：下述选项确定了添加到零件时新的"智能图素"的应用。

图 4-22　选项中零件选项对话框

➢ 零件上附加特征：选择此选项可确定从设计元素库拖放到零件上的"智能图素"仍然附加在基件的表面上。选定此选项后，如果基件被移动，所添加的图素将仍然附着在该零件上并随该零件一起移动。

◆ 当保存零件时，也保存：选项确定了零件保存时被保存信息的类型。如果其中的任何一个选项都未被选择，那么，CAXA 实体设计 2009 将只保存重新生成零件所必须的信息。尽管最终得到的文件很小，生成该零件的过程所占用的时间比选择下述两个选项之一都长。

➢ 拟合表面表示（多面体）：选择此选项可保存零件的简化形式。单一多面体零件的显示比完全的"智能图素"版本要快。若要在零件内协同使用单独的"智能图素"，就必须首先选择其中的图素来重新生成该零件。

➢ 精确表面表示：选择此选项可保存全"智能图素"形式的零件。显示该零件需要更长的时间，但无须利用单个"智能图素"重新生成该零件。

◆ 当编辑零件时：

➢ 自动重新生成零件：每次更改零件后都可选择此选项来重新生成该零件。单击设计环境背景可重新生成零件。例如，当该选项处于激活状态时，CAXA 实体设计 2009 可在您拖拉它的某个尺寸修改手柄时立即重新生成该零件。

➢ 当零件取消选择后再重新生成：当零件的操作完成时，若选择了此选项就会重新生成该零件。单击设计环境背景可重新生成该零件。本选项可用于对零件进行一系列的修改，此后若需要重新生成该零件就无需花费时间了。

◆ 新零件所用的缺省内核：选择下述两个选项 ACIS 与 Parasolid 之一可指定 CAXA 实体设计 2009 中创建该零件所采用的缺省内核类型。

注意

所生成并添加到目录中并拖放到设计环境中的零件将会保留它们生成过程中所采用的内核类型，且与所选定的当前采用的内核类型无关。

◆ 当装载一个零件时：

➢ 调入另外的曲面精确表达（Brep）：选择此选项来调入零件的精确表面描述，而不是通讨交互方式得到零件的几何图素。

◆ 图形和表面选项组：

➢ 当智能渲染被拖放到零件上时：使用这些选项，可以为设计环境中零件上施加的表面纹理的尺寸定义设置默认操作特征。默认状态下，零件上所采用的纹理将满尺寸显示。

使纹理符合零件：选择此选项可自动将拖拉到零件的智能渲染（纹理、凸痕和贴图）的尺寸缩放到与零件尺寸相同。

缩放处理：选择此选项可指明，始终按照智能渲染（纹理、凸痕；和贴图）在 CAXA 实体设计 2009 目录中的原始尺寸的固定比例进行缩放。应在提供的字段中输入您所希望的比例并回车确认。

曲面光顺：在此字段中输入一个数值来规定经常从目录拖放到设计环境中的图素的表面光滑度。若在默认值 30 的基础上增加，则可获得更光滑的表面；若减少该值，将得到光滑度差一些的表面。

螺旋线光顺：在此字段中输入一个数值来规定经常从设计元素库拖放到设计环境中的图素的表面光滑度。若在默认值 10 的基础上增加，则可获得更光滑的表面；若减少该值，将得到光滑度差一些的表面。

◆ 总在零件层次应用：选择此选项来规定:总是在零件编辑层采用表面编辑操作（移动、拔模斜度、匹配等）。

➢ 总在智能图素层次应用：选择此选项来规定:总是在"智能图素"编辑层次采用表面编辑操作（移动、拔模斜度、匹配等）。

➢ 总转换成智能图素，不显示提示对话框：选择该选项可自动组合表面编辑操作所修改的"智能图素"，而不显示"表面编辑提示"对话框。

"交互"选项卡：在本对话框中使用这些选项可定义 CAXA 实体设计 2009 中图素的手柄操作特征和手柄显示，如图 4-23 所示。

◆ 操作柄行为:利用下述选项可定义 CAXA 实体设计 2009 中尺寸定义操作柄的行为。

◆ 捕捉作为操作柄的缺省操作（无 Shift 键）：选择此选项可激活"智能捕捉" 操作柄行为，而无需首先按下 Shift 键。仍须右击所需操作柄并从弹出的菜单中选择"使用智能捕捉"。利用设置为默认手柄操作特征的"捕捉"，按下 Shift 键就可禁止"智能捕捉"手柄操作特征。

◆ 拖拽草图曲线时保持相邻曲线的几何形状：选择此选项可规定，轮廓操作柄的拖放操作不影响相邻连接曲线的几何形状。

➢ 在选择图标上显示编辑操作柄图标：选择此选项可显示操作柄的图标，以使每次在"智能图素"编辑层选定零件/图素时都能够在操作柄类型之间切换。

◆ 启用主特征定位（三维球）：选择此选项，可以使用主特征进行智能图素或零件的定位。

◆ 当拖动过程中可以自动滚动：选择此选项，可以在设计的过程中，拖动智能图素或零件时，允许自动滚动。

◆ 智能图素生成时 2D 草图的处理方式：在这里有拷贝、移动、关联 3 个选项，可以进行选择，在默认状态下，系统处于移动选项状态。

图 4-23 选项中"零件"选项

（3）"路径"选项卡：在"路径"选项对话框中，可以对文件存储路径，系统工作路径，模板路径等进行自定义，如图 4-24 所示。

◆ 工作路径：若要将某个特定目录指定为 CAXA 实体设计 2009 文件的默认存放位置，请在此字段输入该目录并回车。

◆ 模板路径：若要将某个特定的目录指定为 CAXA 实体设计 2009 搜索 ".icd" 文件并在选择了"文件"菜单中的"新文件"时将其作为设计环境模板予以显示时所采用的目录，则应在此字段输入该目录并回车确认。

◆ 图像文件路径：本列表显示搜索纹理和其他图像文件时 CAXA 实体设计 2009 所采用的目录。

➢ 增加：选择此选项可显示"增加目录"对话框并将一个条目添加到图像文件目录的列表中。

◆ 删除：若要从图像文件目录列表中删除一个条目，请在列表中选定该条目并选择此选项。

> 上移：若要将图像文件目录列表中某个条目向上移动一层，请在列表中选择该条目，然后选择此选项。由于 CAXA 实体设计 2009 是按照目录在列表中的顺序进行搜索的，所以此选项将改变搜索顺序。

> 下移：若要将图像文件目录列表中某个条目向下移动一层，请在列表中选择该条目，然后选择此选项。同"上移"选项一样，此选项也将改变搜索顺序。

图 4-24　选项中"路径"选项

（4）"钣金"选项卡：在"钣金"选项对话框中使用这些选项可为新的钣金零件的弯曲展开和弯曲半径定义参数，如图 4-25 所示。

◆ 钣金切口选择参数：在这里可以选择"矩形"或"圆形"切口类型，即根据展开类型进行选择，同时在宽度和深度文本框中键入合适的数值。

◆ 高级选项：此选项可访问弯曲容差和压筋定位钣金选项。

◆ 折弯半径：通过下述选项可规定新钣金件弯曲需采用的内径。

◆ 使用零件最小折弯半径：此选项，可选用零件的额定最小折弯半径。

◆ 使用自定义值：此选项可规定新金属片弯曲需要使用的自定义折弯半径。

◆ 内半径：填入一个数值作为新钣金弯曲的弯曲半径。

◆ 约束：

> 生成冲孔并且形成约束：此选项可根据创建情况自动将约束条件添加到冲孔及成型特征。

当拖动冲孔后显示约束对话框：此选项可在将压筋/成型图素释放到设计环境中后显示出"数值编辑"对话框，以精确定义/锁定这些图素类型的正交尺寸值。

> 自动约束折弯：此选项可以将"自动约束条件"应用到板上折弯、折弯的板和弯曲上折弯钣金件图素。

（5）"属性列表"选项卡：在"属性"选项对话框中可以编辑对话框右侧显示的缺省自定义属性列表，如图 4-26 所示。零件、装配和其他设计环境对象的"自定义属性"页上的下拉编辑框中都显示有该列表。

◆ 名称：在与此选项相关联的字段中，输入将添加到缺省值列表的新属性的名称，然后激活"增加"选项。

◆ 类型：从类型的下拉列表框中可以选择添加属性的所需类型。选项有："文字"、"数字"、"日期"、"是或否"。

图 4-25 选项中"钣金"选项对话框

◆ 增加：选择此选项可将指定的新属性添加到缺省值列表中。

◆ 删除：若要从缺省自定义属性列表中删除某个条目，可在该列表中选定该条目，然后选择本选项即可。

◆ 上移：若要将缺省自定义属性列表中的某个条目向上移动一层，请在列表中选定该条目，然后选择此选项。

◆ 下移：若要将缺省自定义属性列表中的某个条目向下移动一层，请在列表中选定该条目，然后选择此选项。

图 4-26 选项中"属性列表"选项对话框

（6）"渲染"选项卡：在"渲染"选项对话框中，可以对渲染方式、渲染质量进行设置，如图 4-27 所示。

◆ 渲染：

➢ 软件：如果没有检查到任何 OpenGL 硬件，CAXA 实体设计 2009 就会自动选择此选项。此时，CAXA 实体设计 2009 的内部渲染软件就作用于当前设计环境。

➢ OpenGL（仅用于视向工具）：如果检测到一个 OpenGL 加速器和硬件但未检测到叠加平面支持，CAXA 实体设计 2009 就会自动选择此选项。OpenGL 将仅在同"视向"工具的动态旋转期间得到支持。CAXA 实体设计 2009 的内部软件渲染器应可用于零件设计。

➢ OpenGL：如果检测到一个 OpenGL 加速器、硬件和叠加平面支持，CAXA 实体设计 2009 就会自动选择此选项。OpenGL 仅在动态旋转和零件设计的当前设计环境中有效。然而，如果您的显卡不支持叠加平面，此模式下的零件设计速度将比"软件"或"OpenGL（仅视向工具）"模式下的速度慢。专门的 OpenGL 并不支持反射映射或云雾背景。

图 4-27   选项中"渲染"选项对话框

◆ 渲染选项：

➢ 曲线反走样：许多显卡都支持此选项。选择此选项可防止全部直线和相交元素走样。

➢ 纹理过滤：选择此选项可对纹理进行处理以得到更平滑的图像。

➢ 散射：在从表面移开视向时，选择此选项可减少闪光。

➢ 覆盖平面：此选项一般仅为高端显卡所支持，而且可能需要对系统"显示"选项进行编辑。选择此选项可用叠加平面来对零件进行显示。这样每次选择或修改零件时，就不需要完全重画，从而得到更高的渲染速度。如果选择了此选项，系统硬件支持叠加平面，且渲染模式指定为"自动"，那么 CAXA 实体设计 2009 就会自动激活 OpenGL 来专门渲染设计环境。

➢ 手动边偏移量：棱边偏移是指已显示棱边偏移零件实际棱边的距离。默认情况，该选项处于未激活状态，激活时用于指定相关字段中显示的、预设棱边偏移值。选择此选项可通过编辑相关字段中数值来指定一个可选择的偏移量。

（7）"AutoCAD 输入"选项卡，如图 4-28 所示。

◆ 缺省长度单位（无长度单位文件使用）：CAXA 实体设计 2009 必须知道输入数据的单位类型，以便确保正确的转换。从本字段的下拉列表中，选择无单位文件所采用的长度单位。

◆ TrueType 字体文件目录：在此字段中，键入 CAXA 实体设计 2009 在转换过程中搜索 TrueType 字体文件时搜索目录。默认值为 Windows 的字体目录。

◆ SHX 字体映象：本列表显示当前的 .SHX 字体映像。

➢ 增加：选择此选项可打开"添加 SHX 字体映像条目"对话框并为新的 SHX 字体

指定 SHX 和 TrueType 字体名称。

➤ 删除：若要从 SHX 字体映射中删除某个条目，可在列表中选定该条目，然后选择此选项即可。

◆ 图样幅面选择：（如果图形区域不符合绘图边界）一张 AutoCAD 图样将指定两套限值。图样限值（与页面尺寸相同）和图形区域（图形的整个边界框）。默认情况下，如果没有限定，AutoCAD 中的图可以超出图素边界。因此图素的整个边界框是有可能在长度和宽度方面超过绘图限值的。此选项允许在此种情况下指定 CAXA 实体设计 2009 图素的尺寸。

➤ 使用工程图边界：选择此选项可在绘图限值的基础上规定图样的尺寸。如果选择了此选项，图形就有可能全部或部分超过图样边界。

➤ 使用能够容纳图形区域的最小标准幅面：选择此选项可引导 CAXA 实体设计 2009 生成完全包围图形的最小标准图样。用作比较的标准尺寸可根据输入的 AutoCAD 文件的单位选择。如果找到了标准尺寸。图形就会被置于图样的中央，并且会将方向（风景画或肖像画）确定在最适合该图的选项。如果未找到标准尺寸，就会生成能够容纳该图形的自定义尺寸的图样。

➤ 自定义幅面：选择此选项可引导 CAXA 实体设计 2009 生成尺寸自定义且包容该图形的图样。

图 4-28 选项中"AutoCAD 输入"选项对话框

（8）"颜色"选项卡：在"颜色"选项对话框中使用可为零件棱边、智能图素/零件关键部位和三维球定义在 CAXA 实体设计 2009 显示区采用的颜色。

◆ 设置颜色为：浏览本列表，可定位/选择将赋予颜色值的期望元素。

◆ 颜色：从调色板中选择选定元素所需赋予的颜色。当前选择的颜色显示在调色板左侧的大框中。也可以单击"更多的颜色"按钮，从弹出的"颜色"对话框中选择更多的颜色或者自定义颜色，如图 4-29 所示。

4.2.4 设计环境工具条

CAXA 实体设计 2009 工具条为零件设计和图样绘制中最常用的功能选项提供了快捷方式。由于工具条种类繁多，这里仅介绍设计环境默认的工具条。CAXA 实体设计 2009 中的工具条全部可以由设计人员自定义。

1. 标准工具条

"标准"工具的功能是进行文件管理，同时也包括了比较常用的 CAXA 实体设计 2009 功能，如图 4-30 所示。

图 4-29　选项中颜色选项对话框

图 4-30　标准工具条

标准工具条中各项工具功能介绍如下：

（1）默认模板设计环境：单击可以打开系统提供的默认设计环境。

（2）新的图纸环境：单击可以打开系统提供的默认绘图环境。

（3）打开：打开已有的设计环境或图形文件。

（4）保存：将当前设计环境中的内容保存到文件中。

（5）取消操作：与刚才实施操作的效果相反的操作，且其实施顺序与刚才操作的先后顺序正好相反。

（6）恢复操作：恢复刚才在"撤消"工具中取消的操作。

（7）三维球：沿任一轴旋转对象、沿任一方位移动对象或生成并定位对象的多个备份。

（8）显示设计数：单击可以将当前设计环境的所有组件以层次树方式显示。

（9）帮助：根据当前操作状况访问特定 CAXA 实体设计 2009 的相关帮助信息。选择本工具，然后选择相应的帮助主题，可显示该主题的简要说明。

 注意

标准工具条上选项还可以通过"文件"、"编辑"、"显示"、"工具"、"帮助"等菜单选用。

2. 视向

视向工具可用来移动 CAXA 实体设计 2009 显示，以调整在三维设计环境中的观察角度。如图 4-31 所示。

图 4-31　视向

视向上的各项工具功能介绍如下：

（1）显示平移：在零件模型前的二维平面上左右上下移动显示。还可以按下 F2 键来激活此项工具。

（2）动态旋转：利用此工具，可以从任意角度观察三维设计环境。也可以按下 F3 键或单击三键鼠标的中键来激活此工具。

> **注意**
>
> 默认状态下，三键式鼠标的中间键可以控制某些显示操作。若要查看当前设置，请从"工具"菜单中选择"选项"，然后选择"鼠标"属性页，观看当前的设置。

（3）前后缩放按钮：利用此工具可以使显示向前或向后移动。也可以通过按下 F4 键来启动此工具。

（4）任意视向按钮：可模拟视向进入设计环境。您也可以按下 Ctrl + F2 组合键来激活此工具。

（5）动态缩放按钮：向零件模型移近或移开。按下 F5 键同样也可以激活此工具。

（6）局部放大按钮：将设计环境中的特定区域放大。按下 Ctrl + F5 组合键同样可以激活此工具。

（7）指定面按钮：快速将用户的观察角度改变为直接面向零件模型的特定表面。按下 F7 键也可以激活此工具。

（8）指定视向点按钮：重新定位显示在零件上的基准点，以对正设计环境中相对该点的观察点。利用 Ctrl + F7 组合键也可以激活本工具。

（9）显示全部按钮：将用户的观察点与设计环境中的零件模型中心对齐。按下 F8 键也可以激活此工具。

（10）保存视向按钮：将当前的视向位置保存起来，供以后使用。

（11）恢复视向按钮：恢复用"保存视向"工具保存的视向位置。

（12）删除视向按钮：删除当前视图位置。

（13）恢复视向按钮：恢复前次视图的视向位置。

（14）透视按钮：此选项为默认选项。取消对此工具的选定，以利用正交投影将对象显示在设计环境中，同时以对象的比例尺寸（但不作距离调整）显示对象。按下"F9"键也可以激活此工具。

注意

视向中的功能还可以通过选择"工具"主菜单的"视向"选项来选择使用"视向"功能。

3. 三维尺寸

三维尺寸工具也叫做智能标注工具，可用来测量、定位或约束零件和造型相互间的关系，如图 4-32 所示。

图 4-32　三维尺寸

三维尺寸工具包括：

（1）线性智能标注：测量线性距离并定位造型。

（2）水平线性智能标注：测量水平距离并定位造型。

（3）垂直线性智能标注：测量垂直距离并定位造型。

（4）角度智能标注：测量设计环境的角度并定位图素。

（5）半径智能标注：测量圆形表面的半径。

（6）直径智能标注：测量圆形表面的直径。

（7）增加文字注释：添加文字注释。

4.3　设计元素

4.3.1　设计元素库

CAXA 实体设计 2009 引入了设计元素的概念。设计元素是系统为设计人员进行设计所提供的各种元素的总称。设计元素库位于设计环境的右侧，当光标处于设计元素属性表所在的位置时，该选项所包含的设计元素就会显示在设计环境窗口的右侧。设计人员可以使用拖放式操作，将设计元素拖入设计环境中，使用设计元素设计所需要的设计产品。系统所提供的设计元素库中的设计元素包括图素、高级图素、工具图素、钣金图素、动画图素、表面光泽图素、材质图素、凸痕图素和颜色图素，如图 4-33 所示。设计人员还可以根据实际需要生成自定义的设计元素。

4.3.2　设计元素的操作方法

设计人员可以采用拖放式操作方法，实现对设计元素的灵活操作。操作步骤如下：

（1）使用鼠标选择所需的设计元素的种类，确定所需的设计元素。

（2）在该设计元素上按住左键，将其拖动到设计环境的设计区域中后，松开左键。

这样，设计人员可以依次将所需要的设计元素拖入设计环境中，采用这种"搭积木"

式的方法，可以将设计元素组合成一个复杂的产品。当然，设计人员也可以对设计元素进行编辑修改。

📖 4.3.3 附加设计元素

CAXA 实体设计 2009 的设计元素库包括标准设计元素库和附加设计元素库两部分。标准设计元素库在设计环境默认设置时为打开状态，其包括图 4-33 所示各类图素。

附加设计图素库包括抽象图案、背景、织物、颜色、石头、管道、金属、电子和阀体等种类的设计元素，在设计环境默认设置时其处于未打开状态。设计人员可以自由选择附加设计元素，调入设计环境中。调入附加设计图素的方法如下：

在主菜单中选择"设计元素"｜"打开"命令，在安装目录下找到"\CAXA\CAXA IRONCAD\2009\AppData\en-us\Catalogs"子目录，目录里会显示出没有打开的设计元素，如图 4-34 所示。单击选择需要添加的设计元素，单击"打开"按钮。此时选定的设计元素将显示于设计环境的右侧。

图 4-33 设计元素库

图 4-34 附加设计元素

 注意

在 CAXA 实体设计 2009 系统的"典型"安装方式中，附加设计元素都被安装到设计人员的硬盘上。如果设计人员采用"最小"安装方式，附加设计元素就不会安装到计算机的硬盘上。需要使用附加设计元素时，需要从光盘上调入。

4.4 标准智能图素

所谓标准智能图素，就是指能生成三维造型形态的标准设计图素，它包括图素、高级图素、工具图素和钣金图素等。标准智能图素是设计零件和构造产品的基础。

标准智能图素可从设计图素目录中直接拖入设计环境，例如：图素、高级图素、文字和工具。标准智能图素是 CAXA 实体设计 2009 中最常用、最基本的图素，经常用来构建基本的形体和机构，标准智能图素又分为"图素"和"高级图素"两种，"图素"多属规则和简单立体；而"高级图素"常用于型材和复杂立休机构。这两种图素均由除料和增料图素组成。在下面内容中，将重点介绍对标准智能图素的使用与操作方法。

4.4.1 标准智能图素的定位

设计人员使用标准智能图素，将智能图素拖入设计环境时，首先要解决智能图素的定位问题。智能图素的定位方法比较灵活，在这里简单介绍系统提供的"智能捕捉"定位操作方法，其他的定位方法在以后的章节中陆续向读者介绍。

智能捕捉是一种智能化的定位方法，能实现精确定位。一般情况下，图素之间的定位有两种不同的要求：其一是将某个图素定位于另一个图素的指定点的位置上；其二是保证图素之间边、面的对齐。采用智能捕捉定位方法可以满足这两种要求。

智能捕捉操作方法如下：移动光标选择需要拖入的智能图素，按下左键，将智能图素拖入设计环境中，在拖入的过程中同时按下 Shift 键。这时，系统进入智能捕捉状态，当光标拖动图素到已有图素时，系统会自动捕捉已有图素的边、面、定点、圆心或面的中心点等几何要素。捕捉到的几何要素将呈现绿色的高亮显示。设计人员可以根据高亮显示选择需要的定位点或需要对齐的边、面等，释放左键，新图素将被定位于已有图素的位置上。

4.4.2 智能图素的属性

1. 智能图素的选定

在移动某一图素、改变图素尺寸，或对其进行其他操作以前，都需要先选定它。选定一个图素就是将其激活，之后便可以对其进行操作了。例如，要放大一个块图素的尺寸或改变其颜色，必须先选定它。当某一图素或零件模型被放入设计环境时，CAXA 实体设计 2009 在合适的编辑状态上自动选定它。单击该块一次，它变为深蓝色加亮显示，表示被选定在零件编辑状态。如果取消对块的选定，单击设计环境背景的任意空白处。块上加亮显示的轮廓消失，表示不再是被选定状态。要重新选定块，就再次单击它，块又被加亮显示。根据 CAXA 实体设计 2009 当前的选定过滤设置，此时加亮显示的轮廓可能不同于先前显示的颜色。

在 CAXA 实体设计 2009 中，加亮显示的颜色是一种非常重要的可见信号，它可以显示当前图素或零件的编辑层。

2. 零件、图素和表面的选定切换

在设计过程中，经常需要对零件设计的整体或对其中的某些图素或表面进行编辑。下面介绍使用"选择过滤器"进行对零件、图素的表面的选定切换。若要作为一个整体选择或编辑某个零件设计，就要确定"选择过滤器"下拉列表中的默认设置为"任意"。

要编辑某个零件的几个智能图素，首先要从"选择过滤器"下拉列表中选择"智能图素"选项，激活后，就可以只在智能图素编辑状态选择或编辑图素了。

如果只需编辑一个表面或边，则应从"选择过滤器"下拉列表中选择"面"或"边"选项，激活后，就可以在设计环境中对图素或零件的某一个面或边单独进行编辑。也可以通过把"选择过滤器"设定为"任意"来实现不同编辑状态的快速转换，用单击选择法，通过单击零件而进入所需要的编辑状态。尤其当需要不断地在不同的编辑状态间进行转换时，这一方法十分有用。只要相继两次至三次单击零件上的同一位置，就可以进入所需的编辑状态。

下面介绍如何使用单击选择法选定编辑状态。以长方体块为例，首先要确保把"选择过滤器"设置为"任意"。

第一次单击零件，进入零件编辑状态，整个零件就会显示深蓝色加亮显示的轮廓。在这个编辑状态上进行的任何操作都将作用于整个零件，如图 4-35 所示。

第二次单击零件，进入智能图素编辑状态，会显示黄颜色的智能图素包围盒和手柄，如图 4-36 所示。在智能图素编辑状态，所进行的操作仅作用于所选定的图素。要在同一编辑状态下选定另一个图素，只要单击它就可以了。

图 4-35　零件编辑状态图　　　　　图 4-36　智能图素编辑状态

第三次单击零件，进入表面编辑状态，光标在哪一个面或边上，该面或边就呈绿色加亮显示，如图 4-37 所示。如果光标位于面的顶点或中心上，就会出现一个绿点。要在表面编辑状态选定另一个面、边或者顶点，单击该面、边或顶点即可。

第四次单击零件，又回到零件编辑状态上，重新开始单击选择法序列，如图 4-38 所示。

单击设计环境然后选定零件，即可随时返回零件编辑状态，如图 4-38 所示。也可以随时利用"选择"下拉列表中的选项来变换编辑状态。

 注意

单击两次不同于双击。要选定智能图素编辑状态，单击一次进入零件编辑状态，稍微停顿，然后再单击第二次。

3. 包围盒、操作手柄与定位锚

将新图素拖入到设计环境中时，该图素呈蓝色显示。若用左键单击该图素，则该图素进入智能图素编辑状态。如果对已有图素用左键单击一次，待该图素呈蓝色显示后再单击左键一次，也可以使该图素也进入智能图素编辑状态。进入编辑状态的图素，会在图素上显示出黄色的矩形包围盒、红色的操作手柄和绿色的定位锚，如图 4-39 所示。

图 4-37　曲、边或点编辑状态　　　　　　　图 4-38　返回零件编辑状态

（1）包围盒：是一个能包容某个智能图素的最小六面体，它定义了智能图素的尺寸大小。通过改变包围盒的尺寸可以改变图素的尺寸大小。

（2）操作手柄：包围盒六面体的 6 个表面上分别有与之垂直的 6 个红色操作手柄，这些操作手柄也称之为包围盒操作手柄，利用包围盒操作手柄可以编辑图素的尺寸。包围盒操作手柄是在智能图素编辑状态下选定某一图素或零件时显示的默认手柄。

在图素编辑状态下，图素包围盒四周都显示这些红色的圆形手柄。包围盒上还有一个"切换"图标🔲或🔲。通过单击这两个图标可以在包围盒操作手柄和造型操作手柄之间进行切换。其中，图标🔲表示为包围盒操作手柄编辑状态，图标🔲表示为造型操作手柄编辑状态，如图 4-40 所示。通过鼠标拖动手柄可以改变图素的尺寸。

图 4-39　长方体上的包围盒、操作手柄和定位锚　　　图 4-40　包围盒操作手柄与造型操作手柄

（3）定位锚：CAXA 实体设计 2009 中的每一个图素或零件都有一个定位锚，它由一个绿点和两条绿色线段组成。当一个图素被放进设计环境中而成为一个独立的零件时，定位锚位置就会显示一个图钉形标志，如图 4-41 所示。定位锚表示一个图素或零件与另一个图素或零件相连接的位置。例如，当把一个图素拖放到另一个图素上时，第二个图素的定位锚就落在了第一个图素的表面上。

4．编辑图素的尺寸

图素的尺寸大小可以通过操作手柄拖放式可视化操作和精确输入两种方法进行编辑修改。

（1）利用包围盒操作手柄可视化编辑图素的尺寸。操作步骤如下：

1）智能图素编辑状态单击图素，直到显示包围盒及其操作手柄。

2）将光标移动到包围盒手柄上，直到光标变成一个带双向箭头的小手形状。

3）按左键并拖动包围盒手柄，图素的尺寸就随之变化，如图 4-42 所示。

（2）利用造型操作手柄可视化编辑图素的尺寸。操作步骤如下：

1）在智能图素编辑状态选定图素，单击"切换"图标以切换到造型操作手柄状态，显示造型操作手柄。

2）把光标移动到其中一个造型操作手柄之上，直到光标变成带双向箭头的小手形状。

3）按住左键并拖动造型设计手柄，这样就可以改变图素的尺寸。

图 4-41　定位锚 　　　　　　　　　　图 4-42　可视化编辑图素尺寸

（3）利用包围盒操作手柄精确重设智能图素尺寸。在实际设计过程中，常常需要利用包围盒操作手柄精确编辑图素的尺寸，其操作步骤如下：

1）对应包围盒的操作手柄，从弹出的菜单中选择"编辑包围盒"选项，如图 4-43 所示。将弹出一个对话框，如图 4-44 所示。其中显示当前包围盒的尺寸数值；与选定包围盒操作手柄的数值处于加亮显示状态。

2）需要编辑尺寸值，然后按"确定"按钮。然后用右键再次单击，依次改变图素的尺寸进而熟悉各种动作的操作结果。

◆ 改变捕捉范围：选择此选项，可以改变线性捕捉增量，如果采用默认捕捉方式，按住 Ctrl 键可以自由拖动。

图 4-43　包围盒操作手柄弹出菜单 　　　　图 4-44　"编辑包围盒"对话框

◆ 使用智能捕捉：选择这一选项，可以显示相对于选定操作手柄同另一零件的点、边和面之间的"智能捕捉"反馈信息。选定"使用智能捕捉"选项后，包围盒手柄的颜色加亮。"智能捕捉"功能在选定操作手柄上一直处于激活状态，直到从弹出菜单中取消该选项为止。

◆ 到点：选择这一选项，可以将选定手柄的关联面相对于设计环境中另一对象上的某一点对齐。

◆ 到中心点：选择这一选项，可以将选定操作手柄的关联面相对于设计环境中的某一对象的中心对齐。

（4）利用造型操作手柄精确重设智能图素尺寸。在造型操作手柄状态，可以使用拉伸设计手柄精确地编辑拉伸设计的尺寸，只要右击拉伸设计起始或结束截面的拉伸手柄，显示其弹出菜单，选定"编辑距离"选项，弹出相应对话框，输入所需数值，然后选定"确定"按钮，如图 4-45 所示。

除"编辑距离"选项外，用于精确重新设置智能图素尺寸的还有其他的造型设计手柄选项，可以帮助完成对图素尺寸的编辑。

◆ 编辑距点的距离：使用以下选项确定一个基准点，作为选定手柄移动距离测量的起点。在基准点默认时，距离的测量起点就从选定轮廓图素手柄关联面的当前位置开始。

➢ 点：选择这一选项，然后在选定对象或其他对象上选定一个基准点，作为选定图素手柄移动的距离测量起点。"编辑距离"对话框显示出来，如图 4-46 所示。如果需要改变距离，就输入精确的距离值。

图 4-45　造型操作手柄弹出菜单　　　　图 4-46　"编辑距离"对话框

◆ 中心：选择这一选项，然后选择一个圆柱体，把它的轴线作为选定手柄移动距离的测量起点。"编辑距离"对话框显示出来，如果需要改变距离，就可以输入精确的距离数值。

◆ 捕捉点：选择这一选项，然后在选定对象或其他对象上选定一个基准点，以便使选定手柄的关联面迅速与基准点对齐。

◆ 捕捉中心点：选择这一选项，然后在一圆柱体轴线上选定一个基准点，以迅速使选定手柄的关联面与圆柱体的轴线对齐。

◆ 与边关联：选择这一选项，然后在一个其他对象上选定一个基准边，以迅速使选定手柄的关联面与基准边对齐。

◆ 设置操作柄捕捉点：使用这些选项，为选定手柄确定一个对齐点。

◆ 到点：选择这一选项，然后在其他对象上选定一个点作为选定手柄的对齐基准点。当拖动手柄时，手柄相对于这一基准点的距离数值就反馈显示出来。

◆ 到圆心点：选择这一选项，然后在一圆柱体轴线上选定一点，以其为选定手柄的对齐基准点。当拖动手柄时，手柄相对于这一基准点的距离数值就反馈显示出来。

◆ 设置操作柄的位置：使用这些选项来改变轮廓图素手柄的方向。

◆ **到点**：可使选定手柄与手柄基点和其他对象上选定基准点之间的虚线平行对齐。
◆ **到圆心点**：可使选定手柄与从圆柱体中心点引出的虚线平行对齐。
◆ **点到点**：可使选定手柄平行于其他对象上两选定基准点间的虚线对齐。
◆ **与边平行**：可使选定手柄与其他对象上的选定边平行对齐。
◆ **与面垂直**：可使选定手柄与其他对象上的选定面垂直对齐。
◆ **与轴平行**：可使选定手柄平行于圆柱体的轴线。
◆ **重置操作柄**：选择这一选项，可使选定手柄恢复到其默认位置和方向。

（5）利用包围盒属性重设智能图素尺寸。在智能图素编辑状态下，用鼠标右击图素，在弹出菜单中选择智能图素属性，如图 4-47 所示。在菜单中单击"智能图素属性"选项，弹出"拉伸特征"对话框，如图 4-48 所示。在此对话框中单击"包围盒"选项，则显示有"尺寸"、"显示"、"调整尺寸方式"及"形状锁定" 4 个属性表。

图 4-47　智能图素右击弹出菜单　　　　图 4-48　"拉伸特征"对话框

◆ **尺寸**："尺寸"选项可以控制包围盒的大小。编辑这些选项和拖动包围盒的手柄都可以改变包围盒的尺寸属性。当需要精确地改变尺寸时，就可使用这些选项。例如，如果需要某一块的长度正好是 60mm，则应在"长度"文本框中输入这一数值。或者需要增加或减少一定数值的尺寸，则可以在当前值上加上或减去某一尺寸数值。
◆ **调整尺寸方式**："包围盒属性表"上的"调整尺寸方式"选项，决定包围盒的尺寸手柄被拖动时包围盒的状态。包围盒的尺寸手柄相对于长、宽、高 3 个坐标轴显示。
◆ **关于包围盒中心**：选择这一选项，可以以包围盒中心点为准对称地重新设定对象的尺寸。
◆ **关于定位锚**：选择这一选项，可以以定位锚点为准对称地重新设定对象的尺寸。
◆ **从相反的操作手柄**：选择这一选项，以对立表面上的手柄为准，将一个面拖近或拖离其对立面。
◆ **显示**："显示"选项决定选定智能图素时包围盒的哪一部分被显示。
◆ **形状锁定**：能够在重置包围盒尺寸时保持各尺寸的比例关系。设计人员可以锁定两个或更多的尺寸，以保持它们的比例关系。例如，如果锁定了图素的长度和宽度，只要拖动这两个尺寸中的任何一个尺寸手柄，就可以在这两个尺寸上改变图素的尺寸，而且重新设定尺寸的图素仍保持了原来的长度和宽度的比例关系。

"形状锁定"选项中提供了多种形状锁定模式：

◆ 无：未锁定任何尺寸比例，在拖动任何一个尺寸手柄以改变其尺寸时，而图素的其他尺寸保持不变。

◆ 长和宽：可以保持选定图素的长度和宽度的比例关系。

◆ 长和高：可以保持选定图素的长度和高度的比例关系。

◆ 宽和高：可以保持选定图素的宽度和高度的比例关系。

◆ 所有：可以保持所有尺寸的比例关系，当改变一个尺寸的数值时，所有尺寸都按原来的比例改变。

5. 智能图素的其他属性

所有智能图素都有属性表，表中列有很多选项，这些选项定义许多元素，如包围盒、交互信息、表面重构、定位锚等。在智能图素编辑状态用右键单击智能图素，弹出其菜单，选择"智能图素属性"选项，即可显示图素的属性表，即出现一个对话框。对话框中除了上文中介绍的"包围盒"选项，还有其他多个选项，对应于各类属性。

这里，只对于"抽壳"、"曲面重构"与"倾斜"选项进行补充讲解，其他选项在以后的零件设计过程中讲解。

（1）抽壳：利用"抽壳"选项可以在一个智能图素上进行抽壳操作。抽壳即是挖空一个图素的过程。这一功能对于制作容器、管道和其他内空的对象十分有用。当对一个图素进行抽壳时，可以规定剩余壳壁的厚度。

在对图素进行抽壳操作时，其二维截面决定着智能图素的形状。在"抽壳"选项中，图素的二维截面被划分为 3 类：

◆ 起始截面：这类截面是指用于生成图素的二维截面。当图素在智能图素编辑状态被选定时，这类截面就用蓝色箭头标识，箭头指向生成三维造型时的操作运动方向。

◆ 终止截面：这类截面是指图素经过拉伸、旋转、扫描或放样结束时的截面。

要确定一个三维造型的起始截面，可以在智能图素编辑状态选定该图素，寻找上述蓝色箭头，或者定位锚的位置（仅限于未对定位锚重新定位的图素），两者都能指示图素的起始截面。对于对称的抽壳操作，起始截面和结束截面要么都是开放的，要么都是闭合的，没有必要区分起始和结束截面。在需要一端开口而另一端封闭的情况下，可以任意选择一端。但是，如果需要特定一端开口或封闭，就需要区分起始和结束截面了。例如，要制作一个纸板箱时，应该让带有定位锚的截面作为封底。

◆ 对该图素进行抽壳：若要挖空一个图素就选择这一选项。

◆ 壁厚：在这一文本框中，输入一个大于零的数值，作为图素被挖空后余下的壳壁的厚度。

◆ 结束条件：此选项规定了抽壳完毕后哪一个截面开口（如果需要开口）。

◆ 打开终止截面：此选项表示抽壳操作一直进行到挖穿结束截面，使其开口。

◆ 打开起始截面：此选项表示抽壳操作一直进行到挖穿起始截面，使其开口。

◆ 通过侧面抽壳：此选项表示抽壳操作一直进行到挖穿侧壁，使其开口。

◆ 显示公式：通过这一选项可以查看生成本属性表上的数值的计算公式。

◆ 在高级选项中具有以下选项：

◆ 在图素表面停止抽壳：此选项可以决定 CAXA 实体设计 2009 抽壳的深度。例如，可以抽壳至一个图素与另一个图素相连接的地方。

◆ 起始截面：若要使壳的起始截面与另一对象的表面相一致，使用这一选项。当被抽壳对象伸入另一对象中时，这一选项十分有用，可以控制着抽壳操作沿着曲面进行。

◆ 终止截面：若要使壳的结束截面与另一对象的表面相一致，使用这一选项。

◆ 多图素抽壳　若抽壳操作一直挖穿了图素的起始和结束截面的常规界限，则选用这一选项。这一技术对于将两个图素组合成一个单独的中空零件十分有用。

◆ 起始偏移量：在文本框中输入要挖穿起始截面以外增加的深度。

◆ 结束偏移量：在文本框中输入要挖穿结束截面以外增加的深度。

◆ 侧偏移量：在文本框中输入要挖穿选定侧壁以外增加的深度。

（2）表面编辑：定义图素的另一种方法是重构图素表面。CAXA 实体设计 2009 提供了 3 种类型的表面重整方法，如图 4-49 所示。

图 4-49 "表面编辑"选项对话框

◆ 哪个面？：从以下选项中选择需要进行重构的面。

◆ 起始截面：此选项表示对图素的起始截面进行拔模或加盖。

◆ 终止截面：此选项表示对图素的约束截面进行拔模或加盖。

◆ 侧面：此选项表示对图素的侧面进行拔模或加盖。

◆ 拔模：表示对一个表面进行拔模。拔模效果根据参考面而定。当对侧面拔模时，"倾斜角"决定侧面沿着图素扫描轴线从起始截面到结束截面收敛或发散的速度。负值锥角对应于收敛方式，正值锥角对应于发散方式。起始截面保持不变，但结束截面要按比例变化以形成锥形；当对起始截面或结束截面进行拔模时，"倾斜角"和"定位角度"决定倾斜的方向和坡度。拔模使结束截面成一个凿子的形状。拔模方向由"定位角度"决定。

◆ 倾斜角：在这一文本框中输入一个角度数值，结束截面倾斜成这一角度，形成一个凿子的形状。侧面向结束截面也倾斜成这一角度。

◆ 定位角度：在这一文本框中输入一个角度数值，这一数值决定着拔模方向的起始点。

◆ 变形：图素上增加材料，形成一个光滑的拱顶式的"盖"。

◆ 高度：在这一文本柜中输入"盖"所需要的高度。

◆ 贴合：规定一个图素的起始截面或结束截面与放置于其上的另一个图案的表面相贴合。例如，如果将一个长方体放置于一圆柱体上，使用这 选项使长方体的相交面沿着圆柱面弯曲。

◆ 做反方向的匹配：选择此选项，使图案的起始和结束截圆相贴合。使用这一选项，选择"贴合"选项只能用于起始截面或结束截面，但不能同时用干两者。

（3）棱边编辑：倾斜一个图素，可以将图素的边削掉而变得圆滑。CAXA 实体设计 2009 提供了两种基于图素的倾斜类型：

◆ 圆角过渡：CAXA 实体设计 2009 削掉图素的边而变成平滑的曲面。

◆ 倒角：CAXA 实体设计 2009 切去一个对角截面，形成一个角边。

◆ 在"哪个边？"选项中，选择"起始边"、"终止边"、"侧面边"、"所有相交边"，分别对图素的起始截面边、结束截面边、侧壁截面边、所有相交的边进行倾斜操作。

◆ 在右边插入：输入一个从原来的棱沿着右侧表面到倒角对角线的距离数值。

◆ 在左边插入：输入一个从原来的棱沿着左侧表面到倒角对角线的距离数值。

4.5 设计环境的视向设置

4.5.1 分割设计环境窗口

在设计过程中为了设计方便，可以将一个设计环境窗口分割成两个或多个部分来增加观察选项，以利用视向工具同时从不同角度观察设计模型和零件，如图 4-50 所示。

图 4-50 分割设计环境窗口

右键设计环境背景，弹出快捷菜单，然后选择下面的选项对窗口进行分割：

水平分割：选择这一选项沿水平方向分割窗口生成一个新的窗口。

垂直分割：选择这一选项沿垂直方向分割窗口生成一个新的窗口。

删除视图：选择这一选项删除激活的窗口。

4.5.2 生成新视向

所有 CAXA 实体设计 2009 的设计环境都至少包含一个虚拟的视向，但是，设计人员无法看到它，因为设计人员始终在使用它来进行观察。若要添加新视向，操作步骤如下：

（1）选择"生成"｜"插入视向"命令，将光标移动到一个窗口中，光标边出现照相机作为视向标示。

（2）光标到达长方体时，单击鼠标，以定位视向的目标点，弹出"视向向导"第一页对话框，如图 4-51 所示，"视向方向"设置为"保留方向"，"视点距离"设置为 50，在"视向向导"对话框第二页，如图 4-51 所示，均选"否"，单击"完成"按钮，如图 4-52 所示。设计环境的各个部分将出现一条黄线，它从长方体表面上的一个红色手柄延伸出来，指向一个照相机图标。

图 4-51 "视向向导"对话框

图 4-52 新视向标志

（3）打开设计树开关，展开设计树中的"照相机"选项，找到新的视向并右击，在弹出的菜单中选择"视向"命令，对左边部分的设计环境的观察就是通过新视向的"眼睛"看到的。在右边视窗中，长方体的表面将出现一个红色的点，而从表面到新视向位置的方向上则会发射出一条黄色射线指向照相机，如图 4-53 所示。

注意

所有原有的和新建的视向均可在"设计树"中看到。附加的弹出选项使用户可以剪切、复制、粘贴或删除一个视向，也可以访问视向向导和视向属性。

图 4-53　建立新视向

4.5.3　移动和旋转视向

在前面的例子中，如果选择设计环境左侧视窗，当对红色的手柄移动或旋转时，可以把右视窗当做新视向的"取景器"来查看移动视向的结果。也可以使用"视向"中的工具进行视向调整。

4.6　设计树、基准面和坐标系

4.6.1　设计树

设计树，又称为设计环境状态树。它以树状图表的形式显示当前设计环境中的所有设计内容。从设计环境本身到其中的各个零件、组成零件的智能图素、群组、约束条件、相机和光源等。设计人员可以利用"设计树"快速查看零件中的图素数量和设计环境中的光源数，并可以编辑设计环境对象的属性。还可以利用"设计树"改变零件或装配体的生成顺序和历史记录。

选择"显示"｜"设计树"命令或者单击按钮，可以打开设计树，设计树显示于设计环境窗口的左侧。

因为"设计树"按照从上到下的排列顺序表示出产品的生成过程，所以在了解零件或装配体的生成顺序时，它是一种非常有用的工具。设计环境中的各个对象可以通过不同的图标形式加以区别。在本书以后的设计过程中，将会接触到对设计树的使用。

4.6.2 基准面

CAXA 实体设计 2009 的基准面是一个包含零件设计主要参考系和坐标系的平面。它始终存在于设计环境中，但可以选择是否显示它。

1. 显示基准面

选择"显示"｜"坐标系"命令，在设计环境中将显示 3 个坐标平面，即基准面，如图 4-54 所示。基准面有 3 个半透明的平面：X－Y 平面、X－Z 平面和 Y－Z 平面组成。显示基准面时，它以十字交叉影线网的形式出现。无论能否使图素和零件透过栅格或定位到栅格之后，都应将基准面考虑成设计环境的"底板"。

2. 显示基准面栅格

（1）显示基准面栅格。基准面栅格始终存在于设计环境中，可以选择是否显示它。在设计环境中，鼠标单击某个基准面，这时，基准面 4 个角将显示 4 个红色小方块，在小方块附近右击鼠标，弹出基准面编辑菜单，如图 4-55 所示。或者在设计树中单击选择某个基准面，然后右击，将弹出基准面编辑菜单，在菜单中选择"显示栅格"选项，在相应基准面上显示出栅格。

（2）编辑基准面栅格大小。如果基准面或者栅格大小不合适，可以调整基准面或栅格的尺寸大小。方法是从"设置"主菜单中单击"局部坐标系"，弹出"局部坐标系"对话框，如图 4-56 所示。在此对话框中分别输入合适的基准面与栅格尺寸数值。

图 4-54　基准面　　　　图 4-55　显示基准面栅格　　　　图 4-56　"局部坐标系统"对话框

在图 4-55 中基准面编辑菜单中，选择"坐标系平面格式"选项，也可以弹出"局部坐标系"对话框，用于基准面与栅格尺寸的编辑。

📖4.6.3 坐标系

在设计环境窗口的左下角，有一个三维坐标系，分别用红、绿和蓝 3 色表示 X、Y 和 Z 轴。这个坐标系只是一个名义上的坐标系，它对于设计工作中的尺寸度量没有任何作用。该坐标系的功能只是配合视向的变化，提醒和帮助设计者了解当前视向在三维坐标系和图素或零件上的具体反映，它只是一个了解视向显示的辅助工具。

设计零件或产品所示用的坐标是基准面上的坐标，基准面坐标系的坐标原点在 3 个基准面的交点上。坐标系的尺寸单位是可以根据需要进行设置的。

第 5 章

二维截面的生成

CAXA 实体设计中所包含的图素不能满足设计者的设计需要时,设计者可以采用智能图素生成工具生成自定义图素。第一步是用二维轮廓工具绘制一个二维截面,然后通过拉伸、旋转、扫描或者放样等方式,把截面轮廓转换成三维实体。所以,在使用自定义智能图素的工具过程中通常要同二维截面生成工具结合起来使用,即先生成二维截面,然后将二维截面展开到三维。本章将介绍如何生成和编辑二维几何图形。

学 习 要 点

◎ 二维截面设计环境设置

◎ 二维绘图工具

◎ 二维约束工具

◎ 二维编辑工具

◎ 二维辅助图形工具

◎ 为二维图素生成二维截面

5.1 二维截面设计环境设置

在 CAXA 实体设计中，利用二维轮廓生成工具并结合使用"智能图素生成"工具，设计者可以生成二维轮廓，然后将其延展成二维图素。所以二维截面图形是生成自定义智能图素的基础。而二维截面必须在三维设计环境中绘制，所以设计者应当了解二维设计环境，并且能够对设计环境进行合理的设置。

1．新建二维截面设计环境

在创建了一个新的三维设计环境的基础上，可以创建一个二维截面设计环境，操作步骤如下：

选择"生成"｜"二维草图"命令，设计环境窗口中显示一个被放大的"X－Y"面的栅格坐标面，如图 5-1 所示。同时，弹出一个"编辑草图截面"对话框，二维绘图工具、编辑工具和约束工具等二维截面工具被激活，二维截面设计环境创建完成。

 注意

在栅格坐标面上，X、Y 字母以 L、W 代替，L 达标长度，W 代表宽度。

图 5-1　二维截面设计环境

2．为二维截面指定测量单位

二维截面设计环境的默认测量单位可能不能满足设计的需要。这时，设计人员可以根据设计的实际需求设置不同的度量单位，设置方法如下：

选择"设置"｜"单位"命令，在弹出的"单位"对话框中，如图 5-2 所示，从"长度"的下拉列表框中选择符合要求的度量单位，通常采用毫米为单位。质量单位设置为"克"，将默认设置保留在"角度"。选择"确定"按钮。

3．二维绘图选择选项

在二维截面设计环境中，右击鼠标弹出二维截面选项菜单，如图 5-3 所示。通过菜单中的选项，设计人员可以设定栅格、捕捉、显示和约束选项。

图 5-2　"单位"对话框

图 5-3　二维截面选项菜单

（1）栅格：选择此选项可显示绘图表面和二维绘图栅格、设置水平和垂直栅格线间距，并指定是否将定义的设置值设定为默认值。如图 5-4 所示。

（2）捕捉：选择此选项可以定义光标相对于栅格和栅格中的绘图单元的捕捉行为。如图 5-5 所示。

1）栅格：选择此项可使光标捕捉栅格中的交线。

2）几何：复选此项可使光标捕捉二维图形中的所有直线、圆弧、终点和其他特征。本选项提供必要的返回信息来为闭合几何图形提供保证。

3）角度增量：复选此项可使角度－距离拖放模式下的角度定义更加容易。在"角增量"字段中输入您需要的增量值并回车。这样，当拖拉角度线时，它就会按照您在"角度增量"字段中输入的增量值跳移一个角度。

4）距离增量：复选此项可使光标捕捉到直线上的等距离增量。应在"距离增量"字段输入你需要的增量值并回车。

5）智能光标：复选选项后，就可以使光标捕捉现有几何图形和栅格上直线和点的共享平面上的位置。

图 5-4 "栅格"选项　　　　　　　　　图 5-5 "捕捉"选项

（3）显示：利用此选项可设置是否显示曲线尺寸、是否显示终点位置和是否显示轮廓条件指示器，如图 5-6 所示。

1）约束：利用此选项，可以对以下属性进行设置，如图 5-7 所示。

2）自动几何约束：利用此选项可以对"垂直"、"平行"、"相切"、"同心"、及"水平/铅垂"的相对位置关系进行约束。

3）尺寸约束：利用此选项可以对"长度"和"半径"尺寸进行约束。

4．二维绘图栅格的反馈

为了帮助设计者准确、快捷的生成二维截面，CAXA 实体设计为设计者在二维栅格上进行的绘图操作提供详细的反馈提示。设计者在二维栅格上绘图时，应该随时注意系统提供的反馈信息。CAXA 实体设计可以向设计者提供的反馈信息如下：

（1）光标显示形态变为带深绿色小点的十字准线。

图 5-6 "显示"选项　　　　　　　　　图 5-7 "约束"选项

（2）当光标定位到已有曲线终点时，光标变成一个较大的绿色"智能捕捉"点。该点可以帮助设计者生成相连曲线的连续二维截面。开始绘制新曲线时，可单击前一曲线的终点。如果不利用这个绿色的点，所生成的曲线就无法相连，而 CAXA 实体设计也就不能将设计者所绘制的截面拓展成三维图形。

（3）当光标定位到某条曲线的终点或两条曲线的交点时，光标就变成一个较大的绿色"智能捕捉"点。

（4）当光标移动到曲线上的任意点时，光标的表现形式就变成一个较小的深绿色"智能捕捉"点。该点比终点、中点或交点时的光标点更小、颜色更深。

（5）如果光标定位在现有几何图形或栅格上线、点共享面上，光标就变成绿色的"智能捕捉"虚线。

（6）如果正在处理的曲线与已有曲线齐平、垂直、正交或相切，屏幕上就会显示出深蓝色剖面条件指示符。

（7）如果"显示曲线尺寸"选项被激活，CAXA 实体设计就会在设计者绘制二维几何图形时显示直线和曲线的精确测量尺寸。

默认状态下，CAXA 实体设计会对将与现有几何图形相切的曲线应用锁定的约束条件，并在该曲线绘制完成后用红色的约束符号指明它们的锁定状态。

5．智能光标

与二维截面制作中的"智能捕捉"反馈结合使用的 CAXA 实体设计功能智能光标，可为几何图形快捷而准确的可视化定位提供重要支持。在初次生成几何图形和重定位现有几何图形时，可使用智能光标。在生成或重定位截面几何图形时，智能光标会沿着与光标的共享面激活智能光标当前位置和现有几何图形和栅格上相关点/边之间的"智能捕捉"反馈。

5.2 二维截面工具

5.2.1 "二维绘图"工具条

本工具条用于生成直线、圆、切线、矩形和其他几何图形。工具条位于二维截面设计环境窗口的下方，工具条如图 5-8 所示。

图 5-8 "二维绘图"工具条

1．"两点线"工具

使用"两点线"工具可以在任意方向上画一条直线或一系列相交的直线，以生成一个二维截面。操作方法如下：

（1）选择"两点线"工具。

（2）单击鼠标，即可生成直线的第一个端点，将光标移动到满意的另一个直线端点位置。

可以通过单击左键并释放的方式来生成直线的下一个端点和结束直线绘制，或者在右击鼠标弹出的对话框中指定一个精确的长度值并选择"确定"按钮，如图 5-9 所示，来确定第二个端点的位置。也可以通过从开始位置到结束位置单击并拖放鼠标的方式来绘制直线，但是，这种情况下不能使用设置精确尺寸的右击选项。

 注意

曲线端点处的红点表示截面是敞开的。

图 5-9   "直线长度/斜度编辑"对话框

2. "切线"工具

本工具可用来绘制与圆、圆弧和圆角等曲线上的一个点相切的直线。操作方法如下：

（1）选择"切线"工具。单击圆周上的任意点，以指定直线与圆的切点。

（2）将光标从圆上移开，并停留在栅格上的任意点位置。此时，设计环境中会出现一条切线。当将光标移动到圆外的各个点位置时，直线的第一个端点就沿着该圆的圆周移动，直到直线与圆相切。当出现一对深蓝色的平行线时，直线和圆就在交叉点处相切。

（3）如果要让切线具有您所需要的长度并固定切点，单击鼠标以设置切线的第二个端点。也可以右击鼠标，在弹出的编辑位置对话框中，精确定位第二点位置，如图 5-10 所示。

此外，还可以右击鼠标并在随之出现的对话框中指定一个精确的长度值和斜度，然后选择"确定"按钮。

3. "垂直线"工具

用"垂直线"工具可以绘制与其他直线或曲线垂直的直线。操作方法：先在圆周的任意位置单击鼠标，指定圆的法线位置，移动鼠标到草图的其他位置，当选定了法线的第二点后，点击确定。也可以右击鼠标，输入法线的精确长度和方向。

4. "连续直线"工具

用"折线"工具可以在二维绘图栅格上来绘制多条首尾相连的直线。绘制过程中可以在"直线长度/斜度编辑"对话框中输入线段的长度和斜度数值。

图 5-10   切线第二点"切线倾斜角"对话框

5. "矩形"工具□

利用"矩形"工具,可以快速地生成矩形。选择"矩形"工具,在栅格中移动光标选定需要的矩形起始直角的位置。单击鼠标并释放,确定矩形的开始点。将光标移动到该角对角线另一端直角的顶点位置,然后再次单击鼠标或者右击鼠标后在随之弹出的如图5-11对话框中输入一个精确的位置坐标并选择"确定"按钮,都可完成矩形的绘制。

6. "圆:圆心+半径"工具 ⊘

利用此工具可以根据确定的圆心和半径画圆。选择"圆:圆心+半径"工具。在栅格中将光标移动到所希望的圆心位置,单击鼠标,以确定圆的圆心及其半径起点。将光标移动到所希望的半径始点位置,单击并释放鼠标或者右击鼠标,并在弹出的如图5-12所示对话框中输入精确的位置坐标,选择"确定"以确定半径长度。

图 5-11 "编辑长方形"对话框   图 5-12 "编辑半径"对话框

7. "圆:2 点"工具 ○

利用此工具可通过定义圆的直径来画圆。选择"圆:2 点"工具,在栅格中将光标移动到所希望的圆直径始点位置,单击鼠标设定。将光标移动到所希望的直径端点位置,然后单击并释放鼠标或者右击鼠标并在弹出的对话框中输入精确的位置坐标,再选择"确定"以确定直径的端点。

8. "圆:3 点"工具 ○

利用此本工具,可以指定圆周上的3个点来画圆。选择"圆:三点"工具,点击鼠标并释放,指定新圆圆周上将包含的第一个点。将光标移动到圆周上将包含的第二个点,然后单击鼠标设定。将光标移动到新圆圆周上将包含的第三个点。移动光标时,CAXA实体设计系统将拉出一个圆周包含前两个点和光标当前位置所在的点的圆,单击鼠标,第三点即被确定。

9. "圆:1 切点+2 点"工具 ○

利用此工具可生成一个与圆、圆弧、圆角及直线等几何元素相切的圆。操作时,切点应选在已知的几何元素上,另外两点决定圆的大小。

10. "圆:2 切点+1 点"工具 ○

利用此工具可以生成一个与两个已知圆、圆弧、圆角或直线等几何元素相切的圆。操作时,切点应选在两个已知的几何元素上,另外一点决定圆的大小。

11. "圆:3 切点"工具 ○

利用此工具画圆使之与3个已知圆、圆弧、圆角或直线等几何元素相切。操作时,切点应选在3个已知的几何元素上。

12. "圆弧:2 端点"工具 ⌒

此工具是绘制圆弧的主要工具之一。利用此工具生成的几何图形都是半圆;如果在设定第二个点的时候单击鼠标右键，就可以指定生成圆弧的半径值。

13. "圆弧：圆心+端点"工具

利用此工具可以生成非半圆弧的圆弧。使用本工具时，应首先定义约束该圆弧的圆心，然后确定圆弧的两个端点。本工具利用距离来捕捉半径，必要时，可以通过右击绘图栅格并从弹出的菜单选择"捕捉"来激活本功能选项。

14. "圆弧：3 点"工具

利用此工具可利用指定的三点生成圆弧。其中，第 1、2 两点为圆弧的两个端点，第 3 点在 1、2 点之间。

15. "B 样条"工具

利用此工具可以生成连续的 B 样条曲线。

16. "投影"工具

"投影"工具是 CAXA 实体设计中一个功能强大的选项。利用本工具，可以将实体三维造型的棱边投影到二维绘图栅格上，可以方便地生成新的几何截面。

5.2.2 "二维约束"工具条

"二维约束"工具用于对已具备期望关系(如相切、共线、同轴等)的几何图形设定约束条件。在这种情况下，绘图栅格上几何图形的位置会在应用约束条件时保持不变。约束条件也可以应用于并不存在期望关系的几何图形，若将某个约束条件应用于此种情况，几何图形就会自动重定位，以满足该约束条件。约束条件可以编辑、删除或者恢复关系状态。

一般而言，针对约束条件选择的第一条曲线保持固定，而应重新定位选择的第二条曲线，以满足约束条件的要求。"二维约束"工具条如图 5-13 所示。

图 5-13 "二维约束"工具条

◆ "垂直约束"工具：用于在二维截面中的两条已知曲线之间生成垂直约束。

◆ "相切约束"工具：用于在二维截面中已有的两条曲线之间生成一个相切的约束条件。

◆ "平行约束"工具：用于在已有的两条曲线之间生成一个平行约束条件。

◆ "水平约束"工具：可以在一条直线上生成一个相对于垂直栅格轴的垂直约束。

◆ "铅垂约束"工具：可以在一条直线上生成一个相对于水平栅格轴的竖直约束。

◆ "同心约束"工具：用于在二维截面上的两个已知圆上生成一个同心约束。

◆ "智能尺寸"工具：可以在一条曲线上生成一个尺寸约束条件。

◆ "等长约束"工具：可在两条已知曲线上生成一个等长约束条件。

◆ "角度约束"工具：可以在两条已知曲线之间生成一种角度约束条件。

◆ "共线约束"工具：可以在两条现有曲线上生成一个共线约束条件。

5.2.3 "二维编辑"工具条

在进行二维设计的过程中，CAXA 实体设计系统提供了各种对二维图形进行裁剪、延伸、平移和镜像等多种编辑和重定位工具，如图 5-14 所示。

图 5-14 "二维编辑"工具条

"二维编辑"工具条分为两类：一类是用于修改已有几何图形的工具。利用这些工具，设计者可以修剪几何图形的截面、移动和旋转几何图形、倒角和实施其他编辑操作。另一类是参考和可视反馈工具。利用这些工具，设计者可以显示各种测量值并修改绘图栅格。

1. "平移"工具

"平移"工具允许单独移动二维几何图形。可以对单独的一条直线或曲线使用本工具，也可以同时对多条直线或曲线使用本工具。操作方法如下：

（1）选择需要移动的图形。

（2）选择"平移"工具。光标变成移动图形的光标。

（3）左键点击图形并拖动到新的位置。

（4）在"属性"管理器中输入（x,y）的值，单击 ✔ 按钮，完成移动操作。如图 5-15 所示。

（5）若要复制，在"属性"管理器中勾选"拷贝"复选框，在拷贝数目中输入复制的个数。

 注意

在选择几何元素时，为了选择多个几何图形，设计者可以在按任 Shift 键的同时选择各个几何图形，或者右击任何一个单独但与一系列其他几何图形相连的几何图形，如曲线和圆弧。从随之弹出的菜单中选择相应选项进行选择，CAXA 实体设计系统就会选中与所选单个几何图形相连的所有几何图形。

2. "缩放曲线"工具

利用"缩放曲线"工具，可以将几何图形按比例缩放。与"平移"工具一样，设计者可以对单独的一条直线或曲线使用本工具，也可以同时对多条直线或曲线使用本工具。

需要在"属性"管理器中输入将相应的缩放比例因数。选择了"拷贝"，需要输入复制份数和相应的缩放比例因数。

3. "旋转"工具

"旋转曲线"工具可用于使几何图形旋转。同前面介绍的两种工具一样，可对单条直线/曲线单独使用本工具，也可以对以组几何图形使用本工具。操作方法与上面介绍两种方法相似。

4. "镜像曲线"工具

利用"镜像"工具可以生成原图形的对称图形。其操作方法如下：

（1）选择二点直线工具在需要镜像的图形一侧绘制一条对称轴。

（2）选择需要镜像的几何图形，如图 5-16 所示。

（3）选择"镜像"工具，单击对称轴生成镜像图形。

5．"偏置曲线"工具

利用"偏置曲线"工具，可以复制选定的几何图形，然后使它从原位置偏移一定距离。对直线和圆弧等非封闭图形而言，本工具与其他的复制功能并没有多大的区别。但是，对于包含不规则几何图形的封闭截面来说，"偏置曲线"的功能是非常实用的。

6．"圆角过渡"工具

使用此工具可以将相连曲线形成的尖角倒圆。将光标定位到多边形需要倒圆的角上，单击该角并将其拖向多边形的中心。拖动的距离越远，倒掉的角就越大。

图 5-15　移动"属性"管理器　　　　　　　　图 5-16　镜像

7．"打断"工具

如果需要在现有直线或曲线段中添加新的几何图形，或者必须对某条现有直线或曲线段单独进行操作，可以利用"打断"工具将它们分割成单独的线段。

8．"延长曲线到曲线"工具

利用此工具可将一条曲线拉伸到它的相交曲线。但是，这里要注意，此工具只能将曲线拉伸到与它相交的曲线上。

9．"裁剪曲线"工具

利用此工具可以裁剪掉一段曲线。

5.2.4　"二维辅助线"工具条

"二维辅助线"工具条上的工具 CAXA 实体设计系统为用于三维造型的二维截面生成的最后一套工具。在制作一个复杂的二维截面时，有必要利用这些工具来生成作为辅助参考图的几何图形。

利用此工具条上的功能部件，设计者将可以生成无穷直线和曲线的辅助图形。正如本工具名称含义暗示的那样，辅助几何图形在构件二维截面时才发挥作用。工具条如图 5-17 所示。

图 5-17 "二维辅助线"工具条

"二维辅助线"工具条中包括"构造直线"工具 、"垂直构造直线"工具 、"水平构造直线"工具 ，"切线"工具 、"垂线"工具 与"角等分线构造线"工具 。每个工具的操作方法与"二维绘图"工具条中的工具的使用方法相似，这里不再详细讲解。

5.3 二维图素生成二维截面

在 CAXA 实体设计过程中，设计者可以利用"特征生成"工具条上的"二维轮廓"工具或"生成"主菜单下的"二维设计"命令将二维图素添加到三维设计环境中。这些图素的操作特性就像其他的智能图素一样，只是它们是二维的而不是三维的。二维图素可作为三维零件造型的参考面、或用于生成基于三维平面的独立图素。

5.3.1 向设计环境添加二维图素

选择"生成"｜"二维绘图"命令，屏幕上将显示出二维绘图栅格。设计者可以在二维截面栅格上绘图。通过"二维绘图"工具，在该栅格上绘制出所需要的二维图素。在"编辑草图截面"对话框上选择"完成造型"，以生成一个二维图素，如图 5-18 所示。

右击这个二维图素，将弹出快捷菜单，如图 5-19 所示。就会显示特别针对二维的选项，其中包括"内部填充"和"二维图素属性"等选项。选择"内部填充"选项后，二维图素被填充，如图 5-20 所示。

图 5-18 "编辑草图截面"对话框

图 5-19 二维图素右击快捷菜单

单击图 5-20 所示二维图素，屏幕上将显示其锚状图标。右击鼠标，并在随之弹出的快捷菜单上选择"生成"｜"拉伸"。也可以选择"旋转"或"扫描"功能选项。设计环境中将出现一个由二维图素的截面定义的三维拉伸造型，如图 5-21 所示。

图 5-20　二维图素内部填充

图 5-21　拉伸造型

5.3.2　利用"投影"工具生成二维截面

"投影"工具在 CAXA 实体设计中是一个功能强大的工具。利用这项工具，可以将实体造型的棱边投影到二维绘图环境的栅格上，可以根据已有的实体造型生成新的二维截面。

根据设计要求，可以对棱边进行关联投影或非关联投影操作。若要对没有关联关系的棱边投影，只需通过左键选择棱边或面即可。若要与已有三维棱边或面保持关联关系的棱边或面进行投影，则应通过右键来选择特殊的棱边或面。只有单一图素独有的棱边才可以关联。若对某条棱边或某个面作了关联投影，系统会用一个红点予以标记。另外要注意，"投影 3D 边"工具不适用于球体。

下面以图 5-22 所示长方体为例，介绍"投影"工具的操作步骤：

01 在"特征生成"工具条中单击"拉伸"![]按钮。

02 单击长方体的一个面，然后在"拉伸设计向导"对话框中单击"完成"按钮。这时，在所选择的面上出现二维绘图栅格。

03 在"二维编辑"工具条中单击"投影"工具![]，光标变成"投影"工具图标。

04 单击长方体图素的表面或棱边，在绘图栅格上将出现黄色的投影轮廓线，表示该图素的二维截面。

图 5-22　二维绘图栅格

图 5-23　生成新的二维截面

05 取消"投影"工具，并单击栅格空白区域，黄色轮廓线变成白色。表明，该轮廓线是实际用于生成新的二维截面的几何图形，如图 5-23 所示。

5.3.3　编辑投影生成的二维截面

通过"投影"工具生成新的二维绘图截面后，设计者可以对生成的二维几何图形进行编辑，满足设计的要求。

1. 通过操作端点位置编辑几何图形

以图 5-23 所示二维几何图形为例。对其进行编辑，可以采用下面的操作方法：

01 将光标移动到二维几何图形的端点处，这时智能捕捉将捕捉到端点，端点变为白色。或者用鼠标单击端点。

02 在端点位置，右击鼠标，在弹出的快捷菜单中选择"编辑位置"选项，在弹出的对话框中输入需要编辑的端点位置数值，如图 5-24 所示。

2. 通过"轮廓"属性表修改二维截面

对二维截面进行编辑，还可以采用"轮廓"属性表来进行编辑修改，操作方法如下：

01 右击二维绘图栅格的空白处，在弹出的快捷菜单中选择"截面属性"选项。

02 弹出"2D 智能图素"对话框，单击"轮廓"选项。如图 5-25 所示。

图 5-24　编辑端点位置　　　　　　　图 5-25　"截面智能图素"对话框

　　"轮廓"属性表类似于一个电子数据表，它以数字形式表示截面。当操作者利用"二维绘图"工具在截面上绘制直线或其他几何图形时，应单独定义一套坐标、角度和其他值。这些值均是用"轮廓"属性表上的数值表示的。

　　每个截面都包含一条或多条轮廓，即一系列直线、圆弧喝其他几何图形，它们首尾相连构成敞开或封闭的造型。操作者可以利用一条以上的轮廓生成一个简单的截面或轨迹线。属性表一次只能显示一条轮廓线的数据。若要显示其他二维轮廓线的数据，应在电子数据表的下拉列表中选择轮廓线。

　　若要修改二维几何图形，可在"轮廓"属性表列表中编辑一个或多个数值。

第 6 章

自定义智能图素的生成

　　自定义智能图素实际上是由"特征生成"工具生成的图素。在设计过程中，当所需的几何图素在设计元素库中找不到时，可以利用 CAXA 实体设计系统提供的拉伸、旋转、扫描和放样 4 种"特征生成"工具的造型方法来生成自定义智能图案，并可扩充于设计元素序中。这 4 种"特征生成"工具的造型方法都是基于在二维截面或剖面上绘制封闭轮廓线来进行的，由二维截面生成三维特征时都有各自的向导菜单来引导用户操作。本章将重点介绍这几种工具的使用方法。

学　习　要　点

- 拉伸特征工具
- 旋转特征工具
- 扫描特征工具
- 放样特征工具
- 三维文字生成工具

6.1 拉伸特征

📖 6.1.1 使用"拉伸"工具生成自定义智能图素

01 生成新的设计环境。

02 在"特征生成"工具条上单击"拉伸"工具按钮 。弹出"拉伸特征向导"对话框第 1 页，如图 6-1 所示。

03 选择"独立实体"｜"实体"，单击"下一步"，弹出该向导的第 2 页，如图 6-2 所示。

图 6-1　"拉伸特征向导"对话框第 1 页　　图 6-2　"拉伸特征向导"对话框第 2 页

04 在第 2 页中，选择"在特征末端"｜"离开选择的表面"，单击"下一步"，弹出该向导的第 3 页，如图 6-3 所示。

05 在第 3 页中，输入拉伸的高度数值为 10，单击"下一步"，弹出该向导的第 4 页，如图 6-4 所示。

图 6-3　"拉伸特征向导"对话框第 3 页　　图 6-4　"拉伸特征向导"对话框第 4 页

06 在第 4 页中，可以设置栅格线间距，并且可以选择是否显示栅格，单击"完成"按钮，关闭该向导。同时弹出绘制栅格及"编辑草图截面"对话框，如图 6-5 所示。

07 在二维绘图截面栅格中进行绘制二维截面图形，并且单击"完成造型"按钮，则由二维截面几何图形拉伸而成的三维实体造型显示于设计环境中，如图 6-6 所示。

 注意

　　如果二维截面几何图形不是封闭的，那么在拉伸的过程中将不能产生三维造型实体，并且出现图 6-7 所示的提示。可以重新对二维截面几何图形进行编辑后，再进行拉伸操作。

图 6-5　绘图栅格及"编辑草图截面"对话框

图 6-6　拉伸的三维实体造型　　　　　图 6-7　截面几何图形不封闭警告

📖6.1.2　编辑拉伸生成的自定义智能图素

　　如果图素已经拓展成三维状态，只要设计者对所生成的三维造型不满意，仍可以编辑它的截面或其他属性。在"智能图素"编辑状态中选中已拉伸图素。标准"智能图素"上默认显示的是造型操作手柄，而不是包围盒操作手柄。对于新生成的自定义智能图素的造型操作手柄是唯一可用的手柄。拉伸设计的造型操作手柄包括：

　　三角形拉伸手柄：用于编辑拉伸图素的前、后表面。

　　四方形轮廓手柄：用于重新定位拉伸图素的各个表面。

　　拉伸图素的四方形轮廓手柄在智能图素编辑状态上并不总是可见的，但可以通过把光标移至关联平面的边缘即可使之显示出来。使用造型操作手柄进行编辑，可以通过拖动相关手柄或在该手柄上单击右键，弹出快捷菜单图 6-8 所示。进入并编辑它的造型操作手柄选项。

欲在自定义拉伸智能图素上显示包围盒操作手柄,应在"智能图素"编辑状态的图素上单击鼠标右键,选中"智能图素属性"选项,如图 6-9 所示,再选择"包围盒"选项。从"显示"选项框中,选择各个手柄及其尺寸框选项,如图 6-10 所示,单击"确定",把新显示的手柄开关切换成尺寸框手柄。

图 6-8　造型操作手柄编辑菜单　　　　　　　　图 6-9　拉伸编辑菜单选项

图 6-10　"拉伸特征"对话框"包围盒"选项

在自定义智能图素右键弹出菜单中还有下述选项可供选择:

(1)编辑草图截面:用于修改图素三维造型的二维剖面。

(2)编辑前端条件:用于规定三维设计的前端面条件选项,如下:

1)拉伸距离:定义拉伸设计的向前拉伸的距离值。

2)拉伸至下一个:该选项仅当把拉伸图素添加于已存在图素/零件时有效。选择它,可指定完成之前,拉伸图素的前端面共需与多少个平面相交。

3)拉伸到面:该选项仅当把拉伸图素添加于已存在图素/零件时有效。选中它,可引导拉伸图素的前端面与一特定平面匹配。

4)拉伸到曲面:　该选项仅当把拉伸图素添加于已存在图素/零件时有效。选中它,可把图素的前端面拉伸至同一模型上的特定曲面。

5)拉伸贯穿零件:该选项仅适用于被添加到已有的除料图素/零件的拉伸设计。选中此选项后，可引导拉伸图素的前端面延伸并穿过整个模型。

（3）编辑后端面条件：用于指定图素三维造型的后端面条件选项，用法与前文的"编辑前端条件"相同。

（4）切换拉伸方向：可用于通过在原二维剖面的平面上的镜像操作把三维造型的拉伸方向反向。

6.2 旋转特征

利用"旋转"工具可以把一个二维剖面沿着它的竖直轴旋转，也可以生成三维实体造型。例如，CAXA 实体设计系统可以把生成的一个直角三角形（二维）旋转生成一个圆锥体（三维）。由于 CAXA 实体设计系统使二维剖面沿其竖直坐标轴圆周转动，产生的图素三维实体造型总是具有圆的性质。

6.2.1 使用"旋转特征"工具生成自定义智能图素

01 生成新设计环境。

02 在"特征生成"工具条上单击"旋转"工具按钮。弹出"旋转特征向导"对话框第 1 页，如图 6-11 所示。

03 选择"独立实体"｜"实体"，单击"下一步"，弹出该向导的第 2 页，如图 6-12 所示。

图 6-11　"旋转特征向导"对话框第 1 页　　　图 6-12　"旋转特征向导"对话框第 2 页

图 6-13　"旋转特征向导"对话框第 3 页

04 在第 2 页中，输入旋转角度数值 360，选择"离开选择的表面"，单击"下一步"，弹出该向导的第 3 页，如图 6-13 所示。

05 在第 3 页中，可以设置栅格的间距，并且可以选择是否显示栅格，单击"完成"按钮，关闭该向导。同时弹出绘制栅格及"编辑截面"对话框。

06 在二维截面绘图栅格中，绘制需要的二维几何图形，如图 6-14 所示。然后单击"完成造型"，则一个经"旋转特征"工具生成的旋转体即显示在绘图环境中，如图 6-15 所示。

图 6-14　三角形

图 6-15　圆锥体

6.2.2　使用旋转生成自定义智能图素

同拉伸生成的智能图素一样，在"智能图素"编辑状态中，也可以对已旋转的智能图素进行编辑修改。与拉伸设计一样，要注意标准自定义智能图素上默认显示的是造型操作手柄，而不是包围盒操作手柄。旋转特征的操作手柄包括：

菱形旋转设计手柄：用于编辑旋转设计的旋转角度。

四方形轮廓设计手柄：用于重新定位旋转设计的各个表面。

旋转设计四方形轮廓手柄并不总出现在"智能图素"编辑状态上，但可以通过把光标移至关联平面的边缘，使之显示。要用旋转操作手柄来进行编辑，可以通过拖动该手柄或在该手柄上单击右键，进入并编辑它的标准"智能图素"手柄选项。

也可以在"智能图素"编辑状态中用鼠标右键单击旋转图素，进入弹出菜单，编辑旋转设计选项。除了标准"智能图素"弹出式菜单的选项，还有下述"旋转智能图素"选项可供选择：

◆ 编辑草图截面：用于修改生成旋转造型的二维剖面。

◆ 切换旋转方向：用于切换旋转设计的转动方向。

6.3　扫描特征

用户也可以用扫描的方式生成自定义智能图素。在拉伸设计和旋转设计中，CAXA实体设计系统把自定义二维剖面沿着预先设定的路径移动，从而生成三维实体造型。而用"扫描特征"工具，除了需生成截面几何图形外，还需指定一条导向曲线。导向曲线可以被定义为一条直线、一系列直线、一条 B 样条曲线或一条弧线。扫描特征生成的自定义智能图素的两个端面几何形状完全一样。

📖6.3.1 使用"扫描特征"工具生成自定义智能图素

01 生成新设计环境。

02 在"特征生成"工具条上单击"扫描特征"工具按钮 。弹出"扫描特征向导"对话框第 1 页，如图 6-16 所示。

03 选择"独立实体"｜"实体"，单击"下一步"，弹出该向导的第 2 页，如图 6-17 所示。

04 在第 2 页中，选择扫描方式。这里选择"离开表面"，单击"下一步"，弹出该向导的第 3 页，如图 6-18 所示。

图 6-16 "扫描特征向导"对话框第 1 页 　　　图 6-17 "扫描特征向导"对话框第 2 页

05 在第 3 页中，选择扫描线类型，这里选择"Bezier 曲线"，单击"完成"按钮。弹出绘图栅格及"编辑导动曲线"对话框，如图 6-19 所示。在二维绘图栅格中，可以编辑或重新绘制轨迹曲线，然后单击"完成造型"，弹出绘图栅格及"编辑截面"对话框，如图 6-20 所示。

图 6-18 "扫描特征向导"对话框第 3 页 　　图 6-19 绘图栅格及"编辑导动曲线"对话框

06 在二维绘图栅格中进行绘制、编辑需要的几何图形的操作，如图 6-21 所示，绘制一个矩形。

07 在二维截面几何图形绘制完成后，可以单击"完成造型"，则生成一个由二维截面几何图形沿曲线扫描生成的三维实体造型，如图 6-22 所示。

图 6-20　绘图栅格及"编辑截面"对话框　　　图 6-21　绘制矩形　　图 6-22　扫描特征实例

6.3.2　编辑扫描生成的自定义智能图素

如果对生成的三维实体造型感到不满意，仍可以编辑它的截面或其他属性。在"智能图素"编辑状态中选中已扫描的图素。自定义智能图素的造型操作手柄包括：

四方形轮廓手柄：用于加大/减小扫描设计的圆柱表面的半径，以此重新定位圆柱表面。要用扫描操作手柄来进行编辑，可以通过右击该手柄，进入并编辑它的标准"智能图素"手柄选项。

也可以在"智能图素"编辑状态中用鼠标右键单击扫描图素，进入弹出的快捷菜单中，编辑扫描设计选项。除了标准"智能图素"弹出菜单的选项，还有下述"扫描智能图素"选项可供选择：

编辑草图截面：用于修改扫描设计的二维剖面。

编辑轨迹曲线：用于修改扫描设计的导向曲线。

切换扫描方向：用于切换生成扫描设计所用的扫描方向。

允许扫描尖角：选定/撤消选定这个选项，可以规定扫描图素的角是突兀的还是光滑过渡的。

6.4　放样特征

在前面的介绍过程中，讲解了 3 种生成自定义智能图素的方法。每一种方法那是把一个二维截面几何图形拓展成三维实体造型。下面将要介绍的第 4 种方法—放样特征，是用多重几何截面，即使用不在同一个平面内的多个二维截面来生成智能图素。这些截面都需由用户编辑或重新设定尺寸。CAXA 实体设计系统把这些截面沿用户定义的轮廓定位曲线生成一个三维实体造型。

6.4.1　使用"放样特征"工具生成自定义智能图素

01　生成新设计环境。

02　在"特征生成"工具条上单击"放样特征"工具按钮。弹出"放样特征向导"对话框第 1 页，如图 6-23 所示。

03 选择"独立实体"|"实体"，单击"下一步"，弹出该向导的第 2 页，如图 6-24 所示。在第 2 页中，输入截面数量"4"。单击"下一步"，弹出该向导的第 3 页，如图 6-25 所示。

图 6-23 "放样特征向导"对话框第 1 页　　　图 6-24 "放样特征向导"对话框第 2 页

04 在第 3 页中，选择放样截面线类型"圆"和轮廓定位曲线类型"直线"，单击"完成"按钮。弹出绘图栅格及"编辑轮廓定位曲线"对话框，如图 6-26 所示。

图 6-25 "放样特征向导"对话框第 3 页　　　图 6-26 "编辑轮廓定位曲线"对话框

05 在二维绘图栅格中，可以编辑轮廓定位曲线，然后单击"完成造型"，一个默认的放样三位实体造型显示于设计环境中，并在放样三维实体上依次标记出各截面的序号，如图 6-27 所示。

06 在设计过程中可以对放样特征的截面进行编辑。鼠标右击某截面的序号处，弹出快捷菜单，如图 6-28 所示。

07 选择"编辑截面"，弹出"编辑放样截面"对话框及绘图栅格，如图 6-29 所示。

08 在绘图栅格中，对截面几何图形进行编辑，然后单击"完成造型"或着单击"下一截面/上一截面"，对其他的二维截面进行编辑。结果如图 6-30 所示。

图 6-27　放样特征

图 6-28　放样特征快捷菜单

图 6-29　"编辑放样截面"对话框

图 6-30　放样举例

6.4.2　编辑放样生成的自定义智能图素

编辑基础放样设计，需激活"智能图素"编辑状态。此时既没有显示、也无法进入任何设计编辑操作手柄。可以在"智能图素"编辑状态中用右键单击放样设计图素，弹出快捷菜单，如图 6-31 所示。在快捷菜单中，除了标准"智能图素"弹出式菜单的选项，还有下述"放样智能图素"选项可供选择：

编辑中心线：选中该选项，可在二维绘图栅格上显示放样轨迹，即如何连接放样设计截面的轨迹。拖动轮廓定位曲线手柄可以来修正曲线。

编辑匹配点：该选项用于编辑放样设计截面的连接点。这些匹配点显现在轮廓定位曲线和每个截面交点的最高点，颜色是红色。如果一个截面含有多重封闭轮廓，其匹配点也只有一个。编辑匹配点就是把它放于截面里的线段或曲线的端点上。本方法可以用来绘制扭曲的图形。

编辑相切操作柄：该选项用于在每个放样轮廓上编辑放样导向曲线的切线。每个导向曲线上都显示编号的按钮。用左键单击导向曲线按钮，在每个轮廓上显示切线操纵件，如图 6-32 所示。单击并推/拉这些操纵件，手工编辑关联轮廓的切线。右击导向曲线按钮，弹出快捷菜单，如图 6-33 所示。出现下述选项：

图 6-31　编辑放样特征快捷菜单　　　图 6-32　切线操作件　　　图 6-33 右键快捷菜单

（1）编辑切矢：用于输入精确的参数，定义切线的位置和长度。

（2）截面的法矢：用于迅速重新定位关联截面的切线的法线。

（3）设置切矢方向：用于规定切线手柄的对齐方式为"到点"对齐、"到中心点"对齐、"点到点"对齐、"平行于边"对齐、"垂直于面"对齐或"平行于轴"对齐。

（4）重置切向：用于清除切线的某个被约束值。

6.4.3　编辑放样特征的截面

在前面的内容中涉及到了对放样特征截面编辑的方法。如果想进一步编辑放样特征的截面，可以在"智能图素"编辑状态中，选中想编辑的截面的相应序号手柄，这时编号手柄消失。把光标移至截面边缘，可出现所熟悉的四方形轮廓截面操作手柄，对此手柄可以进行如下操作：

01 拖动图素手柄，重新确定圆半径的大小，以此编辑二维剖面。图素立即更新，反映出编辑结果。

02 在某个编号手柄上单击右键，显示弹出快捷菜单，访问使用其余选项。已经介绍过"编辑截面"选项，这里不再赘述。

6.4.4　放样特征的截面和一面相关联

该功能适用于在同一模型上，把放样特征设计的起始截面和末尾截面与相邻平面相关联，并在现有图素或零件上对放样特征自定义图素进行编辑。用指定切线系数值的方法把截面与它所依附的平面相匹配（关联）。下面举例介绍此项功能的使用方法：

01 从"图素"设计元素库中选择"长方体"，将其拖放入设计环境中。

02 在"图素"设计元素库中选择"L3 旋转体"，将其拖放到"长方体"的上表面上，如图 6-34 所示。

03 在"智能图素"编辑状态下单击"长方体"图素，通过"包围盒"操作手柄调整其表面，使上表面面积大于"L3 旋转体"图素的下表面。下一步，将通过关联操作，将两个图素合并为一个图素。

04 在"智能图素"编辑状态下右击"L3 旋转体"图素的标记着 1 的截面手柄，在弹出的快捷菜单中单击"和一平面关联"，如图 6-35 所示。

图 6-34　将"L3 旋转体"拖至长方体表面　　　　图 6-35　编辑长方体尺寸

05 单击"长方体"图素的上表面，规定它为被关联平面，此时长方体的上表面显示为绿色，"切矢因子"对话框出现。切矢因子决定切线矢量的长度，如图 6-36 所示。

06 输入切线系数，如设定为 15，单击"确定"按钮，结果如图 6-37 所示，产生一个新零件。

图 6-36　"切矢因子"对话框　　　　　　　图 6-37　关联结果

6.5　生成三维文字

如果图素或零件设计中需要包含三维文字，可以利用 CAXA 实体设计的文字功能。三维文字图素具有许多与智能图素相同的特点。例如，可以改变文字图素的颜色，可以设计纹理，可以旋转，可以放置于其他图素上等。要往设计环境上添加三维文字，可以有两种操作方法：

（1）利用"文字向导"添加文字。

（2）从"文字"设计元素库中拖放预定义的文字图素到设计环境。

📖 6.5.1　利用"文字向导"添加三维文字图素

使用文字最容易的方法就是使用"文字向导"工具，它能使用户方便生成需要的三维文字，同时熟悉三维文字的必要属性。利用"文字向导"添加文字到三维设计环境的操作步骤如下：

01 生成新的设计环境。

02 在"文字格式"工具条中单击"**A**"按钮，然后单击设计环境中要添加文字的位置。弹出"文字向导"对话框的第 1 页，如图 6-38 所示。也可以选择"生成"|"文字"命令，打开"文字向导"，然后点击设计环境。

03 在"文字向导"第 1 页中选择文字的高度和深度。

04 选择"下一步"，进入"文字向导"第 2 页，如图 6-39 所示，选择无倾斜风格。

图 6-38　"文字向导"对话框第 1 页　　　　图 6-39　"文字向导"对话框第 2 页

选择"下一步"，进入"文字向导"的第 3 页，如图 6-40 所示，确定三维文字定位锚的位置。

05 选择"完成"，关闭"文字向导"。同时显示一个文字编辑窗口，如图 6-41 所示。光标位于默认文字的结尾处。

06 在文字编辑窗口中可以编辑需要生成的三维文字，单击设计环境，关闭文字编辑窗口，显示新的文字，结果如图 6-42 所示。

图 6-40　"文字向导"对话框第 3 页　　　　图 6-41　文字编辑窗口

注意

在默认状态下，双击文字时即显示编辑窗口。如果想要在双击文字时不出现编辑窗口，可以改变其交互属性。右击文字，从弹出菜单中选择"文字属性"命令，再选择"交互"标签，然后在属性表中选择其他的双击交互方式。

图 6-42 三维文字

6.5.2 编辑和删除三维文字图素

当在"零件或智能图素编辑状态"时，任何时候都可以通过双击一个文字图素的表面来对其进行编辑。当出现文字编辑窗口时，在窗口中单击选项，编辑文字。编辑完毕后，单击设计环境，显示编辑过的文字。

要删除一个文字，可以右击文字图素的表面，从弹出菜单中选择"删除"选项。也可以选定要删除的文字图素，按 Delete 键，或者从"编辑"菜单中选择"删除"命令。

注意

对于从"文字"设计元素库中拖放到设计环境中的文字图素，可以使用"文字向导"修改。在智能图素编辑状态中右击文字，从弹出菜单中选择"文字向导"。如果使用这种方法进行编辑，将变更随文字保存于设计元素库中的所有属性，因此应谨慎使用这一选项。

6.5.3 利用包围盒编辑文字尺寸

单击文字图素时，文字图素也会弹出包围盒，可以通过对包围盒的操作改变文字的尺寸。

01 重新设定文字的尺寸。单击文字图素，弹出包围盒后，拖动包围盒的顶部和底部操作柄。要精确设定某一文字的高度，右击包围盒的顶部或底部操作柄，从弹出菜单中选择"编辑包围盒"命令，如图 6-43 所示。然后在弹出对话框的"宽度"字段中输入所需要的数值，按"确定"按钮。

02 设定文字深度。拖动文字包围盒的前操作柄和后操作柄，可以改变文字的深度，从而改变其三维立体效果。要精确设定某一文字的高度，右击包围盒的顶部或底部操作柄，从弹出菜单中选择"编辑包围盒"命令，然后在弹出对话框的"高度"字段中输入所需要的数值，按"确定"按钮。

图 6-43　编辑三维文字包围盒

6.5.4　三维文字编辑状态和文字图素属性

智能图素属性和位置的 3 个编辑状态中的两个可以应用于文字图素的编辑：

1. 在智能图素编辑状态下编辑

在智能图素编辑状态下，文字图素是在默认状态下插入的。在这一编辑状态，可以使用"文字格式"工具条，也可以拖动包围盒操作柄，可以移动和定位文字图素。要定位文字图素，可以使用与智能图素相同的技术和属性。例如，可以拖动文字，可以使用"三维球"转动文字图素，也可以使用定位锚将文字图素附加到其他图素上。

在智能图素编辑状态下，右击文字图素时，会显示一个菜单，如图 6-44 所示。可以由此编辑文字并打开"文字向导"。

另外，在智能图素编辑状态下，右击文字图素，也可以使用两套属性表："文字属性"和"智能渲染属性"。除了"文字属性"的"文字"选项外，其余选项与智能图素属性及零件属性完全相同。

图 6-44　右击三维文字菜单

2. 在表面编辑状态下编辑

在表面编辑状态下，文字图素表面是加亮显示的。在表面编辑状态，每次操作仅仅影响选定文字的表面。智能渲染属性与智能图素编辑状态完全一样，但仅仅作用于文字。

6.5.5　文字格式工具条

"文字格式"工具条提供了另外一种编辑文字的方法。选择"显示"｜"工具条"命令，在弹出的对话框中，单击"文字格式"，单击"确定"按钮。"文字格式"工具条将显示与设计环境中，如图 6-45 所示。

图 6-45　"文字格式"工具条

注意

只有在智能图素编辑状态下选定蚊子时，"文字格式"工具条才可以被激活。

像其他三维智能图素一样，可以倾斜文字图素的边，以形成更好的外观。其操作方法如下：

01 在智能图素编辑状态下，右击文字选定它，从弹出菜单中选择"文字属性"命令。

02 在显示的对话框中选择"文字"标签。

03 在文字属性表中，从"倾斜类型"下拉菜单中选择一种倾斜类型。可供选择的类型包括：

◆ 不倾斜：表示文字图素的边是直角的。

◆ 圆形：表示文字图素的边是凸半圆形的。

◆ 平：表示文字图素的边是倒角的或成凿型的。

◆ 反转圆形：表示文字图素的边是内凹圆形的。

04 单击"确定"按钮，文字图素被倾斜。

6.5.6 从"文字"中设计元素库中添加三维文字

要往设计环境中添加三维文字，也可以从文字图素设计元素库中选定通用文字图素，拖放到设计环境中。使用拖放方法向三维立体设计环境中添加文字操作步骤如下：

01 在设计元素库中选择"文字"标签，显示文字图素设计元素库的内容。如果设计元素库中没有"文字"图素标签，可以在"设计元素"菜单中单击"打开"命令，然后单击打开"Catalogs"文件夹，如同 6-46 所示。选择"Text.ico"，单击"确定"按钮，即将三维文字作为附加设计元素将其放入设计元素库中，如图 6-47 所示。设计元素库显示每个文本图素的尺寸和方向。

02 单击选定所需要的文字，并拖放到设计环境中。在所选定的三维文字旁就会显示一个文字编辑窗口。在文字编辑窗口中删除默认文字后，输入新的所需文字。

03 单击设计环境以关闭编辑窗口，在设计环境上即显示出一条新的文字。

图 6-46 打开图素对话框

图 6-47 文字库

第 **7** 章

零件的定位及装配

在 CAXA 实体设计过程中，将若干个图素组成一个完整的零件时，需要对图素进行定位。在设计装配体时，也需要对不同的零件定位，确定其相互的位置关系。所以，图素及零件的定位是设计工作的重要内容，本章将介绍 CAXA 实体设计系统中用于图素及零件的定位、定向和测量的工具。对这些工具的熟练应用，将有助于生成符合高精确度要求的零件和装配体。

学 习 要 点

- 智能捕捉反馈
- 无约束装配工具
- 定位约束工具
- 三维球工具
- 智能尺寸工具
- 定位锚
- 附着点

7.1 智能捕捉与反馈

　　智能捕捉反馈允许设计者相对于定位锚位置或指定面把新图素定位在现有图素上，并重定位和对齐相同零件的图素组件。智能捕捉反馈具有强大的定位功能，使用智能捕捉反馈可以使同一零件的图素组件沿边或角对齐成为可能，也可以把零件组件置于其他零件的中心位置成为可能。

　　使用智能捕捉与反馈的操作方法如下：

　　（1）如果要从设计元素库中拖出一个新的图素，并放置到已有的图素的曲面上，应在拖动新图素时观察已有图素曲面的棱边上的绿色显示区。

　　（2）如果要从设计元素库中拖放一个新的图素到已有图素曲面的中心，应将该图素拖拉到曲面的中心直至出现一个深绿色圆心点。当该点变为一个更大更亮的绿点时，才可把新图素释放到该图素曲面的中心点。

　　（3）若要将同一零件的两个图素组件的侧面对齐，应把其中一个图素的侧面（在智能图素编辑层选择）朝着第二个图素的侧面拖动，直至出现与两侧面的相临边平行的绿色虚线。如果其中一个图素的一个角与另一个图素一角的顶端对齐，就会出现一组相交的绿线。

　　（4）当通过拖拉图素的定位锚的方式将某个图素重定位到某个图素/零件时，指示与固定图素一侧的对齐关系的是，定位锚定位到相关边时该边上显示的一条绿色虚线。

　　（5）当通过拖拉其定位锚的方式将某个图素重定位到某个主控图素/零件时，指示其与固定图素一角的顶点的对齐关系的将是，定位锚定位到该位置时出现的一个绿色点。

　　（6）当拖拉的图素的一侧与已有图素表面上的某条直线对齐时，将出现绿色的智能捕捉线和点。末端带点的绿线表示的是，与被拖动图素选定侧面平行的固定图素的中心线。绿点出现在被拖动图素对应顶点上，同时从顶点沿其与固定图素中心线垂直的轴发射出绿色加亮区。

　　智能捕捉反馈还可与其他定位工具结合使用，如：三维球、智能尺寸和"无约束装配"工具及"约束装配"工具，从而确保了图素、零件、附着点、定位点和其他元素的准确定位。

注意

*　　在使用智能捕捉反馈时，首先要激活智能捕捉反馈功能。方法是：在拖动图素或者零件的同时，按下 Shift 键，可以激活智能捕捉反馈。*

7.2 无约束装配工具的使用

　　使用"无约束装配"工具可参照源零件和目标零件快速定位源零件。在指定源零件重定位和/或重定向操作方面，CAXA 实体设计系统提供了极大的灵活性。无约束装配仅仅移动了零件之间的空间相对位置，没有添加固定的约束关系，即没有约束零件的空间自由度。

📖 7.2.1 激活"无约束装配"工具

如图 7-1 所示，单击多棱体零件，使其处于"零件"编辑状态。这时，"标准"工具条中的"无约束装配"工具按钮 被激活。单击此按钮，并在多棱体零件上移动光标，显示出黄色对齐符号，如图 7-2 所示。通过触发"空格"键可以改变黄色符号的形式，即出现 3 种定向符号。按下 Tab 键，可以改变箭头的方向，即改变定位方向。确定后在零件的曲面上单击鼠标，完成选择。

图 7-1　激活多棱体"零件"状态　　　　　图 7-2　激活"无约束装配"工具

表 7-1 简单介绍了"无约束装配"工具定位符号意义及其操作结果。

表 7-1 "无约束装配"工具定位符号表

选定源零件定向/移动选项	目标零件定向/移动选项	定位结果
↗	•↗	相对于一个指定点和各零件的定位方向，将源零件重定位到目标零件上，获得与指定平面贴合装配结果
	0	相对于一个指定点及其定位方向，把源零件重定位到目标零件上，获得与指定平面对齐装配结果
	•	相对于源零件上的指定点及其定位方向以及目标零件的指定定位方向，重定位源零件
↗	↗	相对于源零件的定位方向和目标零件的定位方向，重定位源零件，获得与指定平面平行装配结果
	✕	相对于源零件的定位方向和目标零件的定位方向，重定位源零件，获得与指定平面垂直装配结果
•	•	相对于目标零件但不考虑定位方向，把源零件重定位到目标零件上
	0	相对于源零件的指定点，把源零件重定位到目标零件的指定平面上
	↗	相对于源零件的指定点和目标零件的指定定位方向，重定位源零件

7.2.2 进行无约束装配

在进行无约束装配时，为了更好地理解其空间的相对位置关系，可以将图 7-1 中的多棱体的侧面重设置为不同的颜色。即单击选定面，使其处于"面/边"编辑状态，右击鼠标，在快捷菜单中选择"智能渲染"选项，将表面设置为不同的颜色。

1．选取源零件和目标零件装配操作

（1）在多棱体处于"零件"编辑状态，单击"标准"工具条中的"无约束装配"工具按钮，将光标移动到多棱体表面上，出现黄色箭头符号，选定合适的箭头方向，单击鼠标。

（2）将鼠标光标移动到目标零件——长方体上的表面上，将看到黄色的定位/移动符号显示在长方体上。另外，源零件的轮廓线将出现并随光标移动。与源零件一样，可以用 Tab 键切换定位方向。在长方体表面上单击，即可以获得贴合装配结果，如图 7-3所示。然后，取消无约束装配命令。

图 7-3　贴合装配操作

2．源零件操作不变，改变目标零件操作

（1）重复上述在源零件上的操作，将光标移动到目标零件上，按"空格"键，可以切换目标零件的黄色定位符号。当定位符号为图 7-4 上图所示时，单击鼠标，可以使源零件的指定表面和目标零件的指定表面处于同一平面，即对齐。

（2）重复上述操作，按"空格"键，改变目标零件上的定位符号为图 7-4 下图所示，单击鼠标，将使源零件指定表面与目标零件的指定表面处于同一面发现处，即平行。

对齐装配操作　　　　　　　　　　　　　　平行装配操作

图 7-4　装配操作

3．目标零件操作不变，改变源零件操作

（1）在进行源零件操作时，按"空格"键可以切换源零件上的定位符号形式。如图 7-5 所示，将定位符号切换为圆点，然后将光标移动到目标零件上，可以分别得到源零件上选定点与面贴合、对齐、平行（面—点距离最近）的配合。

图 7-5 分别为选定点与目标零件表面贴合、对齐、平行配合

（2）如果将源零件的定位符号改变为不带圆点的箭头，可使源零件的指定面和目标零件指定表面垂直，如图 7-6 所示。

图 7-6 源零件的指定面和目标面垂直

注意

在进行无约束装配操作时，如果拾取源零件和目标零件上的点或棱线，也可以得到源零件与目标零件之间基于点或棱线之间的定位关系。读者可以独立练习尝试。除了上述直接用鼠标拖放操作外，还可以通过右击鼠标，在弹出的快捷菜单中选择相应的配合命令。

7.3 定位约束工具的使用

"定位约束"工具在形式上类似于"无约束装配"工具。但是，其效果是形成一种"永恒的"约束。利用"定位约束"工具可保留零件或装配件之间的空间关系。其操作方法与"无约束装配"工具的操作方法类似。首先，激活"定位约束"工具，弹出"约束"属性管理器，如图 7-7 所示。在约束类型中选择约束条件。确定需要的移动/定向选项符号，并选定目标零件后，就可以应用约束装配条件了。"定位约束"工具有几种约束

可供选用，其符号及表达意义见表 7-2。

图 7-7 "约束"管理器

表 7-2 "定位约束"工具符号表

定位约束符号	应用表达意义
‖	平行：使其平直面或直线边与目标零件的平直面或直线边平行
⊥	垂直：使其平直面或直线边与目标零件的平直面（相对于其方向）或直线边垂直
⌐	贴合：使其平直面既与目标零件的平直面贴合（采用反方向）又与其共面
⌐	对齐：使其平直面既与目标零件的平直面对齐（采用相同方向）又与其共面
◈	同心：使其直线边或轴在其中一个零件有旋转轴时与目标零件的直线边或轴对齐
✛	重合：使其平直面既与目标零件的平直面重合（采用相同方向）又与其共面。
⬒	距离：使其与目标零件相距一定的距离。
⬓	角度：使其与目标零件成一定的角度。

7.3.1 进行约束装配

约束装配在 CAXA 实体设计的过程中是一个非常重要的工具，下面还是以长方体和多棱体两个零件为例，对两个零件进行棱线平行约束来介绍约束装配的操作方法如下：

01 在多棱体处于"零件"编辑状态下，单击"标准"工具条中的"定位约束"按钮🔩。鼠标光标拾取多棱体的一条棱线，在选择-约束工具栏中选择"平行"约束，将光标移动到长方体一条棱线附近，棱线高亮，同时出现多棱体的定位预览图，如图 7-8 所示。

02 单击鼠标，即可实施平行约束装配操作。在长方体和多棱体的指定边之间施加了平行约束，在两条被约束棱线之间出现了两头都带箭头的深红色直线，沿直线显示有一个平行符号和一个 "//*" 符号，表示存在一个锁定的平行约束。

03 单击 "显示设计树" 按钮 ，打开左侧的设计树，可以看到在零件 2（多棱体）下方有一个平行约束，其默认状态为锁定，以锁上的挂锁图标表示，如图 7-9 所示。

图 7-8　平行约束预览　　　　　　　　　　图 7-9　设计树中平行约束

7.3.2　添加过约束和删除约束

在进行零件定位和装配的过程，经常出现过约束。这就需要区分过约束，然后将其删除，下面介绍添加过约束和删除过约束的操作方法：

01 在 "零件" 编辑状态选择多棱体，选择 "定位约束" 工具。移动光标到多棱体上表面的一条棱线，当其呈绿色高亮显示，单击将此棱线指定为约束对象，如图 7-10 所示。

02 选择平行约束，将光标移动到图 7-11 所示的长方体棱线附近，光标变成为无效平行约束符号。因为两个零件的棱线之间已经有一个平行约束，所以这个平行约束必然为过约束。如果单击鼠标添加此过约束，在两条棱线之间也出现了两头都带箭头的深红色直线，表示存在过约束。

图 7-10　选择多棱体上表面边线　　　　　　图 7-11　选择长方体棱线

03 打开设计树，在零件 2（多棱体）下面，出现第二个平行约束。由于此平行约束为过约束，所以其默认状态为开锁，约束图标为一个打开的锁。

04 在设计树中，右击第二个平行约束（过约束），在弹出的快捷菜单中，如果选择 "删除" 命令，将可以删除此过约束。也可以在设计环境中右击约束符号，同样可以删除约束。

05 在设计树中右击第一个平行约束，在快捷菜单中单击锁定，将此约束开锁。

然后右击第二个平行约束，选择锁定，第二个平行约束将在设计环境中生效，多棱体将被相对于长方体重新定位，如图 7-12 所示。

06 如果要编辑约束装配，可以在设计环境中右击约束符号或者右击"设计树"中的约束图标，然后从弹出的快捷菜单中选择"编辑约束"命令，输入相应的偏移值，然后单击"确定"按钮。

图 7-12　调整约束锁定状态

7.4　三维球

三维球是实体设计系统独特而灵活的空间定位工具，利用三维球工具既可以实现图素在零件中距离的定位，也可以实现图素的方向定位。

三维球在默认状态下，由三根定向轴（包括定向手柄）、3根定位轴（包括定位手柄）、二维平面和中心手柄组成，如图7-13所示。在默认状态下，CAXA实体设计为这3个轴中每个轴各显示了一个红色的平移手柄。选定某个轴的某个手柄将自动在其相反端显示该手柄。若有必要，可以选择在任何时候都显示出所有的平移手柄和方位手柄。为此，只需在三维球的内侧单击鼠标右键，从随之出现的弹出菜单中选择"显示所有手柄"。

当在三维球内及其手柄上移动光标时，将看到光标的图标会不断改变，指示不同的三维球动作。表 7-3 列举了在移动光标时产生的各种图标。对图标的熟悉将对设计工作有所帮助。

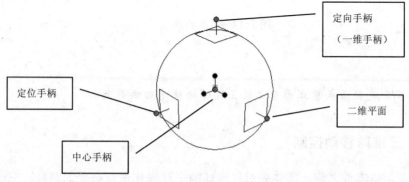

图 7-13　三维球

表 7-3　各种光标图标表达的三维球操作含义

图标	动作
	拖动光标使操作对象绕选定轴旋转
	拖动光标，以利用选定的方位手柄重走位
	拖动光标，以利用中心手柄重定位
	拖动光标，以利用选走的一维手柄重走位
	拖动光标，以利用选定的二维平面重定位
	沿三维球的圆周拖动光标，以使操作对象沿着三维球的中心点旋转
	拖动光标，以沿任意方向自由旋转

7.4.1　激活三维球

在图素处于零件编辑或者智能图素编辑状态中，单击"标准"工具条中的 按钮，或者选择"工具"｜"三维球"命令，将激活此图素对应的三维球。如图 7-14 所示。

三维球的中心出现在长方体图素的定位锚上，如图 7-14 所示。如果零件较大，可能就必须采用"视向"工具来缩小它的显示尺寸，以方便使用三维球。

图 7-14　激活三维球

注意

功能键 F10 是激活或禁止图素上的三维球的快速切换开关。

7.4.2　三维球移动控制

在尝试重定位零件之前，需要先对三维球的平移操作进行必要的解释。三维球表面上有用于沿着或绕着它的任何一个轴移动零件的 3 个手柄和 3 个平面。下面将解释如何在空间中移动操作对象。

（1）一维直线运动：拖动一个一维手柄，以沿着某个轴移动操作对象。拖动手柄时，手柄旁边会出现一个距离值，该值表示的是操作对象离开其原位置的距离。

若要指定运动距离，可在距离值上单击右键，从弹出的菜单中选择"编辑值"，然后在对话框中输入相应的距离值。

（2）二维平面运动：如果将光标放置在某个平面内侧，光标就显示为 ✥，表示该图素可沿着该二维平面上、下、左、右拖动。

（3）三维旋转：单击某个一维手柄时，其旋转轴即被选中并呈加亮显示。如果要绕着选定的轴旋转一个操作对象，则应在三维球内移动光标。当光标变成 🖐 形状，单击并拖动鼠标即可使该操作对象绕该轴旋转。在拖动光标时，CAXA 实体设计会显示出当前旋转角度的度数。

如果要指定精确的旋转角度，则应在角度值上单击右键，然后在随之出现的弹出菜单中选择"编辑值"，并从随后出现的对话框中输入相应的角度值。

（4）绕中心旋转：若要沿三维球的中心点旋转操作对象，则应先将光标移动到三维球的圆周上。当光标颜色变成黄色而形状变成一个圆形箭头 ↻ 时，单击并拖动三维球的圆周。

（5）沿 3 个轴同时旋转：此选项在默认状态下为禁止状态。若要激活本选项，则应在三维球内部单击右键，然后从随之出现的弹出菜单中选择"允许无约束旋转"。在三维球内侧移动光标，直至光标变成 4 个弯曲箭头 ✤，然后通过单击和拖拉鼠标就可以沿任意方向自由旋转操作对象。

若要选择其他手柄或轴，应首先在三维球外侧单击左键，以取消对当前手柄或轴的选定。

通过前面对三维球平移操纵件的介绍，用户就可以利用它们在设计环境中对图素或零件进行重新定位。

📖7.4.3 三维球定位控制

除外侧平移操纵件外，三维球工具还有一些位于其中心的定位操纵件。这些工具为操作对象提供了相对于其他操作对象上的选定面、边或点的快速定位功能；也提供了操作对象的反向或镜像功能。选定某个轴后，在该轴上单击鼠标右键、从随之出现的弹出菜单，如图7-15所示，选择下述选项即可确定特定的定位操作特征：

图 7-15　三维球定位快捷菜单

编辑方向：选择此选项可为选定三维球手柄的方向设定相应的坐标。

到点：选择此选项可使三维球上选定轴与从三维球中心延伸到第二个操作对象上选定点的一条假想线平行对齐。

到中心点：选择此选项可使三维球上选定轴与从三维球中心延伸到圆柱操作对象一端或侧面中心位置的一条假想线平行对齐

点到点：选择此选项可使三维球的选定轴与第二个操作对象上两个选定点之间的一条假想线平行对齐

与边平行：选择此选项可使三维球的选定轴与第二个操作对象的选定边平行对齐。

与面垂直：选择此选项可使三维球的选定轴与第二个操作对象的选定面垂直对齐。

与轴平行：选择此选项可使三维球的选定轴与第二个圆柱形操作对象的轴平行对齐。

反转：选择此选项可使三维球的当前位置相对于指定轴反向。

镜像：选择下述选项可以进行"镜像"操作。

平移：选择此选项可使三维球的当前位置相对于指定轴镜像并移动操作对象。

拷贝：选择此选项可使三维球的当前位置相对于指定轴镜像并生成操作对象的备份。

链接：选择此选项可使三维球的当前位置相对于指定轴镜像并生成操作对象的链接复制。

📖 7.4.4 利用三维球复制图素和零件（阵列）

利用三维球可简化图素或零件的多备份生成、复制操作对象的均匀间距设置和复制操作对象的位置设定等过程。用户只需要经过几个简单的步骤即可完成整个的过程。其操作步骤如下：

01 新建一个设计环境，然后拖入一个多面体图素并释放到设计环境的左侧。选择三维球工具，如图 7-16 所示。

02 在三维球右侧的水平一维手柄上单击鼠标，选定其轴。一维手柄上单击右键，然后将多面体拖向右边。在拖动鼠标时，请注意，多面体的轮廓将随三维球一起移动。当轮廓消失而多面体移动到右边时，释放光标，如图 7-17 所示。

图 7-16　激活三维球

图 7-17　移动/拷贝图素

03 在弹出的菜单中选择"拷贝",在弹出的"重复拷贝/链接"对话框的数量文本框中输入 4。距离文本框中输入 60,如图 7-18 所示。单击"确定"按钮即可完成多面体的复制。结果如图 7-19 所示。

04 取消对三维球工具的选择。

图 7-18 "重复拷贝/链接"对话框   图 7-19 阵列复制

7.4.5 修改三维球配置选项

由于三维球功能繁多,它的全部选项和相关的反馈功能在同一时间是不可能都需要的。因而,CAXA 实体设计允许按需要禁止或激活某些选项。

如果要在三维球显示在某个操作对象上时修改三维球的配置选项,可在设计环境中的任意位置单击右键即可。此时,将弹出一个菜单,如图 7-20 所示。此菜单中有几个选项是默认的。

图 7-20 配置三维球菜单

三维球上可用的配置选项如下:

移动图素和定位锚:如果选择了此选项,三维球的动作将会影响选定操作对象及其定位锚。此选项为默认选项。

仅移动图素:如果选择了此选项,三维球的动作将仅影响选定操作对象;而定位锚的位置不会受到影响。

注意

一旦在某个图素上激活了三维球，即可以利用空格键快速激活/禁止其"仅定位三维球"。

仅定位三维球（空格键）：选择此选项可使三维球本身重定位，而不移动操作对象。

定位三维球心：选择此选项可把三维球的中心重定位到操作对象上的指定点。

重新设置三维球到定位锚：选择此选项可使三维球恢复到默认位置，即操作对象的定位锚上。

三维球定向：选择此选项可使三维球的方向轴与整体坐标轴(L,W, H)对齐。

将三维球定位在激活坐标上：选择此选项可使三维球恢复到原来的状态。

显示平面：选择此选项可在三维球上显示二维平面。

显示约束尺寸：选定此选项时，CAXA 实体设计将报告图素或零件移动的角度和距离。

显示定向操作柄：选择此选项时，将显示附着在三维球中心点上的方位手柄。此选项为默认选项。

显示全所有操作柄：选择此选项时，三维球轴的两端都将显示出方位手柄和平移手柄。

允许无约束旋转：欲利用三维球自由旋转操作对象，则可选择此选项。

改变捕捉范围：利用此选项，可设置操作对象重定位操作中需要的距离和角度变化增量。增量设定后，可在移动三维球时按下 Ctrl 键激活此功能选项。

7.4.6 重定位操作对象上的三维球

为了精确地放置操作对象，可以仅对三维球进行重定位而无需移动操作对象。此选项在许多情况下都适用，如绕某个因零件上已存在它方位而难于对齐的轴旋转某个图素。

通过重定位三维球及其操纵件，可以重新调整默认情况下有操作对象定位锚确定的坐标系。用于图素重定位的所有三维球操纵件（包括平移和定向）均可用于对三维球本身进行重定位。

若要激活三维球的平移及定向操纵件来定位三维球本身，应在三维球内侧单击鼠标右键并从随之出现的弹出菜单上选择"仅定位三维球"或者按下空格键切换到此模式。（再次按下空格键将禁止"仅定位三维球"选项）。指示"仅定位三维球"选项处于激活状态的可见信号使三维球的轮廓从蓝绿色变成了白色。此后的操作将仅影响三维球本身，而不会影响操作对象。

由于三维球重定位操作非常类似于其他图素的重定位操作，所以在这里不再重复。

7.5 利用智能尺寸定位

在实体设计过程中，智能尺寸不仅能检查实体零件的三维尺寸，而且在设计过程中可以通过智能尺寸来对两个或两个以上的零件进行空间定位。

智能尺寸可在零件或智能图素编辑状态中应用。当智能尺寸在零件编辑状态中应用与同一零件的组件上时,它们的功能就仅相当于标注尺寸,不能被编辑或锁定。用于零件编辑状态中两个单独零件之间和智能图素编辑状态相同零件的组件之间的智能尺寸(第一个选择的边上的尺寸除外)都是功能完全的智能尺寸,可按需要编辑或锁定。智能尺寸的显示可利用其"风格属性"自定义并进行重定位,以获取最佳效果。

智能尺寸可用于增料设计和除料设计上的点、边和面上。

7.5.1 采用智能尺寸定位实体造型

01 新建一个设计环境,然后从"钣金"目录中拖出一个"板"图素并释放到设计环境中。

02 从"图素"目录中拖出一个"条状体"图素,并将其释放到板的上表面。如图 7-21 所示。

03 在智能图素编辑层选择块,由于条状体拖放到了板之上,所以两个图素都成了同一零件的组件。为了测量某个零件的图素组件的面、边或顶点之间的距离,用户必须在智能图素编辑状态中添加智能尺寸。如果在零件编辑状态选择条状体图素,那么智能尺寸的功能就仅相当于一种标注。

04 从"智能标注"工具条上选择"线性标注"工具。

05 把光标移动到块侧面底边的中心位置,直至出现一个绿色智能捕捉中心点且该边呈绿色加亮显示。

06 在线性智能尺寸的第一个点单击左键并选定。将光标拖动到板上与条状体选定面平行的边,直至其呈绿色加亮显示。

07 在光标与绿色加亮显示的边上的点对齐时,单击鼠标以给智能尺寸设定第二个点。如图 7-22 所示。

图 7-21 拖放图素到设计环境中　　　　　图 7-22 线性智能尺寸的放置

08 在智能尺寸值的显示位置单击右键,并从随之出现的弹出菜单中选择"编辑该智能尺寸",如图 7-23 所示。弹出"编辑智能标注"对话框,如图 7-24 所示。改变其数值,单击"确定"按钮,条状体的位置随之改变,如图 7-25 所示。

"水平标注"、"垂直标注"和"角度标注"等类型的智能尺寸也可用于条状体图素,并可按照前一示例中的"线性标注"相同的方式编辑。"半径标注"和"直径标注"智能尺寸适合于圆柱形图素,其功用也类似于"线性标注"。

图 7-23　右键立即菜单　　　　　图 7-24　"编辑智能标注"对话框

图 7-25　编辑后的智能尺寸值及块的相应重定位

7.5.2　编辑智能尺寸的值

在生成智能尺寸时，选择的第一个图素即为该智能尺寸的主控图素。若要编辑某个智能尺寸的值，必须首先选中这个主控图素。一旦编辑了该智能尺寸的值，这个主控图素就相应地重定位。

应用智能尺寸后重定位主控图素，系统提供了两种选择：

（1）如果要对主控图素实施可视化重定位，应在智能图素编辑层选择该主控图素（块），然后把它拖移动到新位置。在把该图素拖离时，它离开原位置的当前距离值将不断改变。一旦显示出符合需要的值即释放该图素。

（2）如果要对主控图素实施精确重定位，应在智能图素编辑层选定这个图素，在智能尺寸的距离值上单击右键，然后从随之出现的弹出菜单中选择"编辑此智能尺寸"。在对话框中输入对应的距离值并选择"确定"。该块将相应地重新定位。

也可以在同一对话框中同一图素上进入和编辑全部智能尺寸值，方法是：在智能图素编辑状态选择图素，在其中一个智能尺寸上单击右键，显示出其弹出菜单；选择"编辑全部智能尺寸"，屏幕上将显示一个对话框，其中有一个包含该图素全部现有智能尺寸的值的标；输入相应的值，然后选择"应用"预览结果，或者选择"确定"按钮结束编辑。

7.5.3　利用智能尺寸锁定图素的位置

可以利用智能尺寸把智能图素的位置锁定在其他图素上。即使是在移动或重新设置某个图素的"父级"图素时，也不希望该图素移动，就可以使用这一选项。

利用智能尺寸锁定智能图素的位置操作步骤如下：

01 在智能图素编辑状态选择图素。

02 在先前应用于图素的线性标注尺寸的各个值显示区中单击右键，然后从随之出现的弹出菜单中选择"锁定"。

此时，该图素的位置就在指定智能尺寸值的基础上固定在块上了。各个值的旁边都将显示一个"*"号，表示该智能尺寸已被锁定。所有锁定智能尺寸在"设计环境浏览器"中显示时，它们的主控图素的下方都会显示为锁上的挂锁；而未锁的智能尺寸则显示为打开的挂锁。

在编辑智能尺寸的值时，通过在"编辑智能尺寸"对话框选择"锁定"选项也可以锁定智能尺寸。

被约束的智能尺寸在"设计环境浏览器"中的"约束"目录下也以锁上的挂锁显示。在"浏览器"中的"约束"目录下选择一个图标也可以选定设计环境中的相关零件、装配件或图素。

7.6 重定位定位锚

如前面所述，定位锚决定了图素的默认连接点和方向。定位锚以带两条绿色线段和一个绿点表示。利用三维球工具，可以对定位锚进行重新定位，以指定其他的连接点和方向。

注意

在图素或零件的定位锚上单击右键时，可以利用屏幕上出现的弹出菜单设定该图素或零件如何与设计环境中的其他操作对象交互作用。

7.6.1 利用三维球重定位零件的定位锚

01 选定零件的定位锚。选择正确后，定位锚的颜色就变成黄色，定位锚的旁边则出现一个黄色的定位锚图标。

02 激活三维球工具。

03 按需要旋转或移动定位锚的位置。

7.6.2 利用"定位锚"属性表重定位图素的定位锚

01 在零件编辑状态中利用右键单击图素，从随之出现的弹出菜单中选择"零件属性"。

02 选择"定位锚"标签，显示出定位锚属性选项。

03 为定位锚指定一个新位置，方法是通过旋转或沿着一个二维平面移动定位锚。通过恰当的字段，为多达 3 个的运动方向输入相对于当前位置的距离值，或输入相对于当前位置的一个新的旋转角度。

若要设定某个旋转轴，应在对应的 L、W 或 H 方位字段中输入值 1。而在其他字段中输入值 0。然后，在"用这个角度"字段中输入相应的旋转角度值。

04 得到满意的新位置时，选择"确定"结束操作。同样的操作过程也适用于由多个智能图素生成的零件或由多个零件/图素生成的装配件的定位锚重定位。

7.6.3 利用"移动定位锚"功能选项重定位图素的定位锚

01 从"设计工具"菜单中选定"移动锚点"。

02 单击左键，以在该图素上为定位锚选定合适的新位置。定位锚将立即重定位。依靠定位锚拖放定位操作特征，定位锚一旦被重定位，图素就会重新调整自己的位置，或者在图素下一次移动时调整。之所以进行这种调整，是因为定位锚的重定位动作改变了它"沿曲面滑动"的拖拉定位操作特征。如果定位锚在重定位之前设置了"沿曲面滑动"，它就会保留这一设置；但是，如果对应的图素附着到第二个图素上，该图素就滑动到它的定位锚上，以便它能够沿着第二个图素的表面滑动。

除三维球工具外，也可以利用智能尺寸和智能捕捉来给定位锚定位。

7.7 附着点

尽管在默认状态下 CAXA 实体设计是以对象的定位锚为对象之间的结合点的，但是通过添加附着点，也可以使操作对象在其他位置结合。可以把附着点添加到图素或零件的任意位置，然后直接将其他图素贴附在该点。

7.7.1 利用附着点组合图素和零件

01 生成新的设计环境，并且生成一个图素。

02 从"设计工具"菜单选择"附着点"命令。

03 在零件编辑状态选定零件，然后把光标移动到该图素，并为附着点选择相应的点。图素的表面将出现一个标记，该标记指明了附着点的位置。

04 从设计元素库中拖出另一个图素并把它放置到附着点处。当附着点变绿时，释放新图素。之后，新图素的定位锚就与第一个图素的附着点连接在一起。

05 可以将附着点放置在两个零件上并用这些点将两个零件组合在一起。拖动其中一个零件的附着点，把它释放到另一个零件的附着点上。附着操作完成后，如果移动主控零件，附加零件也会随之移动；然而，如果移动附加零件，附加零件和主控零件之间的附着点约束就会失效。

7.7.2 附着点的重定位和复制

可以利用三维球工具重定位图素或零件附着点。

1. 利用三维球工具重定位附着点

在零件编辑状态选择零件并选择附着点，显示其黄色提示区。从"标准"工具条选择三维球工具，或按下功能键 F10 来激活三维球工具。利用本章前面部分描述的三维球操纵件转动或移动附着点的位置。

2. 利用三维球复制附着点

如果把某个特殊方位设定到某个附着点并想复制它，可以利用三维球进行复制。

7.7.3　删除附着点

选定某个附着点、显示出其黄色提示区，然后按下 Delete 键，就可以删除不再需要的附着点。也可以在选定该附着点后，单击右键，然后从随之出现的弹出菜单中选择"删除附着点"。

7.7.4　附着点属性

在图素或零件上添加附着点时，一个新的选项表就会添加到该图素或零件的标准属性表中。为了查看这些属性，可分别在智能图素或零件编辑状态用右键点击图素或零件。从随之弹出菜单中选择对应的"零件属性"选项，然后选择"附着点"标签。

利用"附着点"功能选项，可为附着点指定新位置，其方法是：使附着点沿着一个二维平面旋转或移动。为多达 3 个的运动方向输入相对于当前位置的距离值，或输入相对于当前位置的一个新的旋转角度。

若要设定某个旋转轴，应在对应的 L、W 或 H 方位字段中输入值 1。而在其他选项中输入值 0。然后，在"用这个角度"字段中输入相应的旋转角度值。

7.8　"位置"属性表

"位置"属性表上选项为图素或零件提供了通过相对于背景栅格中心编辑其定位锚位置方式的另一种重定位方法。采用此法时，图素或零件可根据编辑结果相应地重定位。

利用"位置"属性表重定位图素的操作步骤如下：

01 若有必要，应显示出位置尺寸。在设计环境背景中单击右键，从弹出菜单中选择"显示"，选择"位置尺寸"，然后选择"确定"。

02 在零件编辑状态中针对零件单击右键，并从随之出现的弹出菜单中选择"零件属性"。

03 选择"位置"标签。

04 在"位置"属性表上，为零件定位锚和包围盒角点之间的距离输入新值。

05 必要时，可编辑方位属性使选定的图素旋转。若要指定一个旋转轴，则应在 L、W 或 H 字段中的某个适当字段内输入值 "1"，而在其他两个字段中则输入 "0"。然后，在"用这个角度"字段输入旋转角度值。

06 单击"确定"按钮，使图素重新定位。

第 **8** 章

减速器实体设计

本章主要介绍减速器中各个零件的实体设计，包括传动轴、齿轮轴、圆柱齿轮、减速器箱体等。

在对减速器装零件的设计过程中，将对 **CAXA** 实体设计软件的图素功能进行系统的学习。在设计的过程中，如何高效、准确地绘制零部件并进行装配是本章的学习目的，也是本章的学习难点。

- 传动轴
- 齿轮轴
- 圆柱齿轮
- 减速器箱体
- 减速器装配

8.1 传动轴设计

📖 8.1.1 设计思路

传动轴是机械产品中最常见的零件之一。其主体结构为若干段相互连接的圆柱体，各圆柱体的直径、长度各不相同。所以，设计传动轴最简单的方法就是调用设计元素库中的"圆柱体"图素和"孔类键"图素，将其组合传动轴，如图8-1所示。

图 8-1　传动轴

📖 8.1.2 设计步骤

01 启动 CAXA 实体设计系统，进入三维设计环境。

02 从设计元素库中的"图素"中选择"圆柱体"图素，将其拖放入设计环境中，为了符合习惯，可改变视向，使轴接近于水平位置，如图8-2所示。

03 激活圆柱体智能图素状态，编辑包围盒，修改圆柱体尺寸为：长度 55、宽度 55、高度 16，如图8-3所示。

图 8-2　调用"圆柱体"图素　　　图 8-3　编辑包围盒

04 从设计元素库中选择圆柱体图素，然后利用智能捕捉功能，捕捉到中心点时，中心将变为高亮"绿色"圆点。将第二个圆柱体定位于第一个圆柱体右端面的中心位置，如图8-4所示。

05 编辑第二个圆柱体图素包围盒的尺寸，修改为：长度"66"、宽度"66"、高度"12"。继续调用圆柱体图素，重复上述操作，再调入 4 个圆柱体，使用智能捕捉功能，使其都端面相接，以中心定位。4 个圆柱体图素的尺寸由左向右分别为：直径 58、55、

50、45；长度 80、30、80、60。单击"显示全部"按钮，显示三维实体全景，如图 8-5 所示。

图 8-4 调用第二个圆柱体图素

图 8-5 传动轴主体

06 选择"修改"｜"边倒角"命令或者单击"特征"工具条中的"边倒角"按钮，弹出"倒角特征"属性管理器，然后单击拾取传动轴两端的边线，边线呈亮绿色，同时在该边线的某个位置显示出轴向和径向两个方向默认的倒角距离值，如图 8-6 所示。将两个方向的倒角距离均修改为 2，然后单击 ✔ 按钮，结果如图 8-7 所示。

图 8-6 默认倒角距离值

图 8-7 边倒角

07 选择"修改"｜"圆角过渡"命令或者单击"特征"工具条中的"圆角过渡"按钮，弹出"过渡特征"属性管理器，依次拾取传动轴台阶的交线，系统默认圆角半径为 2，如图 8-8 所示。将圆角半径修改为 1，单击 ✔ 按钮，结果如图 8-9 所示。

图 8-8 默认圆角过渡半径

图 8-9　圆角过渡

08 从设计元素库的"图素"中选择"孔类键"图素，将其拖放入设计环境中，放在轴端表面上，如图 8-10 所示。

09 在智能图素编辑状态下，利用包围盒将孔类键的长度、宽度和高度分别设为 70、16、6，如图 8-11 所示。

图 8-10　调用孔类键图素

图 8-11　设定键的尺寸

10 在孔类键图素处于智能图素编辑状态下，选择"工具"｜"三维球"命令或者单击"标准"工具条中的"三维球"按钮 ，激活三维球，如图 8-12 所示。

11 鼠标单击外控制手柄（一维控制手柄），颜色变为黄色。然后，在三维球内部以选定外控制手柄为轴线旋转，如图 8-13 所示。右击旋转角度数值，编辑旋转角度，如图 8-14 所示，在对话框中输入角度值 90，如图 8-15 所示，单击"确定"按钮。

图 8-12　激活三维球

图 8-13　旋转孔类键

图 8-14　编辑旋转角度

图 8-15　"编辑旋转"对话框

注意

调整键槽的方向，还可以采用下面的方法：在智能图素编辑状态下，激活三维球，右键单击与轴垂直的定向控制手柄，在弹出的快捷菜单中选择"与轴平行"，如图 8-16 所示。然后拾取任意一段轴表面，键槽即可自动与轴线平行，如图 8-17 所示。

图 8-16 右键快捷菜单

图 8-17 键槽与轴线平行

12 在智能图素编辑状态下，单击"智能标注"工具条中的"线性标注"按钮。按下 Ctrl 键，捕捉键槽的中心点作为线性标注的第一点，将光标移动到轴台阶端面，待面呈亮绿色时，单击鼠标即可拾取线性标注的第二点，如图 8-18 所示。

13 将尺寸拖动到适当位置，右击此尺寸，在弹出的快捷菜单中选择"编辑智能尺寸"，如图 8-19 所示。在对话框中输入尺寸值为 42，单击"确定"。完成键槽在轴上的定位，如图 8-20 所示。

14 重复上述设计键槽的方法，在传动轴的右端，生成键槽。键槽长度、宽度和高度分别为 43、14、5，键槽的中心与小端端面距离为 26.5，如图 8-21 所示。

图 8-18 线性标注

图 8-19 右键快捷菜单

图 8-20 修改尺寸

图 8-21 生成传动轴小端键槽

15 在设计过程中，两个键槽在圆周上不一定处于同一个角度，如图 8-22 所示。

需要调整键槽在圆周表面上的位置，使其处于同一角度。激活小键槽智能图素编辑状态，激活其三维球，按下空格键，使三维球状态处于仅移动三维球状态，即三维球颜色变为白色，如图8-23所示。

16 右击三维球中心手柄，如图8-24所示，在弹出快捷菜单中选择"到中心点"，然后，单击拾取端面的边线，如图8-25所示。

图8-22　键槽相对位置　　　　　　　　　图8-23　仅移动三维球

17 按下空格键，恢复三维球与图素的锁定状态。拾取与键槽底面垂直的定向控制手柄，编辑其方向与大键槽底面垂直，拾取大键槽底面，如图8-26所示。

图8-24　拾取中心手柄　　　　　　　　　图8-25　拾取端面边线

18 传动轴实体造型设计完毕，将其保存，文件命名为"传动轴"实体造型如图8-1所示。

图8-26　定位键槽

8.1.3 输出工程图

01 选择"文件"|"新文件"命令，在弹出的"新建"对话框中选择"工程图"，单击"确定"。弹出"新建"对话框，如图 8-27 所示，选择"GB-A3"单击"确定"，出现二维工程图的工作环境，如图 8-28 所示。

图 8-27 "新建图样"对话框

图 8-28 二维工程图设计环境

02 选择"工具"|"视图管理"|"标准视图"命令，弹出"标准视图输出"对话框，如图 8-29 所示。用窗口下方的箭头定位按钮，对零件进行重新定位而获得需要的当前主视图方向。也可以使用"从设计环境"按钮，根据零件在三维设计环境的方位来确定主视图方向。

03 在比例下拉列表框中选择"自定义"，选择比例 1:1，在"其他视图"选择框中，选择"主视图"，即可在工程图设计环境中获得指定方向投影生成的视图，如图 8-30 所示。

04 单击主视图，单击"二维编辑"工具条中的"移动曲线"按钮，拖动鼠标，将主视图向左边移动，便于剖视图的绘制。

图 8-29 "生成标准视图"对话框   图 8-30 生成主视图

05 选择"工具"｜"视图管理"｜"剖面图"命令，按照系统提示在设计环境中主视图区域中绘制剖切轨迹，选择剖切方向，并指定剖面名称标注点，拖动鼠标将剖视图定位于合适的位置。

06 重复上述步骤，绘制小键槽的剖视图，如图 8-31 所示。

图 8-31 剖视图

07 单击"尺寸标注"按钮，单击鼠标拾取传动轴的两端线，如图 8-32 所示，标注总长度尺寸。

08 标注轴端的直径，移动光标确定尺寸线位置后，同时鼠标右击即弹出如图 8-33 所示的"尺寸标注属性设置"对话框，在此对话框中可以对标注的尺寸进行编辑。选择"偏差"选项，输入直径偏差数值：上偏差 0.021、下偏差 0.002，单击"确定"，结果如图 8-34 所示。

图 8-32　拾取直线

[09] 重复尺寸标注的操作，将其余尺寸进行标注，结果如图 8-35 所示。

[10] 单击"文字"按钮，在适当位置拾取两点，在标题栏中标注文字。

[11] 检查工程图样，确认没有错误，将其保存。至此，完成传动轴零件从实体造型输出二维工程图样的操作。

图 8-33　"尺寸标注属性设置"对话框

图 8-34　标注公差

图 8-35　传动轴工程图样

8.2 齿轮轴设计

8.2.1 设计思路

在这一节中，将以齿轮轴为例继续练习轴类零件的设计。除了熟悉上一节中介绍的轴类零件的设计方法，还将进一步练习调用设计元素库中的"工具"图素及对图素所加载属性进行编辑修改。

在设计齿轮轴的过程中，重点在于设计其齿轮的结构。CAXA 实体设计系统所提供的设计元素库中的"工具"图素将提供齿轮的参数化设计。所以，在设计过程中可以先利用"工具"图素中"齿轮"图素进行齿轮设计，然后再采用上一节中介绍的方法设计齿轮轴的其他结构，如图 8-36 所示。

图 8-36 齿轮轴

8.2.2 设计步骤

01 启动 CAXA 实体设计系统，进入三维设计环境。

02 调用设计元素库中"工具"图素的"齿轮"图素，将其拖放入设计环境中，这时系统将弹出"齿轮"对话框，如图 8-37 所示。由于所需要设计的齿轮模数为 2，齿数为 29，在对话框中输入相应齿数 29，选择"直齿"，压力角度数为 20，厚度为 88 孔半径为 0，分度圆半径为 29，单击"确定"按钮。直齿齿轮显示于设计环境中，如图 8-38 所示。

图 8-37 "齿轮"参数化设计对话框

图 8-38 直齿齿轮

203

注意

可以在图 8-37 所示的对话框中，分别单击选择"斜齿轮"、"圆锥齿轮"、"蜗杆"、"齿条"选项，熟悉这几种常见零件结构的设计方法。

03 设计齿轮两端的 3×45° 倒角。单击"特征"工具条中"旋转"按钮，选择齿轮左端中心点位 2D 轮廓定位点，如图 8-39 所示。在弹出的"旋转特征向导"中选择"除料"｜"实体"，然后单击"下一步"，选择"沿着选择的表面"，旋转角度为 360。单击"完成"按钮，出现绘图栅格，如图 8-40 所示。

图 8-39　选择 2D 轮廓定位点

图 8-40　绘图栅格

04 经过计算可知齿轮的齿顶圆半径为 31。单击"二维辅助线"工具条中"垂直构造直线"按钮，在绘图栅格中绘制一条竖直辅助线，右击其定位点如图 8-41 所示，在弹出的快捷菜单中选择"编辑位置"，输入 X 轴位置 28，如图 8-42 所示，单击"确定"按钮。

05 单击"两点线"按钮，拾取垂直构造线与齿轮上端面投影的交点，绘制一条倾斜直线，单击鼠标右键弹出"直线长度/斜度编辑"对话框，设置如图 8-43 所示。

图 8-41　绘制垂直构造直线

图 8-42　编辑垂直构造直线位置

06 单击"两点线"按钮，绘制图 8-44 所示的三角形，面积要大于齿轮边角的投影面积。至此，旋转特征 2D 轮廓绘制完毕。

07 单击"完成造型"按钮，齿轮一端的倒角设计结束，如图 8-45 所示。

08 单击"显示设计树"按钮，展开设计环境左侧的设计树。单击"直齿轮"

节点，展开其子目录，单击两次子目录"造型 1"名称，重命名为"倒角 1"，单击其图标使其处于智能图素编辑状态。单击"三维球"按钮，激活其三维球，如图 8-46 所示。

图 8-43　编辑倾斜直线　　　　　　　　　图 8-44　绘制旋转特征 2D 三角形轮廓

图 8-45　齿轮一端倒角　　　　　　　　　　图 8-46　激活三维球

09 按下"空格"键，使三维球与图素脱离，三维球处于白色。单击其外控制操作手柄，颜色处于黄色，在外控制操作手柄的右侧手柄端点处右击鼠标，选择"编辑距离"，如图 8-47 所示。输入移动三维球的距离值为 44，将三维球向右侧移动到直齿轮的中点处，按下"空格"键，恢复三维球与图素的锁定状态，如图 8-48 所示。

图 8-47　使三维球脱离图素　　　　　　　图 8-48　仅移动三维球

10 右击三维球的轴向定向操作手柄，弹出快捷菜单，如图 8-49 所示。选择"镜向"｜"拷贝"，将"倒角 1"图素进行镜像操作。单击"三维球"按钮，关闭图素的三维球，鼠标单击设计环境空白处，退出智能图素编辑状态，最后设计的结果如图 8-50 所示。

11 参考上一节中传动轴的设计方法，根据图 8-51 所示的尺寸，设计齿轮轴的台阶轴部分结构。图 8-50 中未标注圆角尺寸均为 r2。结果如图 8-52 所示。

12 调用元素设计库的"图素"选项中的"孔类键"图素，将其拖放入齿轮轴上，编辑"孔类键"图素的包围盒尺寸，使键槽长度为 50，宽度为 8，深度为 4。使用"三维球"功能调节其在齿轮轴上的方位，使其与齿轮轴平行，如图 8-53 所示。

图 8-49　进行三维球镜像　　　　　　　图 8-50　镜像结果

图 8-51　齿轮轴工程图

图 8-52　齿轮轴轮廓　　　　　　　　　图 8-53　调用"孔类键"图素

13 单击"孔类键"图素两次，使其处于智能图素编辑状态下。使用"视向"工具条中的工具放大视图区域。单击"智能标注"工具条中"线性标注"按钮，根据系统提示，按下 Shift 键，单击键槽中心。向左拖动鼠标，捕捉台阶面的边线，标注键槽与台阶面的距离，如图 8-54 所示。

14 右击标注的键槽位置尺寸，在弹出的快捷菜单中选择"编辑智能标注"，在对话框中输入数值 30，单击"确定"按钮，如图 8-55 所示。

图 8-54　标注键槽轴向位置　　　　　　图 8-55　编辑智能标注

15 单击"线性标注"按钮，再次打击设计环境空白区域，退出此命令。检查齿轮轴造型正确，进行保存，文件命名为"齿轮轴"。设计结果如图 8-36 所示。

8.3 直齿圆柱大齿轮设计

8.3.1 设计思路

本节将要讲述直齿圆柱大齿轮的设计过程。拟采用在 CAXA 电子图板中绘制齿轮二维轮廓图形，通过 CAXA 实体设计系统的数据交换接口，输入二维轮廓，然后再进行拉伸。调用设计元素库中的"孔类圆柱体"和"孔类键"图素来绘制中心孔、减重孔和键槽。采用三维球进行圆形阵列的设计方法，在齿轮基体上阵列减重孔，如图 8-56 所示。

图 8-56 圆柱齿轮

8.3.2 设计步骤

01 启动 CAXA 实体设计系统，进入三维设计环境。

02 启动 CAXA 电子图板系统，进入电子图板绘图环境。选择"绘图"｜"齿轮"命令或者单击"绘图工具Ⅱ"工具条中的"齿轮"按钮，弹出"渐开线齿轮齿形参数"对话框，如图 8-57 所示。输入齿数为 116，模数为 2，压力角为 20，齿顶高系数选择 1，齿顶隙系数选择 0.25。单击"下一步"，在对话框中输入有效齿数为 116，如图 8-58 所示，单击"完成"按钮。单击鼠标将齿轮二维轮廓图定位绘图环境中，如图 8-59 所示。

03 单击"保存"按钮，在保存类型中选择"AutoCAD 2007 DXF（*.DXF）"，文件名称为"直齿圆柱大齿轮"，将其保存到某一个文件夹中。

04 切换到 CAXA 实体设计系统的设计环境中，单击"拉伸"按钮，在"拉伸特征向导"中，依次选择"独立实体"｜"实体"，拉伸距离为 82，单击"完成"。进入二维截面绘制环境。

05 选择"文件"｜"输入"命令，弹出"输入文件"对话框，如图 8-60 所示。在文件夹中选择齿轮截面图形文件。单击"打开"按钮，弹出"二维草图输入选项"对话框，单击"确定"按钮。系统输入齿轮截面图形数据。

06 单击"显示全部"按钮，改变视图区域大小。单击"编辑截面"对话框中的

"完成造型"按钮，生成齿轮实体造型，如图 8-61 所示。

图 8-57 "渐开线齿轮齿形参数"对话框   图 8-58 "渐开线齿轮齿形预显"对话框

图 8-59 齿轮二维轮廓图   图 8-60 输入齿轮截面图形

07 从设计元素库的"图素"选项中调用"孔类圆柱体"图素，将其拖放到齿轮中心，编辑其包围盒尺寸：长度 58，宽度 58，高度 82，结果如图 8-62 所示。

图 8-61 直齿圆柱齿轮基体   图 8-62 齿轮中心孔

08 从设计元素库中调用"孔类键"图素，将其拖放到中心孔的边沿，利用三维球调整键槽在中心孔上的位置，使键槽与轴向平行，如图 8-63 所示。

09 单击"线性标注"按钮 ，在标注键槽与中心孔之间的距离为 33.5，如图 8-64 所示。

10 鼠标拖动包围盒的操作手柄，使键槽贯穿齿轮的厚度。右击操作手柄，编辑包围盒的宽度为 16，如图 8-65 所示。

11 单击"拉伸"按钮 ，鼠标单击齿轮端面，确定 2D 轮廓定位点。在"拉伸特征向导"对话框中选择"除料"｜"实体"，单击"完成"，在设计环境中显示二维绘图栅格。单击"三维球"按钮 ，激活绘图栅格的三维球，右击三维球的中心手柄，选择"到中心点"，然后拾取中心孔边线，将绘图栅格中心与齿轮端面中心重合，如图 8-66 所示。单击"三维球"按钮，关闭三维球功能。

图 8-63　调用"孔类键"图素

图 8-64　确定键槽与中心孔距离

图 8-65　编辑键槽

图 8-66　调整绘图栅格位置

12 单击"二维绘图"工具条中的"圆：圆心+半径"按钮 ，在绘图栅格中绘制两个同心圆，半径分别为 50、100。单击"编辑截面"对话框中的"完成造型"按钮，环形槽拉伸—除料生成，如图 8-67 所示。因为拉伸距离没有进行人为设置，系统默认拉伸距离为 50，所以，拉伸特征需要进行编辑修改。

右击拉伸生成的图素，在弹出的快捷菜单中选择"编辑前端条件"｜"拉伸距离"，在"编辑距离"对话框，如图 8-68 所示中输入拉伸距离值为 33，单击"确定"。如图 8-69 所示。

13 单击"面/边编辑"工具条中的"面拔模"按钮 ，弹出"拔模特征"属性管理器，如图 8-70 所示，拾取环形槽的外表面拔模面，拾取环形槽的底面为中性面，如图 8-71 所示。输入拔模角度为 10，单击 ✓ 按钮，生成拔模斜度如图 8-72 所示。

图 8-67　拉伸—除料　　　　　　　图 8-68　"编辑距离"对话框

图 8-69　齿轮端面　　　　　　　图 8-70　"拔模斜面"属性管理器

图 8-71　选择拔模斜度基准面　　　　图 8-72　外表面生成拔模斜度

⑭ 重复上述的操作，对环形槽的内表面进行拔模斜度设计，拔模角度值为 10，结果如图 8-73 所示。

⑮ 调用设计元素库中的"孔类圆柱体"图素。将其拖放入环形槽内，利用"智

能标注"工具条中的"线性标注"按钮 ，标注"孔类圆柱体"到齿轮中心的距离，并且编辑距为 75。调整"孔类圆柱体"图素包围盒尺寸为：长度 30，宽度 30，高度 60，使其贯穿齿轮，结果如图 8-74 所示。

图 8-73　内表面生成拔模斜度

图 8-74　调用"孔类圆柱体"图素

16 单击"三维球"按钮，激活"孔类圆柱体"图素的三维球功能。按下"空格"键，使三维球与图素暂时脱离，仅将三维球移动到齿轮中心位置，按下"空格"键，使三维球与图素锁定，如图 8-75 所示。

17 单击三维球的"外控制操作手柄"，如图 8-76 所示。在三维球内按下鼠标右键拖动，使图素旋转，如图 8-77 所示。弹起右键在快捷菜单中选择"生成圆形阵列"。对话框中输入数量 6，角度值 300，单击"确定"按钮。弹出"警告"对话框。

图 8-75　调整三维球位置

图 8-76　拾取外控制手柄

阅读"警告"对话框中的内容后，单击"确定"。删除智能标注的尺寸，然后重复上述圆形阵列操作，减重孔设计完毕，如图 8-78 所示。

18 鼠拾取拉伸特征，单击"工具"选项卡"定位"面板中的"三维球"按钮，使其处于三维球编辑状态，按下"空格"键，使三维球与图素分离，将三维球沿齿轮轴线移动距离 41，即将三维球移动到齿轮实体的中心位置，如图 8-79 所示。

19 按下"空格"键，使三维球与图素锁定，使用三维球的镜像功能，将"拉伸"图素进行镜像操作。

20 同步骤 **13**，镜像后的环形槽进行拔模操作，如图 8-80 所示。

21 单击"圆角过渡"按钮，对齿轮环形槽的边线倒圆角，圆角半径为 2，如图

8-81 所示，结果如图 8-56 所示。

图 8-77　旋转图素

图 8-78　减重孔

图 8-79　移动三维球

图 8-80　利用三维球镜像"拉伸"图素

图 8-81　边过渡

8.4　轴承端盖设计

8.4.1　设计思路

　　轴承端盖为典型的盘套类零件，其结构简单，绘制过程中可以调用"圆柱体"和"孔类圆柱体"图素进行组合。然后，再使用"边过渡"和"边倒角"命令对其结构进行细化，如图 8-82 所示。

图 8-82　轴承端盖

8.4.2 设计步骤

01 启动 CAXA 实体设计系统，进入三维设计环境。

02 调用设计元素库中的"圆柱体"图素，对其包围盒进行编辑修改，圆柱体尺寸为：长度 92、宽度 92、高度 10，如图 8-83 所示，单击"确定"，作为轴承端盖帽。

03 调用两"圆柱体"图素，将其拖放在端盖帽上，圆柱体尺寸为：长度 68、宽度 68、高度 15，如图 8-84 所示。

04 调用"孔类圆柱体"图素，将其拖放在轴承端盖实体轮廓上面，编辑其尺寸为：长度 50、宽度 50、高度 10，结果如图 8-85 所示。

05 调用"孔类圆柱体"图素，使其贯穿端盖，其直径为 38，如图 8-86 所示。

图 8-83　调用圆柱体图素

图 8-84　轴承端盖实体轮廓

图 8-85　调用"孔类圆柱体"图素

图 8-86　设计中间孔

06 选择"生成"｜"智能图素"｜"旋转"命令或者单击"特征生成"工具条中的 按钮，在系统提示下，在实体上任意拾取一点，弹出"旋转特征向导"对话框，如图 8-87 所示。在对话框中依次选择"除料"｜"沿着选择的表面"选项，单击"完成"按钮，出现，如图 8-88 所示。

07 由于绘图栅格的位置不适合用于旋转除料操作，需要将栅格位置进行调整。单击"三维球"按钮 ，激活绘图栅格的三维球，可以使用三维球工具来调整绘图栅格的位置，如图 8-89 所示。右击三维球的中心控制手柄，选择"到中心点"，如图 8-90 所示。光标拾取任意一个外圆，三维球将移动到端盖中心位置，关闭三维球，结果如图 8-91

所示。

图 8-87 "旋转特征"对话框

图 8-88 二维绘图栅格

图 8-89 激活三维球

图 8-90 右键快捷菜单

08 单击"指定面"按钮 □，然后拾取绘图栅格平面，使栅格平面作为正试图，如图 8-92 所示。

图 8-91 调整栅格位置

图 8-92 正视栅格平面

09 选择"生成"｜"矩形"命令或者单击"矩形"按钮 □，在二维栅格平面上绘制矩形，矩形尺寸与位置如图 8-93 所示。4 个端点坐标分别为：（21，-16.5）、（10，-16.5）、（21，-21.5）、（10，-21.5），单击"完成造型"按钮，结果如图 8-94 所示。

10 采用上述操作方法，绘制端盖的退刀槽，退刀槽尺寸为 2×2，结果如图 8-95 所示。

11 使用"边过渡"按钮，对端盖内部进行圆角过渡，圆角半径为"5"；使用"边倒角"按钮，对端盖帽进行 2×45° 倒角，结果如图 8-82 所示。

图 8-93　绘制截面矩形

图 8-94　旋转除料结果

图 8-95　绘制退刀槽

12 轴承端盖设计完毕，将其进行保存，文件名为"端盖 1"。

8.5　减速器设计

8.5.1　设计思路

减速器箱体的绘制过程可以说是三维图形制作中比较经典的实例，是系统使用 CAXA 实体设计 2009 三维绘图功能的综合实例。

其制作思路：首先绘制减速器箱体的主体部分，从底向上依次绘制减速器箱体底板、中间腔体和顶板，绘制箱体的轴承通孔、螺栓筋板和侧面肋板；然后绘制箱体底板和顶板上的螺纹、销等孔系；最后绘制箱体上的耳片实体和油标尺插孔实体，如图 8-96 所示。

图 8-96　减速器箱体

8.5.2 设计步骤

01 启动 CAXA 实体设计系统，进入三维设计环境。

02 从设计元素库中的"图素"中选择"厚板"图素，将其拖放入设计环境中。然后，通过编辑其包围盒，修改厚板的尺寸为：长度 370、宽度 19、厚度 20，将其作为减速器箱体的底板，如图 8-97 所示。

03 调用"长方体"图素，将其放置于底板的上表面中心位置，如图 8-98 所示。

图 8-97 调用厚板图素绘制箱体底板

图 8-98 调用长方体图素

04 在长方体图素处于智能图素编辑状态下，右击鼠标，在弹出的菜单中选择"智能图素属性"选项，弹出"拉伸特征"对话框。在此对话框中选择"包围盒"选项，设置包围盒的尺寸为：长度 370、宽度 122、高度 158，如图 8-99 所示。修改尺寸后，结果如图 8-100 所示。

图 8-99 "拉伸特征"对话框

图 8-100 绘制减速器箱体腔体

注意

此操作中，要在调整尺寸方式选项中均选择"关于定位锚"选项。否则，修改尺寸将向一边延伸。

05 重复上述操作，再次调用"厚板"图素，将其放置于长方体上表面上，编辑其尺寸为：长度 425、宽度 186、高度 12，作为减速器箱体的顶板，结果如图 8-101 所示。

06 调用"圆柱体"图素，将放置在减速器箱体的上表面，通过编辑其包围盒，修改其直径尺寸为 92，如图 8-102 所示。

图 8-101　绘制减速器箱体顶板

图 8-102　调用圆柱体图素

07 在圆柱体处于智能图素编辑状态下，选择"工具"｜"三维球"命令或者单击"标准"工具条中的"三维球"按钮，激活三维球，通过三维球操作，改变圆柱体的轴线方向，使其与减速器长度方向垂直，如图 8-103 所示。然后关闭三维球。

图 8-103　旋转圆柱体图素

08 选择"生成"｜"智能标注"｜"线性标注"命令或者单击"智能标注"工具条中的按钮，标注圆柱体端面圆心到减速器顶板左侧的尺寸，如图 8-104 所示。

右击标注的尺寸，选择"编辑智能尺寸"命令，对智能标注进行编辑，设置圆柱体距顶板左侧距离为 110。如图 8-105 所示。

09 重复上述操作，标注圆柱体端面与减速器顶板侧面距离，编辑其智能标注，修改值为-5，将圆柱体端面移动到图 8-106 所示位置。

图 8-104　进行线性标注

图 8-105　编辑智能标注

10 编辑圆柱体图素包围盒，修改其高度为 196，结果如图 8-107 所示。至此，一个轴的轴承支座实体绘制完毕。

11 采用上述的操作方法，调用圆柱体图素设计第二个轴承支座实体，其直径为114，高度为196，与第一个圆柱体距离为145，结果如图 8-108 所示。

图 8-106　通过智能标注定位圆柱体图素

图 8-107　绘制第一个轴承支座实体　　　　图 8-108　绘制第二个轴承支座实体

12 选择"生成"｜"智能图素"｜"拉伸"命令或者单击"特征"工具条中的 按钮，在系统提示下，鼠标单击拾取顶板上表面，弹出"拉伸特征向导-第 1 步"对话框，在对话框中选择"除料"选项，如图 8-109 所示。

13 单击"下一步"，弹出第 2 步对话框，选择"在特征两端之间（双向拉伸）"选项和"沿着选择的表面"选项，如图 8-110 所示。

图 8-109　拉伸特征向导第 1 步　　　　　图 8-110　拉伸特征向导第 2 步

14 单击"下一步"，弹出第 3 步对话框，在对话框中向前方向和向后方向选项中均选择"贯穿"，如图 8-111 所示。然后，单击"下一步"｜"完成"按钮，将出现与减速器顶板上表面垂直的栅格，如图 8-112 所示。

图 8-111　拉伸特征向导第 3 步　　　　图 8-112　拉伸特征绘图栅格

15 在二维截面栅格上，绘制一个与顶板上表面相齐的矩形，矩形面积要覆盖两个圆柱体的上半部，如图 8-113 所示。然后，单击"完成造型"按钮，结果如图 8-114 所示，减速器顶板上表面以上部分实体被切除。

图 8-113　绘制二维截面图形　　　　图 8-114　切除多余部分实体

16 调用"长方体"图素，将其放置在底板上表面上，使用"线性标注"命令，拾取长方体长边中点，标注此中点与箱体左侧面距离为 82.5，且使其"锁定"，如图 8-115 所示。

图 8-115　定位筋板位置

17 编辑筋板长方体包围盒，使筋板厚度为 12，宽度与顶板侧边对齐，如图 8-116 所示。

18 重复上述操作，绘制第二块筋板，筋板厚度为 12 两块筋板距离为 133，结果如图 8-117 所示。

图 8-116　绘制第一块筋板

19 激活第一块筋板的三维球，按下空格键，使三维球与图素脱离，编辑三维球位置，使其处于底面左侧边线的中点处，如图 8-118 所示。

图 8-117　绘制第二块筋板　　　　　　图 8-118　编辑三维球位置

20 拾取三维球定位手柄，如图 8-119 所示。右击鼠标，选择镜像选项中的"拷贝"命令。将把筋板镜像复制到减速器箱体的另一侧，如图 8-120 所示。

图 8-119　拾取三维球定位手柄　　　　　图 8-120　镜像筋板

21 重复上述操作，镜像另一块筋板到箱体另一侧。

22 绘制螺栓孔肋板，调用长方体图素，将其放置于减速器腔体侧面，然后编辑其尺寸为：长度 308.5、高度 32、宽度 28，位置如图 8-121 所示。

图 8-121　绘制螺栓孔肋板

23 将肋板进行三维球镜像操作，将其镜像复制在箱体的另一个侧面。

24 调用孔类长方体图素，将其放置于减速器箱体上表面，编辑其尺寸为：长度 355、宽度 106、高度为 157。进行线性标注，使其内侧与箱体外表面距离均为 8，结果如图 8-122 所示。

25 调用孔类圆柱体，设计两个轴承孔，轴承孔直径分别为 68 和 90，如图 8-123 所示。

图 8-122　绘制减速器箱体内腔　　　　图 8-123　设计减速器箱体轴承孔

26 调用设计元素库工具选项中的自定义孔图素，将其拖放在减速器箱体底板上。弹出"定制孔"对话框，如图 8-124 所示。在对话框中分别键入：孔直径 18、深度 30、沉头深度 2、沉头直径 29，单击"确定"，螺栓沉孔将出现在箱体底板上，通过线性标注的方法，将沉孔定位于底板上，孔心到箱体左侧端面的距离为 40，到箱体前端面的距离为 20，其定位位置如图 8-125 所示。

27 激活沉孔的三维球，拾取两个方向的三维球手柄，单击鼠标右键，弹出快捷菜单，选择"生成矩形阵列"选项。弹出"矩形阵列"对话框，在对话框中相应的方向键入相应的数值，如图 8-126 所示。

单击"确定"系统弹出警告，如图 8-127 所示。将沉孔的线性标注的智能尺寸删除后，重复上述操作，将可以对沉孔进行矩形阵列操作，最后结果如图 8-128 所示。

28 调用孔类圆柱体图素，设计顶板上的螺栓通孔及圆柱销孔，孔直径尺寸及其位置尺寸如图 8-129 所示。设计结果如图 8-130 所示。

图 8-124　"定制孔"对话框

图 8-125　定位沉孔

图 8-126　"矩形阵列"对话框

图 8-127　警告提示

图 8-128　矩形阵列沉孔

图 8-129　顶板通孔尺寸

29 调用圆柱体图素放置在减速器箱体侧面，圆柱体直径为 30，圆柱体轴线与水平面成 45°，距底面距离为 89，如图 8-131 所示。

30 绘制油标尺插孔，孔直径为 14、深度为 45、沉孔深度为 2、沉孔直径为 22，如图 8-132 所示。

图 8-130　设计螺栓通孔及销轴孔

图 8-131　绘制圆柱体

图 8-132　绘制油标尺插孔

注意

　　这时，观察减速器箱体内腔，发现油标尺插孔圆柱体延伸到腔体内，如图 8-133 所示。应该将其多余部分切除。可以单击显示设计树 按钮，将设计树中最后的圆柱体向设计树上平移，平移至第一个孔类长方体图素上方，这时可以发现减速器内腔多余部分消失，如图 8-134 所示。

图 8-133　减速器箱体内腔

图 8-134　内腔多余实体消失

31 在减速器箱体左侧设计一个放油孔，放油孔直径为 12，沉孔直径为 20，沉孔深度为 2，中心线高度为 35。如图 8-135 所示。

32 调用长方体图素,将其放置于减速器箱体顶板下面,并且使其居中作为耳片实体,其尺寸如图 8-136 所示。然后,对耳片实体进行圆孔切除,如图 8-137 所示。最后进行长方体切除,如图 8-138 所示。

图 8-135 设计放油孔

图 8-136 调入耳片长方体

图 8-137 对耳片实体进行孔切除

图 8-138 细化耳片设计

33 在减速器箱体另一侧设计耳片。

34 选择"修改"|"圆角过渡"命令或者单击"特征"工具条中的 按钮,对箱体底板、中间腔体和顶板的各自 4 个直角外沿倒圆角,圆角半径为 10。

35 重复"圆角过渡"命令,对箱体腔体 4 个直角内沿倒圆角,圆角半径为 5。

36 重复"圆角过渡"命令,对箱体前后筋板的各自直角边沿倒圆角,圆角半径为 3。

37 重复"圆角过渡"命令,对箱体左右两个耳片直角边沿倒圆角,圆角半径为 5。

38 重复"圆角过渡"命令,对箱体顶板下方的螺栓肋板的直角边沿倒圆角,圆角半径为 3。设计结果如图 8-139 所示。

图 8-139 箱体倒角

图 8-140 绘制底板凹槽

(39) 调用孔类厚板图素，绘制减速器箱体底板凹槽，凹槽深度为 5，宽度为 100。然后对凹槽进行倒角，倒角半径为 5，结果如图 8-140 所示。

(40) 减速器箱体实体造型设计完毕，将其保存，文件命名为"减速器"。

📖 8.5.3　剖视内部结构

类似于减速器箱体等较为复杂的零部件，在设计过程中经常需要将整个零件进行剖视，以便清楚地看到内部结构。在设计过程中，可以使用"修改"｜"截面"命令或者单击"特征生成"工具条中的 🗐 按钮来进行对零件剖视操作。

其操作步骤如下：

(01) 在减速器箱体处于零件编辑状态下，单击"特征生成"工具条中的 🗐 按钮，零件的轮廓将显示为灰白色，弹出"分裂零件"对话框，如图 8-141 所示。

分裂零件

在所选择的零件上拾取一点定位分裂操作用三维球修改分裂操作的位置和零件大小。

[完成造型] [取消] [帮助]

图 8-141　选择工具条中的"剖面工具"选项　　　　图 8-141　调整盒子大小

(02) 在减速器箱体上选择合适的点作为定位点,调整盒子的大小和位置,如图 8-142 所示。单击"完成造型"按钮，结果如图 8-143 所示。

(03) 完成造型后，设计树中增加了"截面工具"选项，选中其下面的"造型 1"，右击鼠标将其压缩，可以使盒子隐藏，从而清楚地显示减速器箱体内部结构，如图 8-144 所示。

图 8-143　减速器箱体剖视　　　　　　　　　　图 8-144　剖视结果

8.6 油标尺设计

8.6.1 设计思路

油标尺零件由一系列同轴的圆柱体组成，从下到上分为标尺、连接螺纹和油标尺帽等几个部分，如图 8-145 所示。因此绘制过程中，可以分别调用"圆柱体"、"球体"等图素来组合形成油标尺轮廓实体，最后细化油标尺，最终完成实体造型设计。

图 8-145 油标尺

8.6.2 设计步骤

01 调用"圆柱体"图素，来组合油标尺的轮廓实体，其尺寸如图 8-146 所示。

02 调用"球体"图素，将其放置于油标尺帽上，使其显示半球，修改其直径尺寸为 5，如图 8-147 所示。

图 8-146 绘制油标尺轮廓实体

图 8-147 调用球体图素

03 选择"生成"｜"智能图素"｜"旋转"命令或者单击"特征生成"工具条中 ![按钮] 按钮。鼠标拾取球体中心，在弹出的对话框中选择"除料"｜"沿着选择的表面"选项，单击"确定"，出现二维绘图栅格。在二维栅格上绘制一个圆，其直径为 6，编辑圆心位置如图 8-148 所示。单击"完成造型"按钮，结果如图 8-149 所示。

04 使用"圆角过渡"和"边倒角"命令，对油标尺帽进行圆角过渡，圆角半径为 1；对螺纹部分进行倒角，倒角尺寸为 2×45°，结果如图 8-150 所示。

05 油标尺实体造型设计完毕，将其保存，文件命名为"油标尺"。

图 8-148　绘制圆　　　　　　　　　　图 8-149　旋转结果

图 8-150　油标尺

8.7 减速器装配设计

📖 8.7.1　设计思路

　　减速器包括若干个机械零件，在进行装配时，首先将各个零部件调入到设计环境中，然后利用 CAXA 实体设计软件系统的装配工具和装配方法，依次进行装配，将其组成一个完整的装配体。CAXA 实体设计系统具有强大的装配功能，可以快捷、迅速、精确地利用零件上的特征点、线和面进行装配定位。其中，三维球定位装配、无约束定位装配和约束定位装配是实体设计系统提供的零件定位有效装配方法。不同装配方法有各自的应用范围，在设计过程中可以根据不同的情况选定不同的装配约束方式。在本章的装配设计过程中，将对上述三种装配方法进行学习和练习，如图 8-151 所示。

图 8-151　减速器

8.7.2 设计步骤

01 启动 CAXA 实体设计系统，进入三维设计环境。

02 选择"装配"｜"插入零件/装配"命令或者单击"装配"工具条中的 按钮。弹出"插入零件"对话框，如图 8-152 所示。

图 8-152 "插入零件"对话框

在对话框选择随书光盘目录：\源文件\减速器\...，依次选择此目录中的零部件，然后单击"打开"按钮，将所需零件插入到设计环境中，如图 8-153 所示，然后进行装配。

图 8-153 组成减速器的零件

 注意

在图 8-152 所示对话框中，有一个"作为链接插入"选项，该选项功能如下所述：

选择该选项，则插入的零件保持不变。装配时仅仅是调用该零件，而不是将其存入此装配件中，从而减少装配件所占存储空间，同时保持装配件与零件的联系。但是如果在以后的修改过程中改变了零件的文件存储位置，那么在打开该装配体时，将会出现系统找不到零件的情况，此时需要设计者自己寻找零件的确切位置，并且在打开所需零件文件之后才能正确地执行后续操作，同时系统会修改关联路径，否则将会丢失该零件在此装配体中的信息。

如果不选择此选项，则装配时会将插入零件的信息完整的读入该装配体中。如果零件很多，会使装配容量非常庞大，从而增加系统负担，影响运行速度。但是移植文件时可以不必考虑路径的匹配。

03 单击"显示设计树" 按钮，打开设计树，在设计树中显示出所有零件。单击设计树中零件"减速器"，然后再单击工具条上的"装配"按钮，设计树中出现一个" 装配64 "的装配件。双击更改此装配件的名称为"减速器装配"，如图 8-154 所示。在设计树中，单击其他零件将其拖入"减速器装配"件中，如图 8-155 所示。

图 8-154 添加装配件   图 8-155 添加零件

04 调用设计元素库中"工具"选项中的"轴承"图素，将其拖放入设计环境中，弹出"轴承"对话框如图 8-156 所示。在对话框中选择"球轴承"，键入轴径 40，外径 68，高度 15，单击"确定"按钮，调入轴承如图 8-157 所示。重复上述操作，再调入一个相同的轴承，作为齿轮轴上的轴承使用。调入传动轴上的两个轴承，其轴径为 55，外径为 90，高度为 18。在设计树中，将各个轴承拖入"减速器装配"件中。

图 8-156 "轴承"对话框

图 8-157 调入轴承

05 在这一操作步骤中，将利用三维球定向与定位功能，来装配齿轮轴上的轴承和定距环。

❶在设计环境中，拾取齿轮轴上的轴承，然后激活其三维球，在三维球中，选择其中间的定位手柄，这时，该控制手柄呈黄色高亮显示。右击鼠标，在弹出的快捷菜单中选择"与轴平行"，如图 8-158 所示。单击齿轮轴上的圆柱面，将使轴承与齿轮轴平行，如图如图 8-159 所示。

图 8-158　轴承与齿轮轴平行定向选择

图 8-159　轴承与齿轮轴平行

❷在轴承三维球被激活状态下，单击三维球中心点，然后右击鼠标，在弹出的快捷菜单中选择"到中心点"，如图 8-160 所示。然后单击齿轮轴的轴肩外圆处，轴承将被定位到齿轮轴上，如图 8-161 所示。

图 8-160　轴承定位选择

图 8-161　轴承定位到齿轮轴上

重复上述操作，将另一个轴承和定位环在齿轮轴上进行定位，结果如图 8-162 所示。

注意

在定向和定位过程中，如果三维球在零件上的位置不合适，可以使用三维球与零件的分离和移动功能来调整三维球在零件上的位置。

三维球的定向和定位功能仅仅是在装配的过程中精确地确定零件的之间的相对位置，并没有在零件之间添加任何约束条件。所以，仅用三维球操作定向和定位以后，该零件在装配体中还是可以移动或旋转的。

　　无约束装配和约束装配在零件的装配过程中也是非常重要的。约束装配可以添加固定的约束关系，并且在添加以后，将使被约束的零件不能任意移动。无约束装配则和三维球装配一样，仅仅是移动了零件之间的空间相对位置，没有添加固定的约束关系。在后面的装配操作中，将重点介绍约束装配操作方法。

图 8-162　轴承和定位环定位到齿轮轴上

06 通过拖动各个零件的三维球，将各个零件拖动到合适的位置，便于下面的装配操作。单击 55BC-轴承，使其处于零件/装配编辑状态，单击"标准"工具条中的"定位约束"按钮 ，弹出"约束"管理器，选择"同心"约束类型，如图 8-163 所示。

07 选择轴承，如图 8-164 所示。选择轴，如图 8-165 所示。单击"确定"按钮 。轴承将与传动轴同轴，如图 8-166 所示。

图 8-163　"约束"管理器

图 8-164　拾取轴承

图 8-165　拾取轴

图 8-166　同心约束

08 在轴承处于零件/装配编辑下，单击"标准"工具条中的"定位约束"按钮 ，弹出"约束"管理器，选择"贴合"约束类型，单击轴承端面。然后，旋转传动轴，拾取传动轴的轴肩端面，单击"确定"按钮 ，将轴承端面与轴肩端面贴合，如图 8-167

所示。

09 拾取平键零件，使其处于零件编辑状态下，单击"无约束装配"按钮 ⌘，拾取平键的一个平面，如图 8-168 所示。移动光标到传动轴键槽底面上，出现定位符号，按空格键或 Tab 键，可以切换不同的定位符号，选择如图 8-169 所示约束符号，单击鼠标，平键将与键槽贴合，如图 8-170 所示。

图 8-167　添加贴合约束　　　　　　　　图 8-168　添加贴合约束

图 8-169　选择贴合表面　　　　　　　　图 8-170　无约束贴合装配

 注意

　　这时，平键还是可以移动的，其并没有被完全约束。关于无约束装配可以参考其他章节讲解，这里不再重复。

10 使用约束装配方法，使平键端面与传动轴键槽底面贴合，如图 8-171 所示。继续进行约束装配，使平键侧面与键槽侧面贴合，如图 8-172 所示。最后，使平键圆弧与键槽圆弧同心，结果如图 8-173 所示。

图 8-171　平键与传动轴键槽贴合　　　　图 8-172　平键侧面与传动轴键槽侧面贴合

11 激活直齿圆柱大齿轮的三维球，通过三维球工具控制手柄操作，将直齿圆柱大齿轮移动到传动轴的左侧，从而便于下一步装配，如图 8-174 所示。

图 8-173　平键与传动轴装配　　　　　图 8-174　移动直齿圆柱大齿轮

12 使用定位约束工具装配，选择"同心"类型，拾取直齿圆柱齿轮的内孔面和传动轴的外环面，单击确定。使直齿圆柱大齿轮与传动轴同心。如图 8-175 所示。

13 使用定位约束工具装配命令，选择"贴合"类型，拾取大齿轮键槽侧面，如图 8-176 所示。鼠标拾取传动轴上平键的侧面，使大齿轮与传动轴通过平键定位，如图 8-177 所示。

图 8-175　直齿圆柱大齿轮与传动轴同轴

图 8-176　定位大齿轮键槽　　　　　　　图 8-177　大齿轮轴向定位

14 使用定位约束工具装配命令，选择"贴合"类型，拾取直齿圆柱齿轮的端面和传动轴的轴肩端面，单击确定。将大齿轮进行轴向定位，如图 8-178 所示。

15 使用上述约束装配方法，将传动轴上的定距环和其他轴承进行装配，结果如图 8-179 所示。

16 在前面的操作中，对于齿轮轴上的零件没有使用约束装配，在将齿轮轴向减速器中装配时，其他零件相对齿轮轴的位置将会发生变化。为了便于装配，这里将齿轮轴上的零件也进行约束装配，结果如图 8-180 所示。

图 8-178 大齿轮轴向定位   图 8-179 传动轴零件装配

17 利用齿轮轴圆柱面与减速器箱体轴承孔，使用约束装配"同心"来约束齿轮轴在减速器中的径向位置。同理，定位传动轴在减速器箱体轴承孔中的径向位置，如图 8-181 所示。

图 8-180 齿轮轴零件装配   图 8-181 传动轴与齿轮轴径向定位

图 8-182 建立装配件   图 8-183 装配轴承端盖

18 为了便于装配，在设计树中建立两个装配件，分别是传动轴装配体和齿轮轴装配体，分别包括其装配零件，如图 8-182 所示。使用约束装配中的"同心"和"贴合"操作，将轴承端盖装配到减速器箱体上，通过轴承端盖将传动轴装配体和齿轮轴装配体进行轴向定位，如图 8-183 所示。

19 装配油标尺，减速器装配设计完毕，结果如图 8-151 所示，将装配体保存为文件"减速器装配.ics"。

8.8 装配体干涉检查

单个零件设计是否正确必须经过干涉检查加以确认。干涉检查可以检查装配体、零件内部、多个装配体和零件之间的干涉现象。干涉检查中，只有处于"设计树"同一树结构状态的组件才可以进行比较。

干涉检查既可以在设计环境中进行，也可以在"设计树"中通过选择组件进行。

执行干涉检查的操作步骤如下：

01 选择需要干涉检查的零部件。在设计环境中进行多项选择，则应按住 Shift 键，然后在"主零件"编辑状态下依次单击零件进行选择。若在"设计树"中选择零部件，应在单击左键时按住 Shift 或 Ctrl 键。若要选择全部设计环境中的组件，可从"编辑"菜单中单击"全选"或用快捷键 Ctrl+A。

02 在设计树中，单击"减速器装配"，全部装配零部件被选取，选择"工具"|"干涉检查"命令，如图 8-184 所示，系统将对装配体进行干涉检查。

03 在干涉检查结束后，系统将会弹出一个信息窗口，其中报告未检查到任何干涉。如果有干涉现象，系统将弹出一个"干涉报告"对话框，其中成对显示存在的干涉，如图 8-185 所示。

图 8-184　干涉检查菜单　　　　图 8-185　"干涉报告"对话框

在出现干涉时，在设计环境中被选定的"零件"会变成透明而所有干涉将以红色加亮状态显示，如图 8-186 所示。在对话框中，还可以选择查看某对干涉情况。

在对话框中如果选择"隐藏其他零件"，那么在选择某对干涉进行观察时，其他图素将被隐藏，如图 8-187 所示。

图 8-186 干涉情况显示 1

图 8-187 干涉情况显示 2

8.9 装配体物性计算及统计

8.9.1 物性计算

利用 CAXA 实体设计的"物性计算"功能，可测量零件和装配件的物理特性。例如：测量零件或装配件的表面面积、体积、重心和转动惯量。

其操作步骤如下：

01 在适当的编辑层选择相应的装配件或零件，然后选择"工具"|"物性计算"命令，弹出"物性计算"对话框，如图 8-188 所示。

02 在"要求的精度"文本框中键入一个值，以指定需要的测量精确度。根据零件的复杂程度，在较高精确度下进行测量时，CAXA 实体设计系统可能需要花费较长的时间。如果可能尽量选择较低的精确度，以获得更快的计算。

图 8-188 "物性计算"对话框

03 指明装配件的质量密度（当前单位下，单位体积的质量），或者指示 CAXA 实体设计系统采用单个零件的密度。默认的装配件密度为 1.0。如果不希望为整个装配件设定一个质量密度，可复选在"采用单个零件的密度"选项旁边的复选框。

04 选择"计算"选项，以计算显示在属性表中测量值。装配件或零件的体积、质量和沿各轴的重心等的测量值分别出现在各自的文本框中。CAXA 实体设计系统在"达到的精确"字段中显示的是测量工作取得的估计精确度。

8.9.2　零件统计

与"物性计算"中把装配件或零件当作存在于物理空间的实物进行处理的数据不同，零件的分析数据说明的是其作为一个虚拟对象的表现。例如，这些统计数据说明的是装配件或零件包含多少个面、环、边和顶点。这一命令还可报告零件中可能存在的任何问题。

其操作步骤如下：

01 在合适的编辑层选择相应的装配件或零件，然后选择"工具"｜"统计"命令。弹出信息提示框，如图 8-189 所示。

02 选择"确定"关闭该消息窗口。

图 8-189　零件统计报告

第 3 篇

CAXA 线切割 XP

计算机辅助设计与制造（CAD/CAM）系列

本篇介绍以下主要知识点：

- 线切割 XP 概述
- 轨迹生成
- 代码传输和后置设置
- 线切割加工实例

第 **9** 章

线切割概述

电火花加工技术是现代制造技术的重要手段。电火花加工法能够适应生产发展的需要，并在应用中显示出很多优异性能，因此，得到了迅速发展和日益广泛的应用。CAXA 线切割是一款国产的 CAM 软件，用户使用该软件可以为各种线切割机床提供快速、高品质的数控编程代码。利用该软件提供的传输功能，可将加工代码发送到机床的控制器，并进行自动加工。

学 习 要 点

◎ 电火花线切割的基础知识

◎ CAXA 线切割 XP 的基本概况

9.1 电火花线切割概述基础知识

电火花加工自诞生以来，获得了迅速的发展，已经逐渐成为一种高精度和高自动化的加工方法。其在模具制造、成形刀具加工、难加工材料和精密复杂零件的加工等方面获得了广泛的应用。

9.1.1 电火花加工的概念和特点

电火花加工又称放电加工（Electrical Discharge Machining 简称 EMD）。它是在加工过程中，使工具和工件之间不断产生脉冲性的火花放电,靠放电时产生的局部、瞬时的高温将金属蚀除下来。这种利用火花放电产生的腐蚀现象对金属材料进行加工的方法叫电火花加工。

电火花加工用脉冲电源在液性介质支持下，通过工具电极与工件被加工表面之间火花放电，将接触点金属材料熔化甚至气化蚀除多余金属材料。在粗加工中，电火花加工金属材料蚀除率可达到 $100\sim200mm^3/min$,甚至于更高，但是，这一数值仍然远低于用车刀、铣刀等金属切削加工刀具进行切削加工可达到的金属切除率数值；在精加工中，电火花加工金属材料蚀除率虽然只达到 $10mm^3/min$ 左右。但是，这一数值仍然远高于相应条件下用钳工加工方法可达到的金属切除率数值。因此，电火花加工仅适用于有特殊要求的加工场合，在特定加工条件下显示其优越性。

9.1.2 电火花线切割的原理、应用范围及特点

1. 电火花线切割的原理

电火花加工基于电火花腐蚀原理，是在工具电极与工件电极相互靠近时，极间形成脉冲性火花放电，在电火花通道中产生瞬时高温，使局部金属融化，甚至汽化，从而将金属蚀除下来。

线切割机床已占电火花机床的大半，其工作原理如图 9-1 所示。绕在运丝筒 4 上的电极丝 1 沿运丝筒的回转方向以一定的速度移动，装在机床工作台上的工件 3 由工作台按预定控制轨迹相对与电极丝做成型运动。脉冲电源的一极接工件，另一极接电极丝。在工件与电极丝之间总是保持一定的放电间隙且喷洒工作液，电极之间的火花放电蚀出一定的缝隙，连续不断的脉冲放电就切出了所需形状和尺寸的工件。

电极丝的粗细影响切割缝隙的宽窄，电极丝直径越细，切缝越小。电极丝直径最小的可达 $\Phi0.05mm$，但太小时，电极丝强度太低容易折断。一般采用直径为 $0.1\sim0.3mm$ 的电极丝。

根据电极丝移动速度的大小分为高速走丝线切割和低速走丝线切割。低速走丝线切割的加工质量高，但设备费用、加工成本也高。我国普遍采用高速走丝线切割，近年正在发展低速走丝线切割。高速走丝时，线电极采用高强度钼丝，钼丝以 8~10m/s 的速度

作往复运动,加工过程中钼丝可重复使用。低速走丝时,多采用铜丝,电极丝以小于 0.2m/s 的速度作单方向低速移动,电极丝只能一次性使用。电极丝与工件之间的相对运动一般采用自动控制,现在已全部采用数字程序控制,即电火花数控线切割。

图 9-1　电火花线切割的工作原理

1—电极丝　2—导轮　3—工件　4—运丝筒　5—线架　6—脉冲电源

工作液起绝缘、冷却和冲走屑末的作用。工作液一般为皂化液。

2. 电火花线切割加工的特点和应用

（1）电火花线切割能切割加工传统方法难于加工或无法加工的高硬度、高强度、高脆性、高忍性等导电材料及半导体材料。

（2）由于电极丝极细,可以加工细微异形孔、窄缝和复杂形状零件。

（3）工件被加工表面受热影响小,适合于加工热敏感性材料。同时,由于脉冲能量集中在很小的范围内,加工精度较高,线切割加工精度可达 0.02~0.01mm,表面粗糙度可达 Ra1.6μm。

（4）加工过程中,工具与工件不直接接触,不存在显著的切削力,有利加工低刚度工件。

（5）由于切缝很细,而且只对工件进行轮廓加工,实际金属蚀除量很少,材料利用率高,对于贵重金属加工更具有重要意义。

（6）与电火花成形相比,以线电极代替成形电极,省去了成形工具电极的设计和制造费用,缩短了生产准备时间。

电火花线切割加工的缺点是生产率低,且不能加工盲孔类零件和阶梯表面。

电火花线切割主要用于各种冲模、塑料模、粉末冶金模等二维及三维直纹面组成的模具及零件。也可切割各种样板、磁钢、硅钢片、半导体材料或贵重金属,还可进行微细加工,异形槽和试件上标准缺陷的加工。用于电子仪器、精密机床、轻工、军工等。

9.1.3　电火花数控线切割机床的组成、传动及功能简介

1. 电火花数控线切割机床的组成

（1）主机　主机由工作台、运丝装置、丝架、锥度装置、夹具、操纵盒、工作液箱、床身、防水罩等组成。工作台和锥度装置均可在水平面内移动,工作台的移动轴称为 X 轴、Y 轴,锥度装置的移动轴称为 U 轴、V 轴。切割带锥度工件时,工作台和锥度装置

必须同时移动，从而使电极丝相对于工件有一定的倾斜。把 X、Y、U、V4 轴同时移动称作四轴联动。操纵盒上设有机床的常用开关。

（2）数控装置　数控装置作为机床的编程、控制系统，其内配备有 486 以上的微机，装有线切割专用软件，通过操作线切割加工软件，能够实现绘制线切割加工轨迹图、进行自动编程并对线切割加工的全过程进行自动控制。也可以利用 Auto CAD 或 CAXA 电子图板等常用绘图软件绘制线切割加工轨迹图。

（3）脉冲电源装置为线切割机床提供符合要求的脉冲电源。脉冲电源装置可单独设置，也可与数控装置合并在一个控制柜内。脉冲电源装置上设有各项脉冲参数选择按钮（旋钮）。

图 9-2 所示是 FW-1 型电火花数控线切割机床外形图，其主要技术参数如表 9-1 所示。

图 9-2　线切割机床外观图

1—动丝筒　2—线架　3—锥度装置　4—电极丝　5—工作台　6—工作液箱

7—床身　8—操纵盒　9—控制柜

表 9-1　FW-1 型电火花数控线切割机床技术参数表

主机外形尺寸/mm	1615×1222×1630
工作台尺寸（长×宽）/mm	650×420
X 行程/mm	350
Y 行程/mm	320
Z 行程/mm	150
U 行程/mm	18（±9）
V 行程/mm	18（±9）
工作台最大承重/kg	200
最大切割厚度/mm	200
最大切割锥度	±3'（50mm 厚）
脉冲当量/mm	0.001
最佳表面粗糙度 Ra	2.5μm
电极丝（钼丝）直径/mm	Φ0.12～0.20

2. 数控线切割机床的传动

数控线切割机床采用步进电动机带动滚珠丝杠传动，如图 9-3 所示。工作台的传动路线为：

X 向：控制系统发出进给脉冲—步进电动机 A—齿轮/齿轮—丝杠 1—螺母 1。

Y 向：控制系统发出进给脉冲—步进电动机 B—齿轮/齿轮—丝杠 2—螺母 2。

图 9-3　线切割机床的传动

控制系统每发出一个脉冲，工作台就移动 0.001 mm。通过 X、Y 向两个摇手柄也可以使工作台实现 X、Y 向移动。

运丝装置的传动路线为：

运丝电动机 C—联轴节—运丝筒高速旋转—齿轮/齿轮—丝杠 3—螺母 3 带动拖板——行程开关。运丝装置带动电极丝按一定的速度运行，并将电极丝整齐地围绕在运丝筒上，行程开关控制运丝筒的正反转。

运丝筒旋转带动电极丝往返运动，排丝轮、导轮保持电极丝轨迹，导电块通电。通过手柄转动丝杠，带动上悬臂上下移动。

锥度装置位于线架上悬臂的头部，两个步进电动机分别控制锥度装置作 U、V 两个方向运动，实现锥度切割。

3. 数控线切割机床控制系统功能特点

以 FW-1 型数控线切割机床为例，其数控高速走丝线切割机，采用计算机控制，可X、Y、U、V 4 轴联动，能与其他计算机和控制系统方便地交换数据，放电参数可自动选取与控制，采用国际通用的 ISO 代码编程，亦可使用 3B/4B 格式，配有 CAD/CAM 系统。主要系统功能如下：

- 镜像加工
- 常规锥度切割
- 比例缩放
- 上下异形切割
- 单段运行
- 四轴联动切割
- 程序编辑
- 自动电极丝半径补偿
- 模拟运行
- 加工条件自动转换

- 1/2 移动
- 接触感知
- 公英制转换
- 自动找孔中心
- 图形描画
- X-Y 轴交换
- 子程序调用

- 丝杠螺距补偿
- 丝找正
- 图形实时跟踪
- 中、英、印尼、日、葡、法、西班牙文界面
- 各模块的直接进入，操作快捷
- 在线操作提示，使用方便

9.2 CAXA 线切割 XP 概述

CAXA 线切割是一个面向线切割机床数控编程的软件系统，它是面向线切割加工行业的计算机辅助自动编程工具软件。CAXA 线切割可以为各种线切割机床提供快速、高效率、高品质的数控编程代码，极大地简化了数控编程人员的工作；CAXA 线切割对于在传统编程方式下很难完成的工作，它都可以快速、准确的完成；CAXA 线切割为您提供线切割机床的自动编程工具提高效率；CAXA 线切割可以交互方式绘制需切割的图形，生成带有复杂形状轮廓的两轴线切割加工轨迹；CAXA 线切割支持快走丝线切割机床；可输出 3B 后置格式。

9.2.1 CAXA 线切割 XP 的主要功能

1．图形绘制

使用 CAXA 线切割 XP 能够快速准确绘制出来各种图形，包括基本曲线点、直线、圆弧、组合曲线、二次曲线、等距线，以及对曲线的裁剪、过渡、平移、缩放、阵列等几何变换；高精度列表曲线，采用了国际上 CAD/CAM 软件中最通用、表达能力最强的 NURBS 曲线，可以随意生成各种复杂曲线，并对加工精度提供了灵活的控制方式；公式曲线，将公式输入软件，即可由软件自动生成图形，并生成线切割加工代码，切割公式曲线。

2．高级设计

CAXA 线切割 XP 提供了两个实用的零件设计模块：齿轮设计和花键设计，解决任意参数的齿轮加工问题。输入任意的模数、齿数等齿轮相关参数，由软件自动生成内齿轮、外齿轮、花键的加工代码。

CAXA 线切割 XP 还提供了位图矢量化功能，通过扫描仪将图片或实物转换为图象，输入电脑。软件对输入的图象进行矢量化处理，生成矢量图，并生成加工代码。用此方法可解决无尺寸图形，或有实物、无图纸的零件加工编程。

3．轨迹生成

用户使用 CAXA 线切割 XP，可以方便地定义加工参数、生成加工轨迹、实现轨迹间的跳步、取消已有的跳步轨迹及查看已生成的加工代码。

4．代码生成

CAXA 线切割 XP 能结合特定机床把系统生成的加工轨迹转化成机床代码指令，生成的指令可以直接输入数控机床用于加工，这是本系统的最终目的。

5．后置处理

CAXA 线切割 XP 具有丰富的后置处理能力，可以满足国内外任意机床对代码的要求，能够输出 G 代码及 3B、4B/R3B 代码。

9.2.2　CAXA 线切割 XP 的运行环境

CAXA 线切割 XP 以 PC 机为运行平台，其配置要求为：

硬件环境：586 以上微机、主频 166MHz 以上、内存 32 兆以上。

软件环境：中西文 Windows 95/Windows98/Windows2000/WindowsXP/Windows NT 4.0 以上版本（西文环境需加外挂中文平台）。

9.2.3　CAXA 线切割 XP 的运行界面

CAXA 线切割 XP 采用全中文界面，贴近用户，简明易懂。启动 CAXA 线切割 XP，就进入了 CAXA 线切割 XP 的绘图工作界面，如图 9-4 所示。

图 9-4　CAXA 电子图版工作界面

1．标题栏

标题栏位于窗口左上角，用来显示当前文件的文件名，以及当前软件的版本。通过标题栏，可以很方便地知道当前打开或者正在操作的文件的名称。

2．菜单系统

CAXA 线切割 XP 的菜单系统包括主菜单、立即菜单、工具菜单、光标菜单这几种，以下分别予以介绍。

（1）主菜单：位于工作窗口顶部，它由一行菜单条及其子菜单组成，如图 9-5 所示。单击主菜单的每一个菜单项，都会弹出一个子菜单，称为下拉菜单。有的下拉菜单中，右面有小三角图标，将光标移动该菜单项时，会弹出子菜单，如图9-5所示。

（2）立即菜单：是CAXA系列产品独有的菜单形式，它取代了传统的逐级问答式选择和输入方式，使得绘图更为方便。

将光标移动到"绘制工具"工具栏，在弹出的当前绘制工具栏中单击任一图标按钮，系统会弹出一个"立即菜单"。立即菜单描述了执行该项功能可能遇到的各种情况和使用条件。在立即菜单环境下，用鼠标单击其中的某一项，就会在其上方出现一个选项菜单供用户选择，或者提供相关数据供用户确认或者修改。例如，单击"直线"绘制按钮 ✐，弹出如图9-6所示的立即菜单，在该立即菜单中，可以选择绘制直线的各种方式和类型。

图9-5 主菜单和下拉菜单　　　　　　　　　　　图9-6 立即菜单

（3）工具菜单：包括点工具菜单和拾取工具菜单两种。

➤ 点工具菜单：当系统处于绘制状态，需要输入特征点时，只需按下空格键，就会在屏幕上弹出点工具菜单，如图9-7所示。

工具点的默认状态为屏幕点。在绘制图形时，利用工具点菜单可以方便捕捉到需要的特征点，极大地方便用户绘图。

➤ 拾取工作菜单：当系统处于拾取状态，只需按下空格键，就会在屏幕上弹出拾取工具菜单，如图9-8所示。

系统默认为拾取添加。当图形比较复杂时，利用拾取工作菜单，可以方便地对图形进行拾取操作。

（4）光标菜单：系统的状态不同或者光标的位置不同，单击鼠标右键将弹出不同的光标菜单。例如，当拾取某个图形实体后，单击鼠标右键，将弹出如图9-9所示的光标菜单。

图9-7 工具点菜单及其含义　　　图9-8 拾取工具菜单　　　图9-9 光标菜单

利用该光标菜单可以对被拾取图形实体进行各种操作。

3．工具栏

工具栏中每一个按钮都和菜单栏中的一个命令相对应。在工具栏中，将鼠标在图标按钮上停留片刻，系统将提示该按钮的功能。当用鼠标左键单击某个按钮，就开始执行相应的功能操作。系统默认工具栏包括"标准"工具栏、"属性"工具栏、"设置工具"工具栏等，如图9-10所示。

图9-10 系统默认工具栏

4．绘图区

绘图区是用户进行绘图设计的工作区，位于整个屏幕的中心位置，占据了屏幕的大部分面积，从而为图形提供了尽可能多的展示空间。在绘图区中央设置了一个二维直角坐标系，该坐标系即为世界坐标系。它的坐标原点为(0.000，0.000)，水平方向为X轴，并且向右为正，向左为负，垂直方向为Y方向，向上为正，向下为负。用户也可以根据需要建立自己的坐标系，即用户坐标系。

5．状态栏

状态栏位于工作窗口地最下端，用来显示系统的当前状态，如图9-11所示。

图9-11 状态栏

状态栏一共可以分为4个区域，以下按照在状态栏上由左到右的位置关系，介绍各区域的功能：

（1）命令与数据输入区：该区域位于状态栏左侧，用于键盘输入命令或数据，它还向用户提示当前命令的执行情况，或者提醒用户下一步应进行的操作。

（2）当前点坐标提示区：用于显示在当前命令下可能存在的几种绘图方式的命令。

（3）工具点菜单提示区：该区域用于显示工具菜单的状态，即自动显示当前点的性质或实体拾取方式。例如：点可能是屏幕点、切点、中点、独立点等等，拾取方式为添加状态或者移出状态等。

（4）点捕捉状态设置区：该区域用于显示和设置点的捕捉状态，其捕捉状态分别为自由、智能、导航和栅格。在任何时候，均可用F6键在这四种状态之间切换。

第 **10** 章

轨迹生成

CAXA 线切割 XP 提供了功能强大、使用简捷的轨迹生成手段，可按加工要求生成各种复杂图形的加工轨迹，并可实现跳步及锥度加工。利用 CAXA 线切割可以方便地定义加工参数、生成加工轨迹、实现轨迹间的跳步、取消已有的跳步轨迹及查看已生成的加工代码。

学 习 要 点

◎ CAXA 线切割中的基本概念与参数设置方法

◎ CAXA 线切割中轨迹生成、跳步和仿真的操作方法

◎ 查询切割面积操作方法

10.1　基本概念与参数设置

在使用 CAXA 线切割 XP 来生成加工轨迹之前，需要了解一些相关的概念，现分别介绍如下。

10.1.1　基本流程

在 CAXA 线切割中，实现 CAM 功能一般分为以下 5 步：

（1）绘制图形得到 CAD 轮廓。

（2）生成线切割加工轨迹。

（3）生成后置代码。

（4）将代码传输到机床上。

（5）在机床上进行线切割加工。

其中前面 3 步是完全在 CAXA 线切割平台上进行，第 4 步在计算机和机床之间传输数据，第 5 步在线切割机床上完成。

10.1.2　轮廓线

1．轮廓线分类

轮廓线是指一系列首尾相连的曲线，可以包含一条或者多条曲线。从线切割加工的角度来说，轮廓曲线分为开轮廓曲线、封闭轮廓曲线和带自交点的轮廓曲线 3 种，分别如图 10-1 所示。

　　　开轮廓　　　　　　　封闭轮廓　　　　　　带自交点轮廓

图 10-1　轮廓线示例

在进行线切割加工编程之前，需要指定图形的轮廓。如果轮廓是用来界定加工区域的，那么轮廓必须是封闭的。如果被加工的是轮廓本身，则轮廓可以封闭，也可以不封闭。对线切割加工来说，指定的轮廓线不能有自交点。编程者在实际操作时，必须注意线切割对轮廓线的要求。

| S 单个拾取 |
| C 链拾取 |
| L 限制链拾取 |

图 10-2　轮廓拾取工具菜单

2．轮廓线拾取

在 CAXA 线切割 XP 的操作交互过程中，会提示用户拾取轮廓线。此时可以单击空格键，弹出如图 10-2 所示的轮廓拾取工具菜单拾取轮廓。

轮廓拾取工具菜单中的 3 个选项含义如下：

（1）单个拾取：拾取过程中每次只拾取一条曲线。

（2）链拾取：首先拾取一条曲线，然后给定一个搜索方向，即链拾取方向，系统将按给定方向搜索与已拾取的曲线首尾相连的曲线，搜索到的曲线即被拾取上。这一过程一直进行，直到曲线断开，或搜索到的曲线已经是被拾取上的曲线。

（3）限制链拾取：首先拾取一条曲线，给定一个搜索方向，即链拾取方向，然后给定限制曲线，系统将按给定方向搜索与已拾取的曲线首尾相连的曲线，搜索到的曲线即被拾取上。这一过程一直进行，直至搜索到的曲线为限制曲线，或者已经是被拾取上的曲线，或者是曲线断开。

📖10.1.3　有关加工的几个概念

1．加工误差

任何加工都不可能能做到 100%的精确，简单的说，加工误差就是加工出来（工件）的实际尺寸与（图样）要求的尺寸之间的差值，如图 10-3 所示。在线切割加工中，直线和圆弧的误差较小。对于样条曲线，一般是使用圆弧和直线逼近样条来减少误差。

图 10-3　加工误差示意图

2．加工余量

加工余量是指加工过程中所切去厚度。余量有总加工余量和工序余量之分。由毛坯转变为零件的过程中，在某加工表面上切除金属层的总厚度，称为该表面的总加工余量（亦称毛坯余量）；一般情况下，总加工余量并非一次切除，而是分在各工序中逐渐切除，故每道工序所切除的层厚度称为该工序加工余量（简称工序余量）。工序余量是相邻两工序的工序尺寸之差，毛坯余量是毛坯尺寸与零件图样的设计尺寸之差。

10.2　轨迹生成

1．功能

给定被加工的轮廓及加工参数，生成线切割加工轨迹。

2．操作步骤

01 单击"轨迹生成"工具栏轨迹生成图标 ，或选择"线切割"|"轨迹生成"命令，弹出"线切割轨迹参数表"，如图 10-4 所示。

02 在参数表中选择合适的选项，或者输入相应的数值，并单击"确定"按钮进入下一步操作。

03 系统提示："拾取轮廓："。此时可以利用轮廓拾取工具菜单拾取轮廓，线切割的加工方向与拾取的轮廓方向相同。拾取完毕后单击鼠标右键确认。

图 10-4　线切割轨迹参数表

04 系统提示："拾取加工的侧边或补偿方向"。用鼠标单击代表补偿方向的箭头即可。

05 系统提示："输入穿丝点位置"，用鼠标依次指定穿丝点和退出点位置，即可生成加工轨迹。

3．参数

（1）切割方向：线切割轨迹参数表是一个需要用户填写的参数表，如图 10-5 所示。参数表的内容包括：切割参数、偏移量/补偿值二项。

1）切入方向

◆　直线：丝直接从穿丝点切入到加工起始段的起始点，如图 10-5a 所示。

◆　垂直：丝从穿丝点垂直切入到加工起始段，以起始段上的垂点为加工起始点。当在起始段上找不到垂点时，丝直接从穿丝点切入到加工起始段的起始点，此时等同于直线方式切入，如图 10-5b 所示。

◆　指定切入点：丝从穿丝点切入到加工起始段，以指定的切入点为加工起始点，如图 10-5c 所示。

2）圆弧进退刀

◆　半径：进刀圆弧的半径。

◆　圆弧角：进刀圆弧的圆心角。

a）直线方式　　　　　　b）垂直方式　　　　　c）指定切入点方式

图 10-5　切入方式

3）加工参数

◆ 轮廓精度：轮廓有样条时的离散误差，对由样条曲线组成的轮廓系统将按给定的误差把样条离散成直 线段或圆弧段，用户可按需要来控制加工的精度。

◆ 切割次数：加工工件次数，最多为 10 次。

◆ 支撑宽度：进行多次切割时， 指定每行轨迹的始末点间保留的一段没切割的部分的宽度。当切割次数为一次时，支撑宽度值无效。

◆ 锥度角度：做锥度加工时，丝倾斜的角度。如果锥度角度大于 0，关闭对话框后用户可以选择是左锥度或右锥度。

4）补偿实现方向

◆ 轨迹生成时自动实现补偿：生成的轨迹直接带有偏移量，实际加工中即沿该轨迹加工。

◆ 后置时机床实现补偿：生成的轨迹在所要加工的轮廓上，通过在后置处理生成的代码中加入给定的补偿值来控制实际加工中所走的路线。

5）拐角过渡方式

◆ 尖角：轨迹生成中，轮廓的相邻两边需要连接时，各边在端点处沿切线延长后相交形成尖角，以尖角的方式过渡。

◆ 圆弧：轨迹生成中，轮廓的相邻两边需要连接时，以插入一段相切圆弧的方式过渡连接。

6）样条拟合方向

◆ 直线 ：用直线段对待加工轮廓进行拟合。

◆ 圆弧 ：用圆弧和直线段对待加工轮廓进行拟合。

（2）偏移量/补偿值：单击"线切割轨迹参数表"的"偏移量/补偿值"选项卡，对话框变为如图 10-6 所示。

在此对话框中可对每次切割的偏移量或补偿值进行设置，对话框内共显示了 10 次可设置的偏移量或补偿值，但并非每次都能设置 ，如：切割次数为 2 时，就只能设置两次的偏移量或补偿值，其余各项均无效。

对以下几种加工条件的组合，系统不予支持。

1）多次切割（切割次数大于一），锥度角大于零，且采用轨迹生成时实现补偿。

2）多次切割，锥度角大于零，支撑宽度大于零。

3）多次切割，支撑宽度大于零，且采用机床补偿方式。

4．实例

如图 10-7a 所示为某工件的轮廓线，图 b 为其线切割加工轨迹。

图 10-6　"偏移量/补偿值"选项卡

a）轮廓线　　　　b）加工轨迹

图 10-7　生成加工轨迹

10.3　轨迹跳步

1．功能

将多个加工轨迹连接成一个跳步轨迹。

2．操作步骤

01 单击"轨迹生成"工具栏轨迹跳步图标 ，或选择"线切割"|"轨迹跳步"命令，系统提示"拾取加工轨迹："。

02 依次拾取几条加工轨迹，并单击鼠标右键确认，所选中的轨迹将按照顺序连接成一条跳步加工轨迹。

3．说明

（1）因为将选择的轨迹用跳步线连成一个加工轨迹，所以新生成的跳步轨迹中只能保留一个轨迹的加工参数，系统中只保留第一个被拾取的加工轨迹中的加工参数。此时，如果各轨迹采用的加工锥度不同，生成的加工代码中只有第一个加工轨迹的锥度角度。

（2）系统还提供了另外一种实现跳步的方法，详见代码生成模块中的生成 G 码及生成 3 代码功能，这将在本书其他章节有详细介绍。在实际工作中，这种实现跳步的方法更为常用。

4．实例

如图 10-8 和图 10-9 所示为轨迹跳步的实例。

图 10-8　原始轨迹　　　　　　　　　图 10-9　轨迹跳步结果

10.4　取消跳步

1．功能

取消轨迹中的跳步线，将一个轨迹分解成多个独立的加工轨迹 。

2．操作步骤

01 单击"轨迹生成"工具栏取消跳步图标 ，或选择"线切割"|"取消跳步"命令，系统提示"拾取跳步加工轨迹："。

02 拾取跳步加工轨迹，并单击鼠标右键确认，则系统将所选中的加工轨迹分解为多个独立的加工轨迹。

10.5　轨迹仿真

1．功能

对已有的加工轨迹进行加工过程模拟，以检查加工轨迹的正确性。

2．操作步骤

01 单击"轨迹生成"工具栏轨迹仿真图标 ，或选择"线切割"|"轨迹仿真"命令，出现如图 10-10 所示的立即菜单。

```
1: 连续 ▼  2: 步长 0.01
拾取加工轨迹:
```

图 10-10　"轨迹仿真"立即菜单

02 在立即菜单 1 中选择仿真方式，在立即菜单 2 中设置步长。

03 根据系统提示，依次拾取加工轨迹，并单击鼠标右键确认，系统将完整模拟切割全过程。

3．参数

（1）连续：仿真时模拟动态的切割加工过程。

（2）静态：显示轨迹各段的序号，且用不同的颜色将直线段与圆弧段区分开来，如图 10-11 所示。

（3）步长：仿真时每步行进的距离，用来控制仿真的速度。当步长设 0 时，步长值在仿真中无效；当步长大于 0 时，仿真中每一个切削位置之间的间隔距离即为所设的步长。

4．说明

对系统生成的加工轨迹，仿真时用生成轨迹时的加工参数，即轨迹中记录的参数；对从外部反读进来的刀位轨迹，仿真时用系统当前的加工参数。

加工轨迹　　　　　　　　　　　静态仿真

图 10-11　轨迹静态仿真

10.6　查询切割面积

1．功能

系统根据加工轨迹和切割工件的厚度自动计算实际的切割面积。

2．操作步骤

01 单击"轨迹生成"工具栏查询切割面积图标 ，或选择"线切割"｜"查询切割面积"命令，系统提示"拾取加工轨迹："。

02 拾取加工轨迹，弹出如图 10-12 所示的立即菜单。

03 在立即菜单中输入工件厚度，并按回车键确认，弹出对话框显示查询结果，如图 10-13 所示。

图 10-12　"查询切割面积"立即菜单

图 10-13　查询结果

3．说明

切割面积 ＝ 轨迹长度×工件厚度。

10.7 线切割加工工艺分析

线切割是冲模零件的主要加工方式，然而进行合理的工艺分析，正确计算数控编程中电极丝的设计走丝轨迹，关系到模具的加工精度。通过穿丝孔的确定与切割路线的优化，改善切割工艺，这对于提高切割质量和生产效率，是一条行之有效的重要途径。

10.7.1 轨迹计算

根据大量的统计数据表明，线切割加工后的实际尺寸大部分处于公差带的中位值(或称"中间尺寸")附近，因此对于冲模零件图样中标注公差的尺寸，应采用中位值尺寸作为实际切割轨迹的编程数据，其计算公式为：中位值尺寸=基本尺寸+(上偏差+下偏差)。例如：图样尺寸外圆半径 R25 - 0.04，其中位值尺寸为 25+(0 - 0.04)/2=24.98mm。

由于线切割放电加工的特点，工件与电极丝之间始终存在放电间隙。因此，切割加工时，工件的理论轮廓（图样）与电极丝的实际轨迹应保持一定的距离，即电极丝中心轨迹与工件轮廓的垂直距离，称为偏移量 f_0(或称为补偿值)。

$$f_0 = R_丝 + \delta_电$$

式中 $R_丝$——电极丝半径;

$\delta_电$——单边放电间隙。

线切割加工冲模的凸、凹模，应综合考虑电极丝半径 $R_丝$、单边放电间隙 $\delta_电$以及凸、凹模之间的单边配合间隙 $\delta_配$，以确定合理的间隙补偿值 f_0。例如：加工冲孔模(即要求保证工件的冲孔尺寸)，以冲孔的凸模为基准，故凸模的间隙补偿值为：$f_凸 = R_丝 + \delta_电$，凹模尺寸应增加 $\delta_配$。而加工落料模（即要求保证冲下的工件尺寸），以落料的凹模为基准，凹模的间隙补偿值 $f_凸 = R_丝 + \delta_电$，凸模的尺寸应增加 $\delta_配$，如图 10-14 所示。偏移量的大小将直接影响线切割的加工精度和表面质量。若偏移量过大，则间隙太大，放电不稳定，影响尺寸精度;偏移量过小，则间隙太小，会影响修切余量。修切加工时的电参数将依次减弱，非电参数也应作相应调整，以提高加工质量。

图 10-14 凸模与凹模的间隙补偿值

　　根据实践经验，线切割加工冲裁模具的配合间隙应比实际上所流行的"大"间隙冲模小些。因为凸、凹模线切割加工中，工件表面会形成一层组织脆松的熔化层，电参数越大，表面粗糙度越差，熔化层较厚。且随着模具冲裁次数的增加，这层脆松的表层会逐渐磨损，使模具的配合间隙逐渐增大，满足"大"间隙的要求。

📖10.7.2　穿丝孔的确定

　　穿丝孔的位置对于加工精度及切割速度关系甚大。通常，穿丝孔的位置最好选在已知轨迹尺寸的交点处或便于计算的坐标点上，以简化编程中有关坐标尺寸的计算，减少误差。当切割带有封闭型孔的凹模工件时，穿丝孔应设在型孔的中心，这样既可准确地加工穿丝孔，又较方便地控制坐标轨迹的计算，但无用的切入行程较长。对于大的型孔切割，穿丝孔可设在*近加工轨迹的边角处，以缩短无用行程。在切割凸模外形时，应将穿丝孔选在型面外，最好设在*近切割起始点处。切割窄槽时，穿丝孔应设在图形的最宽处，不允许穿丝孔与切割轨迹发生相交现象。此外，在同一块坯件上切割出两个以上工件时，应设置各自独立的穿丝孔，不可仅设一个穿丝孔一次切割出所有工件。切割大型凸模时，有条件者可沿加工轨迹设置数个穿丝孔，以便切割中发生断丝时能够就近重新穿丝，继续切割。

　　穿丝孔的直径大小应适宜，一般为Φ2～Φ8mm。若孔径过小，既增加钻孔难度又不方便穿丝;若孔径太大，则会增加钳工工作量。如果要求切割的型孔数较多，孔径太小，排布较为密集，应采用较小的穿丝孔(Φ0.3～Φ0.5mm)，以避免各穿丝孔相互打通或发生干涉现象。

📖10.7.3　切割路线的优化

　　切割路线的合理与否将关系到工件变形的大小。因此，优化切割路线有利于提高切割质量和缩短加工时间。切割路线的安排应有利于工件在加工过程中始终与装夹支撑架保持在同一坐标系内，避免应力变形的影响，并遵循以下原则:

　　1. 一般情况下，最好将切割起始点安排在*近夹持端，将工件与其夹持部分分离的切割段安排在切割路线的末端，将暂停点设在*近坯件夹持端部位。

　　2. 切割路线的起始点应选择在工件表面较为平坦、对工作性能影响较小的部位。对于精度要求较高的工件，最好将切割起始点取在坯件上预制的穿丝孔中，不可从坯件外部直接切入，以免引起工件切开处发生变形。

　　3. 为减小工件变形，切割路线与坯件外形应保持一定的距离，一般不小于5mm。

　　线切割加工中对于一些具体工艺要求，应重点关注切割路线的优化:

　　1. 二次(或多次)切割法对于一些形状复杂、壁厚或截面变化大的凹模型腔零件，为减小变形，保证加工精度，宜采用二次切割法。通常，精度要求高的部位留2～3mm余量先进行粗切割，待工件释放较多变形后，再进行精切割至要求尺寸。若为了进一步提高切割精度，在精切割之前，留 0.20～0.30mm 余量进行半精切割，即为 3 次切割法，第 1 次为粗切割，第 2 次为半精切割，第 3 次为精切割。这是提高模具线切割加工精度的有效方法。

2．尖角切割法当要求工件切割成"尖角"(或称"清角")时，可采用方法一，在原路线上增加一小段超切路程，如图 10-15 所示的 A0-A1 段，使电极丝切割的最大滞后点达到程序 A0 点，然后再前进到附加点 A1，并返回至 A0 点，接着再执行原程序，便可切割出尖角。也可采用如图 10-16 所示的方法二的切割路线，在尖角处增加一段过切的小正方形或小三角形路线作为附加程序，这样便可保证切割出棱边清晰的尖角。

3．拐角的割法线切割放电加工过程中，由于放电的反作用力造成电极丝的实际位置比机床 X、Y 坐标轴移动位置滞后，从而造成拐角精度较差。电极丝的滞后移动则会造成工件的外圆弧加工过亏，而内圆弧加工不足，致使工件拐角处精度下降。为此，对于工件精度要求高的拐角处，应自动调慢 X、Y 轴的驱动速度，使电极丝的实际移动速度与 X、Y 轴同步。也就是，加工精度要求越高，拐角处的驱动速度应越慢。

4．小圆角切割法若发现图样要求的内圆角半径小于切割时的偏移量，将会造成圆角处"根切"现象。为此，应明确图样轮廓中最小圆角必须大于最后一遍修切的偏移量，否则应选择直径更细的电极丝。在主切割加工及初修切割加工中，可根据各遍加工时不同的偏移量，设置不同的内圆角半径，即对于同段轮廓编制不同的内圆角半径子程序，子程序中的内圆角半径应大于此遍切割的偏移量，这样就可切割出很小的圆角，并获取较好的圆角切割质量。

图 10-15　尖角切割方法 1　　　　　　　　图 10-16　尖角切割方法 2

📖 10. 7. 4　工件准备

为了减少切割过程中模具变形及提高加工质量，切割前凸凹模零件应满足以下要求：

（1）工件上、下两平面的平行度误差应小于 0.05mm。

（2）工件应加工一对正交立面，作为定位、校验与测量基准。

（3）模具切割应采用封闭式切割，以降低切割温度，减小变形。

（4）切割工件的四周边料留量应为模具厚度的 1/4 为宜，一般边缘留量不小于 5。

（5）为减小模具变形，并正确选择加工方法和严格执行热处理规范，对于精度要求高的模具，最好进行两次回火处理。

（6）工件淬火前应将所有销孔、螺钉孔加工成形。

（7）模具热处理后，穿丝孔内应去除氧化皮与杂质，防止导电性能降低而引起断丝故障。

（8）线切割前，工件表面应去除氧化皮和锈迹，并进行消磁处理。

10.7.5 其他要求

编程完成后、正式切割加工之前，应对编制的程序进行检查与验证，确定其正确性。线切割机床的数控系统均提供程序验证的方法，常用的方法有：画图检验法主要用于验证程序中是否存在错误语法及是否符合图样加工轮廓；空行程检验法可检验程序的实际加工情况，检查加工中是否存在碰撞或干涉现象，以及机床行程是否满足加工要求等；动态模拟加工检验法通过模拟动态加工实况，对程序及加工轨迹路线进行全面验证。通常，可按编制的程序全部运行一遍，观察图形是否"回零"。对于一些尺寸精度要求高、凸、凹模配合间隙小的冲模，可先用薄板料试切割，检查有关尺寸精度与配合间隙，如发现不符要求处，应及时修正程序，直至验证合格后，方可正式切割加工。正式切割结束后，不可急于拆下工件，应检查起始与终结坐标点是否一致，如发现有问题，应及时采取"补救"措施。

10.8 综合实例

编制如图 10-17 所示零件的凹模和凸模的线切割程序。已知该模具为落料模，电极丝为直径 $\Phi 0.17$ 的钼丝，单边放电间隙为 0.17，单边配合间隙 0.01。

图 10-17 零件图

编制切割程序的过程如下：

01 计算凹模间隙补偿量。因为该模具为落料模，冲下的零件尺寸凹模决定，配合间隙在凸模上扣除，故凹模间隙补偿量为：

$$f_0 = R_{丝} + \delta_{电} = 0.17/2 + 0.015 = 0.1$$

02 计算凸模间隙补偿量。配合间隙在凸模上扣除，故凸模间隙补偿量为：

$F_1 = R_{丝} + \delta_{电} - \delta_{配} = 0.17/2 + 0.015 - 0.01 = 0.09$

03 生成凹模加工轨迹。调用"轨迹生成"命令，弹出轨迹生成参数表，设置偏移量为 0.1，选择加工侧边为向轮廓线内的方向，生成凹模加工轨迹，如图 10-18 所示。

04 生成凸模加工轨迹。调用"轨迹生成"命令，弹出轨迹生成参数表，设置偏移量为 0.09，选择加工侧边为向轮廓线外的方向，生成凸模加工轨迹，如图 10-19 所示。

图 10-18　凹模加工轨迹　　　　　　　图 10-19　凸模加工轨迹

第 **11** 章

代码传输与后置设置

结合特定机床把系统生成的加工轨迹转化成机床代码指令，生成的指令可以直接输入数控机床用于加工，这是 CAM 系统的最终目的。CAXA 线切割 XP 针对不同的机床，可以生成符合机床控制器要求的、特定的数控代码程序格式，同时还可以对生成的机床代码进行正确性校核。

学 习 要 点

- ◎ CAXA 线切割 XP 的代码生成方法
- ◎ CAXA 线切割 XP 的代码传输方法
- ◎ R3B 后置设置

11.1 代码基础知识

目前高速线切割机床主要采用 3B、4B 格式代码，而低速线切割机床主要采用 ISO 格式代码，本节将对常用的代码格式作详细介绍。

📖11.1.1 3B 代码格式程序

1. 3B 代码概述

3B 代码是国内线切割最常用的一种代码。3B 格式是结构比较简单的一种控制格式，它是以 X 向或 Y 向溜板进给计数的方法决定是否到达终点。

五指令 3B 程序格式：B X B Y B J G Z

其中，B 为分隔符，X、Y、J 为数值，最多 6 位，J 是计数长度，有时需要补前零，G 为计数方向，有 GX 和 GY 两种，Z 为加工码，有 12 种，即 L1、L2、L3、L4、NR1、NR2、NR3、NR4、SR1、SR2、SR3、SR4。

3B 代码示例：

N 01 : B7940 B0 B7940 GXL1;

N 02 : B7940 B0 B15880 GYNR1;

N 03 : B0 B10000 B10000 GYL4;

N 04 : B7940 B0 B15880 GYNR3;

N 05 : B0 B10000 B10000 GYL2;

DD ****** 结束符 ******

2. 代码直线的表示方法

（1）直线的表示方法：在上面的例子中，第一个 B 后的数值是直线终点相对起点的 X 值；第二个 B 后的数值是直线终点相对起点的 Y 值；第三个 B 后的数值是计数长度，其确定的方法：当计数方向确定后，计数长度取计数方向从起点到终点拖板移动的总距离，也就是计数方向坐标轴上投影长度的总和。

G 计数方向的确定方法如下：选择 GX 和 GY 中的一种，比较直线终点相对起点的 X、Y 值，选择值大者的方向；即选用进给距离比较长的一个方向作为进给长度控制方向，如图 11-1 所示 G 计数方向应选择 GX。

图 11-1　G 计数方向的确定

直线加工指令为一些特殊字符，共有 12 种，分别为 L1、L2、L3、L4、NR1、NR2、NR3、NR4、SR1、SR2、SR3、SR4，属于直线表示的有 4 种 L1、L2、L3、L4。 L 代表直线、数字代表象限，L1 代表终点在 I 象限的直线，如图 11-2 所示。

图 11-2　加工指令

（2）圆弧的表示方法：如图 11-3 所示为一个圆弧指令的实例。

图 11-3　圆弧指令

在这段代码中，第一个 B 后的数值是圆弧起点相对圆心的 X 值；第二个 B 后的数值是圆弧起点相对圆心的 Y 值；第三个 B 后的数值是计数长度，其确定的方法：当计数方向确定后，计数长度取计数方向上从起点到终点拖板移动的总距离，如图 8-4 所示计数长度为 9＋9.22＋7.22＝25.44；

G 计数方向的确定方法如下：选择 GX 和 GY 中的一种，与直线加工不同的是，当圆弧终点靠近 X 轴时计数方向选择 Y 轴，输出为 GY，当圆弧终点靠近 Y 轴时计数方向选择 X 轴输出为 GX。

圆弧加工指令为一些特殊字符，共有 12 种，表示圆弧的有 8 种，NR 代表逆弧、SR 代表顺弧，数字代表象限。NR2 代表起点在 II 象限的逆时针圆弧，SR4 代表起点在 IV 象限的顺时针圆弧。

11.1.2　ISO 代码格式程序

1. G00 快速定位指令

快速定位指令的功能是在线切割机床不放电的情况下，使指定的某轴以快速移动到指定位置。

快速定位指令的编程格式为：G00 X～ Y～。X、Y 的坐标值为移动终点的坐标值。例如，指令 G00 X60000 Y80000 所表示的路径如图 11-4 所示。

2．G01 直线插补指令

直线插补指令用于线切割机床在各个坐标平面内加工任意斜率的直线轮廓和用直线逼近曲线轮廓。

直线插补指令的编程格式为：G01 X～ Y～（ U～ V～）。X、Y 的坐标值为直线终点的坐标值。

例如指令 G92 X40000 Y20000

G01 X80000 Y60000

所表示的路径如图 11-5 所示。

图 11-4　快速定位指令

图 11-5　直线插补指令

3．G02、G03 圆弧插补指令

G02： 顺时针加工圆弧的插补指令。

G03： 逆时针加工圆弧的插补指令。

圆弧插补指令的编程格式为：

G02 X～ Y

～ I～ J～

或 G03 X～ Y～ I～ J～

其中各项含义如下：

X、Y 表示圆弧终点坐标。

I、J 表示圆心坐标，是圆心相对圆弧起点的增量值，I 是 X 方向坐标值，J 是 Y 方向坐标值。

4．实例

对如图 11-6 所示零件（电极丝直径与放电间隙忽略不计）进行编程如下：

图 11-6　零件

```
P1              //程序名
N01 G92 X0 Y0    //确定加工程序起点，设置加工坐标系
N02 G01 X10000 Y0
N03 G01 X10000 Y20000
N04 G02 X40000 Y20000 I15000 J0
N05 G01 X40000 Y0
N06 G01 X0 Y0
N07 M02          //程序结束
```

11.2 代码生成

CAXA 线切割 XP 针对不同的机床，可以生成符合机床控制器要求的代码，本节将介绍详细的操作过程。

📖 11.2.1 生成 3B 代码

1. 功能

生成 3B 代码格式的数控程序。

2. 操作步骤

01 单击 "代码生成" 工具栏生成 3B 代码图标 **3B** ，或选择 "线切割" | "生成 3B 代码" 命令，弹出 "生成 3B 加工代码" 对话框，如图 11-7 所示。

图 11-7 "生成 3B 加工代码" 对话框

02 在对话框中选择保存代码的文件夹，在文本框中输入文件名，并单击 "保存" 按钮，弹出如图 11-8 所示的立即菜单。

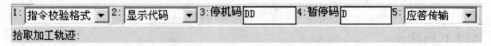

图 11-8 "生成 3B 代码" 立即菜单

03 在各立即菜单中设置参数，或者输入相应的内容。

04 根据系统提示，拾取加工轨迹，并单击鼠标右键确定，即可生成数控代码。

3．参数

（1）程序格式

1）指令校验格式：在生成数控代码的同时，将每段轨迹的终点坐标也一同输出，以供检验代码之用，如图 11-9a 所示。

2）紧凑指令格式：只输出数控程序，并且各个指令字符紧密排列，如图 11-9b 所示。

3）对齐指令格式：各程序段的代码对齐，相邻指令之间用空格隔开，如图 11-9c 所示。

4）详细校验格式：在生成数控代码的同时，列出各轨迹段的起点、中点坐标、圆心坐标、圆弧半径等信息，如图 11-9d 所示。

a）指令校验格式代码

b）紧凑指令格式代码

c）对齐指令格式

d）详细校验格式代码

图 11-9　代码格式

（2）代码显示

1）显示代码：系统生成代码后，用记事本打开代码。

2）不显示代码：系统生成代码后不显示出来。

（3）代码定义

1）停机码：在代码段中表示停机的代码符号，可由用户自己指定。

2）暂停码：在代码段中表示暂停的代码符号，可由用户自己指定。

（4）传输方式：可在不传输代码、应答传输、同步传输、纸带穿孔、串口传输这几项中选择其中一种。

📖 11.2.2　生成 4B/R3B 代码

1．功能

按给定的停机码和暂停码生成线切割机床 4B/R3B 代码文件。

2．操作步骤

01 单击"代码生成"工具栏生成 4B/R3B 代码图标 🔲，或选择"线切割"|"生成 4B/R3B 代码"命令，弹出"生成 4B/R3B 加工代码"对话框，如图 11-10 所示。

图 11-10　"生成 4B/R3B 加工代码"对话框

02 在对话框中选择保存代码的文件夹，在文本框中输入文件名，并单击"保存"按钮，弹出如图 11-11 所示的立即菜单。

图 11-11　"生成 4B/R3B 代码"立即菜单

03 在各立即菜单中设置参数，或者输入相应的内容。

04 根据系统提示，拾取加工轨迹，并单击鼠标右键确定，即可生成数控代码。

3．说明

（1）在立即菜单 1 中，有"R3B 格式"、"4B 格式 1"和"4B 格式 2"这 3 个选项可供选择，用户可根据需要选择不同的文件格式。

（2）当拾取多个加工轨迹同时生成加工代码时，各轨迹之间按拾取的先后顺序自动实现跳步。与轨迹生成模块中的轨迹跳步功能相比，这种方式实现跳步，各轨迹仍保持相互独立。

📖 11.2.3　校核 B 代码

1. 功能

把生成的 3B 、4B/R3B 代码文件反读进来，生成线切割加工轨迹，以检查生成的 3B 、4B/R3B 代码的正确性。

2. 操作步骤

01 单击"代码生成"工具栏校核 3B 代码图标 ，或选择"线切割"|"校核 B 代码"命令，弹出"反读 3B/4B/R3B 加工代码"对话框，如图 11-12 所示。

图 11-12　"反读 3B/4B/R3B 加工代码"对话框

02 在"文件类型"下拉列表中，有"*.3b"和"*.4b"这两种格式可供选择。用户在对话框中选择好文件类型和相应的文件后，单击"打开"按钮，则代码文件被反读进来，生成线切割加工轨迹

📖 11.2.4　查看/打印代码

1. 功能

查看已生成加工代码文件的内容或其他文件的内容，并将已生成的加工代码文件通过 Windows 下安装的打印机打印出来。

2. 操作步骤

01 单击"代码生成"工具栏查看代码图标 ，或选择"线切割"|"查看\打印代码"命令，弹出如图 11-13 所示的立即菜单。

图 11-13　"查看\打印代码"立即菜单

02 立即菜单 1 中有"当前文件代码"和"选择文件"两个选项。如果选择的是"当前文件代码"，则系统状态栏显示当前刚生成的代码程序的路径和文件名，如图 8-12 所示。在绘图区单击鼠标左键，系统弹出窗口显示该段代码的内容。

03 如果立即菜单1选择的是"选择文件",在绘图区单击鼠标左键,则弹出"查看加工代码"对话框,如图11-14所示。在"文件类型"下拉列表中选择一种文件格式,在对话框中选择文件代码,并单击"打开"按钮,系统弹出窗口显示文件中程序代码的内容。

图 11-14 "查看加工代码"对话框

📖 11.2.5 粘贴代码

1. 功能
将当前代码文件粘贴到绘图区。

2. 操作步骤

01 单击"代码生成"工具栏粘贴代码图标 ，或选择"线切割" | "粘贴代码"命令,弹出如图11-15所示的立即菜单。

图 11-15 "粘贴代码"立即菜单　　图 11-16 "文字标注与编辑"对话框

02 在立即菜单1中有"指定两点"和"搜索边界"两个选项。如果选择的是"指定两点"方式,则根据系统提示依次指定两个角点确定标注文字的区域。

03 如果选择的是"搜索边界"方式,则可根据系统提示指定矩形边界内任意一点,即可确定标注文字的区域。

04 确定标注文字的区域后,弹出"文字标注与编辑"对话框,如图11-16所示。

在其中设置文字标注的内容和字体格式后，单击"确定"按钮，即可将当前的代码内容粘贴到绘图区。

11.3 代码传输

代码传输是指将在软件平台上生成的加工程序代码传输到机床上，CAXA 线切割 XP 提供了多种传输代码的方式，本节将分别予以介绍。

11.3.1 应答传输

1. 功能

将生成的 3B 加工代码以模拟电报头读纸带的方式传输给线切割机床。

2. 操作步骤

01 单击"后置设置"工具栏应答传输图标 ，或选择"线切割"|"代码传输"|"应答传输"命令，弹出如图 11-17 所示的立即菜单。

图 11-17 "应答传输"立即菜单

02 立即菜单 1 中有"当前文件代码"和"选择文件"两个选项。如果选择的是"当前文件代码"，则系统状态栏显示当前刚生成的代码程序的路径和文件名，如图 8-14 所示，单击鼠标左键即可进行代码传输。

03 如果立即菜单 1 选择的是"选择文件"，在绘图区单击鼠标左键，则弹出"选择传输文件"对话框，如图 11-18 所示。在"文件类型"下拉列表中选择一种文件格式，在对话框中选择文件代码，并单击"打开"按钮，即可进行代码传输。

图 11-18 "选择传输文件"对话框

04 确定要传输代码后，系统状态栏提示如图 11-19 所示。

按ENTER键或点鼠标键开始传输（ESC退出）...

图 11-19　状态栏提示之一

05 按 Enter 键，或者单击鼠标键，状态栏提示变为如图 11-20 所示。此时，代码已经开始传输，传输过程中按 Esc 键可退出传输。

正在检测信号状态（ESC退出）...

图 11-20　状态栏提示之二

06 系统提示"正在检测机床信号状态"，此时系统正在确定机床发出的信号的波形，并发送测试码。这时操作机床，让机床读入纸带，如果机床发出的信号状态正常，系统的测试码被正确发送，即正式开始传输文件代码，并提示"正在传输"；如果机床的接受信号(读纸带）已经发出，而系统总处于检测机床信号的状态，不进行传输，则说明计算机无法识别机床信号，此时可按 Esc 键退出。系统传输的过程可随时按 Esc 键终止传输。如果传输过程中出错，系统将停止传输，提示"传输失败"，并给出失败时正在传输的代码的行号和传输的字符。出错的情况一般是电缆上或电源的干扰造成的。

07 停止传输后，点鼠标键或 Esc 键，可结束命令。

说明：执行传输程序前，连接计算机与机床的电缆要正确连接；电缆插拔时，一定要关闭计算机与机床的电源，并确保机床的输出电压为 5 V，否则有烧坏计算机的危险!!!

11.3.2　同步传输

1．功能

用计算机模拟编程机的方式，将生成的3B/4B加工代码快速同步传输给线切割机床。

2．操作步骤

01 单击"后置设置"工具栏同步传输图标 🖼，或选择"线切割"|"代码传输"|"同步传输"命令，弹出如图 11-21 所示的立即菜单。

> 1：当前代码文件 ▼
> 当前文件:C:\Documents and Settings\xiehw\My Documents\1.3b

图 11-21　"应答传输"立即菜单

02 立即菜单 1 中有"当前文件代码"和"选择文件"两个选项。如果选择的是"当前文件代码"，则系统状态栏显示当前刚生成的代码程序的路径和文件名，如图 11-21 所示，单击鼠标左键即可进行代码传输。

03 如果立即菜单 1 选择的是"选择文件"，在绘图区单击鼠标左键，则弹出"选择传输文件"对话框，如图 11-22 所示。在"文件类型"下拉列表中选择一种文件格式，在对话框中选择文件代码，并单击"打开"按钮，即可进行代码传输。

图 11-22　"选择传输文件"对话框

04 确定要传输代码后，系统状态栏提示如图 11-23 所示。

按ENTER键或点鼠标键开始传输(ESC退出)...

图 11-23　状态栏提示之一

05 按 Enter 键，或单击鼠标键，代码开始传输。传输过程中按 Esc 键可退出传输。

06 停止传输后，点鼠标键或 Esc 键，可结束命令。

11.3.3　串口传输

1．功能

将生成的加工代码以计算机串口通信的方式传输给线切割控制器，适用于有标准通信接口的控制器。

2．操作步骤

01 单击"后置设置"工具栏串口传输图标 ，或选择"线切割"|"代码传输" |"串口传输"命令，弹出"串口传输"对话框，如图 11-24 所示。

图 11-24　"串口传输"对话框

02 严格按照控制器的串口参数在"串口传输"对话框中依次设置波特率、奇偶校验、数据位、停止位数。端口、反馈字符等内容。计算机和控制器的参数务必完全一致，才能保证代码能够顺利传输。

03 设置完参数后，单击"确定"按钮，弹出如图 11-25 所示的立即菜单。

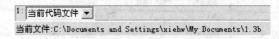

图 11-25　"串口传输"立即菜单

04 在立即菜单中选择获取文件的方式，并打开代码文件。

05 在保证机床已经处于正常接收状态的情况下，按回车键开始传输代码。

06 传输完成后，系统提示"传输结束"，表示代码已经完成传输。

11.3.4　纸带穿孔

1．功能

将生成的 R3B 加工代码传输给纸带穿孔机，给纸带打孔。

2．操作步骤

01 单击"后置设置"工具栏纸带穿孔图标 ，或选择"线切割"|"代码传输"|"纸带穿孔"命令，弹出"选择传输文件"对话框，如图 11-26 所示。

图 11-26　"选择传输文件"对话框

02 在对话框中指定文件名及正确的路径后，单击"打开"按钮，系统提示"正在打纸带"。

03 传输完成后，系统提示"传输结束"，表示已经在纸带上打孔成功。

11.3.5　传输参数设置

1．功能

对代码传输中用到的相关参数进行设置。

2．操作步骤

01 选择"线切割"|"代码传输"|"传输设置"命令，弹出"传输参数设置"对话框，如图 11-27 所示。

图 11-27 "传输参数设置"对话框

02 根据传输方式和使用的机床设备等情况，在该对话框中设置。

03 设置完参数后，单击"确定"按钮即可。

11.4 R3B 后置设置

1．功能

R3B 设置是针对不同的机床其 R3B 代码存在一些差异而添加的功能，通过对它进行设置，可让计算机输出满足机床的 R3B 代码。

2．操作步骤

01 单击"后置设置"工具栏"R3B 后置设置"图标 ，或选择"线切割"|"代码传输"|"R3B 后置设置"命令，弹出"R3B 设置"对话框，如图 11-28 所示。

图 11-28 "R3B 设置"对话框

02 用户可根据机床要求的实际格式，修改代码中的符号表达方式，单击"添加（A）"将设置好的 R3B 代码格式添加到序列中。

第 **12** 章

线切割加工实例

本章通过手柄轮廓、平面凸轮、齿轮和文字等常用图形的线切割实例，详细介绍利用 CAXA 线切割 XP 进行图形绘制、轨迹生成、加工代码生成到代码传输的全过程。通过本章的学习，读者将全面掌握使用 CAXA 线切割 XP 的功能、方法和技巧。

学 习 要 点

- 手柄轮廓加工实例
- 平面凸轮加工实例
- 齿轮加工实例
- 线切割文字实例
- 图案切割实例

12.1 手柄轮廓加工实例

利用线切割来加工手柄凸模的轮廓。手柄轮廓尺寸如图 12-1 所示，已知模具间隙配合 a = 0.01mm，采用 Φ0.15 的钼丝，单边放电间隙为 h = 0.01mm。下面将依次介绍其绘制、生成轨迹、仿真、生成加工代码和传输代码的详细操作步骤。

图 12-1 手柄轮廓图

📖 12.1.1 绘制手柄轮廓图形

01 调用 "直线" 绘制命令，设置立即菜单的各选项如图 12-2 所示。

图 12-2 绘制直线立即菜单

02 根据系统提示，依次输入直线的端点坐标（-15，0）、（-15，-10）、（0，-10）、和（0，-15），每输入一个点坐标，按回车键确认，输完 4 个点的坐标后，单击鼠标右键确认，在屏幕上完成连续的 3 条直线的绘制，效果如图 12-3 所示。

03 调用 "圆弧" 绘制命令，并在立即菜中选择 "圆心_起点_圆心角" 方式，并根据系统提示，依次输入圆心坐标（0，0），起点坐标（0，-15）和圆心角 50，效果如图 12-4 所示，绘制完成一段圆弧。

图 12-3 绘制直线　　　　　　　　　　　图 12-4 绘制圆弧

04 调用"圆心_起点_圆心角"方式绘制圆弧。根据系统提示，输入圆心坐标（20，-17），用鼠标捕捉图 12-4 中的圆弧端点 A 为圆弧起点，并输入圆心角-82，效果如图 12-5 所示，绘制得到的圆弧和上一段圆弧相切。

图 12-5　绘制圆弧

05 调用"圆心_起点_圆心角"方式绘制圆弧。根据系统提示，输入圆心坐标（54，35），用鼠标捕捉图 12-5 中的圆弧端点 A 为圆弧起点，并输入圆心角 61，效果如图 12-6 所示。绘制得到的圆弧和上一段圆弧相切。

图 12-6　绘制圆弧

06 在"属性"工具栏切换"中心线层"为当前图层。

07 调用"直线"命令，设置立即菜单的各选项如图 12-7 所示。

图 12-7　绘制直线立即菜单

08 根据系统提示，用鼠标拾取图 12-6 中的 A 点为起点，在立即菜单 5 中输入直线的长度为 105，并按回车键确认，效果如图 12-8 所示。

图 12-8　绘制中心线

09 调用"拉伸"命令，用鼠标拾取上步绘制的中心线为拉伸对象，并设置拉伸立即菜单为如图 12-9 所示。根据系统提示输入长度 5，将中心线向左拉伸，效果如图 12-10 所示。

图 12-9　拉伸立即菜单

图 12-10　拉伸中心线

10 调用"镜像"命令，选择图 12-10 中中心线以下的所有图线为镜像对象，以中心线为轴线做镜像操作，效果如图 12-11 所示。

11 在"属性"工具栏上切换"细实线层"为当前图层。

12 调用"圆弧"命令，在立即菜单选择"两点_半径"方式。依次选择图 12-11 中的 A、B 中的两点为第一点和第二点，并输入半径为 10，效果如图 12-12 所示。至此，完成了手柄轮廓图的绘制。

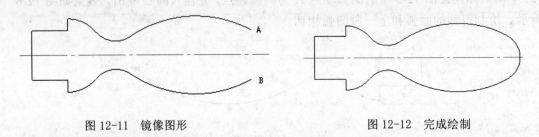

图 12-11　镜像图形　　　　　　　　　　图 12-12　完成绘制

12.1.2　生成切割轨迹

01 计算补偿量。由于采用线切割加工，需要先计算加工补偿量，方法如下：

补偿量 = 加工线半径 + 放电间隙 - 间隙配合= 0.15/2 + 0.01 – 0.01 = 0.075

02 绘制辅助图形。

❶在"属性"工具栏上切换"虚线层"为当前图层。

❷调用"等距线"命令，设置立即菜单为如图 12-13 所示。

1: 链拾取	2: 指定距离	3: 单向	4: 空心	5: 距离 5

拾取首尾相连的曲线：

图 12-13　等距线立即菜单

❸根据系统提示，拾取轮廓线，并在立即菜单 5 中输入距离为 0.075，将轮廓线向外等距，效果如图 12-14 所示。

图 12-14　等距结果

❹调用"点"命令，选择"孤立点"方式，输入坐标（-15，-11），生成穿丝点 P，效果如图 12-15 所示。

图 12-15　生成穿丝点

03 生成轨迹。

❶执行"轨迹生成"命令，在弹出的"线切割轨迹生成参数表"中填写加工参数，如图 12-16 所示，填写完毕后单击"确定"按钮。

切割参数页

偏移量/补偿值页

图 12-16　填写加工参数表

❷根据系统提示，拾取等距后的轮廓线，效果如图 12-17 所示。此时，系统提示"请选择链拾取方向"。

图 12-17　拾取轮廓线

❸拾取图 12-17 中向右的箭头为链拾取方向，效果如图 12-18 所示。此时，系统提示"选择加工的侧边或补偿方向"。

❹拾取图 12-18 中向上的箭头为加工侧边，系统提示"输入穿丝点位置"。

❺拾取绘制的孤立点为穿丝点，系统提示"输入退出点（回车则与穿丝点重合）"。

❻按回车键，使退出点与穿丝点重合，则系统自动计算出加工轨迹。

图 12-18　选择链拾取方向

12.1.3　轨迹仿真

执行"轨迹仿真"命令，在立即菜单中选择"静态"或者"连续"方式，并拾取前面生成的轨迹，可以完整的模拟线切割的全过程，如图 12-19 和图 12-20 所示。

图 12-19　动态仿真　　　　　　　　　　　图 12-20　静态仿真

12.1.4　生成加工代码

01 执行"生成 3B 代码"命令，在弹出"生成 3B 加工代码"对话框中输入保存路径和文件名，并单击"保存"按钮，弹出立即菜单。

02 不改变立即菜单默认的参数，根据系统提示，拾取前面生成的轨迹，并单击鼠标右键结束，系统生成数控代码，如图 12-21 所示。

图 12-21　数控代码

📖 12.1.5 传输代码

01 利用同步方式传输代码

❶调用"同步传输"命令，弹出如图 12-22 所示的立即菜单。

图 12-22 同步传输立即菜单

❷保证机床处于接受状态，按回车键，代码开始传输。

❸停止传输后，点鼠标键或 Esc 键，可结束命令。

02 利用串口方式传输代码。

❶调用"串口传输"命令，弹出"串口传输"对话框。

❷在对话框中设置串口传输的相关参数。计算机和控制器的参数务必完全一致，才能保证代码能够顺利传输。

❸设置完参数后，单击"确定"按钮，弹出如图立即菜单，选择打开文件的方式，打开代码文件。

❹在保证机床已经处于正常接收状态，并按回车键开始传输代码。

❺传输完成后，系统提示"传输结束"。

12.2 平面凸轮加工实例

如图 12-23 所示为平面凸轮的零件图，现在要采用线切割技术来加工其凸模和凹模。采用了 Φ12mm 的钼丝，单边放电间隙 b = 0.01mm。下面将依次介绍其绘制、生成轨迹、仿真、生成加工代码和传输代码的详细操作步骤。

图 12-23 零件图

📖 12.2.1 图形绘制

01 调用"圆"绘制命令，以原点为圆心，依次以 20、60 和 85 为半径绘制一组同心圆，效果如图 12-24 所示。

02 调用"中心线"绘制命令，在立即菜单中设置延伸长度为 5，并拾取半径为 85

的圆，绘制同心圆的中心线，效果如图 12-25 所示。

图 12-24　绘制同心圆　　　　　　图 12-25　绘制中心线

03 调用"等距线"命令，设置立即菜单如图 12-26 所示，绘制水平中心线的两条等距线，效果如图 12-27 所示。

> 1: 单个拾取 ▼ 2: 指定距离 ▼ 3: 双向 ▼ 4: 空心 ▼ 5: 距离 6 6: 份数 1
> 拾取曲线:

图 12-26　等距线立即菜单之一

图 12-27　绘制等距线

04 将"等距线"命令的立即菜单改为如图 12-28 所示，绘制竖直中心线向左方向的等距线，如图 12-29 所示。

> 1: 单个拾取 ▼ 2: 指定距离 ▼ 3: 单向 ▼ 4: 空心 ▼ 5: 距离 24 6: 份数 1
> 拾取曲线:

图 12-28　等距线立即菜单之二

05 调用"裁剪"命令，在立即菜单选择"快速裁剪"，对图形进行裁剪，并删除掉多余的图线，效果如图 12-30 所示。

图 12-29　绘制等距线　　　　　　图 12-30　裁剪图形

06 调用"公式曲线"命令，在弹出的"公式曲线"对话框中填写参数，如图12-31所示。设置完成后单击"确定"按钮，并拾取坐标原点为曲线定位点，效果如图 12-32 所示。

图 12-31　填写公式曲线参数1

图 12-32　绘制公式曲线1

07 调用"公式曲线"命令，在弹出的"公式曲线"对话框中填写参数，如图12-33所示。设置完成后单击"确定"按钮，并拾取坐标原点为曲线定位点，效果如图 12-34 所示。

图 12-33　填写公式曲线参数2

图 12-34　绘制公式曲线2

08 调用"裁剪"命令，在立即菜单选择"快速裁剪"，对图12-34所示的图形进行裁剪，并删除掉多余的图线，效果如图12-35所示。

09 调用"旋转"命令，选择12-35中的所有图线为旋转对象，拾取原点为基点，指定旋转角度为-100º，做旋转操作，效果如图12-36所示，即完成图形的绘制。

图 12-35　裁剪图形

图 12-36　旋转图形

📖 12.2.2 生成切割轨迹

01 生成轴孔加工轨迹。

❶由于采用线切割加工，需要先计算加工补偿量，方法如下：

$$补偿量 = 加工线半径 + 放电间隙 - 0.12/2 + 0.01 = 0.07$$

❷在"属性"工具栏上切换"虚线层"为当前图层。

❸调用"等距线"命令，设置立即菜单如图 12-37 所示。将孔轮廓线向内等距，外轮廓线向外等距，效果如图 12-38 所示。

```
1: 链拾取  ▼ 2: 指定距离 ▼ 3: 单向 ▼ 4: 空心 ▼ 5: 距离 0.07
请拾取所需的方向:
```

图 12-37　等距线立即菜单　　　　　　　　　　图 12-38　绘制等距线

❹执行"生成轨迹"命令，在弹出的"线切割轨迹生成参数表"中填写加工参数，如图 12-39 所示，填写完毕后单击"确定"按钮。

切割参数页　　　　　　　　　　　　　偏移量/补偿值页

图 12-39　填写加工参数表

❺根据系统提示，拾取孔轮廓的等距线，效果如图 12-40 所示。此时，系统提示"请选择链拾取方向"。

❻拾取图 12-40 中向右下方向的箭头为链拾取方向，效果如图 12-41 所示。此时，系统提示"选择加工的侧边或补偿方向"。

❼拾取图 12-41 中向上的箭头为加工侧边，系统提示"输入穿丝点位置"。

❽拾取绘制的孤立点为穿丝点，系统提示"输入退出点（回车则与穿丝点重合）"。

图 12-40　拾取孔轮廓线

图 12-41　拾取链方向

图 12-42　生成孔加工轨迹

❾按回车键，使退出点与穿丝点重合，系统自动计算出加工轨迹，如图 12-42 所示。

02 生成轮廓加工轨迹。

❶执行"生成轨迹"命令，在弹出的"线切割轨迹生成参数表"中填写加工参数，如图 12-43 所示，填写完毕后单击"确定"按钮。

❷根据系统提示，拾取外轮廓的等距线，效果如图 12-44 所示。此时，系统提示"请选择链拾取方向"。

❸拾取图 12-44 中向左下方向的箭头为链拾取方向，效果如图 12-45 所示。此时，系统提示"选择加工的侧边或补偿方向"。

切割参数页

偏移量/补偿值页

图 12-43　填写加工参数表

图 12-44　拾取外轮廓线

图 12-45　拾取链方向

图 12-46　生成轨迹

❹拾取图 12-45 中向右的箭头为加工侧边，系统提示"输入穿丝点位置"。

❺输入坐标（0，-70）为穿丝点坐标。并单击使退出点与穿丝点重合，系统自动计算出加工轨迹，效果如图 12-46 所示。

📖 12.2.3 轨迹仿真

执行"轨迹仿真"命令，在立即菜单中选择"动态"或者"连续"方式，并拾取前面生成的轨迹，可以完整的模拟线切割的全过程，如图 12-47 和图 12-48 所示。

图 12-47 孔加工轨迹动态仿真　　　　　图 12-48 外轮廓轨迹静态仿真

📖 12.2.4 生成加工代码

01 执行"生成 3B 代码"命令，在弹出"生成 3B 加工代码"对话框中输入保存路径和文件名，并单击"保存"按钮，弹出立即菜单。

02 不改变立即菜单默认的参数，根据系统提示，拾取前面生成的两条轨迹，并单击鼠标右键结束，系统生成数控代码，如图 12-49 所示。

```
1.3b - 记事本
文件(F) 编辑(E) 格式(O) 查看(V) 帮助(H)
****************************************
CAXAWEDM -Version 2.0 , Name : 1.3B
Conner R=  0.00000   , Offset F=    0.10000 ,Length=    173.793
mm
****************************************
Start Point  =    0.00000 ,    0.00000  ;      X ,       Y
N  1: B  5900 B 18932 B 18932 GY  L1 ;    5.900 ,    18.932
N  2: B  5900 B 18932 B 67520 GX SR1 ;   -5.900 ,    18.932
N  3: B    30 B    95 B    95 GY NR4 ;   -5.831 ,    19.027
N  4: B     1 B  4803 B  4803 GY  L1 ;   -5.830 ,    23.830
N  5: B 11660 B     0 B 11660 GX  L1 ;    5.830 ,    23.830
N  6: B     0 B  4803 B  4803 GY  L4 ;    5.830 ,    19.027
N  7: B   100 B     0 B    70 GX NR3 ;    5.900 ,    18.932
N  8: B  5900 B 18932 B 18932 GY  L3 ;    0.000 ,    -0.000
N  9: D
N 10: B   300 B 72338 B 72338 GY  L4 ;    0.300 ,   -72.338
N 11: D
N 12: B    51 B 12169 B 12169 GY  L2 ;    0.249 ,   -60.169
.........
.........
N 54: B 114183 B  91202 B  6202 GY SR4 ;   53.048 ,   -31.503
N 55: B 170309 B 152219 B  5899 GY SR4 ;   47.586 ,   -37.402
N 56: B 226309 B 216653 B  5039 GX SR4 ;   42.547 ,   -42.546
N 57: B  42547 B  42547 B 42297 GX SR4 ;    0.250 ,   -60.169
N 58: B     51 B 12170 B 12170 GY  L4 ;    0.301 ,   -72.339
N 59: DD
```

图 12-49 加工代码

12.2.5 传输代码

操作步骤和本章前面的例子，请参考 12.1.5 节。

12.3 齿轮加工实例

本例将先绘制一个内齿轮的加工程序。其中，内齿轮的模数为 2，齿数为 24，采用 Φ16 的钼丝，单边放电间隙为 0.01mm，下面将依次介绍具体操作步骤。

12.3.1 图形绘制

01 调用"齿轮"绘制命令，弹出"渐开线齿轮齿形参数"对话框，设置参数如图 12-50 所示，设置完毕后单击"下一步"按钮。

02 在"渐开线齿轮齿形预显"对话框中，设置参数如图 12-51 所示。单击"预显"按钮可以预览齿形。

03 结束参数设置后，单击"完成"按钮，系统提示"齿轮定位点"。拾取坐标原点为定位点，即完成齿轮图形的绘制，效果如图 12-52 所示。

图 12-50 "渐开线齿轮齿形参数"对话框　　　图 12-51 "渐开线齿轮齿形预显"对话框

04 执行"块打散"命令，将图 12-52 所示的图块打散。

图 12-52 绘制完成的齿轮

说明：绘制的齿轮为图块，如果不将其打散，则在选择加工轮廓时不能被拾取。

📖 12.3.2 生成切割轨迹

01 执行"生成轨迹"命令，在弹出的"线切割轨迹生成参数表"中填写加工参数，如图 12-53 所示，填写完毕后单击"确定"按钮。

切割参数页 　　　　　　　　　　　　　偏移量/补偿值页

图 12-53　填写加工参数表

02 根据系统提示，拾取齿轮轮廓线，效果如图 12-54 所示。此时，系统提示"请选择链拾取方向"。

03 拾取图 12-54 中向右方向的箭头为链拾取方向，效果如图 12-55 所示。此时，系统提示"选择加工的侧边或补偿方向"。

图 12-54 拾取齿轮轮廓线 　　　　　图 12-55 拾取链方向

04 拾取图 12-55 中向内的箭头为加工侧边，系统提示"输入穿丝点位置"。

05 拾取原点为穿丝点坐标。并单击使退出点与穿丝点重合，则系统自动计算出加工轨迹，效果如图 12-56 所示。

📖 12.3.3 轨迹仿真

执行"轨迹仿真"命令，在立即菜单中选择"动态"或者"连续"方式，并拾取前面生成的轨迹，可以完整地模拟线切割的全过程，如图 12-57 和图 12-58 所示。

图 12-56　加工轨迹

图 12-57　动态仿真　　　　图 12-58　静态仿真

12.3.4　生成加工代码

01 执行"生成 3B 代码"命令，在弹出"生成 3B 加工代码"对话框中输入保存路径和文件名，并单击"保存"按钮，弹出立即菜单。

02 在立即菜单 1 中选择"对齐指令格式"，根据系统提示，拾取前面生成的轨迹，并单击鼠标右键结束，系统生成数控代码，如图 12-59 所示。

图 12-59　加工代码

12.3.5　传输代码

操作步骤和本章前面的例子，请参考 12.1.5 节的内容。

12.4　线切割文字实例

利用 CAXA 线切割 XP 可以方便地绘制文字图形以及一些常用符号，并采用线切割精确地切割出来。本节将通过实例来进行介绍。

📖12.4.1　图形绘制

01 调用"轮廓文字"命令，弹出如图 12-60 所示的立即菜单。

02 根据系统提示，依次指定（0，0）和（300，150）为标注文字的矩形区域的两个角点坐标，弹出"文字标注与编辑"对话框，如图 12-61 所示。

图 12-60　轮廓文字立即菜单　　　　　图 12-61　　"文字标注与编辑"对话框

03 单击"设置"按钮，弹出"文字标注参数设置"对话框，在对话框中设置参数如图 12-62 所示。设置完毕后，单击"确定"按钮，返回"文字标注与编辑"对话框。

04 在文本编辑框中输入文字"CAM"，单击"确定"按钮，文字即出现在绘图区，效果如图 12-63 所示。

图 12-62　　"文字标注参数设置"对话框

图 12-63　文字轮廓

📖12.4.2　生成切割轨迹

01 执行"生成轨迹"命令，在弹出的"线切割轨迹生成参数表"中填写加工参数，如图 12-64 所示，填写完毕后单击"确定"按钮。

02 系统提示："拾取轮廓"。用鼠标拾取第一个文字轮廓线，效果如图 12-65 所示。

03 系统提示："请选择链拾取方向"。用鼠标选择向右的箭头,效果如图 12-66 所示。

切割参数页　　　　　　　　　　　偏移量/补偿值页

图 12-64　填写加工参数表

图 12-65　拾取链方向

图 12-66　选择加工侧边

04 系统提示："选择加工的侧边或补偿方向"。用鼠标选择指向文字轮廓内部的箭头。

05 系统提示："输入穿丝点位置"。在图 12-67 所示的位置拾取点作为穿丝点的位置,并单击鼠标右键使退出点与穿丝点重合,即可生成第一条轨迹,如图 12-68 所示。

图 12-67　指定穿丝点位置

图 12-68　生成第一条轨迹

06 用和上述步骤相同的参数和方法依次生成后面两段文字轮廓的加工轨迹,效果如图 12-69 所示。

07 调用"轨迹跳步"命令，将生成的 3 条轨迹连成一条跳步轨迹，效果如图 12-70 所示。

图 12-69　生成 3 条轨迹

图 12-70　生成跳步轨迹

📖 12.4.3　轨迹仿真

执行"轨迹仿真"命令，在立即菜单中选择"动态"或者"连续"方式，并拾取前面生成的轨迹，可以完整地模拟线切割的全过程，如图 12-71 和图 12-72 所示。

图 12-71　动态仿真

图 12-72　静态仿真

📖 12.4.4　生成加工代码

01 执行"生成 3B 代码"命令，在弹出"生成 3B 加工代码"对话框中输入保存路径和文件名，并单击"保存"按钮，弹出立即菜单。

02 不改变立即菜单默认的参数，根据系统提示，拾取前前面生成的轨迹，并单击鼠标右键结束，系统生成数控代码，如图 12-73 所示。

图 12-73　加工代码

📖 12.4.5 传输代码

操作步骤和本章前面的例子，请参考 12.1.5 节的内容。

12.5 图案切割实例

在实际工作中，可能会遇到要对没有尺寸和图样的实物或者图案进行线切割的情况。利用 CAXA 线切割 XP 可以读入图像文件，并对其进行矢量化，生成可以进行加工编程的轮廓图形。这种方式可以应用与实物扫描、美术字、图画的图案切割。

如图 12-74 所示为一副龙的图案，现在要利用线切割技术加工出它的金属切片，加工过程中采用Φ16 的钼丝，单边放电间隙为 0.01mm。

图 12-74　龙图案

对于这种类型的加工，一般的操作步骤是：

01 扫描图片或实物。

02 位图矢量化。

03 生成加工轨迹。

04 生成加工代码。

05 代码传输。

06 实际加工。

📖 12.5.1 绘制图形

01 扫描图案。

❶将图片放入扫描仪中。

❷设置扫描仪分辨率为 300dpi，开始扫描。

❸将图片存储为"dragon.bmp"文件。

02 位图矢量化。

❶调用"位图矢量化"命令，弹出"选择图象文件"对话框，如图 12-75 所示。选择"dragon.bmp"文件，并单击"打开"按钮，将位图文件打开。

❷打开位图文件的同时弹出"位图矢量化"立即菜单，设置立即菜单各选项如图 12-76

所示。

图 12-75 "选择图象文件"对话框

图 12-76 "位图矢量化"立即菜单之一

❸单击鼠标左键，弹出如图 12-77 所示立即菜单，设置分辨率为 300。

❹单击鼠标左键，系统将对图象进行矢量化处理，生成龙图案的外形轮廓线，如图 12-78 所示。

❺调用图形绘制和编辑命令，对图形中不符合要求的部分进行修改，效果如图 12-79 所示。注意，轮廓图形中一定不能出现有自交的情况。

图 12-77 "位图矢量化"立即菜单之二　图 12-78 矢量化的图形　图 12-79 修改结果

12.5.2 生成切割轨迹

01 执行"生成轨迹"命令，在弹出的"线切割轨迹生成参数表"中填写加工参数，如图 12-80 所示，填写完毕后单击"确定"按钮。

02 根据系统提示，拾取轮廓线，效果如图 12-81 所示。此时，系统提示"请选择链拾取方向"。

03 拾取图 12-81 中向下的箭头为链拾取方向，效果如图 12-82 所示。此时，系统提示"选择加工的侧边或补偿方向"。

04 拾取图 12-82 中向左的箭头为加工侧边，系统提示"输入穿丝点位置"。

05 拾取图 12-83 中所示的点为穿丝点,并单击鼠标右键使退出点与穿丝点重合,则系统自动计算出加工轨迹,效果如图 12-84 所示。

切割参数页　　　　　　　　　　　　偏移量/补偿值页

图 12-80　填写加工参数表

图 12-81　拾取齿轮轮廓线

图 12-82　拾取链方向

图 12-83　加工轨迹

图 12-84　生成加工轨迹

12.5.3　轨迹仿真

执行"轨迹仿真"命令,在立即菜单中选择"动态"或者"连续"方式,并拾取前面生成的轨迹，可以完整的模拟线切割的全过程，如图 12-85 和图 12-86 所示。

图 12-85　动态仿真

图 12-86　静态仿真

12.5.4　生成加工代码

01 执行"生成 3B 代码"命令，在弹出"生成 3B 加工代码"对话框中输入保存路径和文件名，并单击"保存"按钮，弹出立即菜单。

02 不改变立即菜单缺省的参数，根据系统提示，拾取前前面生成的轨迹，并单击鼠标右键结束，系统生成数控代码，如图 12-87 所示。

图 12-87　加工代码

12.5.5 传输代码

操作步骤和本章前面的例子，请参考 12.1.5 节的内容。

第 4 篇

CAXA 制造工程师 2008

计算机辅助设计与制造（CAD/CAM）系列

本篇介绍以下主要知识点：

- CAXA 制造工程师 2008 概述

- 曲面造型

- 实体设计

- 数控加工基础

- 刀具轨迹生成

- 制造加工实例

第 13 章

CAXA 制造工程师 2008 概述

本章主要介绍了 CAXA 制造工程师 2008 的基本特点。了解该软件的功能特点, 熟悉软件的布局。本章的主要学习目的是为后续章节的内容打基础。

◎ CAXA 制造工程师 2008 功能特点

◎ CAXA 制造工程师用户界面

13.1 CAXA 制造工程师 2008 功能特点

CAXA 制造工程师 2008 是在 Windows 环境下运行的 CAD/CAM 一体化的数控加工编程软件。该软件集成了数据接口、几何造型、加工轨迹生成、加工过程仿真检验、数控加工代码生成和加工工艺单生成等一整套面向复杂零件和模具的数控编程功能。CAXA 制造工程师 2008 是 CAXA 制造工程师 2006 的升级版，新增加了部分加工功能，对原有功能做了增强和改进。新增加的功能与原来的名称有重复的在后面加数字以示区别，但原功能在该版本中还继续保留。

📖 13.1.1 实体曲面结合

1. 方便的特征实体造型

采用精确的特征实体造型技术，可将设计信息用特征术语来描述，简便而准确。通常的特征包括孔、槽、型腔、凸台、圆柱体、圆锥体、球体和管子等。CAXA 制造工程师 2008 可以方便地建立和管理这些特征信息。

先进的"精确特征实体造型"技术完全抛弃了传统的体素拼合和交、并、差的繁琐方式，使整个设计过程直观、简单。

实体模型的生成可以用增料方式，通过拉伸、旋转、导动、放样、加厚或加厚曲面来实现，也可以通过减料方式，从实体中减掉实体或用曲面裁剪来实现。当然，还可以用等半径过渡、变半径过渡、倒角、打孔、增加拔模斜度和抽壳等高级特征功能来实现。

2. 强大的 NURBS 自由曲面造型

CAXA 制造工程师 2008 继承和发展了 CAXA 制造工程师 2006 版本的曲面造型功能。从线框到曲面，提供了丰富的建模手段。可通过列表数据、数学模型、字体文件及各种测量数据生成样条曲线；通过扫描、放样、拉伸、导动、等距、边界和网格等多种形式生成复杂曲面；并可对曲面进行任意裁剪、过渡、延伸、缝合、拼接、相交和变形等，建立任意复杂的零件模型。通过曲面模型生成的真实感图，可直观显示设计结果。

3. 灵活的曲面实体复合造型

基于实体的"精确特征造型"技术，使曲面融合进实体中，形成统一的曲面实体复合造型模式。利用这一模式，可实现曲面裁剪实体、曲面约束实体等混合操作，是设计产品和模具的有力工具，如图 13-1 所示。

图 13-1　由 CAXA 制造工程师 2008 生成的缸体零件

13.1.2　优质高效的数控加工

CAXA 制造工程师 2008 快速高效的加工功能涵盖了从 2 轴到 3 轴的数控铣削功能，4 轴和 5 轴加工的功能模块需要另外单独购买。

CAXA 制造工程师 2008 将 CAD 模型与 CAM 加工技术无缝集成，可直接对曲面、实体模型进行一致的加工操作。它支持先进实用的轨迹参数化和批处理功能，明显提高了工作效率；支持高速切削，大幅度提高了加工效率和加工质量；通用的后置可向任何数控系统输出加工代码。

1．2 轴到 3 轴的数控加工功能

（1）轴到 2.5 轴加工方式：可直接利用零件的轮廓曲线生成加工轨迹指令，而无须建立其三维模型；提供轮廓加工和区域加工功能，加工区域内允许有任意形状和数量的岛；可分别指定加工轮廓和岛的拔模斜度，自动进行分层加工。

（2）轴加工方式：多样化的加工方式可以安排从粗加工、半精加工、精加工、补加工和清根加工的加工工艺方案。

2．参数化轨迹编辑和轨迹批处理

CAXA 制造工程师 2008 的"轨迹再生成"功能可实现参数化轨迹编辑。用户只需选中已有的数控加工轨迹，修改原定义的加工参数表，即可重新生成加工轨迹。自动生成的加工刀具轨迹，如图 13-2 所示。

图 13-2　加工刀具轨迹

CAXA 制造工程师 2008 可以先定义加工轨迹参数，而不立即生成轨迹。工艺设计人员可先将大批加工轨迹参数事先定义而在某一集中时间内批量生成，这样就优化了工作流程。

3．支持高速加工

CAXA 制造工程师 2008 支持高速切削工艺，提高了产品精度，降低了代码数量，使加工质量和效率大大提高。

4．加工工艺控制

CAXA 制造工程师 2008 提供丰富的工艺控制参数，可以方便地控制加工过程，使编程人员的经验得到充分的体现。

5. 加工轨迹仿真

CAXA 制造工程师 2008 提供轨迹仿真手段，以检验数控代码的正确性。它可以通过实体真实感仿真如实地模拟加工过程，展示加工零件的任意截面，显示加工轨迹。

6. 通用后置处理

CAXA 制造工程师 2008 提供的后置处理器，无需生成中间文件就可直接输出 G 代码控制指令。系统不仅可以提供常见的数控系统的后置格式，还可以让用户定义专用数控系统的后置处理格式。

13.1.3　最新技术的知识加工

CAXA 制造工程师 2008 专门提供了知识加工功能。针对复杂曲面的加工，为用户提供一种零件整体加工思路，用户只需观察出零件整体模型是平坦或是陡峭，运用老工程师的加工经验，就可以快速地完成中工过程。老工程师的编程和加工经验是靠知识库的参数设置来实现的。知识库参数的设置应由有丰富编程和加工经验的工程师来完成，设置好后可以保存为一个文件，文件名可以根据用户的习惯任意设置。有了知识库加工功能，就可以使老的编程者工作起来更轻松，也可以使新的编程者直接利用已有的加工工艺和加工参数，很快地学会编程，先进行加工，再进一步深入学习其他的加工功能。

13.1.4　Windows 界面操作

CAXA 制造工程师 2008 基于微机平台，采用原创 Windows 菜单和交互，全中文界面，让用户一见如故，轻松、流畅地学习和操作。它全面支持英文、简体和繁体中文 Windows 环境。它具备流行的 Windows 原创软件特色，支持图标菜单、工具条和快捷键的定制，还可自由创建符合用户自己习惯的操作环境。

13.1.5　丰富流行的数据接口

CAXA 制造工程师 2008 是一个开放的设计/加工工具，具有丰富的数据接口。它包括直接读取市场上流行的三维 CAD 软件，如 CATIA、Pro/E 的数据接口；基于曲面的 DXF 和 IGES 标准图形接口；基于实体的 STEP 标准数据接口；基于 Parasolid 几何核心的 X_T、X_B 格式文件；基于 ACIS 几何核心的 SAT 格式文件；面向快速成型设备的 STL 以及面向 Internet 和虚拟现实的 VRML（虚拟现实标记语言）接口。这些接口保证了与目前流行的 CAD 软件进行双向数据交换，使企业可以跨平台和跨地域与合作伙伴实现虚拟产品的开发和生产。

13.2　CAXA 制造工程师用户界面

界面是交互式 CAD/CAM 软件与用户进行交流的中介。系统通过界面反映当前信息状态及将要执行的操作，用户按照界面提供的信息作出判断，并经由输入设备进行下一步的操作。

CAXA 制造工程师 2008 的用户界面，和其他 Windows 风格的软件一样，各种应用功能通过菜单和工具栏驱动；状态栏指导用户进行操作并提示当前状态和所处位置；特征/轨迹树记录历史操作和相关系；绘图区显示各种功能操作的结果。同时，绘图区和特征/轨迹树为用户提供了数据交互功能，如图 13-3 所示。

CAXA 制造工程师 2008 工具栏中每一个按钮都对应一个菜单命令，单击按钮和单击菜单命令的操作是一样的。

图 13-3　CAXA 制造工程师 2008 操作界面

📖13.2.1　绘图区

绘图区是用户进行绘图设计的工作区域，如图 13-3 所示，中间的空白区域，位于程序界面的中心部分，并且占据了大部分面积，广阔的绘图区模型提供了良好的显示环境。

在绘图区的中央设置了一个三维直角坐标系，该坐标称为世界坐标系。它的坐标原点为(0,0,0)。用户在操作过程中所有坐标系均以此坐标系的原点为基准。

📖13.2.2　菜单栏

菜单栏包括文件、编辑、显示、造型、加工、工具、设置和帮助。每个主菜单都含有若干个下拉菜单。

单击菜单栏中的任意一个主菜单，都会弹出一个下拉菜单，如图 13-4 所示。鼠标指针指向某一个菜单项会弹出其子菜单。

选择"造型"|"曲线生成"|"直线"命令，界面左侧特征树下面会弹出一个立即菜单，并在状态栏中显示相应的操作提示和执行命令状态。对于除立即菜单和工具点

菜单以外的其他菜单来说，某些菜单选项要求用户以对话的形式给予回答。单击这些菜单时，系统会弹出一个对话框，用户可根据当前操作作出响应。

图 13-4　下拉菜单

13.2.3　立即菜单

立即菜单描述了该命令执行的各种情况和使用情况。用户根据当前的作图要求，正确地选择某一选项，即可得到准确的响应。

在立即菜单中，用鼠标选取其中的某一项（例如"两点线"），便会在下方出现一个选项菜单或者改变该项的内容。

13.2.4　快捷菜单

光标处于不同位置，单击鼠标右键会弹出不同的快捷菜单。熟练地使用快捷菜单，可以提高绘图速度。将光标移动到特征树中 XY、YZ、ZX 3 个基准平面上，单击鼠标右键，弹出快捷菜单，如图 13-5a 所示。

图 13-5　快捷菜单

将光标移动到特征树的草图上，单击鼠标右键，弹出快捷菜单，如图 13-5b 所示。

将光标移动到特征树中的特征上，单击鼠标右键，弹出快捷菜单，如图 13-5c 所示。

将光标移动到绘图区的实体上，单击鼠标右键，弹出快捷菜单，如图 13-5d 所示。

在非草图状态下，单击曲线，单击鼠标右键，弹出快捷菜单，如图 13-5e 所示。

在草图状态下，拾取草图曲线，单击鼠标右键，弹出快捷菜单，如图 13-5f 所示。

在空间曲线、曲面上选中曲线或者加工轨迹曲线，然后单击鼠标右键，弹出快捷菜单，如图 13-5g 所示。

在任意菜单空白处，单击鼠标右键，弹出快捷菜单，如图 13-5h 所示。

📖13.2.5　对话框

某些菜单选项要求用户以对话的形式予以回答，单击这些菜单时，系统会弹出一个对话框，如图 13-6 所示。用户可根据当前操作作出响应。

图 13-6　对话框

📖13.2.6　当前平面

当前平面是指当前的作图平面，是当前坐标系下的坐标平面，即 XY 面、YZ 面、XZ 面中的某一个，通过按 F5、F6、F7 3 个功能键进行选择。系统会在确定作图平面的同时，调整视向，使用户面向该坐标平面。也可以通过 F9 键，在 3 个坐标平面间切换当前平面。

系统使用连接两坐标轴正向的斜线标示当前平面，如图 13-7 所示。

图 13-7　当前坐标平面

13.2.7 光标反馈

1. 导航反馈

在绘制各种曲线时，系统通过不同的光标显示，提示用户所要绘制的曲线类型。系统提供的导航反馈信息有以下几种.

当光标显示为⬝时，绘制直线。

当光标显示为⬝时，绘制圆弧。

当光标显示为⬝时，绘制圆。

当光标显示为⬝时，绘制样条曲线。

当光标显示为⬝时，绘制矩形。

当光标显示为⬝时，绘制点。

当光标显示为⬝时，绘制正多边形。

当光标显示为⬝时，绘制二次曲线。

当光标显示为⬝时，绘制等距线。

当光标显示为⬝时，进行曲线投影。

当光标显示为⬝时，绘制相关线。

当光标显示为⬝时，输入文字。

当光标显示为⬝时，进行尺寸标注。

2. 拾取反馈

在实体、曲面或曲线上进行"点"、"线"、"面"拾取的时候，系统通过不同的光标显示，提示用户当前所捕捉到的图形对象的类型。此时，单击鼠标左键即可拾取到光标所提示类型的图形对象，CAXA 制造工程师所提供的拾取反馈信息包括以下几种：

当光标显示为⬝时，拾取到实体的一个"曲面"。

当光标显示为⬝时，拾取到实体的一个"平面"。

当光标显示为⬝时，拾取到实体的一条"棱边"。

当光括|显示为⬝时，拾取到实体的一个"顶点"。

当光标显示为⬝时，拾取到坐标系原点。

当光标显示为⬝时，拾取到直线。

当光标显示为⬝时，拾取到圆及圆弧。

当光标显示为⬝时，拾取到各种样条曲线。

当光标显示为⬝时，拾取到点。

当光标显示为⬝时，拾取到标注尺寸。

当光标显示为⬝时，拾取到曲面。

13.2.8 工具栏

在工具栏中，可以通过单击相应的按钮进行操作。工具栏可以由用户自定义，界面上的工具栏包括：

（1）标准工具栏：包含了标准的"新建"文件、"打开"文件、"保存"、"打印"

等 Windows 按钮，也有制造工程师的"线面可见"层设置、拾取过渡设置和当前颜色等按钮，如图 13-8 所示。

图 13-8 标准工具栏

（2）显示变换工具栏：包含了缩放、移动和视向定位等选择显示方式的按钮，如图 13-9 所示。

图 13-9 显示变换工具栏   图 13-10 状态工具栏

（3）状态工具栏：包含了终止当前命令和草图状态的开关，如图 13-11 所示。

（4）曲线生成工具栏：包含了直线、圆弧和公式曲线等丰富的曲线绘制工具，如图 13-12 所示。

图 13-11 曲线生成工具栏   图 13-12 几何变换工具栏

（5）几何变换工具栏：包含了平移、镜像、旋转和阵列等几何变换工具，如图 13-12 所示。

（6）曲面生成工具栏：包含了直纹面、旋转面、扫描面等曲面生成工具，如图 13-13 所示。

（7）线面编辑工具栏：包含了曲线的裁剪、过渡、拉伸、和曲面的裁剪和过渡缝合等编辑工具，如图 13-14 所示。

图 13-13 曲面生成工具栏   图 13-14 线面编辑工具栏

（8）特征工具栏：包含拉伸、导动、过渡、阵列等丰富的特征造型工具，如图 13-15 所示。

图 13-15 特征工具栏

（9）加工工具栏：包含了粗加工、精加工和补加工等 28 种加工功能，如图 13-16 所示。

图 13-16 加工工具栏

（10）坐标系工具栏：包含了创建坐标系、激活坐标系、删除坐标系和隐藏坐标系等功能，如图 13-17 所示。

（11）三维尺寸标注工具栏：包含了尺寸标注、尺寸编辑等功能，如图 13-18 所示。

图 13-17　坐标系工具栏　　　　图 13-18　三维尺寸标注工具栏　　　图 13-19　查询工具栏

（12）查询工具栏。查询工具栏包含了坐标查询、距离查询、角度查询和属性查询等功能，如图 13-19 所示。

（13）树管理器

1）零件特征树。零件特征树记录了零件生成的操作步骤，用户可以直接在特征树中对零件特征进行编辑，如图 13-20 所示。

2）加工管理树。加工管理树记录了所生成刀具轨迹的刀具、几何元素和加工参数等信息，用户可以在加工管理树上编辑上述信息，如图 13-21 所示。

3）属性树。属性树显示元素属性查询的信息，支持曲线、曲面的最大和最小曲率半径、圆弧半径等，如图 13-22 所示。

当鼠标在树管理器中聚焦时，按 Tab 键，可以在"零件树"、"加工管理树"、"属性树"之间进行切换。

图 13-20　零件特征树

图 13-21　加工管理树

图 13-22　属性树

第 **14** 章

曲面造型

　　CAXA 制造工程师 2008 提供了丰富的曲面造型方式，构造完决定曲面形状的关键线框后，就可以在线框的基础上，选用各种曲面的生成和编辑方法，在线框上构造所需定义的曲面来描述零件的外表面。本章将系统地讲解各种曲面命令的基本功能和操作的方法步骤。

- ◎　曲面生成
- ◎　曲面编辑

14.1 曲面生成

根据曲面特征线的不同组合方式，可以组织不同的曲面生成方式。

14.1.1 直纹面

直纹面是由一根直线两端点分别在两曲线上匀速运动面形成的轨迹曲面。直纹面生成有曲线+曲线、点+曲线和曲线+曲面3种方式，如图14-1所示。

图14-1 "直纹面"立即菜单

1. 曲线+曲线

在两条自由曲线之间生成直纹面。操作步骤如下：

01 执行菜单"造型"｜"曲面生成"｜"直纹面"命令，或者单击"直纹面"按钮 。

02 在立即菜单中选择"曲线+曲线"方式。

03 按提示选择两条曲线，直纹面完成，如图14-2所示。

图14-2 "曲线+曲线"方式生成直纹面

2. 点+曲线

在一点和一条曲线之间生成直纹面。操作步骤如下：

01 单击"直纹面"按钮 ，在立即菜单里选择"点+曲线"方式。

02 按提示选择一个点和一条曲线，直纹面完成，如图14-3所示。

图14-3 "点+曲线"方式生成直纹面

3. 曲线+曲面

在一条曲线和一个平面之间生成直纹面。操作步骤如下：

01 单击"直纹面"按钮，在立即菜单里选择"曲线+曲面"方式，输入角度值。

02 按提示选择曲面、曲线，输入投影方向，直纹面完成，如图 14-4 所示。

图 14-4　"曲线+曲面"方式生成直纹面

📖 14.1.2　旋转面

按指定的起始角度、终止角度将曲线绕旋转轴旋转而生成的轨迹曲面。操作步骤如下：

01 执行菜单"造型"｜"曲面生成"｜"旋转面"命令，或者单击"旋转面"按钮。

02 在立即菜单里设置起始角和终止角，默认为值为 0 和 360，即旋转一周。

03 按状态栏提示，选取空间线为旋转轴线并确定方向，方向将决定母线的旋转方向，箭头与母线旋转方向遵循右手螺旋法则，如图 14-5 所示。

图 14-5　旋转面的设置

04 选择母线后即可生成旋转面，如图 14-6a 所示；图 14-6b 为线架显示的旋转面；如图 14-6c 为起始角为 0°，终止角为 180°的情况。

a)　　　　　　　　b)　　　　　　　　c)

图 14-6　旋转面的生成过程

按照给定的起始位置和扫描距离，将曲线沿指定方向以一定的锥度扫描生成曲面。操作步骤如下：

01 执行菜单"造型"｜"曲面生成"｜"扫描面"命令，或单击"扫描面"按钮。

02 根据需要在立即菜单中输入起始距离、扫描距离、扫描角度和精度等参数。

图 14-7 扫描面

03 选择空间直线作为扫描方向，或按空格在弹出的矢量工具里选择一个方向。

04 拾取空间曲线，如果扫描角度不为 0，选择扫描夹角方向，生成扫描面，如图 14-7 所示。

参数：

◆ 起始距离：是指生成曲面的起始位置与曲线沿扫描方向的距离。

◆ 扫描距离：是指生成曲面的起始位置与终止位置沿扫描方向的距离。

◆ 扫描角度：是指生成的曲面母线与扫描方向的夹角。

14.1.3 导动面

让特征截面线沿着特征轨迹线的某一个方向扫描生成的曲面。导动面生成方式如图 14-8 所示，选择需要的生成方式。

截面线用来控制曲面一个方向上的形状，它的运动轨迹形成了导动曲面。截面线可以是曲面边界线或是曲面与平面的交线。

1. 平行导动

截面线沿导动线趋势始终平行它自身地移动而生成的曲面。截面线在运动过程中没有任何旋转。操作步骤如下：

图 14-8 "导动曲面"立即菜单

01 执行菜单"造型" | "曲面生成" | "导动曲面"命令，或单击"导动曲面"按钮 。如图 14-9a 所示。

02 拾取导动线（半圆弧），选择方向，如图 14-9b 所示。

03 拾取截面曲线（小圆），生成导动面，如图 14-9c 所示。

图 14-9 导动曲面的生成过程

2. 固接导动

在导动过程中，截面线和导动线保持固接关系，即让截面线平面与导动线的切矢量方向保持相对角度不变，而且截面线在自身相对坐标中的位置保持不变，截面线沿导动线变化的趋势导动生成曲面。固接导动有单截面线和双截面线两种，也就是说，截面可以是一条或是两条。操作步骤如下：

01 单击"导动曲面"按钮，在立即菜单里选择"固接导动"方式。

02 选择"单截面线"或"双截面线"。如图 14-10a 所示。

03 拾取导动线（样条曲线），选择方向，如图 14-10b 所示。

04 拾取截面曲线（圆），生成导动面，如图 14-10c 所示。

a)   b)   c)

图 14-10　导动面的生成过程

05 如果选择的是"双截面线"，则选择两个截面线，生成导动面，如图 14-11 所示。

图 14-11　导动面的生成过程—双截面线

3. 导动线&平面

截面线按以下规则沿一条平面或空间导动线(脊线)扫动生成曲面：截面线平面的方向与导动线上每一点的切矢方向之间相对夹角始终保持不变；截面线的平面方向与所定义的平面法矢的方向始终保持不变。

这种导动方式尤其适用于导动线是空间曲线的情形。截面线可以是一条或两条。操作步骤如下：

01 单击"导动曲面"按钮，在立即菜单中选择"导动线&平面"方式。

02 输入平面法矢方向。

03 选择导动曲线（螺旋线），根据需要为导动选择方向，如图 14-12b、e 所示。

04 选取截面曲线（半圆弧），选择一条或两条曲线，生成曲面，如图 14-12c、f 所示。

4. 导动线&边界线

截面线按以下规则沿一条导动线生成曲面：运动过程中截面线平面始终与导动线垂

直；运动过程中截面线平面与两边界线需要有两个交点；对截面线进行缩放，将截面线横跨于两个交点上。操作步骤如下：

01 单击"导动曲面"按钮，在立即菜单里选择"导动线&边界线"方式。

02 选择"单截面线"或"双截面线"，"等高"或"变高"，如图 14-13 所示。

a)   b)   c)

d)   e)   f)

图 14-12 导动线&平面

a) b) c) 为单截面线导动   d) e) f) 为双截面线导动

图 14-13 导动线&边界线立即菜单

03 拾取导动线（过原点的线），并选择导动方向，如图 14-14b 和 14-15b 所示。

a)   b)   c)

图 14-14 导动线&边界线—单截面

04 拾取两条边界线。

05 拾取截面曲线，若是双截面线导动，则拾取两条截面线，生成导动曲面，如图 14-14c 和图 14-15c 所示。

参数：

◆ 等高：对截面线之间进行缩放变换时，仅变化截面线的长度，而保持截面线的高度不变。

◆ 变高：对截面线之间进行缩放变换时，变化截面线长度，同时等比例地变化截面线的高度。

5. 双导动线

将一条或两条截面线沿着两条导动线匀速地扫动生成曲面。操作步骤如下：

01 单击"导动曲面"按钮，在立即菜单里选择"双导动线"方式。

02 选择"单截面线"或者"双截面线"，"等高"或"变高"，如图14-16所示。

图14-15 导动线&边界线—双截面

图14-16 "双导动线"立即菜单

03 选择第一条导动线（过原点，在XOY平面内的曲线），并选择导动方向，如图14-17b所示。

04 选择第二条导动线，并选择导动方向。

拾取截面曲线（在第一条导动线附近）。若是双截面线导动，应拾取两条截面线（第一条导动线附近），生成导动面，如图14-17c和d所示。

图14-17 双导动线

6. 管道曲面

给定的起始半径和终止半径的圆截面沿导动线扫描生成的曲面。操作步骤如下：

01 单击"导动曲面"按钮，在立即菜单里选择"管道曲面"，如图14-18所示。

02 输入"起始半径"、"终止半径"和"精度"的值。

03 拾取导动曲线，并选择方向，生成导动曲面，如图14-19所示。

图14-18 "管道曲面"立即菜单　　　　　图14-19 管道曲面生成

14.1.4 等距面

按给定的距离、方向生成与已知曲面等距的曲面。这个命令类似曲线中的"等距线"，只是生成的对象不同。操作步骤如下：

01 执行菜单"造型"｜"曲面生成"｜"等距面"命令，或单击"等距面"按钮。

02 输入需要的等距距离。

03 拾取曲面，选择等距方向，生成等距面，如图 14-20 所示。

图 14-20　等距面

14.1.5 平面

利用多种方式生成所需的平面。

1. 截剪平面

由封闭内轮廓进行截剪形成的有一个或多个边界的平面。操作步骤如下：

01 执行菜单"造型"｜"曲面生成"｜"平面"命令，或单击"平面"按钮。

02 在"平面"立即菜单中选择"截剪平面"方式。

03 按状态栏提示拾取平面外轮廓线，并确定链搜索方向，如图 14-21a 所示。

04 拾取内轮廓线，确定链搜索方向，如图 14-21b 所示，依次拾取多个内轮廓线。

05 拾取完毕后，单击鼠标右键确定，完成操作。生成平面，如图 14-21c 所示。

a)　　　　　　　　　b)　　　　　　　　　c)

图 14-21　截剪平面的生成过程

2. 工具平面

生成与基准平面 XOY 、YOZ 、ZOX 平行或成一定角度的平面。工具平面共有 7 种生成方式如图 14-22 所示。

操作步骤如下：

01 单击"平面"按钮，在平面立即菜单中选择"工具平面"方式。

02 根据需要选择工具平面的不同方式。

03 选择旋转轴，输入"角度"（与基准平面的夹角，夹角范围负 90°~90°）、"长度"和"宽度"的值。

04 输入平面中点，生成平面。可以连续放置多个平面。

图 14-22 "工具平面"立即菜单

14.1.6 边界面

在由已知曲线围成的边界区域上生成曲面。边界曲面的生成有两种形式：三边面和四边面。操作步骤如下：

01 执行菜单"造型"｜"曲面生成"｜"边界面"命令，或单击"边界面"按钮 ◇。

02 在立即菜单里选择"三边面"或"四边面"方式。

03 按提示拾取 3 条或 4 条空间曲线，完成操作，如图 14-23 所示。

三边面　　　　　　　　　　　四边面

图 14-23 边界面

14.1.7 放样面

以一组互不相交、方向相同、形状相似的特征线（或截面线）为骨架进行形状控制，通过这些曲线生成的曲面为放样面。放样面有两种方式：截面曲线和曲面边界。

1. 截面曲线

操作步骤如下：

01 执行菜单"造型"｜"曲面生成"｜"放样面"命令，或单击"放样面"按钮 ◇。

02 在"放样面"立即菜单中选择"截面曲线"方式，如图 14-24a 所示。

03 选择封闭或者不封闭曲面。

04 按提示拾取空间曲线为截面曲线，如图 14-24b 所示，单击鼠标右键，完成操作。如图 14-24c 所示。

a)   b)   c)

图 14-24 放样面—截面曲线

2. 曲面边界

以曲面的边界和截面线相切来生成曲面。操作步骤如下：

01 单击"放样面"按钮 ◇，在"放样面"立即菜单里选择"曲面边界"方式。

02 在第一条曲线边界上拾取其所在曲面。

03 按提示拾取空间曲线为截面曲线，单击鼠标右键。

04 在第二条曲面边界线上拾取其所在的曲面。单击鼠标右键，完成操作。生成曲面边界方式的放样面，如图 14-25 所示。

图 14-25 放样面—边界曲面

📖14.1.8 网格面

以网格曲线为骨架，蒙上自由曲面生成的曲面称为网格曲面。网格曲线是由特征线组成横竖相交线。如图 14-26 所示。操作步骤如下：

图 14-26 网格面

01 执行菜单"造型"｜"曲面生成"｜"网格面"命令，或者单击"网格面"

按钮 。

02 拾取空间曲线为 U 向截面线，依此顺序选择曲线，单击鼠标右键结束。

03 拾取空间曲线为 V 向截面线，依此顺序选择曲线，单击鼠标右键结束，完成操作。

📖 14.1.9 实体表面

把通过特征生成的实体表面剥离出来而形成一个独立的面。操作步骤如下：

01 执行菜单"造型"｜"曲面生成"｜"实体表面"命令，或者单击"实体表面"按钮 。

02 按提示拾取实体表面，如图 14-27 所示。

图 14-27 实体表面

14.2 曲面编辑

曲面编辑主要讲述有关曲面的常用编辑命令及操作方法，是制造工程师的重要功能。

曲面编辑包括曲面裁剪、曲面过渡、曲面缝合、曲面拼接和曲面延伸 5 种功能。另外还有曲面优化和曲面重拟合功能。

📖 14.2.1 曲面裁剪

曲面裁剪对生成的曲面进行修剪，去掉不需要的部分。

在曲面裁剪功能中，可以选用各种元素，包括各种曲线和曲面来修理和剪裁曲面，获得所需要的曲面形态。也可以将被裁剪了的曲面恢复到原来的样子。

曲面裁剪如图 14-28 所示。

在各种曲面裁剪方式中，用户都可以通过切换立即菜单来采用裁剪或分裂的方式。在分裂的方式中，

图 14-28 "曲面裁剪"立即菜单

系统用剪刀线将曲面分成多个部分，并保留裁剪生成的所有曲面部分。在裁剪方式中，系统只保留用户所需要的曲面部分，其他部分将都被裁剪掉。系统根据拾取曲面时鼠标的位置来确定用户所需要的部分，即剪刀线将曲面分成多个部分，用户在拾取曲面时鼠标单击在哪一个曲面部分，就保留哪一部分。

1. 投影线裁剪

投影线裁剪是将空间曲线沿给定的固定方向投影到曲面上，形成剪刀线来裁剪曲面。操作步骤如下：

01 执行菜单"造型"｜"曲面编辑"｜"曲面裁剪"命令，或者单击"曲面裁剪"按钮 🦌。

02 在立即菜单里选择"投影线裁剪"，"裁剪"或"分裂"方式。

03 拾取被裁剪的曲面（选取需保留的部分）。

04 输入投影方向。按空格键，弹出"矢量工具"菜单，选择投影方向，如图 14-29a 所示。

05 拾取剪刀线。拾取曲线，曲线变红，如图 14-29b 所示。裁剪完成，如图 14-29c 所示。

图 14-29　投影线裁剪

2. 等参线裁剪

以曲面上给定的等参线为剪刀线来裁剪曲面，有裁剪和分裂两种方式。参数线的给定可以通过立即菜单选择过点或者指定参数来确定。"等参线裁剪"立即菜单，如图 14-30 所示。操作步骤如下：

01 单击"曲面裁剪"按钮 🦌，在立即菜单中选择"等参线裁剪"方式。

02 选择"裁剪"或"分裂"、"过点"或"指定参数"方式，如图 14-31 所示。

图 14-30　等参线裁剪-立即菜单

03 拾取曲面，如果是过点方式还要指定一个点，选择方向，单击左键可以切换方向，如图 14-31a 和 b 所示，单击鼠标右键确定，裁剪完成，如图 14-31c 所示。

图 14-31　等参线裁剪

3. 线裁剪

曲面上的曲线沿曲面法矢方向投影到曲面上，形成剪刀线来裁剪曲面。操作步骤如下：

01 单击"曲面裁剪"按钮，在立即菜单中选择"线裁剪"。

02 选择"裁剪"或"分裂"方式。

03 拾取被裁剪的曲面（选取需保留的部分）。

04 拾取剪刀线。拾取曲线，曲线变红，裁剪完成，如图14-32所示。

图14-32　线裁剪

4. 面裁剪

剪刀曲面和被裁剪曲面求交，用求得的交线作为剪刀线来裁剪曲面。操作步骤如下：

01 单击"曲面裁剪"按钮，在立即菜单上选择"面裁剪"方式。

02 选择"裁剪"、"分裂"，"相互裁剪"或"裁剪曲面1"方式。

03 拾取被裁剪的曲面（选取需保留的部分）。

04 拾取剪刀曲面，裁剪完成，如图14-33所示。

图14-33　面裁剪

5. 裁剪恢复

将拾取到的曲面裁剪部分恢复到没有裁剪的状态。如果拾取的裁剪边界是内边界，系统将取消对该边界施加的裁剪；如果拾取的是外边界，系统将把外边界恢复到原始边界状态。操作步骤如下：

01 单击"曲面裁剪"按钮，在立即菜单里选择"裁剪恢复"方式。

02 拾取曲面，裁剪恢复完成。

14.2.2　曲面过渡

在给定的曲面之间以一定的方式作给定半径或半径规律的圆弧过渡面，以实现曲面之间的光滑过渡。曲面过渡就是用截面是圆弧的曲面将两张曲面光滑连接起来，过渡面不一定过原曲面的边界。

曲面过渡如图14-34所示。

曲面过渡支持等半径过渡和变半径过渡。变半径过渡是指沿着过渡面半径是变化的过渡方式。不管是线性变化半径还是非线性变化半径，系统都能提供有力的支持。用户可以通过给定导引边界线或给定半径变化规律的方式来实现变半径过渡。

1. 两面过渡

在两个曲面之间进行给定半径或给定半径变化规律的过渡，生成的过渡面的截面将沿两曲面的法矢方向摆放。两面过渡有两种方式，即等半径过渡和变半径过渡。

等半径两面过渡有裁剪曲面、不裁剪曲面和裁剪指定曲面 3 种方式。

变半径两面过渡可以拾取参考线，定义半径变化规律，过渡面将从头到尾按此半径变化规律来生成。在这种情况下，依靠拾取的参考线和过渡面中心线之间弧长的相对比例关系来映射半径变化规律。因此，参考曲线越接近过渡面的中心线，就越能在需要的位置上获得给定的精确半径。同样，变半径两面过渡也分为裁剪曲面、不裁剪曲面和裁剪指定曲面 3 种方式。

图 14-34 "曲面过渡"立即菜单

等半径过渡与变半径过渡操作步骤不同，下面分别介绍。

（1）等半径过渡。

01 执行菜单"造型"｜"曲面编辑"｜"曲面过渡"命令，或者单击"曲面过渡"按钮。

02 在立即菜单中选择"两面过渡"，"等半径"和是否裁剪曲面，输入半径值。

03 拾取第一张曲面，并选择方向。

04 拾取第二张曲面，并选择方向，指定方向，曲面过渡完成，如图 14-35 所示。

图 14-35　两面过渡—等半径

（2）变半径过渡。

01 单击"曲面过渡"按钮，在立即菜单中选择"变半径"和是否裁剪曲面。

02 在图 14-36a 中拾取第一张曲面，并选择方向。拾取第二张曲面，并选择方向。

图 14-36　两面过渡-变半径

03 拾取参考曲线，指定曲线。

04 指定参考曲线上点并定义半径，指定点后，弹出立即菜单如图 14-36b 所示，在立即菜单中输入座标值和半径值。

05 可以指定多点及其半径，所有点都指定完后，单击鼠标右键确认，曲面过渡完成，如图 14-36c 所示。

2．三面过渡

在 3 张曲面之间对曲面两两进行过渡处理，并用一张角面将 3 张过渡面连接起来。

若两两曲面之间的 3 个过渡半径相等，称为三面等半径过渡；若两两曲面之间的 3 个过渡半径不相等，称为三面变半径过渡。操作步骤如下：

01 单击"曲面过渡"按钮 ，在立即菜单中选择"三面过渡"方式。

02 选择"内过渡"或"外过渡"、"等半径"或"变半径"，是否裁剪曲面，输入半径值。

03 按状态栏中提示拾取曲面，选择方向，曲面过渡完成，如图 14-37 和图 14-38 所示。

选择过度方向　　　剪裁曲面　　　不剪裁曲面　　　外过渡

图 14-37　三面过渡—等半径

图 14-38　三面过渡—变半径

3．系列面过渡

系列面是指首尾相接、边界重合，并在重合边界处保持光滑连接的多张曲面的集合。系列面过渡就是在两个系列面之间进行过渡处理。

（1）等半径。

01 单击"曲面过渡"按钮 ，在立即菜单中选择"系列面过渡"方式。

02 选择"等半径"和是否裁剪曲面，输入半径值。

03 拾取第一系列曲面"，依次拾取每一系列所有的曲面，拾取完后单击鼠标右键确认。

04 改变曲线方向（在选定曲面上点取），当显示的曲面方向与所需的不同时，点取该曲面，曲面方向改变,改变完所有需改变曲面方向后,单击鼠标右键确认,如图 14-39a 所示。

05 拾取第二系列曲面，依次拾取每二系列所有曲面，拾取完后单击鼠标右键确认。

06 改变曲线方向（在选定曲面上点取），改变曲面方向后，单击鼠标右键确认，系列面过渡完成，如图 14-39b 所示。

（2）变半径

01 单击"曲面过渡"按钮 ，在立即菜单中选择"系列面过渡"方式。

02 选择"变半径"和是否裁剪曲面。

03 拾取第一系列曲面，拾取第一系列所有曲面，单击鼠标右键确认。

04 改变曲线方向（在选定曲面上点取），改变曲面方向后，单击鼠标右键确认。

05 拾取第二系列曲面，依次拾取第二系列所有曲面，拾取完后单击鼠标右键确认。

06 改变曲线方向（在选定曲面上点取），改变曲面方向后，单击鼠标右键确认。

07 拾取参考曲线。

08 指定参考曲线上点并定义半径，指定点，弹出输入半径对话框，输入半径值，单击"确定"按钮。指定完要定义的所有点后，单击鼠标右键确定，系列面过渡完成，如图 14-40 所示。

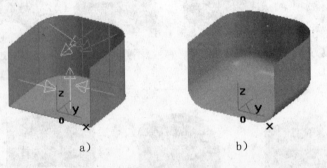

a)　　　　　　　　　　　　b)

图 14-39　系列面过渡—等半径

图 14-40　系列面过渡—变半径

4．曲线曲面过渡

过曲面外一条曲线，作曲线和曲面之间的等半径或变半径过渡面。

（1）等半径

01 单击"曲面过渡"按钮 ，在立即菜单中选择"曲线曲面过渡"方式。

02 选择"等半径"和是否裁剪曲面，输入半径值。

03 拾取曲面，单击所选方向。

04 拾取曲线，曲线曲面过渡完成，如图 14-41 所示。

图 14-41　曲线曲面过渡—等半径

（2）变半径

操作步骤如下：

01 单击"曲面过渡"按钮 ，在立即菜单中选择"曲线曲面过渡"方式。

02 选择"变半径"和是否裁剪曲面。

03 拾取曲面，单击所选方向，如图 14-42b 所示。

04 拾取曲线。

05 指定参考曲线上点，输入半径值，单击按钮确定。指定完要定义的所有点后，单击鼠标右键确定，曲线面过渡完成，如图 14-42c 所示。

图 14-42　曲线面过渡—变半径

5. 参考线过渡

给出一条参考线，在两曲面之间作等半径或变半径过渡，生成的相切过渡面的截面将位于垂直于参考线的平面内。

这种过渡方式尤其适用各种复杂多拐的曲面，其曲率半径较小且需要做大半径过渡的情形。这种情况下，一般的两面过渡生成的过渡曲面将发生自交，生成不出满意、完整的过渡曲面。但在参考线过渡方式中，只要用户选用合适简单的参考曲线，就能获得满意的结果。

（1）等半径

01 单击"曲面过渡"按钮 ，在立即菜单中选择"参数线过渡"方式。

02 选择"等半径"和是否裁剪曲面，输入半径值。

03 拾取第一张曲面，单击所选方向。拾取第二张曲线，单击所选方向，如图 14-43b 所示。

04 拾取参考曲线，参数线过渡完成，如图 14-43c 所示。

图 14-43　参数线过渡—等半径

（2）变半径

01 单击"曲面过渡"按钮 ⌲，在立即菜单中选择"参数线过渡"方式。

02 选择"变半径"和是否裁剪曲面。

03 拾取第一张曲面，确定方向。拾取第二张曲线，确定方向，如图 14-44b 所示。

04 拾取参考曲线。

05 指定参考曲线上点，输入半径值，如图 14-44d 所示，单击"确定"按钮。指定完要定义的所有点后，单击鼠标右键确定，参数线过渡完成，如图 14-44c 所示。

图 14-44　参数线过渡—变半径

6．曲面上线过渡

两曲面作过渡，指定第一曲面上的一条线为过渡面的导引边界线的过渡方式。系统生成的过渡面将和两张曲面相切，并以导引线为过渡面的一个边界，即过渡面过此导引线和第一曲面相切。

01 单击"曲面过渡"按钮 ⌲，在立即菜单中选择"曲面上线过渡"。

02 拾取第一张曲面，单击所选方向。拾取曲线（引导线），如图 14-45b 所示。

03 拾取第二张曲面，单击所选方向。

04 单击鼠标右键结束，曲面上线过渡完成，如图 14-45c 所示。

图 14-45　参考线过渡

7. 两线过渡

两曲线间作过渡，生成给定半径的以两曲面的两条边界线或者一个曲面的一条边界线和一条空间脊线为边生成过渡面。

01 单击"曲面过渡"按钮，在立即菜单中选择"两线过渡"方式。

02 选择"脊线+边界线"或"两边界线"，输入半径值，如图14-46所示。

03 按状态栏中提示操作脊线、边界线，两线过渡完成。

图14-46 两线过渡

📖14.2.3 曲面缝合

曲面缝合是指将两张曲面光滑连接为一张曲面。

曲面缝合有两种方式：通过曲面1的切矢进行光滑过渡连接；通过两曲面的平均切矢进行光滑过渡连接。

1. 曲面切矢1

曲面切矢1方式曲面缝合，即在第一张曲面的连接边界处按曲面1的切方向和第二张曲面进行连接，这样，最后生成的曲面仍保持有曲面1形状的部分。操作步骤如下：

01 执行菜单"造型"｜"曲面编辑"｜"曲面缝合"命令，或者单击"曲面缝合"按钮。

02 选择曲面缝合的方式"曲面切矢1"。

03 根据状态栏提示，选择两个要缝合的曲面，完成操作，如图14-47所示。

图14-47 曲面缝合—曲面切矢1

2. 平均切矢

切矢方式曲面缝合，在第一张曲面的连接边界处按两曲面的平均切方向进行光滑连接。最后生成的曲面在曲面1和曲面2处都改变了形状。操作步骤如下：

01 单击"曲面缝合"按钮，选择"平均切矢"方式。

02 根据状态栏提示，选择两个要缝合的曲面，完成操作，如图14-48所示。

图 14-48　曲面缝合—平均切矢

📖 14.2.1　曲面拼接

曲面拼接是曲面光滑连接的一种方式。它可以通过多个曲面的对应边界，生成一张曲面与这些曲面光滑相接。

曲面拼接共有 3 种方式：两面拼接、三面拼接和四面拼接。

在许多物体的造型中，通过曲面生成、曲面过渡、曲面裁剪等工具生成物体的型面后，总会在一些区域留下一片空缺，称之为"洞"。曲面拼接就可以对这种情形进行"补洞"处理，如图 14-49 所示。

图 14-49　补洞处理

1．两面拼接

做一曲面，使其连接两给定曲面的指定对应边界，并在连接处保证光滑。操作步骤如下：

01 执行菜单"造型"｜"曲面编辑"｜"曲面拼接"命令，或者单击"曲面拼接"按钮。

02 选择"两面拼接"方式。

03 根据状态栏提示拾取两个曲面，两面拼接完成，如图 14-50 所示。

图 14-50　两面拼接

2．三面拼接

作一曲面,使其连接 3 个给定曲面的指定对应边界,并在连接处保证光滑。

3 个曲面在角点处两两相接,成为一个封闭区域,中间留下一个"洞",三面拼接就能光滑拼接 3 张曲面及其边界而进行"补洞"处理。操作步骤如下:

01 单击"曲面拼接"按钮 🖳,在立即菜单里选择"三面拼接"方式。

02 按状态栏提示选择图形元素。

03 选择完成后,生成三面拼接曲面,如图 14-51 所示。

图 14-51 三面拼接

3.四面拼接

做一曲面,使其连接 4 个给定曲面的指定对应边界,并在连接处保证光滑。

4 个曲面在角点处两两相接,形成一个封闭区域,中间留下一个"洞",四面拼接就能光滑拼接 4 张曲面及其边界而进行"补洞"处理。操作步骤如下:

01 单击"曲面拼接"按钮 🖳,在立即菜单中选择"四面拼接"方式。

02 按状态栏提示选择曲面,选择至少一张曲面后单击鼠标右键可以选择曲线。

03 选择完成后,曲面拼接完成,如图 14-52 所示。

图 14-52 四面拼接

📖14.2.5 曲面延伸

在应用中很多情况会遇到所作的曲面短或窄,无法进行一些操作的情况。这就需要把曲面扩大。曲面延伸就是解决这种情况的。

把原曲面按所给长度沿相切的方向延伸出去,扩大曲面。延伸曲面有两种方式:长度延伸和比例延伸。操作步骤如下:

01 执行菜单"造型"|"曲面编辑"|"曲面延伸"命令,或单击"曲面延伸"按钮 🖳。

02 在立即菜单中选择"长度延伸"或"比例延伸"方式,输入长度或比例值。

03 按状态栏提示"拾取曲面",单击曲面,延伸完成,如图 14-53 所示。

📖14.2.6 曲面重拟合

在很多情况下,生成的曲面是 NURBS 表达的(即控制顶点的权因子不全为 1),或者有重节点,这样的曲面在某些情况下不能完成运算。这时,需要把曲面修改为 B 样条表达形式(没有重节点，控制顶点权因子全部是1)。曲面重拟合功能就是把 NURBS 曲面在给定的精度条件下拟合为 B 样条曲面。操作步骤如下：

图 14-53　曲面延伸

01 执行菜单"造型"｜"曲面编辑"｜"曲面重拟合"命令，或单击"曲面重拟合"按钮◇。

02 在立即菜单中选择"保留原曲面"或"删除原曲面"方式，输入精度值。

03 按状态栏中提示"拾取曲面"，单击曲面，拟合完成。

第 15 章

实体造型

特征实体造型是 CAXA 制造工程师 2008 的重要组成部分。CAXA 制造工程师 2008 采用精确的特征实体造型技术，完全抛弃了传统的体素合并和交、并、差的繁琐方式，将设计信息用特征术语来描述，使整个设计过程更直观、简单、准确。

通常的特征包括孔、槽、型腔、点、凸台、圆柱体、块、圆锥体、球体和管子等。CAXA 制造工程师 2008 可以方便地建立和管理这些特征信息。本章将学习各种实体造型的方法和技巧，及各个命令中应该注意的事项。

学 习 要 点

- ◎ 草图
- ◎ 特征生成
- ◎ 特征处理
- ◎ 模具生成

15.1 草图

草图，也称为轮廓，是生成三维实体必须依赖的封闭曲线的组合。草图是为特征造型准备的一个平面图形，是绘制特征实体的关键步骤。

15.1.1 基准平面

1．确定基准平面

草图必须依赖于一个基准面，开始绘制一个新草图前必须选择一个基准面。基准面可以是特征树中已有的坐标平面（如 XOY、XOZ、YOZ 坐标平面），也可以是实体表面的某个平面，还可以是构造出来的平面。如果在没有确定基准平面时，单击"绘制草图"按钮 ，则会弹出提示框要求必须选择一个绘制草图的平面或选择一个草图。

2．选择基准平面

实现选择基准平面很简单，只要用鼠标选中特征树中平面（包括 2 个坐标平面和构造的平面）的任何一个，或选择实体的某一个表面就可以了。

3．构造基准平面

基准平面是绘制草图的基础。CAXA 制造工程师 2008 提供 8 种构造基准平面的方式，如图 15-1 所示，可以方便、灵活地构造需要的基准面，从而大大提高了实体造型的速度。

图 15-1 "构造基准面"对话框

15.1.2 草图

1．草图绘制

选择一个基准平面或是一个实体面后，单击"绘图草图"按钮 进入草图状态后，就可以利用曲线生成命令绘制需要的草图了。草图的绘制可以通过两种方法进行：第一，先绘制出图形的大致形状，然后通过草图参数化功能对图形进行修改，最终得到需要的图形；第二，直接按照尺寸精确作图。通常两种方法会同时使用。

2．编辑草图

在草图状态下绘制的草图一般要进行编辑和修改。在草图状态下进行的编辑操作只与该草图相关，不能编辑其他草图曲线或空间曲线。

如果退出草图状态后，还想修改某基准平面上已有的草图，则只需在特征树中选取这一草图。单击"绘制草图"按钮 或将光标移到特征树的草图上，单击鼠标右键，在弹出的立即菜单中选择编辑草图，进入草图状态。也就是说，这一草图被打开了。草图只有处于打开状态时，才可以被编辑和修改。

3．草图参数化修改

在草图环境下，可以任意绘制曲线，可以不考虑坐标和尺寸的约束。之后，对绘制的草图标注尺寸，接下来只需改变尺寸的数值，二维草图就会随着给定的尺寸值而变化，达到最终希望的精确形状，这就是草图参数化功能，也就是尺寸驱动功能。制造工程师还可以直接读取非参数化的 EXB、DW、DWG 等格式的图形文件，在草图中对其进行参数化重建。草图参数化修改适用于图形的几何关系保持不变，只对某一尺寸进行修改。

尺寸驱动模块中共有 3 个功能：尺寸标注、尺寸编辑和尺寸驱动。

15.2 特征生成

📖 15.2.1 拉伸增料

将一个轮廓曲线根据指定的距离作拉伸操作，用以生成一个增加材料的特征。操作步骤如下：

01 执行菜单"造型" | "特征生成" | "增料" | "拉伸"命令，或者单击"拉伸"按钮，弹出"拉伸增料"对话框，如图 15-2 所示。

02 选取拉伸类型，输入"深度"值，拾取草图，单击"确定"按钮完成操作。

图 15-2 "拉伸增料"对话框

◆ 类型：包括"固定深度"、"双向拉伸"和"拉伸到面" 3 种。

➢ 固定深度：是指按照给定的深度数值进行单向的拉伸。

➢ 双向拉伸：是指以草图为中心，向相反的两个方向进行拉伸，深度值以草图为中心平分。

➢ 拉伸到面：是指拉伸位置以曲面为结束点进行拉伸，需要选择要拉伸的草图和拉伸到的曲面。

◆ 深度：是指拉伸的尺寸值，可以直接输入所需的数值，也可以单击"微调框"按钮来调节。

◆ 拉伸对象：是指对需要拉伸的草图的选取。

◆ 反向拉伸：是指与默认方向相反的方向进行拉伸。

◆ 增加拔模斜度：是指使拉伸的实体带有锥度。

◆ 角度：是指拔模时母线与中心线的夹角。

◆ 向外拔模：是指与默认方向相反的方向进行操作。

◆ 拉伸为：包括"实体特征"和"薄壁特征"两种。

    ➢ 特征实体：将草图轮廓拉伸为实体特征。

    ➢ 薄壁特征：将草图轮廓偏置后拉伸为薄壁特征。

薄壁特征

    ➢ 单一方向：将草图图线沿给定的壁厚值偏置，以生成增料特征。

    ➢ 中面：将草图图线沿两个方向对称偏置，以生成增料特征。

    ➢ 两个方向：将草图图线沿沿两个方向以给定壁厚值偏置，以生成增料特征。

15.2.2 旋转增料

通过围绕一条空间直线旋转一个或多个封闭轮廓，增加生成一个特征。操作步骤如下：

01 执行菜单"造型"|"特征生成"|"增料"|"旋转"命令，或者单击"旋转"按钮 ，弹出"旋转"对话框，如图15-3所示。

02 选取旋转类型，输入角度，拾取草图和轴线，单击"确定"按钮完成操作。

图 15-3 旋转增料

◆ 类型

    ➢ 单向旋转：是指按照给定的角度数值进行单向的旋转。

    ➢ 对称旋转：是指以草图为中心，向相反的两个方向进行旋转，角度值以草图为中心平分。

    ➢ 双向旋转：是指以草图为起点，向两个方向进行旋转，角度值分别输入。

◆ 角度：是指旋转的尺寸值，可以直接输入所需数值，也可以点击按钮来调节。

◆ 反向旋转：是指与默认方向相反的方向进行旋转。

◆ 拾取：是指对需要旋转的草图和轴线的选取。

📖 15.2.3 放样增料

根据多个截面线轮廓生成一个实体。截面线应为草图轮廓。操作步骤如下：

01 执行菜单"造型"|"特征生成"|"增料"|"放样"命令，或者单击"放样"按钮🎯，弹出"放样"对话框，如图15-4a所示。

02 选取轮廓线，单击"确定"按钮完成操作，如图15-4b和c所示。

a)　　　　　　　b)　　　　　　　c)

图15-4　放样

◆ 轮廓：是指对需要放样的草图。

◆ 上和下：是指调节拾取草图的顺序。

📖 15.2.4 导动增料

将某一截面曲线或轮廓线沿着另外一条轨迹线运动生成一个特征实体。截面线应为封闭的草图轮廓，截面线的运动形成了导动曲面。操作步骤如下：

执行菜单"造型"|"特征生成"|"增料"|"导动"命令，或者单击"导动"按钮🔄，弹出"导动"对话框，如图15-5所示。

01 在"控制选项"中选择导动方式。

02 按提示先选取"轨迹线"，确定搜索方向，单击鼠标右键完成拾取。

图15-5　"导动"对话框

03 拾取作为轮廓线的草图，单击"确定"按钮完成操作，如图15-6所示。

◆ 轮廓截面线：指需要导动的草图，截面线应为封闭的草图轮廓。

◆ 轨迹线：指草图导动所沿的路径。

◆ 选型控制

　➢ 平行导动：指截面线沿导动线趋势，始终平行它自身地移动而生成的特征实体。

　➢ 固接导动：指在导动过程中，截面线和导动线保持固接关系，即让截面线平面与导动线的切矢方向保持相对角度不变，而且截面线在自身相对坐标架中的位置关系保持不变，截面线沿导动线变化的趋势导动生成特征实体。

◆ 导动反向：指与默认方向相反的方向进行导动。

◆ 重新拾取：重新拾取截面线和轨迹线。

平行导动   固接导动

图 15-6   导动

📖15.2.5   曲面加厚增料

对指定的曲面按照给定的厚度和方向进行生成实体。操作步骤如下：

01 执行菜单"造型"｜"特征生成"｜"增料"｜"曲面加厚"命令，或者单击"曲面加厚"按钮🔄，弹出"曲面加厚"对话框，如图 15-7 所示。

02 输入"厚度"，确定加厚方向，拾取曲面，单击"确定"按钮完成操作，如图 15-8 所示。

图 15-7   曲面加厚对话框   图 15-8   曲面加厚

厚度：是指对曲面加厚的尺寸，可以直接输入所需数值，也可以单击微调框来调节。

◆ 加厚方向 1： 是指曲面的法线方向，生成实体。
◆ 加厚方向 2：是指与曲面法线相反的方向，生成实体。
◆ 双向加厚：是指从两个方向对曲面进行加厚，生成实体。
◆ 加厚曲面：是指需要加厚的曲面。

15.3 特征处理

📖15.3.1   过渡

过渡是指以给定半径或半径规律在实体间作光滑过渡。操作步骤如下：

01 执行菜单"造型"｜"特征生成"｜"过渡"命令，或者单击"过渡"按钮🔘，弹出"过渡"对话框，如图 15-9 所示。

02 输入半径，确定过渡方式和结束方式，选择变化方式，拾取需要过渡的元素，单击"确定"按钮完成操作。

◆ 半径：是指过渡圆角的尺寸值，可以直接输入所需数值，也可以单击微调框来调节。

◆ 过渡

　　➢ 等半径：是指整条边或面以固定的尺寸值进行过渡。

　　➢ 变半径：是指在边或面以渐变的尺寸值进行过渡，需要分别指定各点的半径。

图 15-9　"过渡"对话框

◆ 结束方式有 3 种：缺省方式、保边方式和保面方式。

◆ 线性变化：是指在变半径过渡时，过渡边界为直线。

◆ 光滑变化：是指在变半径过渡时，过渡边界为光滑的曲线。

◆ 需要过渡的元素：是指是指对需要过渡的实体上的边或者面的选取。

◆ 顶点：是指在边半径过渡时，所拾取的边上的顶点。

◆ 沿切面延顺：是指在相切的几个表面的边界上，拾取一条边时，可以将边界全部过渡，先将竖的边过渡后，在用此功能选取一条横边。

◆ 过渡面后退：使零件变缓慢、光滑。

📖 15.3.2　倒角

倒角是指对实体的棱边进行光滑过渡。操作步骤如下：

01 执行菜单"造型" | "特征生成" | "倒角"命令，或者单击"倒角"按钮，弹出"倒角"对话框，如图 15-10 所示。

02 输入"距离"和"角度"，拾取需要倒角的元素，单击"确定"按钮完成操作。效果如图 15-11 所示。

图 15-10　"倒角"对话框

图 15-11　倒角效果

◆ 距离：是指倒角的边尺寸值，可以直接输入所需数值，也可以单击微调框来调节。

◆ 角度：是指所倒角度的尺寸值，可以直接输入所需数值，也可以单击微调框来调节。

◆ 需倒角的元素：是指对需要过渡的实体上的边的选取。

◆ 反方向：是指与默认方向相反的方向进行操作，分别按照两个方向生成实体。

📖15.3.3 筋板

在指定位置增加加强筋。操作步骤如下：

01 执行菜单"造型"｜"特征生成"｜"筋板"命令，或者单击"筋板"按钮，弹出"筋板特征"对话框，如图 15-12 所示。

图 15-12　"筋板"对话框

02 选取筋板加厚方式，输入厚度，拾取草图，如图 15-13 所示，单击"确定"按钮完成操作，如图 15-14 所示。

图 15-13　筋板草图　　　　　　　　　　图 15-14　生成筋板特征

◆ 筋板厚度：分为两种加厚方式，及单向加厚和双向加厚。

　➤ 单向加厚：是指按照固定的方向和厚度生成实体。

　➤ 双向加厚：是指按照相反的方向生成给定厚度的实体，厚度以草图评分。

　反向：与默认给定的单项加厚方向相反。

◆ 加固方向反向：是指与默认加固方向相反，为按照不同的加固方向所做的筋板。

◆ 拾取草图：拾取要生成筋板的草图轮廓。

📖15.3.4 抽壳

根据指定壳体的厚度将实心物体抽成内空的薄壳体。操作步骤如下：

01 执行菜单"造型"｜"特征生成"｜"抽壳"命令，或者单击"抽壳"按钮，弹出"抽壳"对话框，如图 15-15 所示。

02 选取需抽去的面，输入抽壳厚度，如果各面抽壳厚度不等，则拾取多面后，分别设置厚度即可，单击"确定"按钮完成操作，如图 15-16 所示。

图 15-15　"抽壳"对话框　　　　　　　图 15-16　抽壳特征

◆　厚度：是指抽壳后实体的壁厚。

◆　需抽去的面：是指要拾取，去除材料的实体表面。

◆　向外抽壳：是指与默认抽壳方向相反，在同一个实体上分别按照两个方向生成实体，结果是尺寸不同。

15.3.5　拔模

此功能用来对几何面的倾斜角进行修改。

1．中立面拔模

拔模是指保持中性面与拔模面的交轴不变（即以此交轴为旋转轴），对拔模面进行相应拔模角度的旋转操作。操作步骤如下：

01 执行菜单"造型"｜"特征生成"｜"拔模"命令，或者单击"拔模"按钮，弹出"拔模"对话框，如图 15-17 所示。

图 15-17　"拔模"对话框—中立面方式

02 输入拔模角度，选取中立面和拔模面，单击"确定"按钮完成操作，如图 15-18 所示。

图 15-18　生成抽壳特征

◆ 拔模角度：是指拔模面法线与中立面所夹的锐角。

◆ 中性面：是指拔模起始的位置。

◆ 拔模面：需要进行拔模的实体表面。

◆ 向里：是指与默认方向相反，分别按照两个方向生成实体。

　2．分型线拔模

　　分型线拔模指保持分型线不变，对分型线所在面进行按指定的拔模角度进行旋转操作。操作步骤如下：

　　单击"拔模"按钮 ，弹出"拔模"对话框。

在"拔模类型"中选择"分型线"，如图 15-19 所示。输入拔模角度，选择拔模方向，拾取分型边，单击"确定"按钮完成操作。

◆ 拔模方向：以拾取的面的法线或实体棱边来定义拔模方向矢量。

◆ 拔模角度：是指拔模面法线与分型面所夹的锐角。

◆ 分型边：是指拔模时不变的实体边界。

◆ 其它面：切换拔模面。

◆ 反向：与默认方向相反。

图 15-19　"拔模"对话框—分型线方式

📖 15.3.6　孔

　　孔是指在平面上直接去除材料生成各种类型的孔。操作步骤如下：

　01 执行菜单"造型"｜"特征生成"｜"孔"命令，或者单击"孔"按钮 📷，弹出"孔"对话框。

　02 拾取打孔平面，选择孔的类型，指定孔的定位点，单击"下一步"按钮，如图 15-20a 所示。

　03 输入孔的参数，如图 15-20b 所示，单击"确定"按钮完成操作，结果如图 15-21 所示。

a）孔类型

b）孔参数

图 15-20　孔设置

图 15-21　孔效果

📖 15.3.7　线性阵列

通过线性阵列可以沿一个方向或多个方向快速进行特征的复制。操作步骤如下：

01 执行菜单"造型"｜"特征生成"｜"线性阵列"命令，或者单击"线性阵列"按钮🖳，弹出"线性阵列"对话框，如图 15-22a 所示。

02 分别在第一和第二阵列方向，拾取"阵列对象"和"边/基准轴"，输入"距离"和"数目"，单击"确定"按钮完成操作，如图 15-22b 所示。

◆ 方向：指阵列的第一方向和第二方向。

◆ 阵列对象：指要进行阵列的特征。

◆ 边/基准轴：阵列所沿指示方向的边或者基准轴。

◆ 距离：指阵列对象相距的尺寸值，可以直接输入所需数值，也可以单击微调框来调节。

◆ 数目：指阵列对象的个数，可以直接输入所需数值，也可以单击微调框来调节。

◆ 反转方向：是指与默认方向相反的方向进行阵列。

a）线性阵列对话框

第1方向，距离15，数目2

第2方向，距离20，数目2

b）线性阵列

图 15-22　生成线性阵列特征

📖 15.3.8　环形阵列

绕某基准轴旋转将特征阵列为多个特征，构成环形阵列。基准轴应为空间直线。操作步骤如下：

01 执行菜单"造型"｜"特征生成"｜"环形阵列"命令，或者单击"环形阵列"按钮🔲，弹出"环形阵列"对话框，如图 15-23a 所示。

02 拾取"阵列对象"和"边/基准轴"，输入"角度"和"数目"，单击"确定"

按钮完成操作，如图 15-23b 所示。

a）"环形阵列"对话框   b）环形阵列

图 15-23 生成环形阵列特征

◆ 阵列对象：是指要进行阵列的特征。
◆ 边/基准轴：阵列所沿的指示方向的边或者基准轴。
◆ 角度：是指阵列对象所夹的角度值，可以直接输入所需数值，也可以单击微调框来调节。
◆ 数目：是指阵列对象的个数，可以直接输入所需数值，也可以单击微调框来调节。
◆ 反转方向：是指与默认方向相反的方向进行阵列，分别如图。
◆ 自身旋转：是指在阵列过程中，这列对象在绕阵列中心选旋转的过程中，绕自身的中心旋转，否则，将互相平行。

15.4 模具生成

📖15.4.1 缩放

给定基准点对零件进行放大或缩小。操作步骤如下：

01 执行菜单"造型"｜"特征生成"｜"缩放"命令，或单击"缩放"按钮 📇，弹出"缩放"对话框。如图 15-24 所示。

02 选择基点或输入数据点，输入"收缩率"值，单击"确定"按钮完成操作，如图 15-25 所示。

图 15-24 "缩放"对话框   图 15-25 缩放实体特征（零件质心，50%）

◆ 基点

➢ 零件质心：是指以零件的质心为基点进行缩放。

➢ 拾取基准点：是指根据拾取的工具点为基点进行缩放。

➢ 给定数据点：是指以输入的具体数值为基点进行缩放。

◆ 收缩率：是指放大或缩小的比率。此时零件的缩放基点为零件模型的质心。

15.4.2 型腔

以零件为型腔生成包围此零件的模具。操作步骤如下：

01 执行菜单"造型"|"特征生成"|"型腔"命令，或者单击"型腔"按钮，弹出"型腔"对话框，如图15-26所示。

图15-26 "型腔"对话框

02 分别输入"收缩率"和"毛坯放大尺寸"的值，单击"确定"按钮完成操作，如图15-27所示。

图15-27 型腔特征

◆ 收缩率：是指放大或缩小的比率。

◆ 毛坯放大尺寸：是指，可以直接输入所需数值，也可以单击微调框来调节。

15.4.3 分模

型腔生成后，通过分模，使模具按照给定的方式分成几个部分。操作步骤如下：

01 执行菜单"造型"|"特征生成"|"分模"命令，或者单击"分模"按钮，弹出"分模"对话框，如图15-28所示。

02 选择分模形式和除料方向，拾取草图，单击"确定"按钮完成操作。如图15-29所示。

图 15-28 "分模"对话框　　　　　　　　　　图 15-29 分模

● 分模形式

　　➤ 草图分模：是指通过所绘制的草图进行分模。

　　➤ 曲面分模：是指通过曲面进行分模，参与分模的曲面可以是多张边界相连的曲面。

● 除料方向选择：是指除去哪一部分实体的选择，分别按照不同的方向生成实体。

15.4.4　实体布尔运算

将另一个实体并入，与当前零件实现交、并、差的运算。操作步骤如下：

01 执行菜单"造型"｜"特征生成"｜"实体布尔运算"命令，或者单击"实体布尔运算"按钮 ，弹出"打开"对话框。

02 选取文件，单击"打开"按钮，弹出"输入特征"对话框，如图 15-30。

03 选择布尔运算方式，给出定位点。

04 选取定位方式。若为拾取定位的 X 轴，选择轴线，输入旋转角度，单击"确定"按钮完成操作。若为给定旋转角度，输入"角度一"和"角度二"，单击"确定"按钮完成操作。

● 布尔运算方式：是指当前零件与输入零件的交、并、差。

　　当前零件∪输入零件：指当前零件与输入零件交集。图 15-30 "输入特征"对话框

　　当前零件∩输入零件：指当前零件与输入零件的并集。

　　当前零件-输入零件：指当前零件与输入零件的差集。

● 定位方式：确定输入零件的具体位置，包括以下两种方式。

　　拾取定位的 X 轴：是指以空间直线作为输入零件自身坐标架的 X 轴（坐标原点为拾取的定位点），旋转角度是用来对 X 轴进行旋转以确定 X 轴的具体位置。

　　给定旋转角度：是指以拾取的定位点为坐标原点，用给定的两角度来确定输入零件的自身坐标架的 X 轴，包括角度一和角度二。

　　角度一：其值为 X 轴与当前世界坐标系的 X 轴的夹角。

　　角度二：其值为 X 轴与当前世界坐标系的 Z 轴的夹角。

　　反向：是指将输入零件自身坐标架的 X 轴的方向反向，然后重新构造坐标架进行布尔运算。

第 16 章

数控加工基础

本章主要介绍了数控的一些基本知识，掌握 CAXA 制造工程师各项通用设置的含义及设置方法。

学 习 要 点

- 加工管理
- 通用加工参数设置

16.1 加工管理

CAXA 制造工程师将与自动编程相关的基本设置（如毛坯、模型、刀具等）和生成的加工轨迹集成在"加工管理"窗口，如图 16-1 所示。可以在"加工管理"窗口中对加工参数、加工图形等进行修改。

图 16-1 "加工管理"窗口

📖 16.1.1 模 型

模型为系统存在的实体和所有曲面的总和(包括隐藏的曲面或实体)。模型主要用于刀路的仿真过程。在轨迹仿真器中，模型可以用于仿真环境下的干涉检查。

1. 几何精度。在造型时，模型的曲面是光滑连续（法矢连续）的，如球面是一个理想的光滑连续的面。这样的理想的模型，称为几何模型。但在加工时，是不可能完成这样一个理想的几何模型。所以，一般把一张曲面离散成一系列的三角片。由这一系列三角片所构成的模型，称为加工模型。加工模型与几何模型之间的误差，称为几何精度。加工精度是按轨迹加工出来的零件与加工模型之间的误差，当加工精度趋近于 0 时，轨迹对应的加工件的形状就是加工模型了（忽略残留量）。"模型参数"对话框，如图 16-2 所示。几何模型、加工模型和几何精度三者的关系，如图 16-3 所示。

2. 隐藏面的处理

模型包含不可见曲面：如果选中此复选框，那么不可见曲面会成为模型的一部分。否则，模型中不包含不可见曲面。

模型包含隐藏层中的曲面：如果选中此复选框，那么隐藏层中的曲面会成为模型的一部分。否则，模型中不包含隐藏层中的曲面。

图 16-2 "模型参数"对话框

图 16-3 几何模型、加工模型和几何精度

16.1.2 毛坯

为模型定义一个毛坯，用于切削仿真加工。CAXA 制造工程师目前只支持方形坯料。
操作步骤：

选择"加工管理"，双击"毛坯"，弹出"定义毛坯"对话框，如图 16-4 所示。系统提供了 3 种毛坯定义的方式。根据需要设置对应的参数项，单击"确定"按钮完成毛坯的定义。

图 16-4 "定义毛坯"对话框

◆ 锁定：使用户不能设定毛坯的基准点、大小、毛坯类型等。这是为了防止设定好的毛坯数据不小心被改变了。
◆ 毛坯定义
两点方式：通过拾取毛坯的两个角点（与顺序、位置无关）来定义毛坯。
三点方式：通过拾取基准点，拾取定义毛坯大小的两个角点（与顺序、位置无关）来定义毛坯。
◆ 参照模型：系统自动计算模型的包围盒，以此作为毛坯。
◆ 基准点：毛坯在世界坐标系(.sys.)中的左下角点。
◆ 大小：长度、宽度、高度是毛坯在 X 方向、Y 方向、Z 方向的尺寸。
◆ 毛坯类型：系统提供铸件、精铸件、锻件、精锻件、棒料、冷作件、冲压件、标准件、外购件、外协件、其他等毛坯的类型，主要是写工艺清单时需要。
◆ 毛坯精度设定：设定毛坯的网格间距，主要是仿真时需要。
◆ 显示毛坯：显示毛坯设定是否在工作区中显示毛坯。

16.1.3 起始点

设定全局刀具起始点的位置。

01 选择"加工管理"，双击"起始点"，弹出定义"全局轨迹起始点"对话框，如图 16-5 所示。

02 输入坐标值或者单击"拾取点"按钮，用鼠标拾取一个点后，单击"确定"

按钮完成起始点的设定。

◆ 全局起始点坐标：用户可以通过输入或者单击"拾取点"按钮来设定刀具起始点。

◆ 全局操作：对轨迹树上的一些轨迹进行操作。

图 16-5 "全局轨迹起始点"对话框

📖16.1.4 刀具库管理

加工中心均备有刀库，刀库内可容纳多把刀具，少则 6～8 把，多则几十把。使用数控铣床加工时，多数情况下也需要使用多把刀具进行加工。在进行自动编程前，通常在加工进行之前，先进行加工刀具或机床刀库的规划。

为了方便操作及提高编程效率，CAXA 制造工程师提供了刀具库功能。刀具库包含两种，即系统刀库和机床刀库。

机床刀库是与加工中心刀库或铣床控制系统相关联的刀具库。当改变机床时，相应的刀具库会自动切换到与该机床对应的刀具库，这样便可使用 CAXA 制造工程师同时对多个加工中心或铣床进行自动编程。

系统刀库是与机床无关的刀具库。可以把加工中所要用到的刀具和现有的所有刀具都建立在系统刀库中，为方便建立机床刀库及生成刀路轨迹时调用刀具。

定义、修改刀具的相关数据，对用户定义的各刀具进行管理。

操作步骤：

01 选择"加工管理"，双击"刀具库"，弹出定义"刀具库管理"对话框，如图 16-6 所示。

02 根据需要修改刀具的参数，或者增加刀具，单击"确认"按钮完成刀具定义。

◆ 当前刀具库：设定当前使用的机床的刀具库。

◆ 选择编辑刀具库：选择某机床的刀具库，然后可以对其进行增加刀具、清空刀库等编辑操作。

◆ 增加刀具：增加新的刀具到编辑刀具库。

◆ 清空刀库：删除编辑刀具库中的所有刀具。

◆ 编辑刀具：对编辑刀具库中选中的刀具参数进行修改。

◆ 删除刀具：删除编辑刀具库中选中的刀具。

刀具列表：显示编辑刀具库中的所有刀具及其相关的主要参数。

对编辑刀具库中的所有刀具进行拷贝、剪切、粘贴、排序等操作。

刀具示意中显示选中的刀具。

图 16-6　"刀具库管理"对话框

📖16.1.5　刀具参数

根据加工工艺设置刀具参数，以实现预定的工艺要求。

在每一个加工功能参数表中，都有刀具参数设置。单击"刀具库管理"对话框中的"编辑刀具"按钮，弹出如图 16-7 所示"刀具定义"对话框中的"刀具参数"选项卡。如图 16-8 所示为"平面区域粗加工"对话框中的"刀具参数"选项卡。

图 16-7　"刀具定义"对话框

◆　增加刀具：可以向刀具库中增加新定义的刀具。

◆　编辑刀具：选中某把刀具后，用户可以对这把刀具的参数进行编辑。

◆　刀具类型：刀具名称、刀号、刀具半径 R、圆角半径 r/a、切削刃长，刀具库中会显示这些刀具的主要参数的值。

刀具主要由刀刃、刀杆和刀柄 3 部分组成，如图 16-9 所示。

图 16-8　刀具参数

图 16-9　刀具

16.2　通用加工参数设置

16.2.1　加工边界

设置加工边界，以实现预定的加工轨迹。

在每一个加工功能参数表中都有加工边界设置。如图 16-10 所示为"区域式粗加工"对话框的"加工边界"选项卡。

图 16-10　加工边界

◆　Z 设定：设定毛坯的有效的 Z 范围。

　➢　使用有效的 Z 范围：选中该复选框表示使用指定的最大或最小 Z 值所限定的毛坯的范围进行计算；取消选中该复选框表示使用定义的毛坯的高度范围进行计算。

　➢　最大：指定 Z 范围最大的 Z 值，可以采用输入数值和拾取点两种方式。

　➢　最小：指定 Z 范围最小的 Z 值，可以采用输入数值和拾取点两种方式。

> ➢ 参照毛坯：通过毛坯的高度范围来定义 Z 范围最大的 Z 值和指定 Z 范围最小
> 的 Z 值。

◆ 相对于边界的刀具位置：设定刀具相对于边界的位置。
> ➢ 边界内侧：刀具位于边界的内侧。
> ➢ 边界上：刀具位于边界上。
> ➢ 边界外侧：刀具位于边界的外侧。

16.2.2 切削用量

根据加工工艺设置切削用量，以实现预定的工艺要求及加工轨迹。在每一个加工功能参数表中，都有切削用量设置，如图 16-11 所示。设定轨迹各位置的相关进给速度及主轴转速等。

图 16-11 "切削用量"对话框

◆ 主轴转速：设定丰轴转速的大小，单位 r/min(转/分)。
◆ 慢速下刀速度(F0)：设定慢速下刀轨迹段的进给速度的大小，单位为 mm/min。
◆ 切入切出连接速度(F1)：设定切入轨迹段，切出轨迹段，连接轨迹段，接近轨迹段，
　返回轨迹段的进给速度的大小，单位 mm/min。
◆ 切削速度(F2)：设定切削轨迹段的进给速度的大小，单位为 mm/min。
◆ 退刀速度(F3)：设定退刀轨迹段的进给速度的大小，单位为 mm/min。

16.2.3 下刀方式

设置正确的下刀方式，避免加工中刀具与工件发生干涉。
在每个加工功能参数表中，都有下刀方式设置。如图 16-12 所示为"区域式粗加工"对话框中的"下刀方式"选项卡。

◆ 安全高度：刀具快速移动而不会与毛坯或模型发生干涉的高度，有相对与绝对两种
　模式，单击"相对"按钮或"绝对"按钮，可以实现二者的互换。
> ➢ 相对：以切入/切出或切削开始/切削结束位置的刀位点为参考点。
> ➢ 绝对：以当前加工坐标系的 XOY 平面为参考平面。

拾取：单击该按钮后可以从工作区中选择安全高度的绝对位置的高度点。

图 16-12 "下刀方式"选项卡

◆ 慢速下刀距离：在切入或切削开始前的一段刀位轨迹的位置长度，这段轨迹以慢速下刀速度垂直向下进给，它分为有相对与绝对两种模式。单击"相对"按钮或"绝对"按钮可以实现二者的互换。

◆ 退刀距离：在切出或切削结束后的一段刀位轨迹的位置长度，这段轨迹以退刀速度垂直向上进给。

◆ 切入方式：此处提供了 3 种通用的切入方式，几乎适用于所有的铣削加工策略。

　➢ 垂直：刀具沿垂直方向切入。

　➢ Z 字形：刀具以 Z 字形方式切入。

　➢ 倾斜线：刀具以与切削方向相反的倾斜线方向切入。

　➢ 距离：切入轨迹段的高度，有相对与绝对两种模式。单击"相对"按钮或"绝对"按钮，可以实现二者的互换。"相对"是指以切削开始位置的刀位点为参考点；"绝对"是指以 XOY 平面为参考平面。 单击拾取后，可以从工作区选择距离的绝对位置高度点。

　➢ 幅度：Z 字形切入时走刀的宽度。

　➢ 倾斜角度：Z 字形或倾斜线走刀方向与 XOY 平面的夹角。

📖 16.2.4　加工方向

生成扫描线粗加工轨迹。

◆ 顺铣：生成顺铣的轨迹。

◆ 逆铣：生成逆铣的轨迹。

◆ 往复：生成往复的轨迹。

◆ X 方向（＋） 生成沿着 X 轴正方向的加工轨迹。

◆ X 方向（－） 生成沿着 X 轴负方向的加工轨迹。

◆ Y 方向（＋） 生成沿着 Y 轴正方向的加工轨迹。

◆ Y 方向（－） 生成沿着 Y 轴负方向的加工轨迹。

◆ X+Y 方向 生成从模型周围开始，各方向的加工轨迹。

📖16.2.5　XY 切入

设置水平方向的切入参数。

不同的轨迹生成方式，XY 切入的参数项会略有不同。

◆　行距：XY 方向的相邻扫描行的距离，如图 16-13 所示。

◆　残留高度：由球刀铣削时，输入铣削通过时的残余量（残留高度）。当指定残留高度时，会提示 XY 切削量，如图 16-14 所示。

图 16-13　XY 切入

图 16-14　行距和残留高度

◆　前进角度　当"切削模式"为"环切"以外时进行设定。

输入扫描线切削轨迹的进行角度。

◆　切削模式：XY 切削模式设定有以下 3 种选择。

环切：生成环切粗加工轨迹。

平行(单方向)：只生成单方向的加工的轨迹。快速进刀后，进行一次切削方向加工。

平行(往复)：即使到达加工边界也不进行快速进刀，继续往复的加工。

📖16.2.6　Z 切入

Z 切入量的设定有以下两种选择，即层高和残留高度，如图 16-15 所示。

图 16-15　Z 切入

◆　层高：输入 Z 方向切削量。切削量设为 0，在加工范围 Z 最小位置做成。

◆　残留高度：由球刀铣削时，输入铣削通过时的残余量（残留高度）。指定残留高度时，XY 切入量将动态提示。

◆　最大层间距：输入最大层间距。根据残余量的高度值在求得 Z 方向的切削量时，为防止在加工较陡斜面时可能产生切削量过大的现象的出现,限制产生的切削量在"最大层间距"的设定值之下。

◆ 最小层间距:输入最小层间距。 根据残余量的高度值在求得 Z 方向的切削量时,为防止在加工较平坦斜面时可能产生切削量过小的现象的出现, 限制产生的切削量在 "最小层间距" 的设定值之上。

16.2.7 拐角半径

路径的拐角部添加圆弧。高速切削中回避减速,防止拐角部切入。不同的轨迹生成方式参数项可能不同,如图 16-16 所示。

图 16-16 添加拐角半径

◆ 刀具直径百分比:指定插补圆角 R 的圆弧半径相对于刀具直径的比率(%)。例如,刀具直径比为 20(%),刀具直径为 50 的话,插补的圆角半径为 10。

◆ 半径:指定插补圆角的最大半径。

◆ 最大半径:指定拐角 R 的最大半径。做成路径附加的拐角 R 以比这个值小的半径。

◆ 轮廓精度:加工制品的轮廓时,限制拐角 R 的大小。值越小,添加拐角 R 的切削残余越少。

◆ 切入量精度:控制除去产品的轮廓加工的路径全体的拐角 R 的大小。输入不指定拐角 R 路径的精度。值小时,拐角 R 也缩小。

16.2.8 加工精度

◆ 加工精度:输入模型的加工精度。计算模型的轨迹的误差小于此值。加工精度越大,模型形状的误差也增大,模型表面越粗糙。加工精度越小,模型形状的误差也减小,模型表面越光滑。但是,轨迹段的数目增多,轨迹数据量变大。

◆ 加工余量:相对模型表面的残留高度,可以为负值,但不要超过刀角半径。

16.2.9 加工顺序

设置刀具的加工顺序。其选项如图 16-17 所示。

◆ Z 优先:以被识别的山或谷为单位进行加工。

◆ XY 优先:按照 Z 进刀的高度顺序加工,即仅仅在 XY 方向上由系统自动区分的山或谷按顺序进行加工。

◆ 区域优先：判明加工方向截面后，生成区域优先的轨迹。
◆ 截面优先：判明加工方向截面后，抬刀后快速移动然后下刀，生成截面优先的轨迹。

图 16-17　加工顺序选项

16.2.10　加工方法

加工方法的选项，如图 16-18 所示。

图 16-18　加工方法

◆ 精加工：生成沿着模型表面进给的精加工轨迹。
◆ 顶点路径：生成遇到第一个顶点，则快速抬刀至安全高度的轨迹。
◆ 顶点继续路径：在已完成的轨迹中，生成含有最高顶点的轨迹，即达到顶点后继续走刀，直到上一加工层轨迹位置后快速抬刀至安全高度的轨迹。
◆ 通常：生成通常的扫描线精加工轨迹。
◆ 下坡式：生成下坡式的扫描线精加工轨迹。
◆ 上坡式：生成上坡式的扫描线精加工轨迹。

16.2.11　加工条件

◆ 切削圆弧半径：输入切削圆弧的半径，如图 16-19 所示。
◆ 残余部的切削：到基轨迹为止，切削摆线式加工中未加工的残留部分。XY 方向的切削步长为设定切削量的一半。
◆ 最大连接距离：输入多个补加工区域通过正常切削移动速度连接的距离。最大连接距离大于补加工区域切削间隔距离时，以切削移动连接。最大连接距离小于加工区域切削间隔距离时，抬刀后快速移动连接。
◆ 加工最小幅度：补加工区域宽度小于加工最小幅度时，不生成轨迹，请将加工最小幅度设定为 0.01 以上。如果设定 0.01 以下的值，系统会以 0.01 计算处理。

图 16-19　切削圆弧半径

📖16.2.12 切入切出

各种加工功能都有其切入切出方式，下面总结以下几种切入切出方式。可根据加工方式的选项进行设置。

1. 3D 圆弧

设定 3D 圆弧的切入切出。

◆ 添加：设定是否添加 3D 圆弧切入切出连接方式，如图 16-20 所示。

图 16-20 3D 圆弧的切入切出（添加）

◆ 半径：设定 3D 圆弧切入切出的半径。

◆ 插补最小半径：插补最大半径 3D 圆弧之间连接插补的参考值，如图 16-21 所示。设 L=行距/2，L<最小插补半径时，用直线插补连接。 插补最小半径≤L≤插补最大半径时，以 L 为半径的圆弧插补连接。L>插补最大半径时，以插补最大半径为半径插补连接。

注：L=0.5×行距   rmin：插补最小半径   rmax：插补最大半径

图 16-21 3D 圆弧的切入切出（插补）

2. XY 向

接近方式为 XY 向时，有以下几种情况：

◆ 不设定：不设定水平方向接近。

◆ 圆弧：水平接近设定为圆弧方式。圆弧接近是指在轮廓加工和等高线加工等功能中，从形状的相切方向开始以圆弧的方式接近工件。

◆ 半径：输入圆弧接近的半径。输入 0 时，圆弧接近不能实现。输入负值时，以刀具半径的倍数作为圆弧接近。

◆ 角度：输入接近圆弧的角度，如图 16-22 所示。输入 0 时，圆弧接近不能实现。

◆ 直线：水平接近设定为直线方式。

◆ 长度：输入直线接近时的长度值。输入 0 时，直线接近不能实现。

3. 沿着形状

沿着形状切入切出，如图 16-23 所示。

◆ 距离：针对第一层的沿着形状的进刀开始位置，要输入从第一层开始的相对高度。

◆ 倾斜角度：输入相对于 XY 平面切入的倾斜角度。

图 16-22　切入切出的角度和长度　　　　图 16-23　沿着形状切入切出

4. 螺旋

接近方式为螺旋时设定。

◆ 半径：输入螺旋的半径，如图 16-24 所示。

a: 切削开始高度
b: 切入深度
c: 半径
d: 螺距
e: 轨迹切入深度

图 16-24　螺旋切入切出

◆ 螺距：用于螺旋 1 回时的切削量输入。

◆ 第一层螺旋进刀高度：用于第 1 段领域加工时，螺旋切入的开始高度的输入。

◆ 第二层以后螺旋进刀高度：输入第二层以后，领域的螺旋接近切入深度。切入深度由下一加工层开始的相对高度设定，需输入大于路径切削深度的值。注意螺旋接近不检查对模型的干涉，可将 "XY 加工方向" 设置为 "向外方向"，或者输入不发生干涉的螺旋半径。

第 **17** 章

刀具轨迹生成

　　由于各加工方法大多包含相同或类似的加工基本参数，本章主要介绍了各种加工方法的不同之处。

- 粗加工
- 精加工
- 补加工
- 曲线式铣槽
- 知识加工
- 轨迹仿真
- 轨迹编辑

17.1 粗加工

17.1.1 平面区域粗加工

平面区域粗加工用于生成区域中间有多个岛屿的平面加工轨迹。操作步骤如下：

01 执行菜单"加工"|"粗加工"|"平面区域粗加工"命令，或者单击"平面区域粗加工"按钮▣，弹出"平面区域粗加工"对话框，如图 17-1 所示。

02 根据加工的需要设定各项参数，单击"确定"按钮。

03 根据状态栏的提示，拾取轮廓和岛屿，单击鼠标右键确定，生成加工轨迹线。

图 17-1 "平面区域粗加工"对话框

◆ "加工参数"选项卡
  ➢ 走刀方式：包括环行加工和平行加工。
  ➢ 拐角过渡方式：拐角过渡就是在切削过程遇到拐角时的处理方式，包括尖角和圆弧两种方式。
  ➢ 拔模基准：当加工的工件带有拔模斜度时，工件顶层轮廓与底层轮廓的大小不一样，包括以底层为基准和顶层为基准。
  ➢ 区域内抬刀：在加工有岛屿的区域时，轨迹过岛屿时是否抬刀，选择"是"就抬刀。此项只对平行加工的单向有用。
  ➢ 加工参数：包括顶层高度，底层高度，行距和加工精度。
  ➢ 轮廓参数。
  ✧ 余量：给轮廓加工预留的切削量。
  ✧ 斜度：以多大的拔模斜度来加工。
  ✧ 补偿：有 3 种方式，即 ON 表示刀心线与轮廓重合；TO 表示刀心线未到轮廓一个刀具半径；PAST 表示刀心线超过轮廓一个刀具半径。

> 标识钻孔点：选择该项，自动显示出下刀打孔的点。

◆ "清根参数"选项卡

一般来说，由于刀具刚度的影响，当加工较深型腔且吃刀量较大时，会在轮廓及岛处形成不必要的斜度，此时就需要进行清根处理。"清根参数"选项卡，如图 17-2 所示。

> 轮廓清根：设定轮廓清根，区域加工完之后，刀具对轮廓进行清根加工，相当于最后的精加工。
> 岛清根：选择岛清根，区域加工完之后，刀具对岛进行清根加工。对岛屿还可以设置清根余量。
> 清根进刀/退刀方式：做清根加工时，还可选择清根轨迹的进退刀方式。

◆ "接近返回"选项卡

设定接近回返的切入切出方式。一般地，接近是指从刀具起始点快速移动后，以切入方式逼近切削点的那段切入轨迹；返回是指从切削点以切出方式离开切削点的那段切出轨迹。

图 17-2 "清根参数"选项卡

17.1.2 区域式粗加工

根据给定的轮廓和岛屿，生成分层的加工轨迹。操作步骤如下：

01 执行菜单"加工"|"粗加工"|"区域式粗加工"命令，或者单击"区域式粗加工"按钮，弹出"区域式粗加工"对话框，如图 17-3 所示。

02 根据加工的需要设定各项参数，单击"确定"按钮。

03 根据状态栏的提示拾取轮廓和岛屿，单击鼠标右键确定生成加工轨迹线。

◆ 加工方向：加工方向设定为顺铣和逆铣两种。

◆ XY 切入：定义在同一层（XY 平面内）的加工轨迹参数。

◆ Z 切入：Z 切入量的设定有两种选择，即"层高"和"残留层高"。

◆ 精度：设置模型的加工精度和加工余量。

◆ 行间连接方式：行间连接方式有 3 种方式：直线、圆弧和 S 形。

◆ 拐角半径：定义是否在拐角处自动增加圆弧圆角。

◆ 执行轮廓加工：定义轨迹生成后是否进行轮廓加工。

17.1.3 等高线粗加工

生成分层等高线式粗加工轨迹。操作步骤如下：

01 执行菜单"加工"|"粗加工"|"等高线粗加工"命令，或者单击"等高线粗

加工"按钮 ，弹出"等高线粗加工"对话框，如图 17-4 所示。

02 根据加工的需要设定各项参数，单击"确定"按钮。

03 根据状态栏的提示拾取轮廓和岛屿，单击鼠标右键确定生成加工轨迹线。

图 17-3 "区域式粗加工"对话框

图 17-4 等高线粗加工—加工参数

◆ "加工参数 1"选项卡

  ➢ 加工方向：加工方向设定有两种选择，即顺铣和逆铣。

➤ Z 切入：Z 切入量设定有两种定义方式，即层高和残留高度。

➤ XY 切入：XY 向切入量设定有两种定义方式，即行距和残留高度。

➤ 拐角半径：在拐角处增加圆弧。

➤ 参数：设置加工精度和加工余量。

➤ 加工顺序。

✧ Z 优先：以被被识别的山或谷为单位进行加工。自动区分出山和谷，逐个进行由高到低的加工（若加工开始结束是按 Z 向上的情况，则是由低到高）。若断面为不封闭形状时，有时会变成 XY 方向优先。

✧ XY 优先：按照 Z 进刀的高度顺序加工，即仅仅在 XY 方向上由系统自动区分的山或谷按顺序进行加工。

➤ 镶片刀的使用：在使用镶片刀具时生成最优化路径。因为考虑到镶片刀具的底部存在不能切割的部分，选中本选项可以生成最合适加工路径。

◆ "加工参数 2"选项卡

➤ 区域切削类型：在加工边界上重复刀具路径的切削类型有以下几种选择。

✧ 抬刀切削混合：在加工对象范围中没有开放形状时，在加工边界上以切削移动进行加工。若有开放形状时，回避全部的段。

✧ 抬刀：刀具移动到加工边界上时，快速往上移动到安全高度，再快速移动到下一个未切削的部分(刀具往下移动位置为"延长量"远离的位置)。

✧ 延长量：输入延长量

✧ 仅切削：在加工边界上用切削速度进行加工。

➤ 执行平坦部识别：自动识别模型的平坦区域，选择是否根据该区域所在的高度生成轨迹。

➤ 加工坐标系：生成轨迹所在的局部坐标系。

➤ 起始点：刀具的初始位置和沿某轨迹走刀结束后的停留位置。

◆ "切入切出"选项卡

➤ 方式：接近方式有 3 种情况：不设定、沿着形状和螺旋。

➤ 沿着形状：当"接近方式"为"沿着形状"时设定。

➤ 螺旋：接近方式为螺旋时设定。

📖 17.1.4 扫描线粗加工

生成扫描线粗加工轨迹。操作步骤如下：

01 执行菜单"加工"|"粗加工"|"扫描线粗加工"命令，或者单击"扫描线粗加工"按钮🔊，弹出"扫描线粗加工"对话框，如图 17-5 所示。

02 根据加工的需要设定各项参数，单击"确定"按钮。

03 根据状态栏提示拾取对象、加工边界，单击鼠标右键确定生成加工轨迹线。

◆ 加工方法：加工方式的设定有以下 3 种选择。

➤ 精加工：生成沿着模型表面进给的精加工轨迹。

➤ 顶点路径：生成遇到第一个顶点，则快速抬刀至安全高度的轨迹。

➤ 顶点继续路径：在已完成的轨迹中，生成含有最高顶点的轨迹，即达到顶点后继续走刀，直到上一加工层轨迹位置后快速抬刀至安全高度的轨迹。

图 17-5　扫描线粗加工

📖 17.1.5　摆线式粗加工

生成摆线式粗加工轨迹。操作步骤如下：

01 执行菜单"加工"|"粗加工"|"摆线式粗加工"命令，或者单击"摆线式粗加工"按钮🎯，弹出"摆线式粗加工"对话框，如图 17-6 所示。

02 根据加工的需要设定各项参数，单击"确定"按钮。

03 根据状态栏提示拾取对象、加工边界，单击鼠标右键确定生成加工轨迹线。

◆ 加工条件：设定加工条件。

➢ 切削圆弧半径：输入切削圆弧的半径。

➢ 残余部的切削：到基轨迹为止，切削摆线式加工中未加工的残留部分。XY 方向的切削步长为设定切削量的一半。

➢ 加工方向：加工方式的设定有以下 5 种选择。

　　X 方向（＋）：生成沿着 X 轴正方向的加工轨迹。

　　X 方向（－）：生成沿着 X 轴负方向的加工轨迹。

　　Y 方向（＋）：生成沿着 Y 轴正方向的加工轨迹。

　　Y 方向（－）：生成沿着 Y 轴负方向的加工轨迹。

　　X+Y 方向　生成从模型周围开始，各方向的加工轨迹。

◆ Z 切入：Z 方向切削量的设定有以下两种选择。

➢ 层高：输入一次切入深度，进行 Z 等间距切入。

➢ 残留高度：从输入的残留高度量求得 Z 方向的步长。所谓残留高度，就是加工后某些步长设定下的刀具通过间的切削残余量。 由于切入量不一定，所以步长不能导向显示。

➢ 最大层间距：输入最大层间距。根据残余量的高度值在求得 Z 方向的切削量时，为防止在加工较陡斜面时可能产生切削量过大的现象出现，限制产生的切削量在"最大层间距"的设定值之下。

➤ 最小层间距：输入最小层间距。根据残余量的高度值在求得 Z 方向的切削量时，为防止在加工较平坦斜面时可能产生切削量过小的现象出现，限制产生的切削量在"最小层间距"的设定值之上。

图 17-6 "摆线粗加工"对话框

📖17.1.6 插铣式粗加工

生成插铣式粗加工轨迹。操作步骤如下：

01 执行菜单"加工"|"粗加工"|"插铣式粗加工"命令，或者单击"插铣式粗加工"按钮📩，弹出"插铣式粗加工"对话框，如图 17-7 所示。

02 根据加工的需要设定各项参数，单击"确定"按钮。

03 根据状态栏提示拾取对象、加工边界，单击鼠标右键确定生成加工轨迹线。

◆ 钻孔模式：插铣式粗加工的钻孔模式有如下 3 种选择。

➤ 4 方向：插铣式粗加工的加工方向限定于 XY 轴的正负方向上，此形式适用于数据量少和矩形形状比较多的模型。

➤ 6 方向：插铣式粗加工加工方向限于周围 60° 间隔，此形式适用于倾斜 60° 或 120° 的较多的模型。

➤ 8 方向：插铣式粗加工的加工方向限定于周围 45° 间隔，这种加工形式是比 4 方向间隔更细小、更自由移动的加工。

➤ 钻孔间隔：是指插铣式粗加工时,刀具之间的距离。

◆ 加工开始高度

➤ 使用加工开始高度：设定是否使用加工开始高度。

➤ 高度：设定加工开始高度。

图 17-7 "插铣式粗加工"对话框

📖 17.1.7 导动线粗加工

生成导动线粗加工轨迹。操作步骤如下：

01 执行菜单"加工"|"粗加工"|"导动线粗加工"命令，或者单击"导动线粗加工"按钮，弹出"导动线粗加工"对话框，如图 17-8 所示。

图 17-8 "导动线粗加工"对话框

02 根据加工的需要设定各项参数，单击"确定"按钮。

03 根据状态栏提示拾取加工轮廓、截面曲线，单击右键确定生成加工轨迹线。

◆ 截面指定方法有以下两种选择。

➤ 截面形状：参照加工领域的截面形状所指定的形状。

➤ 倾斜角度：以指定的倾斜角度，做成一定倾斜的轨迹。输入倾斜角度，范围为 0°～90°。

◆ 截面认识方法

> ➤ 向上方向：对于加工领域，指定朝上的截面形状（倾斜角度方向）。
> ➤ 向下方向：对于加工领域，指定朝下的截面形状（倾斜角度方向）。

17.2 精加工

📖 17.2.1 平面轮廓精加工

平面轮廓精加工是生成沿平面轮廓线方向的加工轨迹。它主要用于加工外形及开槽，由于可以指定拔模斜度，故属于 2.5 轴加工方式。操作步骤如下：

01 执行菜单"加工"|"精加工"|"平面轮廓精加工"命令，或者单击"平面轮廓精加工"按钮，弹出"平面轮廓精加工"对话框，如图 17-9 所示。

图 17-9 "平面轮廓精加工"对话框

02 根据加工的需要设定各项参数，单击"确定"按钮。

03 根据状态栏提示拾取轮廓线和加工方向，拾取加工保留的方向，生成加工轨迹线。

◆ 加工参数：

> ➤ 加工精度：输入模型的加工精度。计算模型的轨迹的误差小于此值。加工精度越大，模型形状的误差也增大，模型表面越粗糙。加工精度越小，模型形状的误差也减小，模型表面越光滑。但是，轨迹段的数目增多，轨迹数据量变大。
> ➤ 拔模斜度：输入所需拔模的角度,加工完成后，轮廓所具有的倾斜度。
> ➤ 刀次：生成的刀位的行数。
> ➤ 顶层高度：加工的第一层所在的高度。
> ➤ 底层高度：加工的最后一层所在的高度。
> ➤ 每层下降高度：两层之间的间隔的高度。

◆ 行距定义方式：确定加工刀次后，刀具加工的行距可以有两种方式确定。

> ➤ 行距方式：确定最后加工完工件的余量及每次加工之间的行距，也可以叫做等行距加工。

> ➢ 余量方式：定义每次加工完所留的余量，也可以叫做不等行距加工。余量的次数在刀次中定义，最多可定义 10 次加工的余量。

◆ 拔模基准：用来确定轮廓是工件的顶层轮廓或是底层轮廓。

> ➢ 底层为基准：加工中所选的轮廓是工件底层的轮廓。
> ➢ 顶层为基准：加工中所选的轮廓是工件顶层的轮廓。

◆ 层间走刀：是指刀具轨迹层与层之间的连接方式。本系统提供单向和往复两种方式。

> ➢ 单向：在刀具轨迹层次大于 1 时，层之间的刀迹轨迹沿着同一方向。
> ➢ 往复：在刀具轨迹层次大于 1 时，层之间的刀迹轨迹方向可以往复。

📖 17.2.2 参数线精加工

沿单个或多个曲面的参数线方向生成三轴刀具轨迹。操作步骤如下：

01 执行菜单"加工"|"精加工"|"参数线精加工"命令，或者单击"参数线精加工"按钮 ，弹出"平面轮廓精加工"对话框，如图 17-10 所示。

02 根据加工的需要设定各项参数，单击"确定"按钮。

03 根据状态栏提示拾取加工对象，拾取进刀点，加工方向，确定曲面方向，拾取干涉曲面，生成加工轨迹线。

◆ 不设定：不使用切入切出。

◆ 直线：沿直线垂直切入切出。长度是指直线切入切出的长度。

◆ 圆弧：沿圆弧切入切出。半径是指圆弧切入切出的半径。

◆ 矢量：沿矢量指定的方向和长度切入切出。x、y 、z 指矢量的 3 个分量。

◆ 强制：强制从指定点直线水平切入到切削点，或强制从切削点直线水平切出到指定点，x、y 是指在与切削点相同高度的指定点的水平位置分量。

图 17-10 "参数线精加工"对话框

📖 17.2.3 等高线精加工

针对曲面和实体，按等高线距离下降一层层的加工，并可对加工不到的部分（较平坦部分）作补加工。操作步骤如下：

01 执行菜单"加工"|"精加工"|"等高线精加工"命令，或者单击"等高线精加工"按钮 ，弹出"等高线精加工"对话框，如图 17-11 所示。

02 根据加工的需要设定各项参数，单击"确定"按钮。

03 根据状杰栏提示拾取加工对象，拾取加工方向，生成加工轨迹线。

◆ "加工选项"选项卡

➤ 加工方向：加工方向设定有以下 3 种选择。

✧ 顺铣：生成顺铣的轨迹。

✧ 逆铣：生成逆铣的轨迹。

✧ 往复：等高线的各个断面的加工方向都有变化,最初的加工方向为顺铣方向加工。

图 17-11 "等高线精加工"对话框

➤ Z 向

✧ 层高：Z 向每加工层的切削深度。

✧ 残留高度：系统会根据输入的残留高度的大小计算 z 向层高。

✧ 最大层间距：输入最大 Z 向切削深度。根据残留高度值在求得 Z 向的层高时，为防止在加工较陡斜面时可能层高过大，限制层高在最大层间距的设定值之下。

✧ 最小层间距：输入最小 Z 向切削深度。根据残留高度值在求得 Z 向的层高时，为防止在加工较平坦面时可能层高过小，限制层高在最小层间距的设定值之上。

    ✧ 设定导向线：选中后在几何拾取交互过程中可选择导向线。系统根据导向线的坡度和残留高度或层高的设定来确定最后各层高数据。

    ➤ 镶片刀具的使用：在使用镶片刀具时生成最优化路径。

因为考虑到镶片刀具的底部存在不能切割的部分，选中本选项可以生成最合适的加工路径。在"CAXA制造工程师"中"镶片刀的使用"仅对圆角刀有效。切削盲区的半径=刀具半径—圆角半径。平底刀和球头刀不存在切削盲区。

    ➤ 拐角半径：在拐角部分加上圆弧。

    ✧ 添加拐角半径：设定拐角部插补圆角R。高速切削时减速转向，防止拐角处的过切。

    ✧ 刀具直径百分比：指定插补圆角R的圆弧半径相对于刀具直径的比率(%)。例如，刀具直径比为20(%),刀具直径为50的话，插补的圆角半径为10。

    ✧ 半径：指定拐角处插入圆弧的大小(半径)。

    ✧ 最大、最小：输入插补圆弧的最大，最小半径值。

    ✧ 执行最终精加工：设定是否对内拐角部进行最终精加工。

    ➤ 选项

    ✧ 删除面积系数：基于输入的删除面积系数，设定是否生成微小轨迹。

    ✧ 删除长度系数：基于输入的删除长度系数，设定是否做成微小轨迹。

    ✧ 恢复公差长度：被设定为加工范围外的要素小于恢复公差长度时，如果删除该要素后路径会分段，该路径不能被删除。恢复公差长度是相对于刀具直径的比率(%)。

◆ 加工参数2

    ➤ 执行平坦部识别：自动识别模型的平坦区域，选择是否根据该区域所在高度生成轨迹。

    ➤ 再计算从平坦部分开始的等间距：设定是否根据平坦部区域所在高度重新度量z向层高，生成轨迹。选择不再计算时，在z向层高的路径间，插入平坦部分的轨迹。

    ➤ 平坦部面积系数：根据输入的平坦部面积系数(刀具截面积系数)，设定是否在平坦部生成轨迹。比较刀具的截面积和平坦部分的面积，满足下列条件时，生成平坦部轨迹。

    ✧ 同高度容许误差系数（z向层高系数）同一高度的容许误差量(高度量)=z向层高×同高度容许误差系数（z向层高系数）。

    ➤ 路径生成方式

    ✧ 不加工平坦部：仅仅生成等高线路径。

    ✧ 交互：将等高线断面和平坦部分交互进行加工。这种加工方式可以减少对刀具的磨损，以及热膨胀引起的段差现象。

    ✧ 等高线加工后加工平坦部：生成等高线路径和平坦部路径连接起来的加工路径。

    ✧ 仅加工平坦部：仅仅生成平坦部分的路径。

    ➤ 平坦部加工方式

    ✧ 行距：输入XY加工方向的切削量。

    ✧ 残留高度：根据输入的残留高度，求出Z方向的切削量。

◇ 角度：输入扫描线切削路径的进行角度。

◇ 走刀方式

环切：进行环切加工。

单向：生成仅单方向的路径。快下刀后，只朝一个方向的加工方式。

往复：到达加工边界后，不快速退刀，在往复加工的方式。

➢ 平坦部角度指定：设定是否指定被认识为平坦部的面。

➢ 最小倾斜角，输入认识为平坦部的角度。在指定值以下的面被认为是平坦部，
不生成等高线路径，而生成扫描线路径。

📖17.2.4 扫描线精加工

01 执行菜单"加工"|"精加工"|"扫描线精加工"命令，或者单击"扫描线精加工"按钮 🐾，弹出"扫描线精加工"对话框，如图 17-12 所示。

02 根据加工的需要设定各项参数，单击"确定"按钮。

03 根据状态栏提示拾取加工对象、干涉面、加工边界并确定搜索方向，生成加工轨迹线。

◆ 加工方法

➢ 通常：生成通常的扫描线精加工轨迹。

➢ 下坡式：生成下坡式的扫描线精加工轨迹。

➢ 上坡式：生成上坡式的扫描线精加工轨迹。

➢ 坡容许角度：上坡式和下坡式的容许角度。

◆ 加工顺序

➢ 区域优先：当判明加工方向截面后，生成区域优先的轨迹。

➢ 截面优先：当判明加工方向截面后，抬刀后快速移动，然后下刀，生成截面优先的轨迹。

图 17-12 "扫描线精加工"对话框

◆ 行间连接方式

   ➢ 抬刀：通过抬刀，快速移动，下刀完成相邻切削行间的连接。

   ➢ 投影：在需要连接的相邻切削行间生成切削轨迹，通过切削移动来完成连接。

   ➢ 最大投影距离： 投影连接的最大距离，当行间连接距离（XY 向）≤最大投影距离时，采用投影方连接,否则，采用抬刀方式连接。

◆ 干涉面

   ➢ 干涉面加工余量：干涉面处的加工余量。

   ➢ 干涉轨迹处理：对加工干涉面的轨迹有裁剪和覆盖两种处理方式。裁剪是指在加工干涉面处进行抬刀或不进行加工处理。覆盖是指保留干涉面处的轨迹。

◆ 轨迹端部延长：沿轨迹方向将末端轨迹延长。

   ➢ 延长：设定要不要延长末端轨迹。

   ➢ 延长量：设定末端轨迹的延长量。

   ➢ 边界裁剪： 加工曲面的边界外保留延长量长的轨迹，多余部分将进行裁剪处理。若把加工曲面或干涉曲面看作一个整体的话，此处的边界为该整体的边界。这个边界与加工边界是不同的，使用时请注意。

◆ 保护边界： 设定是否对边界进行保护。

📖17.2.5 浅平面精加工

01 执行菜单"加工"|"精加工"|"浅平面精加工"命令，或者单击"浅平面精加工"按钮 ，弹出"浅平面精加工"对话框，如图 17-13 所示。

02 根据加工的需要设定各项参数，单击"确定"按钮。

03 根据状态栏提示拾取加工对象、干涉面、加工边界并确定搜索方向，生成加工轨迹线。

图 17-13 "浅平面精加工"对话框

◆ 平坦部识别：

> 最小角度：输入平坦部的最小角度。水平方向为 0°，输入的数值范围在 0° ~90°。

> 最大角度：输入平坦部的最大角度。水平方向为 0°，输入的数值范围在 0° ~90°。

> 延伸量：是指从设定的平坦区域向外的延伸量。

◆ 改变相邻平坦区域领域间的连接部分（下方向）为抬刀方式：相邻平坦部的切削路径是否直接连接，到下一个平坦部切削前，是否设定抬刀后再接近。

◆ 切入方式

> 环切：做成环切路径。

> 平行：做成单方向加工路径。

> 螺旋：做成螺旋路径。

> 设定螺旋中心（选择螺旋时可用）：可以设定螺旋中心，有两种设定方法。一种是输入数值，另一种是在工作区拾取。当采用拾取时，注意一定要在曲面上拾取，否则，软件会默认为曲面的中心作为螺旋中心。

◆ 干涉面：指定不加工的部分。在干涉面上干涉的路径可选择"覆盖"或"裁剪"。

> 干涉面加工余量：指定干涉面的参与量。

> 裁剪：在指定的干涉面上做成不干涉刀具的路径。

> 覆盖：以加工面上的路径为基准，干涉面比该路径高的部分，在干涉面上移动；低的部分在基准路径上进行。

📖17.2.6　限制线精加工

01 执行菜单"加工"|"精加工"|"限制线精加工"命令，或者单击"限制线精加工"按钮 ，弹出"限制线精加工"对话框，如图 17-14 所示。

02 根据加工的需要设定各项参数，单击"确定"按钮。

03 根据状态栏提示拾取加工对象、干涉面、加工边界并确定搜索方向，生成加工轨迹线。

图 17-14　"限制线精加工"对话框

◆ 路径类型

> 偏移：使用一条限制线，做成平行于限制线的刀具轨迹。

> 法线方向：使用一条限制线，做成垂直于限制线方向的刀具轨迹。

> 垂直方向：使用两条限制线，做成垂直于限制线方向的刀具轨迹。加工区域由两条限制线确定。

> 平行方向：使用两条限制线，做成平行于限制线方向的刀具轨迹。加工区域由两条限制线确定。

◆ 切削宽度：指定以导向线为基准的偏移范围切削范围。"路径类型"为"偏移"或"法向方向"时有效。

> 设定宽度：宽指定时选取该复选框。

> 左、右：指定导向线相对左右方向的偏移量。

📖17.2.7 轮廓线精加工

01 执行菜单"加工"|"精加工"|"轮廓线精加工"命令，或者单击"轮廓线精加工"按钮，弹出"轮廓线精加工"对话框，如图17-15所示。

02 根据加工的需要设定各项参数，单击"确定"按钮。

03 根据状态栏提示拾取轮廓线，单击鼠标右键确定，生成加工轨迹线。

图 17-15 "轮廓线精加工"对话框

◆ 偏移类型：偏移类型有以下两种方式可供选择。根据偏移类型的选择，后面的参数可以在"偏移方向"或者"接近方法"间切换。

> 偏移：对于加工方向，生成加工边界右侧还是左侧的轨迹。偏移侧由"偏移方向"指定。

> 边界上：在加工边界上生成轨迹。"接近方法"中指定刀具接近侧。

◆ 偏移方向："偏移类型"选择为"偏移"时设定。对于加工方向，相对加工范围偏移在哪一侧，有以下两种选择。不指定加工范围时，以毛坯形状的顺时针方向作为基准。

> 右：在右侧生成偏移轨迹。

> 左：在左侧生成偏移轨迹。

◆ 半径补偿

> 生成半径补偿轨迹：选择是否生成半径补偿轨迹。不生成半径补偿轨迹时，在偏移位置生成轨迹。生成半径补偿轨迹时，对于偏移的形状再作一次偏移。这次轨迹生成在加工边界位置上，在拐角部附加圆弧。圆弧半径为所设定刀具的半径。

> 添加半径补偿代码代码(G41、G42)：选择在 NC 数据中是否输出 G41、G42 代码。该参数在"切入切出"选项卡中的"XY 向"设定为"圆弧"或者"直线"时有效。而且，必须设定刀具参数相应的补偿号。

◆ 偏移插补方法：在"偏移类型"选择为"偏移"时设定。在生成偏移加工边界轨迹时有两种插补功能。

> 圆弧插补：生成圆弧插补轨迹。

> 直线插补：生成直线插补轨迹。

◆ 高级设定：单击"高级设定"显示如图 17-16 所示的对话框。

在加工边界有自交的情况下，选择生成的轨迹是否考虑自交的那部分边界。

图 17-16 高级设定

📖 17.2.8 导动线精加工

01 执行菜单"加工"|"精加工"|"导动线精加工"命令，或者单击"导动线精加工"按钮，弹出"导动线精加工"对话框，如图 17-17 所示。

02 根据加工的需要设定各项参数，单击"确定"按钮。

03 根据状态栏提示拾取轮廓线、拾取截面线，单击鼠标右键确定，生成加工轨迹线。

◆ 开发形状的延长量：当加工领域设定为开放形状时，在切削断面的开始和结束位置指定切线方向的接近、离开长度，生成轨迹。

◆ 截面形状

> 截面形状：参照加工领域的截面形状所指定的形状。

> 倾斜角度：以指定的倾斜角度，生成一定倾斜的轨迹。输入倾斜角度。输入范围为 0°～90°。

◆ 截面的认识方法：对于加工领域设定的箭头方向，指定截面形状及上下方向。不能参照三维截面形状。

加工领域为逆时针时，凹模、凸模（内外）关系相反。以下是各个方向时所生成的加工轨迹，图中绿色线条为轨迹截图，黑色线条为加工领域，左侧的图中加工领域为顺时针方向，右侧的图中加工领域为逆时针方向。

图 17-17　"导动线精加工"对话框

17.2.9　轮廓导动精加工

01 执行菜单"加工"|"精加工"|"轮廓导动精加工"命令，或者单击"轮廓导动精加工"按钮，弹出"轮廓导动精加工"对话框，如图 17-18 所示。

图 17-18　"轮廓导动精加工"对话框

02 根据加工的需要设定各项参数，单击"确定"按钮。

03 根据状态栏提示拾取轮廓线、拾取截面线，单击鼠标右键确定，生成加工轨迹线。

◆ "加工参数"选项卡

➢ 截距：当选中截距时，它下面左边为"截距"，右边的"最大截距变"为灰显。表示沿截面线上每一行刀具轨迹间的距离，按等弧长来分布。

➢ 残留高度：当选中残留高度时。它下面的左边为"残留高度"，右边"最大截距"变为亮显。系统会根据输入的残留高度的大小计算 Z 向层高。

➢ 最大截距：输入最大 Z 向切削深度。 根据残留高度值在求得 Z 向的层高时，为防止在加工较陡斜面时可能层高过大，限制层高在最大截距的设定值之下。

➢ 轮廓精度：拾取的轮廓有样条时的离散精度。

➢ 加工余量：相对模型表面的残留高度,可以为负值，但不要超过刀角半径。

◆ "接近返回" 选项卡

设定接近返回的切入切出方式。一般地，接近是指从刀具起始点快速移动后以切入方式逼近切削点的那段切入轨迹。返回是指从切削点以切出方式离开切削点的那段切出轨迹。

➢ 不设定：不设定接近返回的切入切出。

➢ 直线：刀具按给定长度，以直线方式向切削点平滑切入或从切削点平滑切出。长度是指直线切入切出的长度，角度不使用。

➢ 圆弧：以 π/4 圆弧向切削点平滑切入或从切削点平滑切出。半径是指圆弧切入切出的半径,转角指圆弧的圆心角，延长不使用。

➢ 强制：强制从指定点直线切入到切削点，或强制从切削点直线切出到指定点。x、y、 z 指定点空间位置的三分量。

📖17.2.10 三维偏置精加工

01 执行菜单"加工"|"精加工"|"三维偏置精加工"命令，或者单击"三维偏置精加工"按钮，弹出"三维偏置精加工"对话框，如图 17-19 所示。

02 根据加工的需要设定各项参数，单击"确定"按钮。

03 根据状态栏提示，拾取轮廓和岛屿，单击鼠标右键确定生成加工轨迹线。

图 17-19 "三维偏置粗加工"对话框

◆ 进行方向

➢ 边界->内侧：生成从加工边界到内侧收缩型的加工轨迹。

➢ 内侧->边界：生成从内侧到加工边界扩展型的加工轨迹。

◆ 切入：行距表示输入行距。

◆ 行间连接方式

➢ 抬刀：通过抬刀，快速移动，下刀完成相邻切削行间的连接。

➢ 投影：在需要连接的相邻切削行间生成切削轨迹，通过切削移动来完成连接。

➢ 最小抬刀高度：当行间连接距离（XY 向）≤ 最小抬刀高度时，采用投影方连接,否则，采用抬刀方式连接。

📖17.2.11 深腔侧壁精加工

01 执行菜单"加工"|"精加工"|"深腔侧壁精加工"命令，或者单击"深腔侧壁精加工"按钮 🗝，弹出"深腔侧壁精加工"对话框，如图 17-20 所示。

02 根据加工的需要设定各项参数，单击"确定"按钮。

03 根据状态栏提示，拾取轮廓和加工方向，单击鼠标右键确定生成加工轨迹线。

图 17-20 "深腔侧壁精加工"对话框

◆ XY 切入：有两种选择。

➢ 行距：通过行距来调整刀具轨迹的密度。

➢ 残留高度：通过刀具间残留高度来调整刀具轨迹的密度，其最大值不应该超过刀具的半径。

◆ 偏移方向

➢ 左：在轮廓线左面沿着加工方向进行加工。

➢ 右：在轮廓线右面沿着加工方向进行加工。

◆ 加工模式

➢ 绝对：对 Z 的最大值与最小值之间模型进行加工。

➢ 相对：在距离轮廓线 z 值的位置上进行加工。

➢ 检查面：对轮廓线与检查曲面之间的模型进行加工。

17.3 补加工

📖17.3.1 等高线补加工

01 执行菜单"加工"|"补加工"|"等高线补加工"命令，或者单击"等高线补

加工"按钮 ，弹出"等高线补加工"对话框，如图 17-21 所示。

02 根据加工的需要设定各项参数，单击"确定"按钮。

03 根据状态栏提示拾取轮廓线、拾取截面线，单击鼠标右键确定，生成加工轨迹线。

图 17-21 "等高线补加工"对话框

◆ Z 向
> 层高：Z 向每加工层的切削深度。
> 残留高度：系统会根据输入的残留高度的大小计算 Z 向层高。
> 最大层间距：输入最大 Z 向切削深度。 根据残留高度值在求得 Z 向的层高时，为防止在加工较陡斜面时可能层高过大，限制层高在最大层间距的设定值之下。

  最小层间距：输入最小 z 向切削深度。根据残留高度值在求得 Z 向的层高时，为防止在加工较平坦面时可能层高过小，限制层高在最小层间距的设定值之上。
◆ XY 向
> 行距：XY 方向的相邻扫描行的距离。
> 残留高度：相邻切削行轨迹间残余量的高度。当指定残留高度时，会提示行距的大小。
> 开放周回(快速移动)：在开放形状中，以快速移动进行抬刀。
> 开放周回(切削移动)：在开放形状中，生成切削移动轨迹。
> 封闭周回：在开放形状中，生成封闭的周回轨迹。
◆ 加工条件
> 最大连接距离：输入多个补加工区域通过正常切削移动速度连接的距离。最大连接距离大于补加工区域切削间隔距离时，以切削移动连接。最大连结距离小于加工区域切削间隔距离时，抬刀后快速移动连接。
> 加工最小幅度：补加工区域宽度小于加工最小幅度时，不生成轨迹，可将加工

最小幅度设定为 0.01 以上。如果设定 0.01 以下的值，系统会以 0.01 计算处理。

◆ 选项

➢ 删除面积系数：基于输入的删除面积系数，设定是否生成微小轨迹。刀具截面积和等高线截面面积若满足下面的条件时，删除该等高线截面的轨迹。等高线截面面积＜刀具截面积×删除面积系数（刀具截面积系数）。要删除微小轨迹时，该值比较大。相反，要生成微小轨迹时，请设定小一点的值。通常请使用初始值。

➢ 删除长度系数：基于输入的删除长度系数，设定是否做成微小轨迹。刀具截面积和等高截面线长度若满足下面的条件时，删除该等高线截面的轨迹。等高截面线长度＜刀具直径×删除长度系数（刀具直径系数）。要删除微小轨迹时，该值比较大。相反，要生成微小轨迹时，请设定小一点的值。通常请使用初始值。

17.3.2　笔式清根加工

01 执行菜单"加工"|"补加工"|"笔式清根加工"命令，或者单击"笔式清根加工"按钮，弹出"笔式清根加工"对话框，如图 17-22 所示。

图 17-22　"笔式清根加工"对话框

02 根据加工的需要设定各项参数，单击"确定"按钮。

03 根据状态栏提示拾取加工对象，单击鼠标右键确定，拾取加工边界，单击鼠标右键确定，生成加工轨迹线。

◆ 沿面方向：设定沿模型表面方向多行切削。

➢ 切削宽度：未加工区域切削范围沿面方向的延伸宽度，设定后沿未加工区域会生成多条轨迹。设定延伸宽度为 0 时，沿未加工区域只生成一条轨迹。

> ➢ 行距：切削宽度方向多行切削相邻行间的间隔。
> ➢ 加工方向
> 由外到里的两侧：由外到里，从两侧往中心的交互方式生成轨迹。
> 由外到里的单侧：由外到里，从一侧往另一侧的方式生成轨迹。
> 由里到外：由里到外，一个单侧轨迹生成后再生成另一单侧的轨迹。

◆ 计算类型
> ➢ 深模型：生成适合具有深沟的模型或者极端浅沟的模型的轨迹。
> ➢ 浅模型：生成适合冲压用的大型模型，与深模型相比，计算时间短。

◆ 选项
> ➢ 面面夹角：如果面面夹角大时，我们不希望在这里作出补加工轨迹。所以，系统计算出的面面之间的夹角小于面面夹角的凹棱线处才会作出补加工轨迹。
> ➢ 凹棱形状分界角：补加工区域部分可以分为平坦区和垂直区两个类别进行轨迹的计算。这两个类别通过凹棱形状分界角为分界线进行区分。凹棱形状分界角的范围，0°≤凹棱形状分界角≤90°。凹棱形状角度是指面面成凹状的棱线与水平面所成的角度。当凹棱形状角度>凹棱形状分界角的补加工区域为垂直区；当凹棱形状角度 ≤ 凹棱形状分界角的补加工区域为平坦区。
> ➢ 近似系数：原则上建议使用 1.0。它是一个调整计算加工精度的系数。近似系数×加工精度被作为将轨迹点拟合成直线段轨迹时的拟合误差。
> ➢ 删除长度系数：根据输入的删除长度系数，设定是否生成微小轨迹。删除长度=刀具半径×删除长度系数。删除大于删除长度且大于凹棱形状分界角的轨迹，这是由于较陡峭且较长的轨迹不利于走刀。也就是说，垂直区轨迹的长度<删除长度，平坦区轨迹不受删除长度系数的影响。一般请采用删除长度系数的初始值。

◆ 调整计算网格因子：设定轨迹光滑的计算间隔因子，因子的推荐值为 0.5~1.0。一般设定为 1.0。虽然因子越小，生成的轨迹越光滑，但计算时间会越长。

📖 17.3.3 区域式补加工

> **01** 执行菜单"加工"|"补加工"|"区域式补加工"命令，或者单击"区域式补加工"按钮，弹出"区域式补加工"对话框，如图 17- 23 所示。

> **02** 根据加工的需要设定各项参数，单击"确定"按钮。

> **03** 根据状态栏提示拾取加工对象，单击鼠标右键确定，拾取加工边界，单击鼠标右键确定，生成加工轨迹线。

◆ XY 向：行距设置 XY 向相邻切削行间的切削间隔。
◆ 计算类型：选择设置为"深模型"或"浅模型"。
◆ 参考
> ➢ 前刀具半径：即前一加工策略采用的刀具的直径（球刀）。
> ➢ 偏移量：通过加大前把刀具的半径，来扩大未加工区域的范围。
> ➢ 区域补加工后追加笔式清根加工轨迹：设定是否在区域补加工后追加笔式清根加工轨迹。

◆　选项

    ➢　倾斜判定：如果采用倾斜角，则根据凹棱形状分界角的数值来判断是否是垂直区域还是水平区域。如果采用倾斜模式，则根据深模型和浅模型来判断垂直区域和水平区域。

    ➢　面面夹角：如果面面夹角大时，我们不希望在这里作出补加工轨迹。所以系统计算出的面面之间的夹角小于面面夹角的凹棱线处才会作出补加工轨迹。范围为 $0° ≤面面夹角≤180°$。

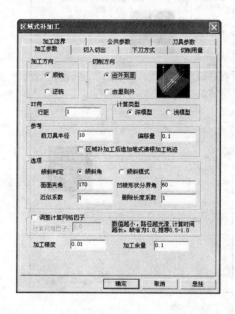

图 17-23　"区域式补加工"对话框

17.4　曲线式铣槽

01 执行菜单"加工"|"槽加工"|"曲线式铣槽"命令，或者单击"曲线式铣槽"按钮，弹出"曲线式铣槽"对话框，如图 17-24 所示。

02 根据加工的需要设定各项参数，单击"确定"按钮。

03 根据状态栏提示拾取加工对象，单击鼠标右键确定。拾取加工边界，单击鼠标右键确定，生成加工轨迹线。

◆　路径类型

    ➢　投影到模型：在模型上做成投影路径。注意，选择这一项必须在交互的时候选择了模型，否则，计算失败，并且不能和偏移同时使用。

    ➢　投影：设定是否做成考虑刀尖的路径。根据考虑刀尖，在模型表面定义线框形状可做成不干涉模型的路径。

◆　偏移：在做成指定线框的偏移路径时指定。

    ➢　左：做成各线框形状箭头方向左侧的偏移路径。

    ➢　右：做成各线框形状箭头方向右侧的偏移路径。垂直向下线框时，使用垂直部前一要素的偏移形状和后一要素的偏移形状间的垂直要素补间处理。在垂直要素的后一要素的矢量优先位置上输出垂直要素。

◆ 行间连接方式：当选取多条曲线时，确定刀具轨迹的连接方式。

> 距离顺序：依据各条曲线间起点与终点间距离和的最优值（尽可能最小）来确定刀具轨迹连接顺序。

> 生成顺序：依据曲线选择顺序来确定加工路径连接顺序。

图 17-24 "曲线式铣槽"对话框

◆ 执行切入：设定在导向曲线上是否执行复数段加工。

> 简易铣槽加工：在 Z 方向上，复制指定数（"刀次"或"高度/层高"）条导向曲线，形成轨道，然后按照这些轨道生成刀具轨迹。

> 3D 铣槽加工：在 Z 方向上，按照指定数（"刀次"或"高度/层高"）间取导向曲线，形成轨道，然后按照这些轨道生成加工路径。

> 层高：设定 Z 方向复制的间隔或 Z 方向切入的间隔。

> 开始位置：高度是指定加工开始高度；刀次是指定加工次数。

> 加工方向：加工方法设定为"简易铣槽加工"时，加工方向有以下两种选择。
  单向：对于复制的路径，只进行一个方向的切削。
  往复：对于复制的路径，每一段的切削方向都相反。
  加工方法设定为"3D 铣槽加工"时，加工方向有以下两种选择。
  平行：沿着间取曲线进行加工，加工一段后，刀具斜向降入到下一段的起点。
  Z 字形：沿着间取曲线进行加工，加工一段后，刀具沿着 Z 字形降入到下一段的起点。

> 附加延迟：设定是否在 NC 数据内添加延迟信息。

> NC 代码：指定作为延迟信息输出的 NC 代码。

> 始点侧：在相对于导向曲线的起点侧，添加延迟信息。
> 终点侧：在相对于导向曲线的终点侧，添加延迟信息。

17.5 其他加工

17.5.1 工艺钻孔设置

01 执行菜单"加工"|"其他加工"|"工艺钻孔设置"命令，弹出"工艺钻孔设置"对话框，如图 17-25 所示。

02 根据加工的需要设定各项参数，单击"确定"按钮。

03 根据状态栏提示拾取加工对象，单击鼠标右键确定，拾取加工边界，单击鼠标右键确定，生成加工轨迹线。

图 17-25 "工艺钻孔设置"对话框

◆ 加工方法：提供 12 种孔加工方式。
◆ "添加"按钮 >> ：将选中的孔加工方式添加到工艺钻孔加工设置文件中。
◆ "删除"按钮 << ：将选中的孔加工方式从工艺钻孔加工设置文件中删除。
◆ 增加孔类型：设置新工艺钻孔加工，设置文件的文件名。
◆ 删除当前孔：删除当前工艺钻孔加工设置文件。
◆ 关闭：保存当前工艺钻孔加工设置文件，并退出。

17.5.2 工艺钻孔加工

01 执行菜单"加工"|"其他加工"|"工艺钻孔加工"命令，或者单击"工艺钻孔加工"按钮 ，弹出"工艺钻孔向导"对话框，如图 17-26 所示。

02 向导共有 4 个步骤，拾取加工对象，单击右键确定。拾取加工边界，单击右键确定，生成加工轨迹线。

◆ 孔定位方式
> 输入点：可以根据需要，输入点的坐标，确定孔的位置。
> 拾取点：通过拾取屏幕上的存在点，确定孔的位置。
> 拾取圆：通过拾取屏幕上的圆，确定孔的位置。

图 17-26　定位方式　　　　　　　　　　　　图 17-27　路径优化

◆ 路径优化（如图 17-27 所示）

➢ 缺省情况：不进行路径优化。

➢ 最短路径：依据拾取点间距离和的最小值进行优化。

➢ 规则情况：该方式主要用于矩形阵列情况，包括 X 优先和 Y 优先。

◆ 艺文件位置（如图 17-28 所示）

选择已经设计好的工艺加工文件。工艺加工文件在工艺孔设置功能中设置，具体方法参照工艺孔设置。

◆ 工艺流程（如图 17-29 所示）：展开工艺文件选择对话框内选择的工艺加工文件，可以设置每个钻孔子项的参数。钻孔子项参数设置可参考孔加工。

图 17-28　选择孔类型

图 17-29　设定参数

📖 17.5.3　孔加工

01 执行菜单"加工"|"其他加工"|"孔加工"命令，或者单击孔加工"按钮，弹出"孔加工"对话框，如图 17-30 所示。

02 根据加工的需要设定各项参数，单击"确定"按钮。

03 根据状态栏提示拾取加工对象，单击鼠标右键确定，拾取加工边界，单击鼠标右键确定，生成加工轨迹线。

图 17-30 "孔加工"对话框

◆ 安全高度：刀具在此高度以上的任何位置，均不会碰伤工件和夹具。
◆ 主轴转速：机床主轴的转速。
◆ 起止高度：刀具初始位置。对应于老版本 ME 中钻孔的初始位置，在本版本中，该值无效。
◆ 钻孔速度：钻孔刀具的进给速度。
◆ 钻孔深度：孔的加工深度。
◆ 下刀余量：钻孔时，钻头快速下刀到达的位置，即距离工件表面的距离，由这一点开始按钻孔速度进行钻孔。
◆ 暂停时间：攻螺纹时刀在工件底部的停留时间。
◆ 下刀增量：孔钻时每次钻孔深度的增量值。
◆ 钻孔位置定义
　➤ 输入点位置：客户可以根据需要，输入点的坐标，确定孔的位置。
　➤ 拾取存在点：拾取屏幕上的存在点，确定孔的位置。

17.6　知识加工

📖17.6.1　生成模板

用于记录已经成熟或定型的加工流程，在模板文件中记录加工流程的各个工步的加工参数。操作步骤如下：

01 执行菜单"加工"|"知识加工"|"生成模板"命令，或在加工管理中单击鼠标右键，在快捷菜单中选择"生成模板"命令，如图 17-31 所示。

02 根据状态栏提示拾取加工轨迹，单击鼠标右键结束拾取，系统弹出"选择模板文件"对话框，按要求收入要保存的文件名，后缀名为 cpt。

📖17.6.2　应用模板

使用模板文件中记录的加工流程的各个工步的加工参数模板来生成现有模型的加工轨迹，可以简化设置步骤。操作步骤如下：

01 执行菜单"加工"|"知识加工"|"应用模板"命令，或在加工管理中单击鼠标右键，在快捷菜单中选择"应用模板"命令。

02 系统弹出"选择模板文件"对话框，如图 17-32 所示，按要求选择一个.cpt 文件。

图 17-31 "生成模板"命令   图 17-32 选择模板文件

17.7 轨迹仿真

轨迹仿真是在三维真实感显示状态下，模拟刀具运动，切削毛坯，去除材料的过程。用模拟实际切削过程和结果来判断生成的刀具轨迹的正确性。

进入轨迹仿真环境，在轨迹仿真环境中可以模拟刀具沿轨迹走刀，实现对毛坯的切削的动态图像显示过程。操作步骤如下：

01 执行菜单"加工"|"实体仿真"命令，或在加工管理中单击鼠标右键，在快捷菜单中选择"实体仿真"命令。

02 拾取需要仿真的轨迹，系统进入轨迹仿真环境，如图 17-33 所示。

图 17-33 轨迹仿真环境

17.8 轨迹编辑

17.8.1 轨迹裁剪

用曲线（称为剪刀曲线）对刀具轨迹进行裁剪，截取其中一部分轨迹。它共有 3 个选项，裁剪边界、裁剪平面和裁剪精度。操作步骤如下：

01 执行菜单"加工"|"轨迹编辑"|"轨迹裁剪"命令，在立即菜单中选择裁剪方式，如图 17-34 所示。

02 根据状态栏提示，拾取加工轨迹线，对轨迹进行裁剪。

图 17-34 "轨迹裁剪"立即菜单

◆ 裁剪边界：轨迹裁剪边界形式有 3 种即"在曲线上"、"不过曲线"和"超过曲线"。
◆ 裁剪平面：在指定坐标面内当前坐标系的 XY、YZ、ZX 面。单击立即菜单，可以选择在哪个面上裁剪。
◆ 裁剪精度：裁剪精度由立即菜单给出，表示当剪刀曲线为圆弧和样条时用此裁剪精度离散该剪刀曲线。

17.8.2 插入刀位点

在刀具轨迹上插入一个刀位点，使轨迹发生变化。操作步骤如下：

01 执行菜单"加工"|"轨迹编辑"|"插入刀位点"命令。
02 根据状态栏提示，拾取刀位点，插入一个刀位点。

其有两种方式：在拾取轨迹的刀位点前插入新的刀位点；在拾取轨迹的刀位点后插入新的刀位点。可以在立即菜单中选择"前"或"后"来决定新的刀位点的位置。

17.8.3 删除刀位点

把所选的刀位点删除掉，并改动相应的刀具轨迹。删除刀位点后改动刀具轨迹有两种选择，一种是抬刀，另一种是直接连接。可以在立即菜单中选择采用哪种方式来删除刀位。操作步骤如下：

01 执行菜单"加工"|"轨迹编辑"|"删除刀位点"命令。
02 根据状态栏提示，拾取刀位点，删除一个刀位点。

◆ 抬刀：在删除刀位点后，删除和此刀位点相连的刀具轨迹。刀具轨迹在此刀位点的上一个刀位点切出，并在此刀位点的下一个刀位点切入。
◆ 直接连接：在删除刀位点后，刀具轨迹将直接连接此刀位点的上一个刀位点和下一

个刀位点。两刀位点间抬刀

📖 17.8.4 清除抬刀

全部删除或指定删除刀具轨迹。操作步骤如下：

01 执行菜单"加工"|"轨迹编辑"|"清除抬刀"命令。

02 在立即菜单中选择清除方式"全部删除"或"指定删除"。

03 根据状态栏提示选择刀具轨迹、刀位点。

◆ 全部删除：当选择此命令时，再根据提示选择刀具轨迹，则所有的快速移动线被删除，切入起始点和上一条刀具轨迹线直接相连。

◆ 指定删除：当选择此命令时，再根据提示选择刀具轨迹。然后在拾取轨迹的刀位点，则经过此刀位点的快速移动线被删除，经过此点的下一条刀具轨迹线将直接和下一个刀位点相连。

📖 17.8.5 轨迹连接

把两条不相干的刀具轨迹连接成一条刀具轨迹。操作步骤如下：

01 执行菜单"加工"|"轨迹编辑"|"轨迹打断"命令。

02 在立即菜单中选择"抬刀连接"或"直接连接"方式。

03 根据状态栏提示选择刀具轨迹、刀位点。

◆ 抬刀连接：第一条刀具轨迹结束后，首先抬刀，然后再和第二条刀具轨迹的接近轨迹连接。其余的刀具轨迹不发生变化。

◆ 直接连接：第一条刀具轨迹结束后，不抬刀就和第二条刀具轨迹的接近轨迹连接。其余的刀具轨迹不发生变化。因为不抬刀，很容易发生过切。

第 **18** 章

制造加工实例

通过本章系统的练习零部件分析、生成模型和加工代码生成的过程。认真完成实例练习，对 CAXA 制造工程师有更深的理解和熟练操作。

 学 习 要 点

◎ 凸轮的造型与加工
◎ 锻模的造型与加工

18.1 凸轮的造型与加工

📖 18.1.1 案例预览

本节以凸轮为例，介绍用特征生成和加工零件的全过程。凸轮效果如图 18-1 所示。尺寸如图 18-2 所示。

图 18-1 凸轮造型　　　　　图 18-2 凸轮二维图

📖 18.1.2 设计步骤

造型思路：根据图 18-1 的实体图形，能够看出凸轮的外轮廓边界线是一条凸轮曲线，可通过"公式曲线"功能绘制，中间是一个键槽。此造型整体是一个柱状体，所以通过拉伸功能可以造型。然后利用圆角过渡功能过渡相关边即可。

绘制草图：

01 单击"新建"按钮🗋，新建立一个图形文件。

02 按 F5 键，单击"绘制草图"按钮🖉，在 XY 平面内创建草图。

03 单击"公式曲线"按钮 f(x)，弹出"公式曲线"对话框，选中"极坐标系"选项，设置参数，如图 18-3 所示。

04 单击"确定"按钮，此时公式曲线图形跟随鼠标，定位曲线端点到原点，如图 18-4 所示。

05 单击"直线"按钮╱，在立即菜单里选择"两点线"、"单根"、"非正交"方式。将公式曲线的两个端点链接，如图 18-5 所示。

06 单击"整圆"按钮⊕，在原点处单击鼠标左键，按 Enter 键，弹出输入"半径"文本框，设置"半径"为 30，然后按 Enter 键，如图 18-6 所示。

07 单击"直线"按钮╱，在立即菜单里选择"两点线"、"连续"、"正交"、"长度方式"方式，并输入"长度"为 12，按 Enter 键，选择原点，并在其右侧单击鼠标，长度为 12 的直线显示在工作环境中，如图 18-7 所示。

图 18-3 "公式曲线参数"设置

图 18-4 公式曲线

图 18-5 直线

图 18-6 圆

图 18-7 直线

08 单击"平移"按钮，设置平移参数，如图 18-8a 所示。选中上述直线，单击鼠标右键，选中的直线移动到指定的位置，如图 18-8b 所示。

a）

b）

图 18-8 平移

09 单击"直线"按钮，在立即菜单里选择"两点线"、"单个"、"正交"、"点方式"。选择被移动的直线上一端点，在圆的下方单击鼠标左键，在水平直线的另一端点，绘制另一条直线，如图 18-9 所示。

10 单击"曲线截剪"按钮，修剪草图，如图 18-10 所示。

图 18-9 直线

图 18-10 裁剪

11 单击"显示全部"按钮 ，绘制的图形，如图 18-11 所示。

12 单击"曲线过渡"按钮 ，选择如图 18-11 所示鼠标处的两条曲线。然后将圆弧过渡的"半径"为 20，过渡结果，如图 18-12 所示。修该"半径"为 15，过渡尖角处的两条直线，结果如图 18-13 所示。

图 18-11　曲线过渡 1　　　　　　　　　　　图 18-12　曲线过渡 2

图 18-13　草图图形

13 单击"检查草图环是否闭合"按钮，检查草图是否存闭合。如果绘制步骤没有错误，草图应该是闭合的。如果不是闭合的，则修改开口处，使草图闭合。

14 单击"绘制草图"按钮，退出草图绘制。

18.1.3　实体造型

01 拉伸增料。单击"拉伸增料"按钮，弹出的"拉伸增料"对话框，参数设置，如图 18-14a 所示。拉伸结果，如图 18-14b 所示。

a)　　　　　　　　　　　b)

图 18-14　拉伸增料

02 过渡。单击"过渡"按钮，参数设置如图 18-15a 所示，选择造型上下两个面，然后单击"确定"按钮，结果如图 18-15b 所示。

a)　　　　　　　　　　　　　b)

图 18-15　过渡

18.1.4　凸轮加工

因为凸轮的整体形状就是一个轮廓，所以粗加工和精加工都采用平面轮廓方式。注意：在加工之前应该将凸轮的公式曲线生成的样条轮廓转为圆弧，这样加工生成的代码可以走圆弧插补，从而生成的代码最短，加工的效果最好。

01 定义毛坯

❶在特征树栏中双击"定义毛坯"，弹出"定义毛坯"对话框。

❷在对话框中选择"毛坯类型"为"棒料"，单击"参照模型"按钮，系统自动生成毛坯的外形尺寸数据，如图 18-16 所示。

图 18-16　生成毛坯

02 刀具设置。

❶在特征树栏中双击"刀具库：fanuc"，弹出"刀具库管理"对话框，如图 18-17 所示。

❷选择铣刀。选择铣刀：D20，如图 18-18 所示，单击"确认"按钮。

03 机床后置。可以增加当前使用的机床，给出机床名，定义适合自己机床的后置格式。系统默认的格式为 FANUC 系统的格式。

图 18-17 "刀具库管理"对话框

图 18-18 刀具参数设置

❶执行菜单"加工"|"后置处理"|"机床后置"命令，弹出"机床后置"对话框，"机床信息"选项卡如图 18-19 所示。

❷后置处理设置。选择"后置设置"选项卡，根据当前的机床，设置各参数，如图 18-20 所示。

图 18-19 "机床后置"对话框

图 18-20 "后置设置"选项卡

04 设定加工范围

单击"曲线生成"工具栏中的"相关线"按钮 ，弹出如图18-21所示的立即菜单，选择"实体边界"选项，选择凸轮的下边缘，生成一个闭合的轮廓线。如图18-21所示。

图18-21 加工轮廓

18.1.5 生成加工轨迹

01 生成粗加工轨迹。

❶执行菜单"加工"|"粗加工"|"平面区域精加工"命令，弹出"平面区域粗加工"对话框。选择"加工参数"选项卡，设置参数，如图18-22所示。

❷选择"切削用量"选项卡，设置参数，如图18-23所示。

图18-22 "加工参数"选项卡   图18-23 "切削用量"选项卡

❸进退刀方式和下刀方式设置为默认方式。

❹选择"刀具参数"选项卡，选择在刀具库中定义好的D20平刀，单击"确定"按钮。

❺按状态栏提示拾取轮廓和加工方向，用鼠标拾取生成的轮廓线，如图18-24所示。

❻按状态栏提示确定链搜索方向，选择箭头，如图18-25所示。

❼单击鼠标右键，按状态栏提示拾取箭头方向，的选择图18-25中的向外箭头。

❽拾取进刀点和退刀点。

❾单击鼠标右键，在工作环境中即生成加工轨迹，如图 18-26 所示。

图 18-24　拾取轮廓和加工方向　　　　　　图 18-25　确定方向

图 18-26　粗加工轨迹

02　生成精加工轨迹。

❶复制轨迹。在轨迹树中选择"1-平面轮廓精加工"，单击鼠标右键，选取快捷菜单中的"拷贝"命令，再次单击鼠标右键，选择"粘贴"命令，完成轨迹复制。

❷轨迹树中双击展开"2-平面轮廓精加工"，双击"加工参数"选项，弹出"平面轮廓精加工"对话框。选择"加工参数"选项卡，修改"每次下降高度"为 28、"加工余量"设置为 0，如图 18-27 所示。

❸单击"切削用量"选项卡，修改"主轴转速"为 1200，"切削速度"为 120，如图 18-28 所示。然后点击"确定"按钮。

图 18-27　"加工参数"选项卡

图 18-28　"切削用量"选项卡

❹在轨迹树中选择"1-平面轮廓精加工"，单击右鼠标键，选取快捷菜单中的"隐藏"命令，精加工轨迹，如图 18-29 所示。

18.1.6 轨迹仿真

01 在轨迹树中选择"1-平面轮廓精加工"，单击鼠标右键，选取快捷菜单中的"显示"命令。再次单击鼠标右键，选择"实体仿真"命令。系统进入"轨迹仿真"环境，如图 18-30 所示。

图 18-29　精加工轨迹

图 18-30　加工仿真

02 单击"仿真加工"按钮，弹出"仿真加工"对话框，如图 18-31 所示。单击"播放"按钮，就可以看到加工过程了。轨迹仿真结果，如图 18-32 所示。

图 18-31　"仿真加工"对话框

图 18-32　加工仿真效果

18.1.7 生成 G 代码

01 执行菜单"加工"|"后置处理"|"生成 G 代码"命令，弹出如图 18-33 所示的对话框。选择保存代码的路径并设置代码文件的名称，单击"保存"按钮。

图 18-33　保存代码

02 按状态栏提示拾取刀具轨迹，选择以上生成的精加工轨迹。单击鼠标右键，弹出记事本文件，内容为生成的 G 代码，如图 18-34 所示。

图 18-34　保存的代码

图 18-35　"工艺清单"对话框

18.1.8 生成加工工艺单

01 执行菜单"加工"|"工艺清单"命令，弹出"工艺清单"对话框，如图 18-35 所示。

02 填写相关的零件信息，如设计、工艺、校核等信息。

03 单击"拾取轨迹"按钮，"工艺清单"对话框隐藏，返回到设计界面。

04 按状态栏提示拾取加工轨迹，用鼠标选取或用窗口选取或按 W 键，选中全部刀具轨迹，单击鼠标右键确认，"工艺清单"对话框重新显示，单击"生成清单"，生成加工工艺清单，并打开浏览器来显示工艺清单，如图 18-36 所示。

图 18-36 生成的工艺清单

18.2 锻模的造型与加工

18.2.1 案例预览

本节以凸轮为例，介绍用特征生成和加工零件的全过程。凸轮效果，如图 18-37 所示。尺寸如图 18-38 所示。

图 18-37 凸轮造型

18.2.2 设计步骤

01 做出 4 个截面。

❶作出工件底部为 260mm×320mm 矩形。单击曲线生成工具栏中的"矩形"按钮□，在立即菜单中选择"中心_ 长_ 宽"方式，输入"长度"为 260、"宽度"为 320。用鼠

标拾取坐标原点或者输入数值坐标（0，0，0），这时 260mm×320mm 的矩形以中心为基点被定位在坐标原点上，如图 18-39 所示。

图 18-38　锻模造型二维图

❷平移矩形。单击几何变换工具栏中的"平移"按钮🔃，在立即菜单中选择"偏移量"、"移动"方式，在下面的表格中输入 X、Y、Z 方向的偏移量：DX=65、DY=0、DZ=—110，完成后单击鼠标右键确认，矩形立即被移动相应的位置上，如图 18-40 所示。

❸B—B 截面就是坐标系中的 YOZ 截面。

❹按 F9 键切换到 YOZ 平面，单击曲线生成工具栏中的"直线"按钮／，在立即菜单中选择"水平/铅垂线"方式，第二项选择"水平+铅垂"，"长度"取默认值为 100。

❺把这两条线拖到坐标系的原点，单击原点，十字线被定位到坐标原点，如图 18-41 所示。

图 18-39　绘制矩形

图 18-40　平移　　　　　　　　　图 18-41　绘制直线—水平+铅垂

❻作出 R40 圆弧的中心和 Z−56 直线。按 F6 键切换到 YOZ 平面。单击曲线生成工具栏中的"等距线"按钮🔲，在立即菜单的"距离"中键入"40"。根据状态栏的提示拾取过原点的水平线，出现双向箭头，选择等距的方向，拾取向下的箭头这时第一条等距线作出，这条等距线和铅垂线的交点，就是 R40 圆弧的中心。同样方法再作出另一条等距离为 56 的等线，如图 18-42 所示。

❼作 R40 圆。单击曲线生成工具栏中的"圆"按钮⊕，在立即菜单中选择"圆心_半径"方式，根据状态栏提示输入"圆心点"，拾取等距 40 线和铅垂线的交点，作为 R40 圆的圆心点，绘制 R40 的圆，如图 18-43 所示。

图 18-42　等距直线　　　　　　　图 18-43　绘制半径为 40 的圆

❽作 R40 圆的两条切线。单击曲线生成工具栏中的"直线"按钮✏，在立即菜单中选择"角度线"方式，第二项选择"X 轴夹角"，在"角度="中键入 30。根据屏幕左下部提示输入"第一点"，按键盘中的字母 T（切点）。根据状态栏的提示拾取曲线 ，拾取 R40 圆，并移动鼠标，可以看到有一条与 X 轴夹角为 30 的直线在屏幕上被拖动，长度发生着变化，状态栏提示输入第二点或长度，如图 18-44 所示。这一步也可以输入长度值。用同样方法可以作出另一条与 X 轴夹角为−30 的切线。

图 18-44　直线—角度线

❾作两条切线的等距线。单击曲线生成工具栏中的"等距线"按钮🔲，在立即菜单的"距离"中键入 73.1。根据状态栏提示拾取曲线，拾取上一步生成的直线，"选择等距方向"选择向下，如图 18-45 所示

❿修剪图形。单击曲线编辑工具栏中的"曲线过渡"按钮🔲，在立即菜单中"尖角"。根据左下部的提示拾取第一条曲线，按图 18-46 所示的顺序和位置，依次拾取，两线之间的多余部分将被裁剪掉，结果如图 18-46 所示。

⓫作尖角过渡。按图 18-47a 所示的顺序和拾取位置，继续裁剪其他曲线。单击线面编辑工具栏中的"删除"按钮🖉，用鼠标拾取图 18-47b 中要删除的线段（作 R40 时的辅助线），被拾取到的线变红，单击鼠标右键确认，这条线立即被删除。至此，B—B 截面的曲线完成。

图 18-45　向下作等距线 　　　　　　　　　　图 18-46　过渡-尖角

a)　　　　　　　　　　　　　　　　b)

图 18-47　裁剪并删除多余的线

⓬按 F8 键切换到轴测视图。单击几何变换工具栏中的"平移"按钮，在立即菜单中，选择"偏移量"，"拷贝"，DX= -65、DY=0、DZ=0。按状态栏提示拾取图形元素。拾取结束后，按鼠标右键确认。平移结果如图 18-48 所示。

⓭用同样的方法把 B－B 截面的图形平移到 DX=132、DX=195 两个位置。平移结果，如图 18-49 所示。

⓮按 F9 键切换作图平面到 XOZ 平面。单击"直线"按钮，屏幕左边对话框中第一项选"二点线"，过左端 R40 中点和右端 R40 中点作直线，这是一条过"0，0，0"点的水平线。

图 18-48　平移截面线 　　　　　　　　　　图 18-49　平移（复制）截面线

⓯单击"直线"按钮，在立即菜单中选择"角度线"，"X 轴夹角"，"角度="中键入 2。用鼠标选取 XOZ 平面的坐标零点（注意：屏幕下部点的状态应为缺省点，否则，要按 S 键），向左拖动会有一条绿色的与 X 轴夹角为 2° 的线在随着鼠标的移动而移动。单击屏幕上任意点，2° 线完成，如图 18-50 所示。

图 18-50　绘制角度线

⓰把 2° 直线延伸到左右两个端面。单击曲线生成工具栏中的"裁剪"按钮，在立即菜单中选择"线裁剪"，"正常裁剪"。状态栏提示拾取剪刀线，用鼠标拾取工件左端的铅垂线，被拾取到的线变红。按状态栏提示拾取被裁剪的线（选取保留的段），用鼠标选取 2° 线，2° 线被延伸到左端的铅垂线。按鼠标右键确认。接着拾取右端的铅垂线，选取 2° 线，同样被延伸到右端的铅垂线。结果如图 18-51 所示。

图 18-51　裁剪直线

⓱执行菜单"工具"|"查询"|"距离"命令，或单击"查询距离"按钮，状态栏提示"拾取第一点"，这时用鼠标拾取 R40 圆弧的中点和 2° 直线的端点（鼠标移到点附近，点均会被点亮），查询结果立即出现在屏幕上，显示"长度=2.2699"，如图 18-52 所示。

⓲按 F9 键切换作图平面到 YOZ 平面。单击【等距线】按钮，在等距线立即菜单中的"距离"输入 2.2699。根据状态栏的提示拾取曲线，这时可以分别拾取 R40 圆弧和它的两条切线，等距方向选指向轮廓的内部的箭头。生成的结果，如图 18-53 所示。

图 18-52　查询距离

图 18-53　按查询的距离等距直线

⓳曲线裁剪。单击【曲线过渡】按钮，在曲线过渡立即菜单中选择"尖角"，根

据状态栏的提示拾取第一条曲线。根据图 18-55 拾取要作尖角过渡的曲线，根据图 18-54 的提示拾取。单击"删除"按钮 ，把不需要的线删除。作图提示和生成结果，如图 18-54 所示。

图 18-54　过渡—尖角

⑳单击"直线"按钮✏，在立即菜单中选择"两点线"，根据状态栏提示拾取第一点，用鼠标选取左端截面线 R40 右面（从屏幕上看）那条切线的端点，当直线处于水平状态时，继续拖动，用鼠标选取工件底部矩形在屏幕上最右边一点，这时一条水平线完成。继续向下拖动，让直线处于铅垂状态。然后用鼠标选取工件底部矩形在屏幕上最下边的一点，铅垂线作完，单击鼠标右键确认。下面作截面线左边的水平线和铅垂线。点取 R40 左面切线的端点向左拖动绿色直线为水平状态，点取工件底部矩形在屏幕上最左边一点，水平线完成，向下拖动鼠标绿色直线变为铅垂状态，仍然选取工件底部矩形在屏幕上最左边一点，铅垂线完成，结果如图 18-55 所示。

㉑做右端面线的方法和做左端面线的方法相同，可以参照上一步把右端面线完成。注意：等距的方向是指向轮廓的外面。完成后把对应的端点连上直线，共 4 条直线，如图 18-56 所示。

㉒单击"显示窗口"按钮⊕，选取适当大小的窗口，放大图 18-56 中的 A—A 截面部分。查询如图 18-57 所示的两点距离。查询结果为 4.6095，如图 18-57 所示。

图 18-55　绘制端面轮廓　　　　　图 18-56　主体线框造型

㉓按上述查询的结果作等距线，等距距离为 4.6095，方向向外。等距后做一下曲线裁剪，并把 R40 圆弧和它的两条切线删除，结果如图 18-58 所示。

㉔根据图样 8.7 尺寸作等距线。作等距线时，要注意绘图平面的应为 YZ 平面，否则，将不能够得到正确的结果。等距结果，如图 18-59 所示。

㉕做 B—B 截面。只须把 B—B 截面中的 R40 和它的两条切线等距 8.7 后进行快速

裁剪，并删除不需要的 2° 线就可以了，结果如图 18-60 所示。

图 18-57　查询距离

图 18-58　按查询距离等距直线

图 18-59　按查询距离等距直线

图 18-60　作 B—B 截面

02 拉伸增料得到整个造型的主体。

❶工件左端的截面是在平行于 YOZ 平面并且过这个平面内的任意一点的平面上。

用鼠标单击特征生成工栏中的"基准平面"按钮 🔷，屏幕上出现"构造基准面"对话框。用鼠标选取左下边的"过点且平行平面确定基准平面"，左下边的图标出现黑色方框，并在下面出现一段简短的说明。根据对话框中的提示拾取平面。用鼠标拾取工件左端面，这时在屏幕上出现一个红色的虚线正方形方框，来表示用户所拾取到的平面。根据提示拾取工件左端平面上的任意一点，这时红色的虚线方框就移到工件的左端面上去了。基准面建立成功，结果如图 18-61 所示。

图 18-61　构造基准平面

❷单击特征生成工具栏中的"绘制草图"按钮 🖊️，进入草图绘制状态。单击曲线生成工具栏中的"曲线投影"按钮 ✎，依次拾取左端截面的 8 条线，被拾取到的线变粗。完成后单击"绘制草图"按钮 🖊️，退出草图，结果如图 18-62 所示。

❸用同样的方法可以作出工件右端的草图线。做完后，在未退出草图之前可以让系统自己检查一下草图的封闭状态，结果如图 18-63 所示。

图 18-62　生成草图　　　　　　　图 18-63　生成另一侧草图

❹单击特征生成工具栏中的"放样增料"按钮 🔷，弹出"放样增料"对话框。这时用鼠标分别拾取如图 18-64a 所示工件左端面和右端面的草图轮廓线。拾取时要注意拾取两条轮廓线的位置要对应，拾取会有一条绿色的线把两条轮廓线的对应点连接起来。如果拾取的位置不对应（如图 18-64b 所示，绿色线倾斜），那么将不得到正确的结果。

❺拾取草图轮廓线结束后，用鼠标单击对话框中的"确定"按钮，将得到如图 18-65 所示的结果。

03　拉伸除料作出型腔。

❶拾取特征树中的◇ 平面YZ，这时屏幕上有一个红色的虚线正方形在提示用户所拾取到草图平面。用鼠标单击特征生成工具栏中的"绘制草图"按钮 🖊，进入草图绘制状态。在作 B—B 截面的草图线时，仍然按照前面的思路，充分利用已经有的非草图线投影到草图平面来得到。用鼠标单击曲线生成工具栏中的"投影"按钮 ⤢，如图 18-66 所示依次拾取 B—B 截面中的各条线。

a)   b)

图 18-64　拾取放样草图

图 18-65　生成放样实体

图 18-66　曲线投影

❷把上面的一条水平线向上等距 20，并删除原曲线。把各线之间作尖角过渡。完成后用鼠标单击"绘制草图"按钮 🖊，退出草图。结果如图 18-67 所示。

图 18-67　生成草图

❸作 A—A 截面草图线。用鼠标单击特征生成工具栏中的"基准平面"按钮 ◇，屏幕上出现"基准平面"对话框。用鼠标选取左下边的"过点且平行平面确定基准平面"，左下边的图标出现黑色方框。

根据对话框中的提示拾取平面。用鼠标拾取特征树中的◇ 平面YZ，这时在屏幕上出现一个红色的虚线正方形方框，来表示用户所拾取到的平面。根据提示拾取工件 A—A 截面上的任意一点，这时红色的虚线方框就移到工件的 A—A 截面上去了，基准面建立成功，结果如图 18-68 所示。

❹单击特征生成工具栏中的"绘制草图"按钮 🖊，进入草图绘制状态。用鼠标单击

曲线生成工具栏中的"投影"按钮 ⚡，依次拾取左端截面的 8 条线，被拾取到线变粗，结果如图 18-69 所示。

图 18-68　生成基准平面

❺把上面的一条水平线向上等距 20，并删除原曲线。把各线之间作尖角过渡，做完后，在未退出草图之前可以让系统自己检查一下草图的封闭状态。完成后单击"绘制草图"按钮 ✐，退出草图，结果如图 18-70 所示。

图 18-69　生成草图

图 18-70　尖角过渡

❻单击特征生成工具栏中的"放样除料"按钮 ⧖，弹出"放样"对话框。这时用鼠标分别单击拾取工件 A—A 截面和 B—B 截面的草图轮廓线。拾取的情况，如图 18-71 所示。

图 18-71　放样除料-拾取草图

❼拾取草图轮廓线结束后，单击对话框中的"确定"按钮，将得到如图 18-72 所示的结果。

04 拉伸除料得到 Z—56 深坑。

❶单击曲线生成工具栏中的"等距线"按钮 🗂，在屏幕左侧对话框的"距离"文本框中输入 44，然后用鼠标选取要等距的线和等距方向。当完成后，继续在屏幕左侧对话框的"距离"中输入 57，然后用鼠标选取要等距的线和等距方向。做等距线时要特别注意作图平面要在 XY 平面上，否则，应该按 F9 键进行切换，如图 18-73 所示。

图 18-72 放样除料结果

图 18-73 等距直线

❷把等距后的两条直线的两个端点用直线连接起来，形成一个矩形。这就是 Z-56 深形状底部的轮廓线。单击曲线生成工具栏中的"直线"按钮 ✏，屏幕左边对话框中选"两点线"和"单个"，然后分别拾取两条直线同一侧的两个端点，作出第一条直线。同样的方法作出第二第直线，形成一个封闭的矩形，结果如图 18-74 所示。

❸这一步根据图样作出 XZ 平面里的两条角度线 37°和 11°线。按 F9 键切换作图平面到 XZ 平面。单击曲线生成工具栏中的"直线"按钮 ✏，在立即菜单中选择"角度线"、"X 轴夹角"、"角度="文本框中键入 37，单击鼠标右键确认。拾取矩形左边直线的中点，并拖动鼠标到适当位置点鼠标左键或给出长度，37°直线完成。用同样方法可以作出另一条 11°直线，但在"角度="文本框中要键入 101（11+90）。作图的提示和结果如图 18-75 所示。

图 18-74 绘制两点直线

图 18-75 角度线

❹作出 Z-56 形状中另外两个侧面的角度线。单击几何变换工具栏中的"平移"按钮 ⚙，在立即菜单中选择"两点"、"拷贝"、"非正交"。根据状态栏的提示拾取元素，用鼠标拾取 B—B 截面中的二侧斜面的角度线，单击鼠标右键确认。按状态栏提示输入基点，把鼠标移动刚拾取到的直线的下端点（注意：屏幕下部捕捉点的状态应为默认点），单击鼠标左键，拖动直线到矩形短边直线的中点。当移动直线中点附近时，中点被点亮，单击鼠标左键，直线被定位到矩形短边的中点上。用同样的方法把另一条角度线平移到位。平移的结果，如图 18-76 所示。

❺这一步要把这 4 条线裁剪到 Z0 高度，也就是要使这 4 条线的上端点的 Z 坐标值为 0，单击曲线生成工具栏中的"直线"按钮 ✏，绘制一条过原点平行于 X 轴的水平线。

单击曲线编辑工具栏中的"曲线裁剪"按钮，弹出"曲线裁剪"立即菜单，选择"线裁剪"、"投影裁剪"方式。根据提示拾取剪刀线，拾取刚作的过"0,0,0"点的直线，被拾取到的线变红，状态栏提示拾取被裁剪线（拾取保留的段），依次拾取这4条线的下半部。结果较长的线自动缩短到 Z0，较短的线自动延长到 Z0。裁剪时注意绘图平面应该在 XZ 平面，否则，应该按 F9 键进行切换。裁剪结果如图 18-77 所示。

图 18-76 平移直线

图 18-77 裁剪直线

❻单击几何变换工具栏中的"平移"按钮，在立即菜单中选择"两点"、"拷贝"、"非正交"方式。按系统提示拾取元素，用鼠标拾取矩形的一条边，单击鼠标右键确认，系统提示输入基准点，用鼠标选取这条直线的的角度线的下端点，提示输入目标点，拾取这条角度线的上端点，这条直线立刻被定位在角度线的上端点上。用同样的方法平移其余3条线。平移后每相邻的两条线之间作尖角过渡，结果如图 18-78 所示。

❼要把已经做好的这两个矩形投影到它所在的平面，而成为草图轮廓线，结果如图18-79 所示。

❽用这两个草图轮廓线作放样除料，最后形成这个 Z−56 深的坑，结果如图 18-80 所示。

05 布尔运算。

❶单击标准工具栏中的复制按钮，屏幕下部提示拾取元素，按 W 键全部选中所有的线，屏幕上所有的线变红，单击右键确认。

❷按标准工具栏中的"新建"按钮，屏幕变为空白。

❸用鼠标单击标准工具栏中的"粘贴"按钮。刚才复制的所有线，全部显示在屏幕上。

❹作 6mm 深槽底部的曲面。把作图平面切换到 YZ 平面，单曲线生成栏中的"等距线"按钮 ，在"距离"文本框中输入 6，拾取要等距的线，并把图 18-81 所示的部位作尖角过渡。

图 18-78　平移尖角过渡

图 18-79　生成放样除料的草图

图 18-80　放样除料结果

图 18-81　等距直线

❺用上一步做好的等距线作曲面。单击曲面生成工具栏中的"直纹面"按钮 ，在立即菜单中选择"曲线+曲线"。按图 18-82 对应拾取左右两边的等距线，注意：每一条线拾取的位置也要对应，生成 5 张直纹面。

图 18-82　直纹面

❻做草图轮廓。单击特征工具栏中的"构造基准面"按钮 ，弹出"构造基准平面"对话框，在构造方法中选择"等距平面确定基准平面"选项，对话框下部出现说明："等距平面确定基准平面"。在"距离"文本框中输入 60。在构造条件中用鼠标选取左边特征树中的 平面XY，构造条件中显示"平面准备好"如图 18-83 所示。完成后单击"确定"按钮。

❼用鼠标单击状态控制栏中的"绘制草图"按钮 ✐，再单击曲线生成工具栏中的"曲线投影"按钮 ⟋，根据状态栏的提示拾取曲线，按图 18-84 所示依次拾取 4 条曲线，这 4 条线被投影到基准平面。单击曲线编辑工具栏中的"曲线过渡"按钮 ⌐，把相邻的两条直线之间作一个 R5 的圆角过渡，结果如图 18-85 所示。

❽做距离为 10 的等距线，并把原草图轮廓删除。再做距离为 30 的等距线，结果如图 18-86 所示。

图 18-83　构造基准面

图 18-84　绘制草图—矩形

图 18-85　等距曲线

❾将草图轮廓线作拉伸增料。单击特征生成工具栏中的"拉伸增料"按钮 ⟠，在"拉伸增料"对话框中按图 18-86a 进行选择，"固定深度"、"深度"为 130。如拉伸方向不对，应选中"反向拉抻"复选框。完成后单击"确定"按钮。结果如图 18-87b 和图 18-86c 所示。

a)　　　　　　　　　　　b)　　　　　　　　　　　c)

图 18-86　拉伸增料

⓾用前面作出的 5 张直纹面去裁上一步生成的实体。单击特征生成工具栏中的"曲面裁剪除料"按钮，弹出"曲面裁剪除料"对话框，用鼠标从右下角向左上角拉窗口拾取曲面，被选中的曲面变红，除料方向箭头应该指向下方。完成后单击"确定"按钮，结果如图 18-87 所示。

⓫执行菜单"文件"|"另存为"命令，弹出"存储文件"对话框，文件类型选择"Parasolid 文件 x_t(*.x_t)"，文件名输入 a，如图 18-88 所示。做实体的交并差运算时，要求输入"*.x_t"文件，所以这一步要另存为后缀名为.x_t 的文件。

图 18-87　曲面裁剪除料

图 18-88　保存文件

⓬删除"拉伸增料"和"曲面裁剪除料"两个特征。方法是：鼠标移到左边特征树中的"裁剪"处，单击鼠标右键弹出快捷菜单，选择"删除"选项即可，如图 18-89 所示。单击曲线编辑工具栏中的"删除"按钮，选中前面做的 5 张直纹面，单击鼠标右键删除。前面做的 6mm 等距线也同样被删除。特征删除后，草图线得到保留。

图 18-89　删除特征

⓭单击屏幕左边特树中的草图特征，被选中的变红。单击状态控制栏中的"绘制草图"按钮，进入草图绘制状态。单击曲线编辑工具栏中的"删除"按钮，把外圈的草图轮廓线删除，只要里圈的草图轮廓。把工件左右两端面的曲线按距离 1.5 向下等距，并按前面讲过的方法作直纹面，结果如图 18-90 所示。

⓮按前面讲过的方法，作拉伸增料，并用曲面进行裁剪除料。曲面裁剪除料后把曲面删除，得到如图 18-91 所示的结果。

图 18-90 等距曲线

图 18-91 拉伸增料

⓯现在要把这个实体与前面做的"a.x_t"文件合并。单击"实体布尔运算"按钮，弹出"打开文件"对话框，在对话框中选择"a"文件，单击"打开"按钮。系统弹出对话框，在布尔运算方式中选"并"运算，屏幕左下面提示请给出定位点，拾取坐标原点"0,0,0"。定位方式选择"给定旋转角度"。完成后单击"确定"按钮，两个实体合并成为一个实体。把屏幕上的线全部隐藏，执行菜单"编辑"|"隐藏"命令，屏幕下部提示拾取元素，按 W 键全部选中，单击鼠标右键确认，全部曲线被隐藏，结果如图 18-92 所示。

图 18-92 合并图形

⓰按图样作圆角过渡。单击特征生成工具栏中的"过渡"按钮，弹出"过渡"对话框，对话框中的各项设置如图 18-93a 所示，拾取要过渡的棱边，被拾取到的棱边变红。完成后单击"确定"按钮，结果如图 18-93b 所示。

a)   b)

图 18-93 过渡—R10

⓫作圆角过渡。周围一圈要做 R6 过渡，选取它的一条棱边，参数设置和结果如图 18-94 所示。

⓬作圆角过渡。内圈棱边作 R4.3。完成后，另存为 b.x_t ，结果如图 18-95 所示。

⓭打开文件"W .mxe"，并入文件"b.x_t"。单击"实体布尔运算"按钮 🗔，弹出 "打开文件"对话框，选择文件 b，鼠标点击"打开"按钮。弹出"实体布尔运算"对 话框。在布尔运算方式中选择"差"运算，结果如图 18-96 所示。

06 倒各圆角。按图样做各圆角过渡。圆角过渡的操作方法前面已经讲过，不再 详细叙述，只以图 18-97～图 18-100 所示做一个图示说明。

图 18-94 过渡-R6

图 18-95 圆角过渡后的效果

图 18-96 "差"运算结果

图 18-97 圆过渡—R5

图 18-98 过渡—R10

到此为止，最后的造型结果如图 18-101 所示。

图 18-99　过渡—R5

图 18-100　过渡—R5　　　　　　　　　　　图 18-101　造型完成效果

18.2.3　锻模加工前的准备

01 设定加工刀具。刀具刀只选一把 R5 的铣刀，粗加工和精加工共用一把刀。

刀具选好后，要在系统的刀具库中进行定义（如果系统的刀具库中没有这把刀的话）。系统在生成刀具轨迹时，将根据这把铣刀来计算刀具轨迹。

❶双击"加工管理"中的"刀具库"，弹出"刀具库管理"对话框，如图 18-102 所示。

图 18-102　"刀具库管理"对话框

❷增加铣刀，这里可以任意增加刀具和删除刀具。单击"增加铣刀"按钮，在对话框中输入铣刀名称，如图 18-103 所示。

一般都是以铣刀的直径和刀角半径来表示，刀具名称尽量和工厂中用刀的习惯一致。刀具名称一般表示形式为"D10，r3"，D 代表刀具直径，r 代表刀角半径。

❸设定增加的铣刀的参数。键入正确的数值，刀具定义即可完成。其中的"刀刃长

度"和"刃杆长度"与仿真有关而与实际加工无关。在实际加工中要正确选择吃刀量和吃刀深度，以免损坏刀具。

图 18-103　增加刀具

02 后置设置。系统默认的格式为 FANUC 系统的格式，可以在增加机床中给出机床名，来定义适合自己机床的后置格式。后置中各项设置，如图 18-104 所示。

图 18-104　后置设置

03 设定加工范围。锻模的上表面和所有型腔都要加工，所以它的加工范围就是零件的最大轮廓。在做造型时第一步就是做了一个矩形，用这个矩形就可以作为它的加工范围。

📖 18.2.4　锻模加工

01 等高粗加工刀具轨迹。

❶单击标准工具栏中的"可见"按钮 ☼，隐藏的所有线以红色显示出来，选择工件底部矩形的 4 条边，及选取鼠标位置的直线，单击鼠标右键确认，矩形被保留在屏幕上，其余线继续被隐藏，如图 18-105 所示。

❷单击查询工具栏中的"查询线面属性"按钮，选择中间的直线，如图 18-106 所示。可以查询到 Z 坐标为-56，即最深处为-56。

图 18-105　选择要显示的曲线　　　　　　图 18-106　查询线面属性

❸双击"加工管理"树中的"毛坯"选项，弹出"定义毛坯"对话框，选择"参照模型"，单击"参照模型"按钮。定义毛坯，结果如图 18-107 所示。

图 18-107　定义毛坯

❹执行菜单"加工"|"粗加工"|"等高线粗加工"命令，弹出"等高线粗加工"对话框，在对话框键入数值。根据使用的刀具 R5 球刀，加工参数设置如图 18-108 所示。

图 18-108　设置加工参数

❺选择"切削用量"选项卡，设定切削量，如图 18-109 所示。

图 18-109　设置切削用量

❻选择"切入切出"和"下刀方式"选项卡，设定切入切出方式和下刀方式，如图 18-110 所示。

图 18-110　设置切入切出方式和下刀方式

❼选择"刀具参数"选项卡，选择在刀具库中已经定义好的铣刀 R5，并可以设定和修改铣刀的参数，如图 18-111 所示。

❽粗加工参数表设置好后，单击"确定"按钮。系统提示拾取加工对象。选择实体模型，系统提示拾取取轮廓，拾取模型底部的边，并选择一个方向，根据箭头选择方向。这个方向与加工时的走刀方向有关，拾取轮廓时的位置与下刀点有关，通常它在轮廓上与拾取位置最近的一点下刀。系统开始计算加工轨迹，如图 18-112 所示。

02　精加工（等高线）刀具轨迹。首先把粗加工刀具轨迹隐藏。

❶执行菜单"加工"|"精加工"|"等高精加工"命令，弹出"等高线精加工"对话框，在其中键入数值。根据使用的刀具 R5 铣刀，加工参数设置如图 18-113 所示。

图 18-111　设置刀具参数

图 18-112　粗加工轨迹

图 18-113　设置加工参数

❷根据屏幕左下面的提示来拾取对象和轮廓线。拾取的方法和前的粗加工相同。完成后单击鼠标右键确认。系统开始计算刀具轨迹。如果是做练习，加工精度可改为 0.1，行距改为 3，这样可以减少计算时间。结果如图 18-114 所示。

📖 18.2.5　轨迹仿真

01 把刚才做的粗加工轨迹设为"可见"。

02 执行菜单"加工"|"轨迹仿真"命令，进入"轨迹仿真"环境。单击"仿真

加工"按钮 ，弹出"仿真加工"对话框。单击对话框中的三角形按钮，开始仿真加工，如图18-115所示。

图18-114　精加工轨迹

图18-115　仿真加工

03 单击对话框中的三角形按钮，开始自动进行加工仿真，结果如图18-116所示。

粗加工
仿真结果

精加工仿真中

图18-116　加工结果

18.2.6　生成加工 G 代码

01 执行菜单"加工"|"后置处理"|"生成 G 代码"命令，弹出"后置文件"对

话框，输入文件名后单击"确定"按钮。

02 状态栏提示拾取刀具轨迹，用鼠标拾取粗加工刀具轨迹，单击鼠标右键确认。稍等片刻，G 代码生成。

03 同样的方法可以生成精加工 G 代码。如果两条刀具轨迹同时拾取，那么两条刀具轨迹将会生成一个 G 代码程序，如图 18-117 所示。是否要这样做，要看实际的需要。

图 18-117　生成的 G 代码

18.2.7　生成加工工序单

01 执行菜单"加工"|"后置处理"|"生成工序单"命令，弹出对话框，输入文件名后单击"确定"按钮。

02 系统提示拾取加工轨迹，用鼠标选取或用窗口选取或按 W 键，选中全部刀具轨迹，单击鼠标右键确认，立即生成加工工序单。

03 加工工序单可以用 IE 浏览器来看，也可以用 Word 来看并且可以用 Word 进行修改和添加。